HEYNE<

Das Buch
Niemals hätte Vishous, der unerschrockene Krieger aus der Bruderschaft der BLACK DAGGER, gedacht, dass er eine Zwillingsschwester hat: Jahrhundertelang wurde Payne von ihrer Mutter, der Jungfrau der Schrift, auf der Anderen Seite gefangen gehalten. Von Natur aus mutig und freiheitsliebend, ist Payne eine Kämpferin wie ihr Bruder und nicht geschaffen für das Leben auf der Anderen Seite. Sie bricht mit der Tradition und kommt ins Diesseits – allerdings wird sie dabei schwer verletzt und den Geschwistern bleibt keine Zeit, sich über ihr Kennenlernen zu freuen, denn Payne schwebt zwischen Leben und Tod. Es gibt nur einen, der ihr jetzt noch helfen kann: Dr. Manuel Manello, brillantester Arzt der Stadt und ehemaliger Kollege von Vishous' *Shellan* Jane. Als Manuel seine Patientin zum ersten Mal sieht, verliebt er sich Hals über Kopf in die schöne Vampirin und setzt alles daran, sie zu retten. Auch Payne fühlt sich unwiderstehlich zu dem attraktiven Arzt hingezogen, doch Manuel ist ein Mensch und ihre Liebe darf nicht sein. Und so beginnt für Payne der schwierigste Kampf ihres Lebens: der Kampf gegen ihre eigene Leidenschaft …

Die Autorin
J. R. Ward begann bereits während des Studiums mit dem Schreiben. Nach dem Hochschulabschluss veröffentlichte sie die BLACK DAGGER-Serie, die in kürzester Zeit die amerikanischen Bestsellerlisten eroberte. Die Autorin lebt mit ihrem Mann und ihrem Golden Retriever in Kentucky und gilt seit dem überragenden Erfolg der Serie als Star der romantischen Mystery.

Ein ausführliches Werkverzeichnis aller von J. R. Ward im Wilhelm Heyne Verlag erschienen Bücher finden Sie am Ende des Bandes.

J. R. Ward

Vampirschwur

Ein BLACK DAGGER-Roman

WILHELM HEYNE VERLAG
MÜNCHEN

Titel der Originalausgabe
LOVER UNLEASHED (Part 1)

Aus dem Amerikanischen
von Corinna Vierkant

Verlagsgruppe Random House FSC-DEU-0100
Das für dieses Buch verwendete
FSC®-zertifizierte Papier *Holmen Book Cream*
liefert Holmen Paper, Hallstavik, Schweden

Deutsche Erstausgabe 12/2011
Redaktion: Bettina Spangler
Copyright © 2011 by Love Conquers All, Inc.
Copyright © 2011 der deutschen Ausgabe
und der Übersetzung by
Wilhelm Heyne Verlag, München,
in der Verlagsgruppe Random House GmbH
Printed in Germany 2011
Umschlagbild: Dirk Schulz
Umschlaggestaltung: Animagic, Bielefeld
Autorenfoto © by John Rott
Satz: Buch-Werkstatt GmbH, Bad Aibling
Druck und Bindung: GGP Media GmbH, Pößneck

ISBN: 978-3-453-52872-7

www.heyne-magische-bestseller.de

Gewidmet: Dir.

Einem Bruder, und was für einem.
Ich glaube, du bist genau da, wo du hingehörst – und ich bin
vermutlich nicht die Einzige, die so empfindet.

DANKSAGUNG

Ein großes Dankeschön allen Lesern der Bruderschaft der Black Dagger und ein Hoch auf die Cellies!

Vielen Dank für all die Unterstützung und die Ratschläge an: Steven Axelrod, Kara Welsh, Claire Zion und Leslie Gelbman.

Danke auch an alle Mitarbeiter von NAL – diese Bücher sind echte Teamarbeit!

Danke an Lu und Opal sowie an unsere Cheforganisatoren und Ordnungshüter für alles, was ihr aus reiner Herzensgüte tut! Und ich danke Ken, der mich erträgt, und Cheryle, Königin der virtuellen Autogrammstunde.

Alles Liebe an D – ich bin dir unendlich dankbar für so vieles ... aber ganz besonders für Kezzy. So sexy waren Skittles noch nie.

Und auch an Nath liebe Grüße, weil er mir immer beisteht und dabei stets geduldig und freundlich bleibt.

Danke, Tantchen LeE. Alle lieben dich – und die Liste wird immer länger, nicht wahr?

Danke auch an Doc Jess, dem klügsten Menschen, dem

ich je begegnet bin – ich bin so ein Glückspilz, dass du es mit mir aushältst. Und an Sue Grafton und Betsey Vaughan, die meinen Exekutivausschuss vervollkommnen.

Nichts von alledem wäre möglich ohne: meinen liebevollen Ehemann, der mir mit Rat und Tat zur Seite steht, sich um mich kümmert und mich an seinen Visionen teilhaben lässt; meine wunderbare Mutter, dir mir mehr Liebe geschenkt hat, als ich ihr je zurückgeben kann; meine Familie (die blutsverwandte wie auch die frei gewählte) und meine liebsten Freunde.

Ach ja, und an die bessere Hälfte von WriterDog, wie immer.

Glossar der Begriffe und Eigennamen

Ahstrux nohtrum – Persönlicher Leibwächter mit Lizenz zum Töten, der vom König ernannt wird.

Die Auserwählten – Vampirinnen, deren Aufgabe es ist, der Jungfrau der Schrift zu dienen. Sie werden als Angehörige der Aristokratie betrachtet, obwohl sie eher spirituell als weltlich orientiert sind. Normalerweise pflegen sie wenig bis gar keinen Kontakt zu männlichen Vampiren; auf Weisung der Jungfrau der Schrift können sie sich aber mit einem Krieger vereinigen, um den Fortbestand ihres Standes zu sichern. Einige von ihnen besitzen die Fähigkeit zur Prophezeiung. In der Vergangenheit dienten sie alleinstehenden Brüdern zum Stillen ihres Blutbedürfnisses. Diese Praxis wurde von den Brüdern wiederaufgenommen.

Bannung – Status, der einer Vampirin der Aristokratie auf Gesuch ihrer Familie durch den König auferlegt werden kann. Unterstellt die Vampirin der alleinigen Aufsicht ihres *Hüters,* üblicherweise der älteste Mann des Haushalts. Ihr *Hüter* besitzt damit das gesetzlich verbriefte Recht, sämtliche Aspekte ihres Lebens zu bestimmen und nach eigenem Gutdünken jeglichen Umgang zwischen ihr und der Außenwelt zu regulieren.

Die Bruderschaft der Black Dagger – Die Brüder des Schwarzen Dolches. Speziell ausgebildete Vampirkrieger, die ihre Spezies vor der Gesellschaft der *Lesser* beschützen. Infolge selektiver Züchtung innerhalb der Rasse besitzen die Brüder ungeheure physische und mentale Stärke sowie die Fähigkeit zur extrem raschen Heilung. Die meisten von ihnen sind keine leiblichen Geschwister; neue Anwärter werden von den anderen Brüdern vorgeschlagen und daraufhin in die Bruderschaft aufgenommen. Die Mitglieder der Bruderschaft sind Einzelgänger, aggressiv und verschlossen. Sie pflegen wenig Kontakt zu Menschen und anderen Vampiren, außer um Blut zu trinken. Viele Legenden ranken sich um diese Krieger, und sie werden von ihresgleichen mit höchster Ehrfurcht behandelt. Sie können getötet werden, aber nur durch sehr schwere Wunden wie zum Beispiel eine Kugel oder einen Messerstich ins Herz.

Blutsklave – Männlicher oder weiblicher Vampir, der unterworfen wurde, um das Blutbedürfnis eines anderen zu stillen. Die Haltung von Blutsklaven wurde vor kurzem gesetzlich verboten.

Chrih – Symbol des ehrenhaften Todes in der alten Sprache.

Doggen – Angehörige(r) der Dienerklasse innerhalb der Vampirwelt. *Doggen* pflegen im Dienst an ihrer Herrschaft altertümliche, konservative Sitten und folgen einem formellen Bekleidungs- und Verhaltenskodex. Sie können tagsüber aus dem Haus gehen, altern aber relativ rasch. Die Lebenserwartung liegt bei etwa fünfhundert Jahren.

Dhunhd – Hölle.

Ehros – Eine Auserwählte, die speziell in der Liebeskunst ausgebildet wurde.

Exhile Dhoble – Der böse oder verfluchte Zwilling, derjenige, der als Zweiter geboren wird.

Gesellschaft der *Lesser* – Orden von Vampirjägern, der von Omega zum Zwecke der Auslöschung der Vampirspezies gegründet wurde.

Glymera – Das soziale Herzstück der Aristokratie, sozusagen die »oberen Zehntausend« unter den Vampiren.

Gruft – Heiliges Gewölbe der Bruderschaft der Black Dagger. Sowohl Ort für zeremonielle Handlungen wie auch Aufbewahrungsort für die erbeuteten Kanopen der *Lesser*. Hier werden unter anderem Aufnahmerituale, Begräbnisse und Disziplinarmaßnahmen gegen Brüder durchgeführt. Niemand außer Angehörigen der Bruderschaft, der Jungfrau der Schrift und Aspiranten hat Zutritt zur Gruft.

Hellren – Männlicher Vampir, der eine Partnerschaft mit einer Vampirin eingegangen ist. Männliche Vampire können mehr als eine Vampirin als Partnerin nehmen.

Hohe Familie – König und Königin der Vampire sowie all ihre Kinder.

Hüter – Vormund eines Vampirs oder einer Vampirin. Hüter können unterschiedlich viel Autorität besitzen, die größte Macht übt der Hüter einer gebannten Vampirin aus.

Jungfrau der Schrift – Mystische Macht, die dem König als Beraterin dient sowie die Vampirarchive hütet und Privilegien erteilt. Existiert in einer jenseitigen Sphäre und besitzt umfangreiche Kräfte. Hatte die Befähigung zu einem einzigen Schöpfungsakt, den sie zur Erschaffung der Vampire nutzte.

Leahdyre – Eine mächtige und einflussreiche Person.

Lesser – Ein seiner Seele beraubter Mensch, der als Mitglied der Gesellschaft der *Lesser* Jagd auf Vampire macht, um sie auszurotten. Die *Lesser* müssen durch einen Stich in die Brust getötet werden. Sie altern nicht, essen und trinken nicht und sind impotent. Im Laufe der Jahre verlieren ihre Haare, Haut und Iris ihre Pigmentierung, bis sie blond, bleich und weißäugig sind. Sie riechen nach Talkum. Aufgenommen in die Gesellschaft werden sie durch Omega. Daraufhin erhalten sie ihre Kanope, ein Keramikgefäß, in dem sie ihr aus der Brust entferntes Herz aufbewahren.

Lewlhen – Geschenk.

Lheage – Respektsbezeichnung einer sexuell devoten Person gegenüber einem dominanten Partner.

Lielan – Ein Kosewort, frei übersetzt in etwa »mein Liebstes«.

Lys – Folterwerkzeug zur Entnahme von Augen.

Mahmen – Mutter. Dient sowohl als Bezeichnung als auch als Anrede und Kosewort.

Mhis – Die Verhüllung eines Ortes oder einer Gegend; die Schaffung einer Illusion.

Nalla oder **Nallum** – Kosewort. In etwa »Geliebte(r)«.

Novizin – Eine Jungfrau.

Omega – Unheilvolle mystische Gestalt, die sich aus Groll gegen die Jungfrau der Schrift die Ausrottung der Vampire zum Ziel gesetzt hat. Existiert in einer jenseitigen Sphäre und hat weitreichende Kräfte, wenn auch nicht die Kraft zur Schöpfung.

Phearsom – Begriff, der sich auf die Funktionstüchtigkeit der männlichen Geschlechtsorgane bezieht. Die wörtliche Übersetzung lautet in etwa »würdig, in eine Frau einzudringen«.

Princeps – Höchste Stufe der Vampiraristokratie, untergeben nur den Mitgliedern der Hohen Familie und den Auserwählten der Jungfrau der Schrift. Dieser Titel wird vererbt; er kann nicht verliehen werden.

Pyrokant – Bezeichnet die entscheidende Schwachstelle eines Individuums, sozusagen seine Achillesferse. Diese Schwachstelle kann innerlich sein, wie zum Beispiel eine Sucht, oder äußerlich, wie ein geliebter Mensch.

Rahlman – Retter.

Rythos – Rituelle Prozedur, um verlorene Ehre wiederherzustellen. Der Rythos wird von dem Vampir gewährt, der einen anderen beleidigt hat. Wird er angenommen, wählt der Gekränkte eine Waffe und tritt damit dem unbewaffneten Beleidiger entgegen.

Schleier – Jenseitige Sphäre, in der die Toten wieder mit ihrer Familie und ihren Freunden zusammentreffen und die Ewigkeit verbringen.

Shellan – Vampirin, die eine Partnerschaft mit einem Vampir eingegangen ist. Vampirinnen nehmen sich in der Regel nicht mehr als einen Partner, da gebundene männliche Vampire ein ausgeprägtes Revierverhalten zeigen.

Symphath – Eigene Spezies innerhalb der Vampirrasse, deren Merkmale die Fähigkeit und das Verlangen sind, Gefühle in anderen zu manipulieren (zum Zwecke eines Energieaustauschs). Historisch wurden die Symphathen oft mit Misstrauen betrachtet und in bestimmten Epochen auch von den anderen Vampiren gejagt. Sind heute nahezu ausgestorben.

Trahyner – Respekts- und Zuneigungsbezeichnung unter männlichen Vampiren. Bedeutet ungefähr »geliebter Freund«.

Transition – Entscheidender Moment im Leben eines Vampirs, wenn er oder sie ins Erwachsenenleben eintritt. Ab diesem Punkt müssen sie das Blut des jeweils anderen Geschlechts trinken, um zu überleben, und vertragen kein Sonnenlicht mehr. Findet normalerweise mit etwa Mitte zwanzig statt. Manche Vampire überleben ihre Transition nicht, vor allem männliche Vampire. Vor ihrer Transition sind Vampire von schwächlicher Konstitution und sexuell unreif und desinteressiert. Außerdem können sie sich noch nicht dematerialisieren.

Triebigkeit – Fruchtbare Phase einer Vampirin. Üblicherweise dauert sie zwei Tage und wird von heftigem sexuellem Verlangen begleitet. Zum ersten Mal tritt sie etwa fünf Jahre nach der Transition eines weiblichen Vampirs auf, danach im Abstand von etwa zehn Jahren. Alle männlichen Vampire reagieren bis zu einem gewissen Grad auf eine triebige Vampirin, deshalb ist dies eine gefährliche Zeit. Zwischen konkurrierenden männlichen Vampiren können Konflikte und Kämpfe ausbrechen, besonders wenn die Vampirin keinen Partner hat.

Vampir – Angehöriger einer gesonderten Spezies neben dem Homo sapiens. Vampire sind darauf angewiesen, das Blut des jeweils anderen Geschlechts zu trinken. Menschliches Blut kann ihnen zwar auch das Überleben sichern, aber die daraus gewonnene Kraft hält nicht lange vor. Nach ihrer Transition, die üblicherweise etwa mit Mitte zwanzig stattfindet, dürfen sie sich nicht mehr dem Sonnenlicht aussetzen und müssen sich in regelmäßigen Abständen aus der Vene ernähren. Entgegen einer weit verbreiteten Annahme können Vampire Menschen nicht durch einen Biss oder eine Blutübertragung »verwandeln«; in seltenen Fällen aber können sich die beiden Spezies zusammen fortpflanzen. Vampire können sich nach Belieben dematerialisieren, dazu müssen sie aber ganz ruhig werden und sich konzentrieren; außerdem dürfen sie nichts Schweres bei sich tragen. Sie können Menschen ihre Erinnerung nehmen, allerdings nur, solange diese Erinnerungen im Kurzzeitgedächtnis abgespeichert sind. Manche Vampire können auch Gedanken lesen. Die Lebenserwartung liegt bei über eintausend Jahren, in manchen Fällen auch höher.

Vergeltung – Akt tödlicher Rache, typischerweise ausgeführt von einem Mann im Dienste seiner Liebe.

Wanderer – Ein Verstorbener, der aus dem Schleier zu den Lebenden zurückgekehrt ist. Wanderern wird großer Respekt entgegengebracht, und sie werden für das, was sie durchmachen mussten, verehrt.

Whard – Entspricht einem Patenonkel oder einer Patentante.

Zwiestreit – Konflikt zwischen zwei männlichen Vampiren, die Rivalen um die Gunst einer Vampirin sind.

Prolog

Altes Land, 1761

Xcors Transition lag gerade einmal fünf Jahre zurück, als er Zeuge des Mordes an seinem Vater wurde. Und obwohl dies direkt vor seinen Augen geschah, konnte er es nicht begreifen.

Die Nacht begann wie jede andere. Dunkelheit senkte sich auf eine Landschaft aus Wald und Höhlen, Wolken am Himmel verbargen ihn und jene, die mit ihm ritten, vor dem Mondlicht. Sechs Mann stark war sein Trupp: Throe, Zypher, die drei Cousins und er. Und dann sein Vater.

Bloodletter.

Vormals Mitglied der Bruderschaft der Black Dagger.

Was sie an jenem Abend umtrieb, war genau das, was sie tagtäglich nach Sonnenuntergang auf den Plan rief: Sie hielten Ausschau nach Lessern, diesen seelenlosen Werkzeugen Omegas, deren Ziel es war, das Vampirvolk auszulöschen. Und sie bekämpften sie. Und zwar oft.

Aber diese Sieben gehörten nicht zur Bruderschaft.

Im Gegensatz zu der vielgepriesenen geheimen Gilde von Krie-

gern war der von Bloodletter angeführte Haufen eine einfache Gruppe von Kämpfern: Sie brauchten keine feierlichen Zeremonien. Keine Verehrung durch die zivile Bevölkerung. Keine Mythen oder Hymnen. Sie mochten von adeligem Geblüt sein, doch waren sie von ihren Familien verstoßen worden, weil sie unehrenhaft gezeugt oder mit einem Makel behaftet zur Welt gekommen waren.

Sie würden nie recht viel mehr sein als Kanonenfutter im großen Überlebenskampf.

Dennoch waren sie Elitekämpfer, die skrupellosesten und schlagkräftigsten, diejenigen, die sich vor dem strengsten Lehrmeister der Vampire bewiesen hatten: Xcors Vater. Diese handverlesenen Krieger traten ihren Feinden erbarmungslos gegenüber und kümmerten sich nicht um die Konventionen der Vampirgesellschaft. Und auch beim Töten kannten sie keine Regeln: Es spielte keine Rolle, ob ihre Beute Lesser *oder Mensch, Tier oder Wolf war. Es floss Blut.*

Einen Schwur, und nur diesen einen, hatten sie geleistet: Dass der Sire ihr Herr war und sonst niemand. Wohin er auch ging, sie folgten ihm, bedingungslos. So viel einfacher als der umständliche Humbug der Bruderschaft – selbst wenn Xcor durch seine Abstammung ein Anwärter für die Reihen der Bruderschaft gewesen wäre, er hätte kein Interesse gehabt. Ruhm war ihm gleichgültig, denn er war nichtig im Vergleich zur süßen Befriedigung, die das Morden ihm bescherte. Besser, man überließ die sinnlosen Traditionen und überflüssigen Rituale jenen, die niemals etwas anderes als einen schwarzen Dolch führen würden.

Ihm war jede verfügbare Waffe recht.

Genau wie seinem Vater.

Das Klappern der Hufe verlangsamte sich und verstummte schließlich ganz, als die Reiter aus dem Wald kamen und bei einer Gruppe von Eichen und Büschen Halt machten. Der Wind trug den Rauch von Herdfeuern zu ihnen, doch es gab noch andere Hinweise darauf, dass der gesuchte Ort nun endlich vor ihnen lag: Hoch oben auf einem markanten Felsen kauerte, einem

Adlerhorst gleich, eine befestigte Burg, deren Fundament sich wie Klauen in den Fels krallte.

Menschen. Sich bekriegende Menschen.

Wie langweilig.

Und doch musste man den Bauherrn loben. Sollte Xcor sich jemals niederlassen, würde er die Dynastie dieser Burg massakrieren und das Gemäuer für sich vereinnahmen. Rauben war viel effizienter als Bauen.

»Zum Dorf«, befahl sein Vater. »Auf ins Vergnügen.«

Gerüchten zufolge gab es dort Lesser. *Die blassen Biester hatten sich angeblich unter die Dorfbewohner gemengt, die der Bergflanke im Schatten der Burg Land abgerungen und dort ihre Steinhäuser errichtet hatten. Es war die übliche Vorgehensart der Gesellschaft der* Lesser: *sich in einem Dorf einnisten, nach und nach die Männer rekrutieren, Frauen und Kinder abschlachten oder verschachern, heimlich mit Waffen und Pferden verschwinden und dann auf zum nächsten Dorf in noch größerer Anzahl.*

In dieser Hinsicht dachte Xcor ganz ähnlich wie sein Feind: Nach dem Kampf nahm er mit, was er tragen konnte, bevor er in die nächste Schlacht zog. Nacht für Nacht kämpften sich Bloodletter und seine Krieger durch das Land, das seine Bewohner England *nannten, und wenn sie den äußersten Zipfel des Schottengebiets erreichten, machten sie kehrt und zogen wieder gen Süden, immer weiter, bis sie am Stiefelabsatz von Italien gezwungen waren, abermals umzukehren. Und dann durchpflügten sie all diese Länder von neuem, die ganze Strecke. Wieder und wieder.*

»Hier lagern wir unser Gepäck«, erklärte Xcor und zeigte auf einen dickstämmigen Baum, der über einen Bach gestürzt war.

Nur das Knarren von Leder und das gelegentliche Schnauben der Hengste waren zu hören, während sie ihre bescheidene Habe verstauten. Als alles unter der großen Eiche lag, saßen sie wieder auf und versammelten sich mit ihren edlen Reittieren – den einzigen Wertstücken, die sie mit sich führten, abgesehen von den Waffen. Zierrat oder Utensilien für den Komfort empfand Xcor als un-

nütz – nichts als Ballast, der sie aufhielt. Ein kräftiges Pferd und ein gut ausbalancierter Dolch jedoch waren unbezahlbar.

Die Sieben ritten auf das Dorf zu, ohne sich Mühe zu machen, das Donnern der Hufe zu dämpfen. Doch sie veranstalteten auch kein Kriegsgeschrei. Sinnloser Aufwand, sie brauchten ihre Feinde nicht unbedingt dazu auffordern, rauszukommen und sie zu begrüßen.

Wie um die Krieger willkommen zu heißen, steckten ein, zwei Menschen den Kopf zur Tür heraus und sperrten sich dann schnell wieder in ihre Stuben. Xcor schenkte ihnen keinerlei Beachtung. Stattdessen suchte er die niedrigen Steinhäuser und den Dorfplatz mit den geschlossenen Läden nach einer zweibeinigen Lebensform ab, die geisterhaft blass war und wie ein in Sirup getunkter Leichnam stank.

Sein Vater ritt an seine Seite und grinste boshaft. »Vielleicht werden wir uns nachher an den Früchten dieses Gartens gütlich tun.«

»Vielleicht«, murmelte Xcor, während sein Hengst den Kopf zurückwarf. Fürwahr, ihn reizte es nicht, Frauen zu nehmen oder Männer zu unterwerfen, doch seinem Vater widersprach man besser nicht, auch nicht, was die Befriedigung seiner launenhaften Gelüste anging.

Mit einem Handzeichen schickte Xcor drei der Reiter nach links, wo ein kleines Gebäude mit Spitzdach und einem Kreuz obendrauf stand. Er und die anderen würden sich rechts halten. Sein Vater tat, was ihm gefiel. Wie immer.

Die Hengste in Zaum zu halten, war ein hartes Stück Arbeit selbst für den kräftigsten Arm, aber er war das Tauziehen gewöhnt und saß fest im Sattel. Mit finsterer Entschlossenheit durchdrangen seine Augen die Schatten, die der Mond warf, suchten, forschten ...

Der Jägertrupp, der aus dem Schutz der Schmiede trat, war bis an die Zähne bewaffnet.

»Fünf«, knurrte Zypher. »Eine herrliche Nacht.«

»Drei«, verbesserte Xcor. »Zwei sind noch Menschen ... obwohl ... auch sie zu töten, wird ein Vergnügen sein.«

»Welche nehmt Ihr, Herr?«, fragten seine Kameraden voller Ehrfurcht, die er sich verdient hatte und nicht durch Geburtsrecht erworben.

»Die Menschen«, sagte Xcor, schob sich nach vorne und machte sich bereit für den Moment, da er seinem Pferd freien Lauf lassen würde. *»Sollten weitere* Lesser *in der Nähe sein, wird sie das anlocken.«*

Dann trieb er seinen mächtigen Hengst an und verschmolz mit dem Sattel. Als sich die Lesser *mit ihren Kettenhemden und Waffen ihm hoch erhobenen Hauptes stellten, lächelte er. Die zwei Menschen unter ihnen würden nicht so standhaft bleiben. Obwohl auch sie für den Kampf gerüstet waren, würden sie das Weite suchen, sobald die ersten Fänge aufblitzten, aufgescheucht wie Ackergäule von einem Kanonenschlag.*

Weswegen er nach nur drei Sätzen im Galopp plötzlich nach rechts ausbrach. Hinter der Schmiede zog er sich in den Steigbügeln hoch und entledigte sich seines Pferdes. Sein Hengst war ungestüm, doch wenn es ums Absitzen ging, war er folgsam und wartete ...

Eine Menschenfrau stürzte aus der Hintertür und suchte stolpernd festen Tritt im Morast, ihr weißes Nachtgewand ein heller Streifen in der Dunkelheit. Dann sah sie ihn und erstarrte vor Schreck.

Eine verständliche Reaktion: Er war doppelt so groß wie sie, wenn nicht gar drei Mal so groß, und stand nicht im Schlafhemd vor ihr, sondern in voller Kriegsmontur. Als ihre Hand an den Hals fuhr, schnupperte er und fing ihren Geruch ein. Hm, vielleicht hatte sein Vater Recht und sie sollten sich wirklich an den Früchten dieses Gartens gütlich tun ...

Bei diesem Gedanken entfuhr ihm ein tiefes Knurren, das ihr augenblicklich Beine machte. Und als er sah, wie sie floh, brach das Raubtier in ihm hervor. Blutdurst zerrte an seinen Eingeweiden und erinnerte ihn daran, dass es Wochen her war, seit er sich von einer Angehörigen seines Volkes genährt hatte. Und obwohl dieses Mädchen nur ein Mensch war, würde es für heute Nacht genügen.

Leider war im Moment keine Zeit für derlei Zerstreuung – obwohl sein Vater sie sicherlich nachher fangen würde. Sollte Xcor Blut benötigen, um über die Runden zu kommen, würde er es von dieser Frau bekommen oder von einer anderen.

Er kehrte ihrer fliehenden Gestalt den Rücken, verschaffte sich einen festen Stand und zog seine bevorzugte Waffe: Obwohl der Dolch seine Berechtigung hatte, wählte er die Sense mit ihrem langen Griff, die er in einem eigens dafür angefertigtem Halfter auf dem Rücken trug. Er war Meister darin, diese schwere Waffe zu schwingen. Lächelnd ließ er die heimtückische, geschwungene Klinge durch die Luft sausen und wartete darauf, dass ihm die zwei Menschen ins Netz gingen, die sicher bald hinter dem Haus hervor...

Ach ja, wie schön es doch war, Recht zu behalten.

Kurz nachdem ein Lichtblitz und ein Knall von der Dorfstraße zu ihm drangen, kamen die zwei Menschen schreiend um die Schmiede gerannt, als würden sie von Räubern verfolgt.

Doch sie hatten sich geirrt, nicht wahr? Der Räuber wartete hier.

Xcor veranstaltete kein Geschrei, er fluchte und er knurrte nicht. Er rannte einfach mit der Sense los. Die Waffe lag gut ausbalanciert in seinen Händen, während seine kräftigen Schenkel die Entfernung mühelos bewältigten. Bei seinem Anblick hielten die Menschen in ihren Stiefeln schlingernd an und versuchten mit rudernden Armen, das Gleichgewicht zu bewahren, wie Enten, die bei einer Wasserlandung mit den Flügeln schlagen.

Die Zeit dehnte sich in die Länge, als er über sie herfiel, mit seiner Lieblingswaffe ausholte und sie beide zugleich auf Höhe des Genicks traf.

Ihre Köpfe waren mit einem einzigen sauberen Streich abgetrennt, kurz blitzte noch Überraschung in ihren Gesichtern auf, ehe ihre Häupter, die nun keinen Halt mehr hatten, Nase über Stirn davonflogen und spritzendes Blut Xcors Brust besprenkelte.

Derart ihrer Köpfe beraubt, gingen die unteren Körperhälften der beiden mit einer merkwürdigen, fließenden Anmut zu Boden, wo sie als ein regloser Haufen von Gliedern endeten.

Jetzt brüllte er.

Xcor wirbelte herum, stemmte die Lederstiefel in den Schlamm und holte tief Luft. Dann stieß er einen Schrei aus, während er die Sense vor sich durch die Luft sausen ließ, der gerötete Stahl lechzend nach mehr. Obgleich seine Opfer lediglich Menschen gewesen waren, war der Rausch des Tötens besser als jeder Orgasmus. Das Bewusstsein, dass er Leben ausgelöscht und Leichen hinterlassen hatte, durchströmte ihn wie warmer, süßer Met.

Mit einem Pfiff durch die Zähne rief er seinen Hengst, der folgsam auf ihn zugestürmt kam. Ein Satz, und Xcor saß wieder im Sattel, die Sense hoch erhoben in der rechten Hand, in der linken die Zügel. Er rammte seinem Pferd die Sporen in die Flanken und galoppierte durch eine enge, schmutzige Gasse, die ihn mitten ins Schlachtgetümmel führte.

Der Kampf war im vollen Gange, Schwerter trafen klirrend aufeinander, und Schreie durchdrangen die Nacht, als die Feinde aufeinanderprallten. Und genau wie Xcor vorausgesagt hatte, traf ein halbes Dutzend weitere Lesser *auf guten Pferden ein wie aufgescheuchte Löwen, die ihr Revier verteidigten.*

Xcor fiel über den Verstärkungstrupp her. Er befestigte die Zügel am Sattelknauf und schwang die Sense, während sein Hengst mit gebleckten Zähnen auf die Pferde der Feinde zustürmte. Schwarzes Blut und Körperteile wirbelten durch die Luft, als er seine Gegner zerstückelte, Pferd und Reiter verschmolzen bei ihrem Angriff zu einer Einheit.

Als Xcor einen weiteren Jäger mit der Klinge erfasste und auf Brusthöhe zweiteilte, wusste er, dass dies seine Bestimmung im Leben war, die höchste und edelste Verwendung seiner Zeit hier auf Erden. Er war zum Töten geboren, nicht zur Verteidigung.

Er kämpfte nicht für sein Volk ... sondern für sich.

Viel zu schnell war alles vorüber, und der nächtliche Nebel kräu-

selte sich um die gefallenen Lesser, *die sich in Lachen aus öligem, schwarzem Blut wanden. Die Verletzungen seiner Männer waren geringfügig. Throe hatte eine Schnittwunde in der Schulter, die ihm irgendeine Klinge zugefügt hatte. Und Zypher humpelte, ein roter Fleck zeichnete sich an der Außenseite seines Beins ab und tränkte seine Stiefel. Doch keiner der beiden ließ sich dadurch im Geringsten beeinträchtigen oder beirren.*

Xcor saß ab und steckte die Sense zurück ins Halfter. Dann zog er den stählernen Dolch und erstach einen Jäger nach dem anderen, obwohl es ihn reute, die Feinde zurück zu ihrem Schöpfer zu schicken. Er wünschte sich noch mehr Gegner, mit denen er kämpfen konnte, nicht weniger ...

Ein markerschütternder Schrei hallte durch die Nacht, und er riss den Kopf herum. Die Menschenfrau im Schlafgewand hastete die lehmige Dorfstraße hinunter, als hätte man sie aus einem Versteck aufgescheucht. Ihr dicht auf den Fersen folgte Xcors Vater, hoch auf seinem galoppierenden Ross. Es war kein faires Rennen. Der massige Bloodletter hing schräg im Sattel, als er an ihr vorbeiritt, packte sie mit einem Arm und warf sie sich mühelos über den Schoß.

Er hielt nicht an und wurde auch nicht langsamer, stattdessen tat er etwas anderes: Mitten im vollen Galopp und obwohl sein Opfer heftig durchgeschüttelt wurde, gelang es Xcors Vater, ihren zarten Hals mit den Fängen zu packen und sich in ihrer Kehle zu verbeißen, als wollte er sie mit den Zähnen festhalten.

Und sie wäre gestorben. Bestimmt wäre sie gestorben.

Wäre Bloodletter nicht vor ihr tot gewesen.

In den wabernden Nebelschwaden erschien eine geisterhafte Gestalt, als hätte sie sich aus den filigranen Tröpfchen in der Luft gebildet. Als Xcor diese Erscheinung sah, kniff er die Augen zusammen und konzentrierte sich ganz auf seinen exzellenten Geruchssinn.

Die Gestalt schien weiblich zu sein. Eine Vampirin. In einem weißen Gewand.

Und ihr Geruch erinnerte ihn an etwas, das er nicht gleich einordnen konnte.

Sie stellte sich seinem Vater in den Weg und schien völlig unbekümmert darüber, dass gleich ein Pferd und ein sadistischer Krieger über sie hinwegdonnern würden. Xcors Vater war vollkommen verzaubert von ihr. Er ließ die Menschenfrau fallen wie einen abgenagten Lammknochen.

Hier war etwas faul, dachte Xcor. Fürwahr, er war ein Mann der Tat und der Kraft und scheute wohl kaum vor einer Angehörigen des schwachen Geschlechts zurück ... doch sein ganzer Körper warnte ihn, dass dieses ätherische Wesen gefährlich war. Tödlich.

»He da! Vater!«, rief er. »Kehr um!«

Xcor pfiff nach seinem Pferd, das folgsam angetrabt kam. Er sprang in den Sattel, gab ihm die Sporen und stürzte voran, um seinem Vater den Weg abzuschneiden, während ihn eine seltsame Panik ergriff.

Doch er kam zu spät. Sein Vater hatte die Gestalt erreicht, die langsam in die Hocke gegangen war.

Grundgütiger, sie setzte zum Sprung an ...

In einem präzise ausgeführten Satz erhob sie sich in die Luft, hielt sich am Bein seines Vaters fest und schwang sich daran auf das Pferd. Dann packte sie Bloodletter an der mächtigen Brust und riss ihn mit einem Ruck, den man ihrem Geschlecht und ihrer geisterhaften Erscheinung niemals zugetraut hätte, auf die andere Seite, so dass sie gemeinsam zu Boden gingen.

Sie war also kein Geist, sondern bestand aus Fleisch und Blut.

Und das hieß, dass man sie töten konnte.

Während sich Xcor darauf vorbereitete, mit seinem Hengst direkt in die beiden hineinzupflügen, stieß die Gestalt einen Schrei aus, der alles andere als weiblich klang: Ähnlich Xcors eigenem Kriegsgebrüll durchdrang der Laut das Donnern der Hufe unter ihm und das Getöse seiner Kameraden, die ihm folgten, um sich diesem unerwarteten Angriff entgegenzustellen.

Doch im Moment gab es keinen Grund, sich einzumischen.

Sein Vater hatte sich von dem Schrecken erholt, dass er aus dem Sattel geworfen worden war. Er rollte sich auf den Rücken, zog seinen Dolch und grinste bestialisch. Fluchend zügelte Xcor sein Pferd und unterbrach sein Rettungsmanöver, denn jetzt war sein Vater wieder Herr der Lage: Einem wie Bloodletter eilte man nicht zu Hilfe – er hatte Xcor in der Vergangenheit dafür verprügelt, eine harte Lektion, die sich ihm tief eingeprägt hatte.

Dennoch stieg er aus dem Sattel und hielt sich am Rande bereit, nur für den Fall, dass sich noch mehr dieser Walküren im Wald herumtrieben.

Deshalb hörte er auch deutlich, wie sie nun einen Namen sagte.
»Vishous.«
Der Zorn seines Vaters verwandelte sich vorübergehend in Verwunderung. Und bevor er seine Verteidigungshaltung wieder einnehmen konnte, begann sie auf unheilvolle Weise zu leuchten.
»Vater!«, schrie Xcor und rannte auf ihn zu.
Aber er kam zu spät. Sie berührte ihn.
Flammen züngelten um das harte, bärtige Gesicht seines Vaters hoch und griffen auf seinen Körper über, als bestünde er aus trockenem Stroh. Und mit derselben Anmut, mit der sie ihn vom Pferd geholt hatte, sprang die Gestalt zurück und sah zu, als er verzweifelt versuchte, die Flammen zu ersticken, doch ohne Erfolg. Sein Schrei gellte durch die Nacht, als er bei lebendigem Leibe verbrannte und seine Lederkleidung keinerlei Schutz für Haut und Muskeln bot.

Es war unmöglich, nah genug an diese Feuersbrunst zu gelangen, und Xcor kam schlitternd zum Stehen. Zum Schutz riss er einen Arm vors Gesicht und wich gebückt vor der Hitze zurück, die viel heißer war, als sie hätte sein sollen.

Und die ganze Zeit stand die Gestalt vor dem sich windenden, zuckenden Leib ... und das flackernde orange Glimmen beleuchtete ihr grausam schönes Gesicht.
Das Miststück lächelte.
Und dann sah sie Xcor an. Als er ihr Gesicht vollständig er-

kennen konnte, traute er seinen Augen nicht. Doch der Flammenschein trog nicht.

Er blickte auf eine weibliche Version von Bloodletter. Das gleiche schwarze Haar, die gleiche blasse Haut und die hellen Augen. Der gleiche Körperbau. Und vor allem das gleiche rachsüchtige Leuchten in den nahezu gewalttätigen Augen, diese Verzückung und Befriedigung, einen Tod herbeizuführen, eine Kombination, die Xcor nur allzu gut von sich selbst kannte.

Einen Moment später war sie verschwunden. Sie löste sich im Nebel auf, nicht auf die Art, wie sein Volk sich dematerialisierte, sondern mehr wie eine Rauchwolke, die sich erst zentimeter-, dann meterweise verzieht.

Sobald es ihm möglich war, eilte Xcor zu seinem Vater, doch er war nicht mehr zu retten ... von ihm war kaum genug übrig, um es zu begraben. Als Xcor vor den rauchenden Knochen und dem Gestank auf die Knie sank, erlebte er einen schmählichen Moment der Schwäche: Tränen schossen ihm in die Augen. Bloodletter war ein Wüstling gewesen, aber als der einzig anerkannte männliche Erbe war Xcor ihm nahegestanden, ja, sie hatten zueinander gehört.

»Bei allem, was heilig ist«, krächzte Zypher. »Was war das?«

Xcor musste ein paarmal blinzeln, bevor er ihn über die Schulter hinweg anfunkeln konnte. »Sie hat ihn umgebracht.«

»O ja. Und wie.«

Als sich seine Kameraden um ihn versammelten, einer nach dem anderen, musste sich Xcor überlegen, was er sagen sollte, was zu tun war.

Steif richtete er sich auf. Er wollte nach seinem Pferd rufen, doch sein Mund war zu trocken, um zu pfeifen. Sein Vater ... lange sein Erzfeind und doch auch sein Fundament, war tot. Tot. Und es war so schnell passiert, viel zu schnell.

Getötet von einer Frau.

Sein Vater. Dahin.

Als er sich wieder im Griff hatte, blickte er jedem der Männer in die Augen, den zweien zu Pferde, den zweien zu Fuß, dem einen zu seiner Rechten. Schwer lastete die Erkenntnis auf ihm, dass sein zukünftiges Schicksal davon bestimmt sein würde, was er in diesem Moment tat, hier und jetzt.

Er hatte sich nicht darauf vorbereitet, aber er würde sich nicht vor seiner Verantwortung drücken:

»Hört mir zu, denn ich sage es nur einmal: Niemand wird ein Wort darüber verlieren. Mein Vater ist in der Schlacht gegen den Feind gestorben. Ich habe ihn verbrannt, um ihn zu ehren und um ihn bei mir zu behalten. Schwört es mir. Jetzt.«

Die Schurken, mit denen er schon so lange lebte und kämpfte, legten ihren Eid ab, und nachdem ihre tiefen Stimmen in der Nacht verhallt waren, beugte sich Xcor herab und zog die Finger durch die Asche. Dann hob er die Hand ans Gesicht und schmierte sich den Ruß über die Wangen bis hinab zu den dicken Adern, die sich zu beiden Seiten an seinem Hals abzeichneten. Schließlich nahm er den harten, knöchernen Schädel, der als Einziges von seinem Vater übrig war. Er hielt den rauchenden, verkohlten Überrest in die Höhe und erhob Anspruch auf die Befehlsgewalt über die Krieger.

»Ich bin von nun an euer einziger Befehlsherr. Bindet euch jetzt an mich, oder ihr seid ab heute meine Feinde. Was sagt ihr?«

Kaum einer zögerte. Die Krieger gingen auf ein Knie nieder, zogen ihre Dolche und stießen einen Kriegsschrei aus, bevor sie die Klingen zu seinen Füßen in die Erde rammten.

Xcor starrte auf ihre gesenkten Häupter und fühlte, wie sich ihm ein Mantel um die Schultern legte.

Bloodletter war tot. Jetzt, da er nicht mehr lebte, wurde er zu einer Legende, die mit der heutigen Nacht begann.

Und wie es sich gehörte, würde der Sohn in die Fußstapfen seines Vaters treten und diese Soldaten befehligen, die nicht Wrath dienen würden, dem König, der nicht regieren wollte, und auch nicht der Bruderschaft, die sich niemals auf dieses Niveau herablassen würde ... sondern einzig Xcor und niemandem sonst.

»Wir ziehen in die Richtung, aus der diese Gestalt gekommen ist«, erklärte er. »Wir werden es ihr heimzahlen, und wenn es Jahrhunderte dauert. Sie wird dafür bezahlen, was sie heute Nacht getan hat.« Jetzt pfiff Xcor laut und klar nach seinem Hengst. »Diesen Tod wird sie mit ihrem eigenen Leben bezahlen.«

Damit sprang er auf sein Pferd, ergriff die Zügel und trieb das mächtige Tier in die Nacht, während sich sein Trupp hinter ihm ordnete, bereit, für ihn in den Tod zu gehen.

Als sie aus dem Dorf ritten, steckte er sich den Schädel seines Vaters unter das lederne Kampfhemd, direkt über seinem Herzen.

Er würde seinen Tod vergelten. Und wenn es ihn das Leben kostete.

1

Gegenwart,
Aqueduct Rennbahn in Queens, New York

»Ich würde Ihnen gern einen blasen.«

Dr. Manny Manello wandte den Kopf nach rechts zu der Frau, die gesprochen hatte. Es war natürlich nicht das erste Mal, dass er diese Worte in genau dieser Kombination hörte, und die Lippen, die sie geformt hatten, enthielten bestimmt genug Silikon, um ein angenehmes Polster zu bieten. Dennoch kam das Angebot reichlich überraschend.

Candace Hanson lächelte ihn an und rückte mit manikürter Hand ihren Jacky-O-Hut zurecht. Offensichtlich hielt sie die Kombination von ladylike und vulgär für verführerisch – und vielleicht wirkte sie auf manche Kerle ja tatsächlich so.

Verflucht, zu einem anderen Zeitpunkt wäre er womöglich auf dieses Angebot eingegangen, treu nach dem Motto *Warum auch nicht*. Aber heute verbuchte er es lieber unter *Nein danke*.

Nicht im Geringsten irritiert durch seine fehlende Begeisterung beugte sie sich vor und gewährte ihm Einblick auf zwei Brüste, die dem Gesetz der Schwerkraft nicht nur widersprachen, sondern ihm regelrecht den Stinkefinger zeigten, seine Mutter beleidigten und ihm auf die Schuhe pissten. »Ich wüsste da einen geeigneten Ort.«

Das glaubte er ihr aufs Wort. »Das Rennen geht gleich los.«

Sie zog eine beleidigte Schnute. Oder vielleicht sahen ihre Lippen auch immer so aus, seit sie sie aufspritzen hatte lassen. Lieber Himmel, vor zehn Jahren hatte sie wahrscheinlich ein frisches Gesicht gehabt, doch jetzt verliehen ihr die Jahre eine Patina der Verzweiflung – zusammen mit den üblichen altersbedingten Fältchen, gegen die sie offensichtlich ankämpfte wie ein Preisboxer.

»Dann eben danach.«

Manny wandte sich wortlos ab und fragte sich, wie sie eigentlich in den Bereich für Pferdehalter gelangen hatte können. Wahrscheinlich hatte sie sich ins Getümmel gemischt, als nach dem Satteln auf der Koppel alle hier hochgedrängt waren – und zweifelsohne war sie es gewohnt, sich an Orte zu begeben, an denen sie streng genommen nichts zu suchen hatte: Candace war eine von diesen gesellschaftlichen Erscheinungen in Manhattan, die sich nur durch den fehlenden Zuhälter von einer Prostituierten unterschieden, und in vielerlei Hinsicht war sie wie eine Wespe – wenn man sie lange genug ignorierte, landete sie am Ende woanders.

Oder auf jemand anderem, in ihrem Fall.

Manny hob den Arm, damit sie nicht noch näher an ihn heranrücken konnte, lehnte sich an das Geländer seiner Loge und wartete darauf, dass man sein Mädchen auf die Rennbahn brachte. Sie hatte einen Randplatz zugewiesen bekommen, doch das war nicht weiter schlimm: Sie bevorzugte es, nicht im Feld zu laufen, und eine etwas längere Strecke war noch nie ein Problem für sie gewesen.

Die Pferderennbahn Aqueduct in Queens, New York, war nicht ganz so schick wie Belmont oder Pimlico oder die ehrwürdige Mutter aller Rennbahnen, Churchill Downs. Aber sie war auch keine schlechte Adresse. Das Areal verfügte über eine Sandbahn von etwas über einer Meile, außerdem noch eine Rasenbahn und eine kurze Strecke. Insgesamt fasste sie an die neunzigtausend Zuschauer. Das Essen war mies, aber niemand kam wirklich zum Essen hierher. Es gab auch ein paar größere Rennen, so wie das heutige: Beim Wood Memorial Stakes Rennen ging es um ein Preisgeld von 750 000 Dollar, und da es im April abgehalten wurde, bot es einen guten Richtwert für Teilnehmer am Triple Crown ...

O ja, da war sie. Da war sein Mädchen.

Als sich Mannys Augen auf GloryGloryHallelujah hefteten, wurden der Lärm der Leute, das grelle Tageslicht und die tänzelnde Silhouette der anderen Pferde in den Hintergrund gedrängt. Er hatte nur noch Augen für seine wundervolle schwarze Stute. Die Sonne blitzte auf ihrem Fell, ihre superschlanken Beine bogen sich, die zarten Hufe hoben sich elegant aus dem Staub der Rennbahn empor und senkten sich wieder. Bei ihrer Risthöhe von fast eins achtzig wirkte der Jockey auf ihrem Rücken wie eine kleine zusammengekauerte Mücke, und der Größenunterschied spiegelte auch das Machtverhältnis wider. Sie hatte vom ersten Tag ihres Trainings an keinen Zweifel daran gelassen: Die nervigen kleinen Menschlein musste sie vielleicht tolerieren, aber sie durften lediglich mitreiten. Glory bestimmte. Ihr dominantes Temperament hatte ihn bereits zwei Trainer gekostet. Und der dritte machte auch schon einen etwas frustrierten Eindruck, aber auch nur, weil seine Herrschsucht gerade mit Hufen getreten wurde: Glorys Zeiten waren hervorragend – sie hatten bloß leider nichts mit ihm zu tun. Manny kümmerte es nicht, ob das Ego von diesen Männern einen Knacks abbekam, die ihr Geld mit dem Herumkommandieren von Pferden verdienten. Sein Mädchen war eine Kämpfernatur, sie wusste, was sie tat. Er hatte kein Problem damit, ihr freien Lauf zu lassen und genussvoll zuzusehen, wie sie ihre Widersacher zermalmte.

Während seine Augen auf ihr ruhten, erinnerte er sich an den miesen Kerl, dem er sie vor etwas mehr als einem Jahr abgekauft hatte. Die zwanzig Riesen waren geschenkt gewesen angesichts ihrer Abstammung, allerdings auch wiederum ein Vermögen, betrachtete man ihr Temperament und die Tatsache, dass damals unklar war, ob man sie zum Rennen zulassen würde. Sie war ein widerspenstiger Jährling, kurz davor, auf die Strafbank verwiesen zu werden oder, schlimmer noch, als Hundefutter zu enden.

Aber er hatte Recht behalten. Solange man Glory ihren Willen ließ und ihr nicht die Show stahl, war sie sensationell.

Als die Pferde auf die Startboxen zukamen, verfielen ein paar von ihnen in den Trab, aber sein Mädchen blieb ruhig, als wüsste sie, dass es sinnlos war, ihre Energie schon vor dem Rennen auf diesen Quatsch zu verschwenden. Und ihre Gewinnchancen gefielen ihm, trotz der Startposition, denn dieser Jockey da auf ihrem Rücken war ein Star: Er wusste ganz genau, wie er mit ihr umgehen musste, und in dieser Hinsicht trug er mehr zu ihren Erfolgen bei als die Trainer. Seine Taktik war es, dafür zu sorgen, dass sie den besten Weg aus dem Feld erkannte, und sie dann frei wählen und loslegen zu lassen.

Manny stand auf und umklammerte das Eisengeländer vor ihm, genau wie der Rest der Zuschauer, die sich von ihren Sitzen erhoben und unzählige Ferngläser gezückt hatten. Als er sein Herz klopfen spürte, war er froh, denn wenn er nicht gerade im Fitnesscenter war, fühlte er seinen Herzschlag in letzter Zeit so gut wie gar nicht. Im vergangenen Jahr hatte sich sein Leben schrecklich taub angefühlt, und das war vielleicht ein Grund dafür, warum ihm diese Stute so wichtig war.

Vielleicht war sie alles, was er noch hatte.

Aber darüber würde er sich jetzt nicht den Kopf zerbrechen.

An den Startboxen entstand nun großes Geschiebe: Wenn man versuchte, fünfzehn aufgedrehte Pferde mit Beinen wie Schläger und Adrenalindrüsen, die wie Haubitzen feuerten, in klitzekleine Metallkäfige zu zwängen, verschwendete man am besten keine Zeit. Binnen einer Minute waren die Pferde in den Boxen, und die Rennbahnhelfer rannten zu den Geländern.

Herzschlag.

Gong.

Peng!

Die Tore öffneten sich, die Menge grölte, und die Pferde schossen hervor wie aus Kanonenrohren. Die Bedingungen waren perfekt. Trocken. Kühl. Schnelle Bahn.

Nicht dass das sein Mädchen gekümmert hätte. Sie würde durch Treibsand rennen, wenn es sein müsste.

Die Vollblüter donnerten vorbei, das vereinte Hämmern ihrer Hufe und die treibende Stimme des Sprechers peitschten die Stimmung in den Tribünen bis zur Ekstase auf. Doch Manny blieb ganz ruhig, seine Hände hielten das Geländer vor ihm umfasst, und seine Augen blieben auf dem Feld, während die Pferde in einem dichten Gedränge aus Rücken und Schweifen die erste Kurve nahmen.

Auf der Leinwand sah er alles, was er sehen musste. Seine Stute war Vorletzte, sie lief fast schon im leichten Galopp, während der Rest nach vorne preschte – verdammt, ihr Nacken war noch nicht einmal voll ausgestreckt. Der Jockey jedoch machte seine Sache gut, drückte sie weg vom Geländer, ließ ihr die Wahl, hinter dem Feld die Seite zu wechseln oder mitten hindurchzubrechen, wenn sie so weit war.

Manny wusste genau, was sie vorhatte. Wie eine Abrissbirne würde sie zwischen den anderen Pferden durchpflügen.

Das war so ihre Art.

Und tatsächlich, als sie an der gegenüberliegenden Geraden ankamen, legte sie los. Sie senkte den Kopf, der Hals streckte sich, und ihre Sätze wurden allmählich länger.

»Ja, verdammt«, flüsterte Manny. »Du schaffst es, mein Mädchen.«

Als Glory in das dicht gedrängte Feld vorstieß, zog sie wie der Blitz an den anderen Pferden vorbei, und sie legte nun derart an Geschwindigkeit zu, dass man sie kennen musste, um zu wissen, dass sie es absichtlich tat: Es reichte ihr nicht, sie alle zu schlagen, sie musste es auf der letzten halben Meile tun und es den Bastarden zum spätestmöglichen Zeitpunkt zeigen.

Manny stieß ein kehliges Lachen aus. Sie war wirklich eine Lady ganz nach seinem Geschmack.

»Himmelherrgott, Manello, schauen Sie sich das an.«

Manny nickte, ohne den Kerl anzusehen, der ihm ins Ohr gebrüllt hatte, denn an der Spitze der Herde wendete sich soeben das Blatt: Der führende Hengst verlor an Schwung und fiel zurück, weil seinen Beinen der Sprit ausging. Daraufhin trieb ihn der Jockey an und peitschte sein Hinterteil – womit er den gleichen Effekt erzielte wie jemand, der ein Auto mit leerem Tank beschimpft. Der Hengst in zweiter Position, ein großer Fuchs mit schlechten Manieren und einem Schritt so lang wie ein Fußballfeld, nutzte die Verlangsamung sofort aus, während der Jockey ihm seinen Willen ließ.

Eine Sekunde lang rannten die beiden Kopf an Kopf, bevor der Fuchs die Führung übernahm. Aber dabei sollte es nicht lange bleiben. Mannys Mädchen wählte diesen Moment, um sich zwischen einer Gruppe von drei Pferden durchzufädeln und sich von hinten an ihn dranzuhängen, so dicht wie ein Aufkleber an der Stoßstange.

Ganz genau, Glory war in ihrem Element, die Ohren flach am Kopf, die Zähne gebleckt.

Sie würde sie alle abhängen. Und es war unmöglich, nicht an den ersten Samstag im Mai zu denken, an dem das Kentucky Derby stattf…

Es ging furchtbar schnell.

Alles war aus und vorbei … und zwar im Bruchteil einer Sekunde.

Der Hengst rammte Glory absichtlich in die Flanke und schleuderte sie durch seine brutale Attacke ins Geländer. Glory war groß und stark, aber einem Angriff wie diesem war sie nicht gewachsen, nicht bei einer Geschwindigkeit von vierzig Meilen die Stunde.

Einen Herzschlag lang war sich Manny sicher, sie würde sich fangen. Obwohl sie strauchelte, war er überzeugt, dass sie ihren Tritt wiederfinden und diesem schamlosen Biest Manieren beibringen würde.

Doch sie stürzte. Direkt vor den drei Pferden, die sie soeben noch überholt hatte.

Sofort kam es zum Gemetzel, Pferde scherten wild aus, um dem Hindernis auszuweichen, Jockeys gaben ihre gebeugte Rennhaltung auf, in der Hoffnung, nicht vom Pferd zu fallen.

Alle schafften es. Bis auf Glory.

Als ein Raunen durch die Menge ging, sprang Manny nach vorne, raus aus der beengten Tribüne, über Zuschauer und Sitze und Absperrungen hinweg, bis er unten an der Rennstrecke war.

Über das Geländer. Über die Bahn.

Er rannte zu ihr, jahrelange sportliche Betätigung trug ihn in halsbrecherischer Geschwindigkeit zu der Szenerie, die ihm das Herz brach.

Sie versuchte sich aufzurappeln. Gesegnet sei ihr großes, wildes Herz, sie kämpfte, um wieder hochzukommen, die Augen auf das Feld geheftet, als wäre es ihr vollkommen schnuppe, dass sie verletzt war, und als wollte sie nichts anderes als die einholen, die sie im Staub zurückgelassen hatten.

Leider hielt ihr Körper andere Pläne für sie bereit: Als sie sich so abmühte, schlackerte das rechte Vorderbein unter dem Knie derart, dass Manny gar nicht unbedingt seit Jahren Orthopäde hätte sein müssen, um zu erkennen, dass sie in Schwierigkeiten steckte.

In großen Schwierigkeiten.

Als er bei ihr eintraf, war der Jockey bereits in Tränen aufgelöst. »Dr. Manello, ich habe versucht – o Gott …«

Manny kam im Sand schlitternd zum Stehen und stürzte sich auf die Zügel, während die Veterinäre angefahren kamen und ein Sichtschutz um den Unglücksort errichtet wurde.

Als die drei uniformierten Männer auf sie zukamen, wurden Glorys Augen wild vor Schmerz und Verwirrung. Manny tat sein Bestes, um sie zu beruhigen, und erlaubte ihr, den Kopf zu schütteln, so viel sie wollte, während er ihren Hals streichelte. Tatsächlich wurde sie ruhiger, als man ihr eine Spritze gab.

Zumindest hörte das verzweifelte Strampeln auf.

Der Chefveterinär musterte das Bein mit einem fachmännischen Blick und schüttelte den Kopf. Was in der Universalsprache der Welt der Pferderennen bedeutete: *Das Tier muss eingeschläfert werden.*

Manny fuhr den Mann an. »Denken Sie nicht einmal im Traum daran. Schienen Sie den Bruch, und schaffen Sie sie rüber nach Tricounty, und zwar sofort. Ist das klar?«

»Sie wird kein Rennen mehr laufen – das sieht mir ganz nach einem Mehrfach…«

»Schaffen Sie mein verdammtes Pferd von dieser Bahn, und bringen Sie sie nach Tricounty …«

»Sie ist es nicht wert …«

Manny packte den Tierarzt am Kragen und zerrte diesen Mann der einfachen Lösung an seine Brust, bis sich ihre Nasen berührten. »*Tun Sie es! Sofort!*«

Einen Moment lang herrschte Fassungslosigkeit, als wäre es für den kleinen Scheißer etwas ganz Neues, so unsanft angepackt zu werden.

Und nur damit es zwischen ihnen keine Missverständnisse gab, knurrte Manny: »Ich werde mein Pferd nicht aufgeben – aber ich habe gute Lust, Sie fallen zu lassen. Und zwar auf der Stelle.«

Der Tierarzt wich zurück, als wüsste er, dass er drauf und dran war, sich eine ordentliche Tracht Prügel einzuhandeln. »Okay … okay, schon gut.«

Manny würde nicht zulassen, dass er Glory verlor. In den letzten zwölf Monaten hatte er um die einzige Frau getrauert, die ihm je etwas bedeutet hatte, an seinem Verstand gezweifelt und angefangen, Scotch zu trinken, obwohl er das Zeug immer gehasst hatte.

Wenn Glory jetzt ins Gras biss … dann blieb ihm nicht mehr viel im Leben, so viel stand fest.

2

CALDWELL, NEW YORK
TRAININGSZENTRUM DER BRUDERSCHAFT

Verdammtes ... Feuerzeug ... So ein Scheißding ...

Vishous stand im Flur vor dem medizinischen Versorgungsbereich der Bruderschaft mit einer selbst gedrehten Zigarette zwischen den Lippen, während sein Daumen ein verdammtes Hochleistungstraining absolvierte. Doch egal, wie lange er an dem kleinen Rädchen des Feuerzeugs herumfummelte, es entstand nichts, was man eine Flamme hätte nennen können.

Tschick. Tschick. Tschick ...

Voller Abscheu schleuderte er das Schrottteil in den Papierkorb und machte sich an seinem bleigefütterten Handschuh zu schaffen. Er riss das Leder von seiner Hand und starrte auf die leuchtende Handfläche, beugte die Finger und drehte das Handgelenk.

Das Ding war halb Flammenwerfer, halb Atombombe, fähig, jedes Metall zu schmelzen, Stein in Glas zu verwandeln oder Flugzeug, Zug und Auto zu Kebab zu verarbeiten, sollte ihm der Sinn danach stehen. Außerdem ermöglichte es seine Hand ihm, mit seiner *Shellan* zu schlafen, und sie war eine von zwei Dingen, die ihm seine göttliche Mutter vermacht hatte.

Meine Fresse, und der Scheiß mit dem zweiten Gesicht war fast so spaßig wie die Nummer mit dem Todeshändchen.

Er führte die tödliche Waffe an sein Gesicht und beugte sich mit dem Ende seiner selbst gedrehten Zigarette darüber, aber nicht zu nah, sonst hätte er seine wertvolle Nikotinquelle geopfert und mit lästiger Fummelei eine neue zusammenbasteln müssen. Wofür ihm schon an guten Tagen die Geduld fehlte, aber in einem Moment wie diesem ...

Ah, was für ein herrlicher Zug.

Er lehnte sich an die Wand, stemmte die Springerstiefel aufs Linoleum und rauchte. Der Sargnagel half zwar nicht sonderlich gegen den Frust, aber wenigstens schien ihm das Rauchen ein angenehmerer Zeitvertreib als die andere Möglichkeit, die seit zwei Stunden in seinem Kopf herumspukte. Während er seinen Handschuh wieder zurechtzupfte, hatte er gute Lust, irgendetwas mit Hilfe seiner »Gabe« in Brand zu stecken.

Befand seine Zwillingsschwester sich wirklich auf der anderen Seite dieser Wand? In einem Krankenbett ... gelähmt?

Verflucht nochmal ... mit dreihundert Jahren zu erfahren, dass man eine Schwester hatte ...

Echt klasse, Mom. Herzlichen Dank auch.

Und er hatte geglaubt, er hätte die Probleme mit seinen Eltern abgearbeitet. Andererseits war auch nur einer von ihnen tot. Wenn sich die Jungfrau der Schrift ein Beispiel an Bloodletter nehmen und abtreten würde, könnte er vielleicht wieder ins Lot kommen.

Doch so, wie die Dinge standen, weckte diese neueste Enthüllung aus der Klatschpresse, gekoppelt mit Janes sinnlosem Ausflug in die Menschenwelt in ihm die Lust auf …

Tja, lieber nicht davon reden.

Er zog sein Handy raus. Prüfte es. Steckte es zurück in die Lederhose.

Verdammt, das war so typisch. Jane setzte sich etwas in den Kopf und vergaß darüber alles andere.

Selbstverständlich war er selbst keinen Deut besser, aber in einem derartigen Moment hätte er eine kurze Mitteilung durchaus zu schätzen gewusst.

Verdammte Sonne. Hielt ihn gefangen. Könnte er bei seiner *Shellan* sein, dann hätte dieser »geniale« Manuel Manello nicht den Hauch einer Chance, die Sache abzublocken. V würde ihm einfach eins überbraten, ihn in den Escalade verfrachten und samt seiner talentierten Hände hierherkarren, damit er Payne operierte.

Seiner Meinung nach war der freie Wille ein Privileg und kein Grundrecht.

Als er die Zigarette zu Ende geraucht hatte, drückte er sie an der Schuhsohle aus und schnippte den Stummel in den Müll. Er hatte Durst, einen Riesendurst – allerdings nicht auf Limonade oder Wasser. Eine halbe Kiste Grey Goose hätte ihm etwas Linderung verschafft, aber mit ein bisschen Glück würde er in Kürze im OP assistieren, und dafür musste er nüchtern bleiben.

Sobald er zurück in den Untersuchungsraum kam, verspannten sich seine Schultern, seine Kiefer klebten aufeinander, und für einen Sekundenbruchteil wusste er nicht, wie viel mehr er noch verkraftete. Wenn ihn eines mit Garantie umhauen würde, dann wäre es ein weiterer Haken von seiner Mutter, doch diese letzte Lüge war schwer zu übertreffen.

Leider gab es im Leben keine Tilt-Funktion, die das Spiel unterbrach, wenn der Flipper zu sehr schwankte.

»Vishous?«

Beim Klang der leisen, tiefen Stimme schloss er kurz die Augen. »Ja, Payne.« Er wechselte in die Alte Sprache und beendete den Satz: *»Ich bin's.«*

Er trat an die Transportliege in der Mitte des Zimmers und nahm die übliche Kauerstellung auf dem Rollhocker daneben ein. Ausgestreckt unter mehreren Decken lag Payne, mit fixiertem Kopf und einer Halskrause vom Kinn bis zum Schlüsselbein. Eine Infusionsnadel verband ihren Arm mit einem Beutel, der an einem Stahlständer hing, unten führten Schläuche zu einem Katheter, den Ehlena gelegt hatte.

Obwohl der geflieste Raum hell und sauber glänzte und die medizinische Ausstattung ungefähr so furchteinflößend war wie Teller und Tassen in einer Küche, hatte er das Gefühl, als steckten sie beide in einer schmuddeligen Höhle umzingelt von Grizzlys.

Viel besser wäre es gewesen, er hätte losziehen und den Wichser töten können, der seine Schwester in diese Lage gebracht hatte. Das Dumme war nur … dann hätte er Wrath umlegen müssen, und das wiederum wäre extrem ungut gewesen. Dieser riesige Kerl war nicht nur sein König, sondern auch ein Bruder … und dann war da noch der klitzekleine Unterschied, dass der Kampf, der Payne in diese Lage gebracht hatte, in gegenseitigem Einvernehmen stattgefunden hatte. Diese Übungskämpfe, die sich die beiden in den vergangenen zwei Monaten geliefert hatten, hatten sie beide in Form gehalten – und natürlich hatte Wrath keine Ahnung gehabt, gegen wen er da kämpfte, weil er blind war. Dass sie eine Frau war? Was soll's. Die Sache hatte auf der Anderen Seite stattgefunden, und da drüben gab es keine Männer. Aber weil der König nicht sehen konnte, war ihm entgangen, was V und allen anderen jedes Mal ins Auge sprang, wenn sie diesen Raum betraten: Paynes langer schwarzer Zopf hatte exakt die gleiche Farbe wie Vishous' Haar, sie hatte genau den gleichen Teint, und sie war gebaut wie er: groß, schlank und muskulös. Aber die Augen ... Scheiße, die Augen.

V rieb sich das Gesicht. Ihr Vater, Bloodletter, hatte zahllose Bastarde gezeugt, bevor er in einem Scharmützel mit *Lessern* getötet wurde, damals noch im Alten Land. Diese unbedeutenden Gespielinnen betrachtete V allerdings nicht als Verwandte.

Mit Payne war das anders. Sie beide hatten dieselbe Mutter, und die war nicht irgendein liebes Mütterchen. Es handelte sich um keine Geringere als die Jungfrau der Schrift. Die ultimative Mutter ihres Volkes.

Dieses Miststück.

Paynes Blick streifte V, und es schnürte ihm die Kehle zu. Ihre Augen waren weiß wie Eis, genau wie die seinen, und auch den dunkelblauen Rand um die Iris sah er jede Nacht im Spiegel. Auch die Intelligenz ... der wache Geist in diesen arktischen Tiefen war das Pendant zu dem, was unter seiner Schädeldecke brodelte.

»*Ich kann nichts fühlen*«, sagte Payne.

»Ich weiß.« Kopfschüttelnd wiederholte er: »*Ich weiß.*«

Ihr Mund verzog sich, als hätte sie unter anderen Umständen vielleicht gelächelt. »Sprich die Sprache, die dir am liebsten ist«, sagte sie mit leichtem Akzent. »Ich beherrsche ... viele.«

Genau wie er. Was hieß, dass er in sechzehn verschiedenen Sprachen unfähig war, eine angemessene Antwort zu formulieren. Mann.

»Hast du von ... deiner *Shellan* gehört?«, fragte sie schleppend.

»Nein. Möchtest du noch eine Schmerztablette?« Sie klang schwächer als vor seiner Raucherpause.

»Nein, danke. Davon wird mir ... schummrig.«
Es folgte längeres Schweigen.
Das sich noch mehr in die Länge zog.
Und noch mehr.
Himmel, vielleicht sollte er ihre Hand halten ... schließlich fühlte sie oberhalb der Hüfte alles. Ja, aber was konnte er ihr aus der Abteilung tröstende Hand schon anbieten? Die linke zitterte, und die rechte wäre tödlich gewesen.
»Vishous, die Zeit arbeitet ...«
Als seine Zwillingsschwester den Satz in der Luft hängen ließ, beendete er ihn für sie im Kopf: ... *gegen uns.*
Wie sehr er sich wünschte, dass sie sich irrte. Aber wie bei einem Schlaganfall oder Herzinfarkt verschenkte man bei einer Verletzung der Wirbelsäule mit jeder Minute, die der Patient nicht behandelt wurde, Chancen auf eine Rettung.
Dieser Mensch war hoffentlich so genial, wie Jane behauptete.
»Vishous?«
»Ja?«
»Wäre es dir lieber gewesen, ich wäre nicht hierhergekommen?«
Vishous runzelte die Stirn. »Was redest du da für einen Unsinn? Natürlich will ich dich bei mir haben.«
Während er nervös mit dem Fuß zu wippen begann, fragte er sich, wie lange er noch bleiben musste, bevor er die nächste Raucherpause würde einlegen können. Er konnte kaum atmen, derart gezwungen, tatenlos herumzusitzen, während seine Schwester litt und ihm von den vielen Fragen fast der Schädel platzte. Tausende Wies und Warums schwirrten in seinem Kopf umher, aber er konnte die Fragen nicht aussprechen. Payne machte den Eindruck, als könnte sie jeden Moment vor Schmerz ins Koma fallen, also war jetzt wohl kaum der richtige Zeitpunkt für einen Kaffeeklatsch.

Scheiße, Vampire mochten ja blitzschnell heilen, aber sie waren alles andere als unsterblich.

Am Ende verlor er seine Zwillingsschwester noch, bevor er sie richtig kennengelernt hatte.

Bei diesem Gedanken warf er einen Blick auf den Monitor, um sich die Vitalzeichen anzusehen. Die Angehörigen seines Volkes hatten von Natur aus einen niedrigeren Blutdruck, aber ihrer bewegte sich bei knapp über null. Ihr Puls ging langsam und unregelmäßig. Deshalb hatte man das Pulsoxymeter auch ausschalten müssen, weil es sonst ständig Alarm geschlagen hätte.

Als sich ihre Augen schlossen, fürchtete er, es könnte das letzte Mal sein, und was hatte er für sie getan? Sie beinahe angeschrien, als sie ihm eine Frage gestellt hatte.

Er beugte sich zu ihr hinab und kam sich vor wie ein Arschloch. »Halte durch, Payne. Ich beschaffe dir, was du brauchst, aber du musst durchhalten.«

Die Lider seiner Schwester hoben sich, und sie blickte ihn starr an, da man ihren Kopf fixiert hatte. »Ich bereite dir nichts als Probleme.«

»Mach dir um mich keine Sorgen.«

»Aber ich habe mein Leben lang nichts anderes getan.«

V runzelte erneut die Stirn. Ganz offensichtlich war diese Geschwistergeschichte nur für ihn etwas Neues, und er musste sich fragen, wie zur Hölle sie von ihm erfahren hatte können.

Und was sie wusste.

Scheiße, ein weiterer Grund, sich zu wünschen, er hätte etwas konventionellere Vorlieben gehegt.

»Du bist dir so sicher bei diesem Heiler, den du suchen lässt«, murmelte sie.

Ähm, tja, eigentlich nicht. Für ihn stand nur eines fest: Wenn dieser Bastard sie sterben ließ, würde es heute Nacht ein Doppelbegräbnis geben – vorausgesetzt, von dem Menschen war hinterher noch etwas übrig, das man begraben oder verbrennen konnte.

»Vishous?«

»Meine *Shellan* vertraut ihm.«

Paynes Augen schweiften nach oben und verharrten dort. Betrachtete sie die Decke? Die Untersuchungslampe, die über ihr hing? Etwas, das für ihn unsichtbar war?

Schließlich bat sie ihn: »Willst du mich nicht fragen, wie lange ich bei unserer Mutter in Gewahrsam war?«

»Bist du dir sicher, dass du die Kraft dafür hast?« Als ihre Augen wütend aufblitzten, hätte er fast gelächelt. »Also gut, wie lang?«

»Was für ein Jahr schreiben wir hier auf der Erde?« Als er es ihr sagte, weiteten sich ihre Augen. »Fürwahr. Nun, es waren Jahrhunderte. *Mahmen* hat mich … Hunderte von Lebensjahren gefangen gehalten.«

Vishous spürte, wie die Spitzen seiner Fänge vor Wut prickelten. Diese Mutter … er hätte wissen müssen, dass der kürzlich mit ihr geschlossene Friede nicht von Dauer sein würde. »Jetzt bist du frei.«

»Bin ich das?« Sie blickte hinunter auf ihre Beine. »Ich könnte es nicht ertragen, im nächsten Gefängnis zu enden.«

»Das wirst du nicht.«

Doch nun wurde ihr eisiger Blick durchdringend. »Ich kann so nicht leben. Verstehst du, was ich sage?«

Vishous gefror das Blut in den Adern. »Hör zu, ich werde diesen Arzt hierherschaffen und …«

»Vishous«, unterbrach sie ihn heiser. »Im Ernst, ich würde es tun, wenn ich könnte, aber ich kann es nicht, und ich habe sonst niemanden, an den ich mich wenden könnte. Verstehst du mich?«

Als er ihr in die Augen blickte, wollte er am liebsten schreien. Sein Magen verkrampfte sich, und Schweiß trat auf seine Stirn. Er war ein geborener und gelernter Killer, aber diese Fertigkeit wollte er doch nicht gegen sein eigenes Blut richten. Nun, ausgenommen das ihrer Mutter natürlich. Und vielleicht hätte er es noch bei seinem Vater getan, nur dass der Kerl von selbst gestorben war.

Okay, kleine Korrektur: Seiner *Schwester* hätte er niemals etwas angetan.

»Vishous, verstehst du ...«

»Ja.« Er blickte auf seine verfluchte Hand und beugte die Finger. »Ich hab's kapiert.«

Tief in seinem Inneren setzte sich ein Rädchen in Bewegung. Vishous kannte dieses Vibrieren, es hatte ihn den größten Teil seines Lebens begleitet – dennoch traf es ihn nun völlig unvorbereitet. Seit Jane und Butch in sein Leben getreten waren, hatte er dieses Gefühl nicht mehr gehabt, und es jetzt wieder zu spüren, war für ihn ... die nächste verfluchte Katastrophe.

In der Vergangenheit hatte es ihn ernsthaft aus der Bahn geworfen und zu Hardcoresex und gefährlichen Randerfahrungen getrieben.

Und zwar in Schallgeschwindigkeit.

Paynes Stimme wirkte schwach. »Und, wie lautet deine Antwort?«

Verdammt, er hatte sie gerade erst kennengelernt.

»Ja.« Er betrachtete seine tödliche Hand. »Ich werde mich um dich kümmern. Sollte es tatsächlich so weit kommen.«

Payne blickte aus dem Käfig ihres bleiernen Körpers, doch das düstere Profil ihres Zwillingsbruders war alles, was sie sehen konnte. Sie hasste sich dafür, ihn in diese scheußliche Lage zu bringen. Seit ihrer Ankunft auf dieser Seite hatte sie versucht, einen anderen Plan herauszuarbeiten, eine andere Möglichkeit zu finden, eine andere ... irgendwas.

Aber was sie wollte, konnte sie sich wohl kaum von einem Fremden erbitten.

Andererseits war auch er für sie fast noch ein Fremder.

»Danke«, sagte sie. »Mein Bruder.«

Vishous nickte nur einmal und blickte dann wieder starr vor sich hin. Wenn man ihn leibhaftig vor sich hatte, war er so viel mehr als die Summe seiner Gesichtszüge und die enorme Größe seiner Gestalt. Bevor sie von ihrer *Mahmen* gefangen genommen worden war, hatte sie ihn lange in den sehenden Wassern der geweihten Auserwählten beobachtet. Sie hatte bei seinem ersten Erscheinen im seichten Wasser erkannt, was er war – sie hatte ihn gesehen und sich selbst erblickt.

Was hatte er für ein Leben führen müssen. Angefangen mit dem Kriegslager und der Brutalität ihres Vaters ... und jetzt das.

Unter der Fassade seiner scheinbaren Gelassenheit kochte er. Sie spürte es bis in die Knochen, die Verbindung zwischen ihnen verschaffte ihr Einblicke in sein Inneres, die über das hinausgingen, was ihre Augen sahen: Rein äußerlich schien er gefasst. Wie bei einer Ziegelmauer waren die einzelnen Elemente ordentlich und fest vermörtelt. Darunter jedoch brodelte es ... und der sichtbare Beweis war seine rechte Hand. Aus dem Handschuh leuchtete ein heller Schein hervor ... und er strahlte immer greller. Ganz besonders, nachdem sie ihm gerade diese Frage gestellt hatte.

Ihr wurde bewusst, dass das hier womöglich die einzige Zeit war, die ihnen gemeinsam vergönnt war, und ihre Augen füllten sich erneut mit Tränen.

»Du bist mit dieser Heilerin verbunden?«, flüsterte sie.

»Ja.«

Erneut folgte Schweigen, und sie wünschte, sie hätte ihn in ein Gespräch verwickeln können. Aber es wurde nur zu deutlich, dass er ihr lediglich aus Höflichkeit antwortete. Und doch glaubte sie ihm, als er behauptete, froh zu sein, sie hier zu haben. Er schien ihr nicht die Sorte Mann zu sein, die log – nicht aufgrund seiner Moralvorstellungen oder weil es ihm die Höflichkeit gebot, sondern eher, weil ihm für eine derartige Anstrengung die Zeit und der Antrieb fehlten.

Paynes Augen schweiften wieder zu dem Ring aus hellem Feuer, der über ihr hing. Sie wünschte, er würde ihre Hand halten oder sie sonst irgendwie berühren, aber sie hatte sich schon mehr als genug von ihm erbeten.

Also lag sie auf der Transportliege, und alles an ihrem Körper fühlte sich falsch an, schwer und gewichtslos zugleich. Ihre einzige Hoffnung ruhte auf den Krämpfen, die in ihre Beine fuhren und bis in die Füße zu spüren waren, so dass sie zuckten. Sicher war das ein Zeichen, dass noch nicht alles verloren war, redete sie sich ein.

Doch noch während sie unter diesem Gedanken Zuflucht suchte wie unter einem Schirm, meldete sich eine leise, ruhige Stimme in ihrem Kopf, die ihr sagte, dass ihr theoretisches Gebilde dem Regen nicht standhalten würde, der über dem kümmerlichen Rest ihres Lebens hing: Denn obgleich sie ihre Hände nicht sah, spürte sie doch das kühle, weiche Laken und die glatte Kälte der Liege, wenn sie darüberfuhr. Doch wenn sie ihren Füßen das Gleiche befahl, dann war es, als triebe sie im stillen, lauen Wasser des Badebeckens auf der Anderen Seite, umfangen von einer unsichtbaren Umarmung, in der man nichts spürte.

Wo blieb nur dieser Heiler?

Die Zeit ... sie verstrich.

Aus qualvollem Warten wurde unerträgliches Sehnen. Ihre Kehle war wie zugeschnürt, und sie wusste nicht, ob es an ihrem Zustand lag oder an der Stille in diesem Raum. Fürwahr, ihr Bruder und sie waren beide stumm – nur aus völlig unterschiedlichen Gründen: Sie spazierte wacker ins Nichts, während er kurz davor stand, zu explodieren.

Da sie sich irgendeine Form der Ablenkung erhoffte, murmelte sie: »Erzähl mir von diesem Heiler.«

Ein kühler Windhauch wehte ihr ins Gesicht, und der Duft von dunklen Gewürzen ließ sie darauf schließen, dass es sich um einen männlichen Heiler handelte.

»Er ist der Beste«, murmelte Vishous. »Jane schwärmt von ihm und lobt ihn in den höchsten Tönen.«

Vishous schien weniger begeistert von diesem Heiler, aber männliche Vampire duldeten nun einmal keine Konkurrenten in der Nähe ihrer *Shellans*.

Aber wer aus dem Volk der Vampire mochte es sein, überlegte sie. Der einzige Heiler, den Payne in den Wassern gesehen hatte, war Havers. Und den hätte man doch wohl nicht erst suchen müssen, oder?

Vielleicht gab es einen anderen, den sie noch nicht erblickt hatte. Schließlich hatte sie nicht allzu viel Zeit damit verbracht, den Ereignissen auf der Erde zu folgen, und wenn sie ihrem Bruder glauben durfte, waren zwischen ihrer Gefangennahme und ihrer Freilassung viele, viele Jahre vergangen, also ...

Plötzlich schwappte eine Welle der Erschöpfung über sie hinweg, spülte alle Gedanken fort und sickerte bis in ihr Mark, so dass sie noch schwerer auf die Transportliege gedrückt wurde.

Doch als sie die Augen schloss, ertrug sie die Dunkelheit nicht. Panisch riss sie die Lider wieder hoch. Während ihre Mutter sie in diesem scheintoten Zustand gehalten hatte, war sie sich ihrer tristen, unbegrenzten Umgebung und den sich dahinschleppenden Momenten und Minuten nur allzu bewusst gewesen. Diese Lähmung hier glich zu sehr dem Zustand, unter dem sie jahrhundertelang gelitten hatte.

Und das war der Grund, weswegen sie Vishous diese

schreckliche Bitte vorgebracht hatte. Sie wollte nicht auf diese Seite gekommen sein, nur um noch einmal das zu erleben, wovor sie so verzweifelt hatte fliehen wollen.

Tränen verschleierten ihr die Sicht und brachten die helle Lichtquelle zum Flackern.

Wie sehr sie sich doch wünschte, ihr Bruder würde ihre Hand halten.

»Bitte weine nicht«, sagte Vishous. »Weine ... nicht.«

Sie war überrascht, dass es ihm aufgefallen war. »Natürlich, du hast Recht. Weinen hilft nicht.«

Sie bemühte sich, wieder Fassung zu erlangen, aber es war ein qualvoller Kampf. Obwohl ihr Wissen von der Heilkunst begrenzt war, konnte man sich mit den Mitteln einfacher Logik zusammenreimen, was ihr bevorstand: Da sie von höchster Abstammung war, hatte die Regeneration ihres Körpers bereits in dem Moment begonnen, in dem sie sich im Kampf mit dem Blinden König verletzt hatte. Doch der schnelle Heilungsprozess, der ihr normalerweise das Leben gerettet hätte, verschlimmerte in diesem Fall ihre Lage – und das vermutlich auf Dauer.

Gebrochene Wirbelsäulen, die von selbst wieder zusammenwuchsen, taten dies nämlich selten auf die richtige Weise, und die Lähmung ihrer Unterschenkel war der untrügliche Beweis dafür.

»Warum betrachtest du immerzu deine Hand?«, fragte sie, den Blick noch immer auf das Licht gerichtet.

Einen Moment lang herrschte Schweigen. Aufs Neue. »Was glaubst du denn, warum ich es tue?«

Payne seufzte. »Ich kenne dich, mein Bruder. Ich weiß alles über dich.«

Als er darauf nichts erwiderte, schien ihr die Stille fast so gesellig wie die Inquisitoren im Alten Land.

Was hatte sie hier nur angezettelt?

Und wo würden sie enden, wenn all das vorüber war?

3

Manchmal konnte man nur herausfinden, wie weit man gekommen war, indem man an Orte des früheren Lebens zurückkehrte.

Als Dr. med. Jane Whitcomb die St.-Francis-Klinik betrat, wurde sie in ihr altes Leben zurückkatapultiert. Einerseits lag das gar nicht mal so lang zurück – bis vor einem Jahr war sie hier Leiterin der Unfallstation gewesen, hatte in einem Apartment voll mit den Sachen ihrer Eltern gewohnt und war täglich zwanzig Stunden zwischen Notaufnahme und OPs hin- und hergeeilt.

Ganz anders heute.

Ein deutlicher Hinweis darauf, wie sehr die Dinge sich gewandelt hatten, war allein schon die Art und Weise, wie sie die Klinik betreten hatte. Unnötig, sich mit den Drehtüren aufzuhalten. Oder mit den Schwingtüren zum Empfangsbereich.

Sie spazierte einfach durch die Glaswände und passierte das Sicherheitspersonal am Empfang, ohne dass dieses Notiz von ihr nahm.

Darin waren Geister nämlich gut.

Seit ihrer Verwandlung konnte sie sich an alle denkbaren Orte begeben und überall hineingelangen, ohne dass jemand etwas von ihrer Gegenwart erahnte. Aber sie konnte auch feste Gestalt annehmen wie jedermann, wenn sie sich kraft ihres Willens verstofflichte. In der einen Form war sie ein rein ätherisches Wesen, in der anderen ein Mensch wie früher, fähig zu essen, zu lieben und zu leben.

Das war ein gewaltiger Vorteil, den ihr Job als private Chirurgin der Bruderschaft mit sich brachte.

Wie zum Beispiel jetzt. Wie hätte sie sonst mit so wenig Tamtam wieder in die Menschenwelt eintauchen können?

So eilte sie über den polierten Steinboden des Empfangsbereichs, vorbei an der Marmorwand mit den eingravierten Namen der Gönner und Sponsoren, und huschte zwischen den Menschen hindurch. In dem ganzen Gedränge waren ihr so viele Gesichter vertraut, von Leuten aus der Verwaltung bis hin zu Ärzten und Pflegepersonal, mit denen sie jahrelang zusammengearbeitet hatte. Selbst die aufgelösten Patienten und ihre Familien wirkten anonym und vertraut zugleich – in gewisser Hinsicht waren die Masken der Trauer und Sorge stets die gleichen, egal, auf welchen Gesichtern sie sich zeigten.

Sie eilte zur Hintertreppe, auf der Jagd nach ihrem früheren Chef. Und, Himmel, fast war ihr zum Lachen zumute. In all den Jahren, die sie zusammengearbeitet hatten, war sie mit allen möglichen Katastrophen zu ihm gekommen, aber ihr aktuelles Anliegen übertraf jede Massenkarambolage, jedes Flugzeugunglück und jeden Gebäudeeinsturz.

Und zwar alles zusammengenommen.

Sie wehte durch einen metallenen Notausgang und schwebte die Hintertreppe hoch, ohne dass ihre Füße die Stufen berührten, wie ein Lufthauch bewegte sie sich ohne jede Anstrengung vorwärts.

Es musste einfach klappen. Sie musste Manny dazu bringen, mitzukommen und sich um diese Wirbelsäulenfraktur zu kümmern. Basta. Es gab keine Alternative, keine Eventualität, kein Wenn und kein Aber. Das hier war der alles entscheidende Pass … und sie betete, dass der Empfänger in der Endzone den verdammten Football auffing.

Ein Glück, dass sie unter Stress gut funktionierte. Und dass sie den Mann, auf den sie es abgesehen hatte, in- und auswendig kannte.

Manny würde sich der Herausforderung stellen. Selbst wenn er vieles an den Umständen nicht verstehen und sich wahrscheinlich fürchterlich aufregen würde, weil sie noch »lebte«, könnte er doch keinen Notfallpatienten im Stich lassen. Dazu war er einfach nicht fähig.

Im zehnten Stock verflüchtigte sie sich erneut durch eine Feuerschutztür und gelangte in den Verwaltungsbereich der Chirurgie. Hier herrschte ein Ambiente wie in einer Anwaltskanzlei, alles wirkte dunkel, gediegen und schweineteuer. Verständlich. Die Chirurgie war eine wichtige Einkommensquelle für jede Uniklinik, und viel Geld wurde investiert, um die genialen und arroganten Zöglinge zu rekrutieren, zu halten und zu beherbergen, die ihren Lebensunterhalt mit dem Aufschneiden ihrer Mitmenschen verdienten.

Unter den Skalpellkünstlern im St. Francis war Manny Manello der Platzhirsch. Er war nicht nur Leiter der Fachabteilung, so wie Jane es gewesen war, sondern stand dem gesamten Verein vor. Und damit war er gefeierter Filmstar, Stabsfeldwebel und Präsident der Vereinigten Staaten in einem, fein säuberlich verpackt in einem ein Meter achtzig großen, gut gebauten Kerl. Er war schrecklich launisch, überaus intelligent und hatte einen Geduldsfaden von gerade mal einem Millimeter Länge.

An guten Tagen.

Und er war ein absolutes Juwel.

Seine Spezialität waren hochkarätige Berufssportler. Er hatte eine Menge Knie, Hüften und Schultern behandelt, die sonst das Ende für Football-, Baseball- und Hockeykarrieren bedeutet hätten. Aber er hatte auch reichlich Erfahrung mit der Wirbelsäule. Ein zusätzlicher Neurochirurg wäre zwar hilfreich gewesen, aber das, was Paynes Röntgenaufnahmen zeigten, war in erster Linie ein orthopädisches Problem, denn war das Rückenmark durchtrennt, half auch keine neurologische Behandlung mehr. So weit war die Medizin einfach noch nicht.

Als sie an der Empfangstheke vorbeikam, musste sie kurz anhalten. Links lag ihr altes Büro, in dem sie zahllose Stunden Papierkram erledigt und sich mit Manny und dem Rest des Teams besprochen hatte. Auf dem Namensschild neben der Tür stand jetzt THOMAS GOLDBERG, LEITER DER UNFALLSTATION.

Goldberg war eine ausgezeichnete Wahl.

Dennoch schmerzte es sie, das neue Schild zu sehen.

Aber hatte sie etwa erwartet, Manny würde ihren Schreibtisch und ihr Büro zu einer Gedenkstätte machen?

Das Leben ging weiter. Ihres. Seins. Das der Klinik.

Mit einem Tritt in den eigenen Hintern riss sie sich los und schritt weiter über den Teppich im Flur, während sie an ihrem weißen Kittel und dem Kuli in der Tasche herumfummelte, und an dem Handy, von dem sie noch keinen Gebrauch gemacht hatte.

Sie hätte jetzt keine Zeit, ihre rätselhafte Rückkehr von den Toten zu begründen oder Manny lang zu überreden, geschweige denn, die Verwirrung zu klären, die sie stiften würde. Denn sie hatte keine Wahl, sie musste ihn irgendwie dazu bewegen, mit ihr zu kommen.

Vor der verschlossenen Tür zu seinem Büro blieb sie stehen, stählte sich innerlich und stapfte dann einfach durch die …

Er saß nicht an seinem Schreibtisch. Auch nicht am Konferenztisch in der Nische.

Eilig warf sie einen Blick in seine Nasszelle ... auch hier keine Spur von ihm, keine beschlagenen Glastüren oder feuchte Handtücher beim Waschbecken.

Zurück im Büro atmete sie tief durch ... und schluckte, als sie den dezenten Duft seines Aftershaves in der Luft wahrnahm.

Gott, wie sie ihn vermisste.

Sie schüttelte den Kopf und ging um seinen Schreibtisch herum, um sich das Chaos darauf anzusehen. Krankenakten, stapelweise interner Schriftverkehr, Berichte von der Patientenvertretung und dem Ausschuss für Qualitätssicherung. Da es gerade mal kurz nach fünf an einem Samstagnachmittag war, hatte sie ihn eigentlich hier erwartet: Geplante Operationen fanden am Wochenende nicht statt, wenn er also nicht gerade Bereitschaft hatte und mit einem Unfallpatienten beschäftigt war, hätte er an seinem Schreibtisch sitzen müssen, um Ordnung in den Papierkram zu bringen.

Manny war ein absoluter Workaholic.

Sie verließ das Büro und überprüfte den Schreibtisch seiner Sekretärin. Auch hier keinerlei Hinweise auf Mannys Verbleib, da die gute Frau seinen Terminplan in ihrem Computer führte.

Als Nächstes sah sie unten in den OPs nach. Im St. Francis gab es die verschiedensten Operationssäle, geordnet nach Fachbereichen, und Jane machte sich auf den Weg zu dem, in dem er normalerweise operierte. Sie blickte durch die Fenster in den Schwingtüren und sah, wie an einer Rotatorenmanschette am Oberarm sowie an einem unschönen Mehrfachbruch gearbeitet wurde. Doch trotz des Mundschutzes und der Hauben der Chirurgen erkannte sie, dass keiner von ihnen Manny war. Seine Schultern waren so breit, dass selbst der größte Kittel an ihm spannte, und außerdem drang von beiden Operationstischen jeweils die falsche Musik zu ihr. Mozart? Niemals. Pop? Nur über seine Leiche.

Manny hörte ausschließlich psychedelischen Rock und Heavy Metal. Und zwar in einer Lautstärke, dass die OP-Helfer die letzten Jahre am liebsten Ohrstöpsel getragen hätten, wäre das nicht gegen die Vorschriften gewesen.

Verdammt. Wo zum Teufel steckte er? Konferenzen gab es nicht um diese Jahreszeit, und ein Privatleben außerhalb der Klinik hatte er nicht. Blieb nur noch die Möglichkeit, dass er sich im Commodore aufhielt – entweder auf der Couch in seiner Wohnung, eingeschlafen vor Erschöpfung, oder im Fitnesscenter des Hochhauses.

Auf dem Weg nach draußen schaltete sie ihr Handy ein und wählte die Nummer der Vermittlung der Klinik.

»Ja, hallo«, sagte sie, als sich jemand meldete. »Ich würde gern Dr. Manny Manello anpiepsen. Mein Name?« Scheiße. »Äh ... Hannah. Hannah Whit. Meine Nummer lautet folgendermaßen ...«

Jane legte auf und fragte sich, was sie eigentlich sagen sollte, wenn er anrief, aber sie war gut im Improvisieren – und sie betete, dass diese Fähigkeit sie nicht im Stich lassen würde. Wäre die Sonne bereits hinter dem Horizont gestanden, hätte einer der Brüder kommen und Manny eine kleine Gehirnwäsche verpassen können. Damit hätte man den ganzen Prozess vereinfacht, ihn zum Anwesen der Bruderschaft zu bringen.

Allerdings nicht Vishous. Jemand anders hätte das übernehmen müssen. Jeder außer ihm.

Ihr Instinkt sagte ihr, dass man die beiden so weit wie möglich auseinanderhalten musste. Sie hatten bereits eine Verletzte. Niemandem wäre geholfen, wenn sie ihren ehemaligen Chef in den Streckverband stecken müsste, weil ihr Mann sein Revier verteidigen musste und beschloss, selbst eine Wirbelsäule zu brechen: Kurz vor ihrem Tod war Manny nämlich in mehr als nur beruflicher Hinsicht an ihr interessiert gewesen. Wenn er also nicht spontan eines dieser Barbiepüppchen geehelicht hatte, mit denen er sich normalerweise umgab, war er wahrscheinlich noch immer Single ... und nachdem sich rarzumachen eine bewährte Methode war, um jemanden noch stärker an sich zu binden, waren seine Gefühle vermutlich unvermindert vorhanden.

Andererseits war es genauso gut möglich, dass er sie wegen ihrer Farce mit dem tödlichen Unfall zum Teufel jagte.

Nur gut, dass er sich an nichts von alledem erinnern könnte.

Was sie selbst betraf, fürchtete sie, dass sie die nächsten vierundzwanzig Stunden niemals vergessen würde.

Die Tricounty-Pferdeklinik war hervorragend ausgestattet. Sie lag fünfzehn Minuten von der Aqueduct-Rennbahn entfernt und verfügte über alles Nötige, von Operationssälen und voll ausgestatteten Aufwachräumen bis hin zu Wassertherapiebecken und einer topmodernen radiologischen Abteilung. Und sie war mit Leuten besetzt, für die Pferde mehr waren als reine Spekulationsobjekte auf vier Hufen.

Im OP betrachtete Manny die Röntgenaufnahmen vom Vorderbein seiner Glory und wünschte, er könnte diese Sache selbst in die Hand nehmen: Die Brüche in der Speiche waren deutlich zu erkennen, aber das war es nicht, was ihm Sorgen bereitete. Einige scharfkantige Splitter waren abgesprengt und verteilten sich wie Monde um einen Planeten um das knollenförmige Ende des langen Knochens.

Auch wenn Glory einer anderen Spezies angehörte, hätte er die Operation bewältigen können. Solange der Anästhesist sie ruhigstellte, wäre der Rest kein Problem für ihn gewesen. Knochen war Knochen.

Aber er würde sich jetzt nicht wie ein Idiot aufführen.

»Was meinen Sie?«, fragte er.

»Nach meiner professionellen Einschätzung«, antwortete der Tierarzt, »ist die Sache ziemlich ernst. Es handelt sich um einen dislozierten Trümmerbruch. Die Heilung wird langwierig sein, und ich kann nicht einmal Zuchteignung garantieren.«

Das Dumme war: Pferde waren darauf ausgelegt, aufrecht auf vier Beinen zu stehen und ihr Gewicht gleichmäßig darauf zu verteilen. Brach ein Bein, war die Verletzung oftmals nicht das Schlimmste, sondern vielmehr die Tatsache, dass sie ihr Gewicht unverhältnismäßig auf die gesunde Seite verlagern mussten, um auf den Beinen zu bleiben. Und das sorgte für Komplikationen.

Bei Glorys Befund hätten die meisten Halter sich für einen schnellen Tod entschieden. Sein Mädchen war zum Rennen geboren, doch das war mit dieser fatalen Verletzung nicht länger möglich, selbst im Freizeitbetrieb nicht – wenn sie denn überlebte. Und als Arzt wusste er um die Grausamkeit medizinischer Rettungsaktionen, die den Patienten in einen Zustand versetzten, der schlimmer als der Tod war – oder das Unvermeidbare nur qualvoll hinauszögerten.

»Dr. Manello? Haben Sie gehört, was ich gesagt habe?«

»Ja. Habe ich.«

Aber zumindest sah dieser Kerl, anders als der Waschlappen an der Rennstrecke, genauso niedergeschmettert aus, wie Manny sich fühlte.

Er wandte sich ab und ging zu Glory. Sie hatten sie auf einen Tisch gehievt, und Manny legte die Hand auf ihre runde Wange. Ihr schwarzes Fell glänzte unter den grellen Lampen. Inmitten der hellen Fliesen und dem rostfreien

Stahl lag sie wie ein Schatten da, verloren und vergessen in der Mitte des Raums.

Eine Weile beobachtete er, wie sich ihr mächtiger Brustkorb mit dem Atem hob und senkte. Allein ihr Anblick hier auf diesem Tisch, die schönen Beine wie Stöcke und der Schweif, der auf die Fliesen hing, brachte ihm zu Bewusstsein, dass Tiere wie sie dazu geschaffen waren, auf den Beinen zu stehen. Das hier war völlig wider die Natur. Und so was von ungerecht.

Sie nur deswegen am Leben zu halten, weil er ihren Tod nicht ertragen hätte, war keine Lösung.

Manny riss sich zusammen und setzte zum Sprechen an ...

Das Vibrieren in der Brusttasche seines Anzugs schnitt ihm jedoch das Wort ab. Mit einem hässlichen Fluch zog er sein BlackBerry raus und sah nach, wer ihn anrief, nur für den Fall, dass es die Klinik war. Hannah Whit? Mit einer fremden Nummer?

Er kannte sie nicht. Und er hatte keinen Bereitschaftsdienst.

Wahrscheinlich hatte sich die Vermittlung verwählt.

»Ich möchte, dass Sie operieren«, hörte er sich sagen, als er das Ding wieder einsteckte.

Das darauf folgende kurze Schweigen gab ihm reichlich Zeit, zu der Einsicht zu gelangen, dass es nach Feigheit roch, sie nicht gehen zu lassen. Aber mit diesem psychologischen Quatsch konnte er sich nicht rumschlagen, sonst würde er noch den Verstand verlieren.

»Ich kann Ihnen nichts garantieren.« Der Tierarzt betrachtete erneut die Röntgenaufnahmen. »Ich weiß nicht, was dabei herauskommt, aber ich verspreche Ihnen – ich werde mein Bestes tun.«

Gott, jetzt wusste er, wie sich die Angehörigen von Patienten fühlten, wenn er mit ihnen sprach. »Danke. Kann ich hier drin zusehen?«

»Selbstverständlich. Ich bringe Ihnen etwas zum Überziehen, Sie kennen sich ja mit OP-Kleidung aus, Doktor.«

Zwanzig Minuten später begann die Operation. Manny sah vom Kopfende des OP-Tisches aus zu und streichelte Glorys Stirnlocke mit seiner latexbehandschuhten Hand, obwohl das Tier bewusstlos war. Der Chefarzt machte seine Sache gut, das musste Manny zugestehen, methodisch und geschickt – die OP war somit das Erste, das seit Glorys Sturz richtig lief. Die Prozedur war in weniger als einer Stunde überstanden, die Knochensplitter teils festgeschraubt und teils entfernt. Dann banden sie das Bein nach oben und verfrachteten die Stute vom OP in ein Wasserbecken, damit sie sich nicht noch ein Bein brach, wenn sie aus der Narkose erwachte.

Manny blieb bei ihr, bis sie wieder wach war, und folgte dem Arzt dann nach draußen.

»Ihre Vitalzeichen sind gut, und die Operation ist ohne Komplikationen verlaufen«, resümierte der Tierarzt, »aber Ersteres kann sich schnell ändern. Und es wird dauern, bis wir wissen, woran wir sind.«

Verfluchte Scheiße. Genau den gleichen kleinen Vortrag hielt er Angehörigen und Verwandten, wenn es für sie an der Zeit war, heimzugehen, sich auszuruhen und abzuwarten, ob der Patient sich von der Operation erholte.

»Wir melden uns bei Ihnen«, versprach der Tierarzt. »Und halten Sie auf dem Laufenden.«

Manny streifte die Handschuhe ab und holte seine Visitenkarte heraus. »Für den Fall, dass Sie meine Kontaktdaten nicht sowieso schon in Ihren Unterlagen haben.«

»Wir haben sie.« Der Mann nahm die Karte trotzdem entgegen. »Wenn es Neuigkeiten gibt, erfahren Sie es als Erster, und ich werde Sie persönlich alle zwölf Stunden auf den aktuellen Stand bringen, wenn ich meine Runde mache.«

Manny nickte und streckte dem Mann die Hand hin. »Danke, dass Sie sich um sie gekümmert haben.«

»Gern geschehen.«

Nachdem sie sich gegenseitig die Hände geschüttelt hatten, deutete Manny mit einer Kopfbewegung in Richtung Schwingtür. »Was dagegen, wenn ich mich noch von ihr verabschiede?«

»Bitte.«

Drinnen nahm er sich einen Moment Zeit mit seiner Stute. Gott … wie das schmerzte.

»Lass mich nicht hängen, mein Mädchen.« Er musste flüstern, weil sich ihm der Hals zuschnürte.

Als er sich aufrichtete, sah ihn das Team im OP mit einer Traurigkeit an, die ihn nicht mehr loslassen würde.

»Wir werden uns bestens um sie kümmern«, versicherte ihm der Tierarzt.

Manny glaubte ihm, und nur aus diesem Grund schaffte er es zurück nach draußen.

Das Tricounty-Gebäude war riesig, und er brauchte eine Weile, bis er sich umgezogen und dann zurück zu seinem Auto gefunden hatte, das vor dem Haupteingang parkte. In der Ferne war die Sonne untergegangen, und ein schnell schwindendes apricotfarbenes Leuchten überzog den Himmel, als ob Manhattan verglühen würde. Die Luft war kühl, duftete aber nach den ersten Bemühungen des Frühlings, Leben in die kahle Winterlandschaft zu bringen. Manny atmete einige Male tief durch, bis sein Kopf ganz leicht wurde.

Gott, die Zeit war wie im Flug vergangen, doch jetzt, da sich die Minuten träge dahinzogen, war eindeutig die Luft raus aus dieser wilden Hatz. Entweder das, oder sie war gegen eine Steinmauer gerannt und in Ohnmacht gesunken.

Als sich seine Hand um den Autoschlüssel schloss, fühlte er sich älter als Gott. Sein Kopf dröhnte, und seine arthritische Hüfte gab ihm den Rest. Dieser Sprint über die Rennbahn zu Glory war zu viel für seine verfluchten Knochen gewesen.

Den Ausklang dieses Tages hatte er sich wirklich anders vorgestellt. Er war davon ausgegangen, dass er den Haltern der Verliererpferde Drinks spendieren würde ... und vielleicht im Siegestaumel auf das großzügige mündliche Angebot von Mrs Hanson zurückgekommen wäre.

Er setzte sich in seinen Porsche und ließ den Motor an. Caldwell lag ungefähr eine Dreiviertelstunde nördlich von Queens, und sein Auto fand den Weg zurück zum Commodore praktisch von allein. Und das war gut so, denn er fühlte sich wie ein verdammter Zombie.

Kein Radio. Keine iPod-Musik. Kein Herumtelefonieren.

Als er auf den Northway einscherte, starrte er nur auf die Straße vor ihm und kämpfte gegen den Impuls an, zu wenden und ... ja, und was? Neben seinem Pferd zu nächtigen?

Doch sollte er es heil nach Hause schaffen, würde dort die Rettung auf ihn warten: Dort stand eine frische Flasche Lagavulin bereit, und vielleicht würde er sich sogar noch ein Glas aus dem Schrank holen. Was die Klinik betraf, hatte er bis Montagmorgen um sechs frei, und so plante er, sich einen Rausch anzutrinken und ihn bis dahin aufrechtzuerhalten.

Er umfasste das lederüberzogene Lenkrad mit einer Hand, mit der anderen tastete er unter seinem Seidenhemd nach dem Kruzifix und schickte ein Gebet gen Himmel.

Lieber Gott ... lass sie wieder gesund werden.

Er verkraftete es nicht, noch eines seiner Mädchen zu verlieren. Nicht schon wieder. Jane Whitcomb war vor einem Jahr gestorben, aber so stand es nur in seinem Kalender. In gefühlter Trauerzeit lag es gerade mal eineinhalb Minuten zurück.

Er wollte das nicht schon wieder erleben.

4

In der Innenstadt von Caldwell gab es eine Menge hoher, glasverkleideter Gebäude, aber wenige waren wie das Commodore. Mit gut dreißig Stockwerken gehörte es zu den größeren im Zementwald, und die sechzig Eigentumswohnungen, die es beherbergte, waren Trump-tastisch, ganz Marmor und Chrom, mit allem möglichen Designerkram.

Oben im sechsundzwanzigsten Stock lief Jane durch Mannys Wohnung, suchte nach einem Lebenszeichen und fand ... nichts. Buchstäblich. Die Wohnung war für einen Hindernislauf so gut geeignet wie ein verdammter Ballsaal, sein Mobiliar bestand aus insgesamt drei Stücken im Wohnzimmer und einem riesigen Bett im Schlafzimmer.

Das war's.

Gut, und ein paar lederbezogene Barhocker am Tresen in der Küche. Und die Wände? Das Einzige, was er aufgehängt hatte, war ein Plasmafernseher in der Größe einer Plakatwand. Und über die Holzdielen waren keine Teppiche ausgebreitet, sondern Sporttaschen und ... abermals Sporttaschen ... sowie Sportschuhe.

Was nicht hieß, dass er ein schlampiger Mensch war – er besaß schlichtweg nicht genug, um als Chaot bezeichnet zu werden.

Mit aufkeimender Panik ging sie in sein Schlafzimmer und sah ein halbes Dutzend blauer OP-Garnituren in riesigen Haufen auf dem Boden liegen, wie Pfützen nach einem Regenguss ... sonst nichts.

Aber die Schranktür stand offen, deshalb blickte sie hinein ...

»Verdammt.«

Unten im Schrank stand ein Kofferset: klein, mittel und groß – doch der mittlere fehlte. Genauso wie ein Anzug, dem leeren Bügel nach zu schließen, der zwischen den anderen Anzügen hing.

Manny war unterwegs. Vielleicht sogar übers Wochenende.

Ohne große Hoffnung wählte sie die Nummer der Klinik und piepste ihn erneut an ...

In diesem Moment erreichte sie ein Anruf, und als sie die Nummer erkannte, fluchte sie abermals.

Sie holte tief Luft und meldete sich: »Hallo, V.«

»Nichts?«

»Keine Spur von ihm, nicht in der Klinik und nicht hier in seiner Wohnung.« Das leichte Knurren, das sie über das Handy erreichte, verstärkte ihr Gefühl, dass die Sache aussichtslos war. »Und das Fitnessstudio habe ich auf dem Weg hier hoch auch schon überprüft.«

»Ich habe mich ins System vom St. Francis gehackt und seinen Kalender überprüft.«

»Und, wo steckt er?«

»Da stand nur, dass Goldberg Schicht hat. Sieh mal, die Sonne ist untergegangen. Ich bin hier gleich raus und ...«

»Nein, nein ... du bleibst bei Payne. Nichts gegen Ehlena, aber ich finde, du solltest bei ihr bleiben.«

Es entstand eine längere Pause, als wüsste er, dass er abgewiesen wurde. »Wo gehst du als Nächstes hin?«

Sie umklammerte das Handy und wusste nicht, zu wem sie beten sollte. Zu Gott? Zu Vs Mutter? »Ich weiß noch nicht. Aber ich habe ihn angepiepst. Zwei Mal.«

»Wenn du ihn findest, ruf mich an, dann hole ich euch ab.«

»Ich kann uns heim…«

»Ich werde ihm nichts antun, Jane. Ich habe nicht vor, ihn in der Luft zu zerfetzen.«

Ja, aber dem eiskalten Ton nach zu schließen, fragte sie sich doch, ob nicht auch die besten Vorsätze ins Wanken geraten konnten. Sie glaubte gern, dass Manny lange genug überleben würde, um Vs Schwester zu behandeln. Aber für die Zeit danach hatte sie so ihre Bedenken – insbesondere, wenn im OP etwas schieflief.

»Ich warte hier noch eine Weile. Vielleicht taucht er ja doch noch auf. Oder er ruft an. Wenn nicht, lasse ich mir etwas anderes einfallen.«

In dem langen Schweigen, das folgte, spürte sie förmlich, wie ein kalter Hauch durch die Leitung wehte. Ihr Partner war begabt in vielen Dingen: im Kämpfen, im Lieben, in allem, was mit Computern zu tun hatte. Zur Untätigkeit gezwungen zu sein gehörte nicht zu seinen Stärken. Vielmehr brachte es ihn um den Verstand, tatenlos zusehen zu müssen. Dennoch versetzte es ihr einen Stich, dass er ihr offenbar nicht vertraute.

»Bleib bei deiner Schwester, Vishous«, sagte sie ruhig. »Ich melde mich wieder.«

Stille.

»Vishous, leg jetzt bitte auf und geh zu ihr.«

Er sagte nichts. Legte einfach auf.

Mit einem Fluch drückte sie die rote Taste auf ihrem Handy.

Direkt im Anschluss wählte sie erneut, und als sich eine tiefe Stimme meldete, musste sie eine Träne fortwischen, die trotz ihrer ätherischen Natur äußerst real war. »Butch«, krächzte sie heiser. »Ich brauche deine Hilfe.«

Als der letzte Rest des Sonnenuntergangs verschwand und die Nacht ihre Lochkarte stempelte, um die nächste Schicht zu übernehmen, hätte Mannys Auto ihn eigentlich nach Hause bringen sollen. In die Innenstadt von Caldwell.

Stattdessen war er am südlichen Rand der Stadt gelandet, wo hohe Bäume standen und das Verhältnis Grasfläche zu Asphalt bei zehn zu eins lag.

Was seinen Sinn hatte. Friedhöfe brauchten große Flächen weicher Erde, schließlich konnte man einen Sarg nicht im Zement versenken.

Obwohl, im Grunde ja schon. Man nannte das dann Mausoleum.

Der Friedhof von Pine Grove war bis zehn Uhr geöffnet, das riesige eiserne Flügeltor stand offen, und die unzähligen schmiedeeisernen Straßenlampen leuchteten grellgelb entlang des Labyrinths von Wegen. Manny fuhr hinein und bog nach rechts ab. Die Xenonscheinwerfer des Porsches beschrieben einen Bogen und erfassten abwechselnd Grabsteine und Rasenstücke.

Das Grab, zu dem er wollte, hatte letztlich keinerlei Bedeutung. Am Fuße des Granitsteins lag keine Leiche begraben – denn man hatte keine gefunden. Auch keine Asche, die man in eine Urne hätte packen können – oder zumindest keine Asche, die nicht vielleicht doch zum größten Teil von einem Audi stammte, der in Flammen aufgegangen war.

Nach ungefähr einer halben Meile gewundener Sträßchen schaltete er den Motor ab und ließ den Wagen ausrollen. So wie es aussah, war er der einzige Besucher auf dem ganzen Friedhof, und das kam ihm gerade recht. Er hatte keinen Bedarf an Publikum.

Er stieg aus. Die kühle Luft machte zwar keinen klaren Kopf, aber sie bot den Lungen immerhin Beschäftigung, während er über das raue Frühlingsgras stapfte. Sorgsam achtete er darauf, auf keines der Gräber zu treten – natürlich hätten es die Toten nicht gemerkt, aber es wäre ihm respektlos erschienen.

Janes Grab lag geradeaus vor ihm, und er verlangsamte seine Schritte, als er auf ihre nicht vorhandenen sterblichen Überreste zuging. In der Ferne schnitt das Pfeifen eines Zuges durch die Stille, und der hohle, klagende Laut war so verdammt klischeebeladen, dass er das Gefühl hatte, in einem schlechten Film zu sein, einem von der Sorte, die er sich niemals zu Hause angesehen hätte, und erst recht nicht für Geld im Kino.

»Scheiße, Jane.«

Er bückte sich und fuhr mit den Fingern den unebenen Rand des Grabsteins nach. Er hatte einen pechschwarzen Stein gewählt, weil Jane bestimmt nichts Pastelliges oder Verwaschenes gewollt hätte. Und die Inschrift war genauso schlicht, dort standen einfach nur Name, Geburtstag, Todestag und ein Satz darunter: RUHE IN FRIEDEN.

Jep, dafür hätte er sich selbst eine Eins in Originalität gegeben.

Er erinnerte sich noch genau, wo er von ihrem Tod erfahren hatte: in der Klinik natürlich. Es war am Ende eines sehr langen Tages und Abends gewesen, der mit dem Knie eines Hockeyspielers angefangen und dank eines Junkies, der die Sache mit dem Fliegen mal hatte ausprobieren wollen, mit einer spektakulären Schulterrekonstruktion geendet hatte.

Manny war aus dem OP gekommen und auf Goldberg getroffen, der an den Waschbecken wartete. Ein Blick in das aschfahle Gesicht seines Kollegen und Manny hatte innegehalten, während er gerade den Mundschutz abnehmen wollte. Das Ding baumelte wie ein Latz vor seinem Gesicht, als er sich erkundigte, was denn schon wieder passiert sei – wobei er annahm, dass es sich um einen Auffahrunfall mit vierzig Beteiligten auf dem Highway handelte, oder einen Flugzeugabsturz oder ein brennendes Hotel ... um eine Tragödie also.

Doch dann hatte er über die Schultern des Kerls hinweg die fünf Krankenpfleger und die drei anderen Ärzte gesehen. Alle zogen Gesichter wie Goldberg ... und keiner machte Anstalten, zusätzliches Personal zu organisieren oder den OP vorzubereiten.

Okay. Es handelte sich tatsächlich um eine Tragödie. Eine Tragödie für das *St. Francis*.

»Wer«, wollte er wissen.

Goldberg hatte hilfesuchend um sich geblickt, und in diesem Moment wusste Manny Bescheid. Doch selbst als sein Magen zum Eiskübel mutierte, hatte er sich noch an die irrationale Hoffnung geklammert, der Name, der aus dem Mund seines Chirurgen kommen würde, wäre jeder andere, nur nicht ...

»Jane. Autounfall.«

Ohne Zögern hatte Manny gesagt: »Wann kommt sie rein?«

»Sie wird nicht kommen.«

Darauf hatte Manny nichts mehr erwidert. Er hatte sich den Mundschutz vom Gesicht gerissen, ihn zusammengeknüllt und in den nächsten Mülleimer geworfen.

Als er sich an ihm vorbeidrängte, hatte Goldberg noch einmal den Mund geöffnet. »Kein Wort«, hatte Manny geblafft. »Kein ... Wort.«

Der Rest der Crew war durcheinandergestolpert, um ihm den Weg frei zu machen, und hatte sich säuberlich geteilt wie ein Stück Stoff, das in der Mitte auseinandergerissen wird.

Langsam tauchte Manny wieder in der Gegenwart auf. Wohin er im Anschluss gegangen war oder was er getan hatte, wusste er nicht – sooft er in Gedanken zu jener Nacht zurückgekehrt war, dieser Teil blieb im Dunkeln wie ein schwarzes Loch. Irgendwann hatte er es jedoch zurück in seine Wohnung geschafft, denn zwei Tage später war er dort aufgewacht, immer noch in dem blutigen Kittel, in dem er operiert hatte.

Einer der abartigeren Aspekte an dieser Angelegenheit war, dass Jane selbst so viele Menschen aus Autowracks gerettet hatte. Dass ausgerechnet sie auf diese Weise aus dem Leben schied, erschien wie ein Racheakt des finsteren Sensenmanns an ihr für all jene Seelen, die sie ihm vor der knöchernen Nase weggeschnappt hatte.

Wieder pfiff ein Zug, und er hätte am liebsten geschrien.

Und dann ging sein verflixter Piepser wieder los.

Hannah Whit. Schon wieder?

Wer zum Teufel ...

Manny runzelte die Stirn und blickte auf den Grabstein vor ihm. Janes jüngere Schwester hatte Hannah geheißen, wenn er sich recht erinnerte. Whit. Whitcomb?

Nur dass sie jung gestorben war.

War es nicht so?

Rastlos ging sie auf und ab.

Verdammt, sie hätte ihre Laufschuhe für diese Aktion mitbringen sollen, dachte Jane, als sie eine weitere Runde durch Mannys Wohnung drehte.

Sie hätte seine Wohnung verlassen, hätte sie einen besseren Einfall gehabt, wo sie ihn suchen konnte, doch selbst ihr cleveres Hirn spuckte keine andere Möglichkeit aus ...

Dass ihr Handy klingelte, war nicht unbedingt erfreulich. Sie hatte keine Lust, Vishous zu erklären, warum sie eine Dreiviertelstunde später immer noch nichts zu berichten hatte.

Widerwillig holte sie ihr Handy raus. »O ... Gott.«

Diese Nummer. Diese zehn Ziffern, die sie auf jedem Telefon als Direktwahl eingerichtet gehabt hatte, das sie vor diesem besessen hatte. *Manny.*

Als sie den Anruf entgegennahm, war ihr Kopf leer, und ihre Augen füllten sich mit Tränen. Ihr lieber alter Freund und Kollege ...

»Hallo?«, sagte er. »Mrs Whit?«

Im Hintergrund hörte sie ein gedämpftes Pfeifen.

»Hallo? Hannah?« Dieser Ton ... ganz genauso wie vor einem Jahr: tief, herrisch. »Ist da jemand?«

Wieder dieses leise Pfeifen.

Gütiger Himmel. Sie wusste, wo er war.

Jane legte auf und fegte aus seiner Wohnung, aus der Innenstadt, vorbei an den Vororten. Wie ein verschwommener Blitz reisten ihre Moleküle in Lichtgeschwindigkeit als wirbelnder, zwirbelnder Strudel durch die Nacht und überwanden Meile für Meile, als wären es wenige Zentimeter.

Für den Pine-Grove-Friedhof brauchte man eigentlich eine Landkarte, aber als ätherische Form konnte man aus der Luft einen halben Quadratkilometer in eineinhalb Herzschlägen überblicken.

Als sie in der Nähe ihres Grabes aus der Dunkelheit heraustrat, holte sie stockend Luft und hätte fast geschluchzt. Da stand er leibhaftig vor ihr. Ihr Chef. Ihr Kollege. Der, den sie zurückgelassen hatte. Und er stand über einen schwarzen Stein gebeugt, auf dem ihr Name zu lesen war.

Okay, jetzt wusste sie, dass es damals die richtige Entscheidung gewesen war, nicht bei ihrer Beerdigung zu erscheinen. Der größte Vorstoß, den sie gewagt hatte, war es gewesen, den Bericht im *Caldwell Courier Journal* zu lesen – und die Bilder von all den Chirurgen, Klinikangestellten und Patienten hatten ihr damals schier das Herz zerrissen.

Aber das hier war noch weit schlimmer.

Denn Manny sah genauso aus, wie sie sich fühlte: innerlich zerbrochen.

Himmel, sein Rasierwasser roch vielleicht angenehm ... und obwohl er etwas abgenommen hatte, sah er immer noch sündhaft gut aus, mit diesem dunklen Haar und dem markanten Gesicht. Sein Nadelstreifenanzug saß perfekt – aber die präzise gebügelten Hosen waren dreckig am Saum. Auch seine Halbschuhe waren verschlammt, so dass sie sich fragte, wo er gewesen war. Sicherlich stammte der Dreck nicht von diesem Grab. Nach einem Jahr war die Erde fest und mit Gras bedeckt ...

Aber Moment. Ihr Grab hatte vielleicht von Beginn an so ausgesehen. Sie hatte nichts zurückgelassen, das man begraben hätte können.

Seine Finger ruhten auf dem Stein, und ihr wurde klar, dass er ihn ausgewählt haben musste. Niemand sonst hätte ihren Geschmack so gut getroffen. Keine Schnörkel und keine schwülstigen Worte. Knapp, liebevoll, auf den Punkt gebracht.

Jane räusperte sich. »Manny?«

Er riss den Kopf hoch, sah sie aber nicht an – als wäre er überzeugt, ihre Stimme nur in seinem Kopf gehört zu haben.

Daraufhin verstofflichte sie sich vollständig und erhob die Stimme. »Manny.«

Unter allen anderen Umständen wäre seine Reaktion ein echter Schenkelklopfer gewesen. Er wirbelte herum, schrie auf, stolperte über ihren Grabstein und landete flach auf dem Hintern.

»Was zum … Donnerwetter … machst du hier?«, keuchte er. Sein Gesicht hatte erst Entsetzen ausgedrückt, jetzt zeigte es absolute Fassungslosigkeit.

»Es tut mir leid.«

Ihre Antwort war so was von lahm, aber das war nun mal alles, was über ihre Lippen kam.

So viel also zu ihrem grandiosen Improvisationstalent. Als sie in seine braunen Augen schaute, wusste sie plötzlich nichts mehr zu sagen.

Manny sprang auf die Füße, und sein Blick wanderte ungläubig an ihr auf und ab. Und auf. Und ab. Und wieder rauf … um ihr ins Gesicht zu sehen.

Dann kam die Wut. Und Kopfschmerzen, allem Anschein nach, so wie er zusammenzuckte und sich die Schläfen rieb. »Soll das so eine Art Witz sein?«

»Nein.« Sie wünschte, es wäre nichts weiter als das. »Es tut mir so leid.«

Sein wütendes Gesicht war ihr schmerzlich vertraut, und was für eine Ironie, dass sie trotz dieses finsteren Blicks sentimental wurde. »Es tut dir *leid*?«

»Manny, ich …«

»Ich habe dich *begraben*. Und dir tut es *leid*? Was soll das denn für eine abartige Scheiße sein?«

»Manny, ich habe keine Zeit, es dir zu erklären. Ich brauche dich.«

Er bedachte sie mit einem langen, durchdringenden Blick. »Du tauchst hier einfach so auf, nachdem ich dich ein Jahr lang für *tot* hielt, und jetzt *brauchst* du mich?«

So viel Zeit war also bereits verstrichen. Die Erkenntnis traf sie wie ein Fausthieb. Als wäre das alles nicht schon schlimm genug gewesen. »Manny … ich weiß nicht, was ich sagen soll.«

»Ach, wirklich? Abgesehen von *ach, übrigens, ich lebe noch*?«

Er starrte sie an. Starrte sie einfach nur an.

Dann sagte er heiser: »Hast du eine Vorstellung, wie es für mich war, dich zu verlieren?« Hastig wischte er sich über die Augen.

Ihre Brust schmerzte so sehr, dass sie kaum atmen konnte. »Ja. Weil ich dich ebenfalls verloren habe ... ich habe mein Leben mit dir verloren, und die Klinik.«

Manny fing an, vor ihrem Grabstein auf und ab zu marschieren. Und obwohl es sie zu ihm hinzog, hielt sie wohlweislich Abstand.

»Manny, hätte es eine Möglichkeit gegeben, zu dir zurückzukehren, hätte ich es garantiert getan.«

»Und das hast du auch. Zumindest ein Mal. Ich dachte, es wäre ein Traum gewesen, aber das war es nicht. Habe ich Recht?«

»Ja.«

»Wie bist du in meine Wohnung gekommen?«

»Einfach so.«

Er blieb stehen und sah sie über den Grabstein hinweg an. »Warum hast du das getan, Jane? Warum hast du deinen eigenen Tod vorgetäuscht?«

Nun, genau genommen hatte sie das gar nicht. »Ich habe jetzt keine Zeit, dir das zu erklären.«

»Und was willst du dann hier? Wie wäre es, wenn du mir das erklärst?«

Sie räusperte sich. »Bitte, ich weiß, es ist viel verlangt. Aber ich habe einen Notfall, der mich überfordert, und ich will, dass du ihn dir ansiehst. Ich kann dir nicht sagen, wohin ich dich bringen muss, und ich kann dir nicht viele Details nennen ... aber ich *brauche* dich.« Sie wollte sich die Haare raufen. Sich schluchzend zu Boden stürzen. Ihn umarmen. Aber sie redete weiter, weil sie keine andere Wahl hatte: »Ich suche seit über einer Stunde nach dir, mir läuft die Zeit davon. Ich weiß, du bist wütend und verwirrt, und das kann ich dir nicht verübeln. Aber sei bitte später auf mich wütend – und komm jetzt einfach mit. *Bitte.*«

Ihr blieb nur abzuwarten. Manny war niemand, den man einfach so überreden oder überzeugen konnte. Er entschied sich selbst für etwas ... oder ließ es bleiben.

Doch wenn er Letzteres tat, würde sie wohl oder übel die Brüder rufen müssen. Sosehr sie ihren früheren Chef liebte und vermisste, Vishous war ihr *Hellren,* und sie wäre verflucht, wenn sie zuließ, dass seiner Schwester etwas zustieß.

So oder so würde Manny heute Nacht operieren.

5

Butch O'Neal war nicht der Typ, der eine Dame hängenließ, wenn sie in Bedrängnis war.

Er war ganz die alte Schule … ganz der Bulle … ganz der gute Katholik. Doch Ritterlichkeit war im Falle des Anrufs, den er gerade von der reizenden, talentierten Dr. Jane Whitcomb erhalten hatte, nicht der Grund für seine sofortige Bereitschaft. Ganz und gar nicht.

Dass er im Eilschritt aus der Höhle jagte und durch den unterirdischen Tunnel zum Trainingszentrum der Bruderschaft rannte, lag daran, dass sich seine Interessen auch ganz ohne Gentlemangehabe mit den ihren deckten: Beiden graute vor der Vorstellung, V könnte erneut die Kontrolle verlieren.

Die ersten Anzeichen waren bereits da. Man musste ihn nur ansehen: Wie in einem Dampfkochtopf brodelte und kochte es, so dass der Deckel klappernd hochgehoben wurde. Vishous musste dringend Dampf ablassen, und in der Vergangenheit war das immer auf unschöne Art und Weise geschehen.

Butch betrat durch die versteckte Tür das Büro, wandte sich nach rechts und schoss den Gang hinunter, der zum Klinikbereich führte. Der leichte Hauch von türkischem Tabak führte ihn sicher an sein Ziel, aber darüber hatte ohnehin kein Zweifel bestanden.

Vor der Tür zum Untersuchungszimmer zupfte er die Manschettenknöpfe an seinem Guccihemd zurecht und zog den Gürtel hoch.

Sein Klopfen an der Tür war zaghaft. Dafür klopfte sein Herz wie wild.

Vishous bat ihn nicht herein. Stattdessen schlüpfte er nach draußen in den Gang und schloss die Tür hinter sich.

Scheiße, er sah schlimm aus. Mit unmerklich zitternden Händen drehte er sich gerade einen seiner Sargnägel. Als er das Papier anfeuchtete, holte Butch sein Feuerzeug aus der Tasche, ließ es aufflammen und hielt es ihm hin.

Sein bester Freund beugte sich auf das orange Flackern zu, und Butch konnte mühelos in diesem harten, teilnahmslosen Gesicht lesen.

Jane hatte vollkommen Recht gehabt. Der Kerl stand unter Hochdruck und ließ nichts davon raus.

Vishous nahm einen tiefen Zug und lehnte sich an die Betonsteinwand, die Augen starr vor sich gerichtet, die Treter fest auf dem Boden.

Schließlich brummte er: »Du fragst mich gar nicht, wie es mir geht.«

Butch lehnte sich neben sein Sorgenkind. »Das muss ich gar nicht erst.«

»Gedankenleser?«

»Ganz genau, das bin ich.«

V beugte sich zur Seite und aschte in den Papierkorb. »Also, dann sag mir, was ich denke.«

»Bist du dir sicher, dass du das vor der Tür deiner Schwester diskutieren willst?« Als V verächtlich schnaubte, musterte Butch sein Profil. Die Tätowierungen um Vs Auge wirkten besonders finster aufgrund der eisernen Beherrschung, die ihn wie ein nuklearer Winter umgab.

»Du willst nicht, dass ich das laut ausspreche, V«, sagte er leise.

»Doch. Probier's einfach.«

Das hieß, dass V reden musste, doch wie stets war er zu verschlossen dazu. V hatte schon immer alles in sich hineingefressen, aber ein wenig besser war es tatsächlich schon geworden. Früher hätte er die Tür nicht mal diesen kleinen Spalt weit geöffnet.

»Sie hat dich gebeten, dich um sie zu kümmern, wenn das hier nicht hinhaut, habe ich Recht?«, sprach Butch das aus, was er am meisten fürchtete. »Und zwar nicht im Sinne einer Palliativbehandlung.«

Vs Reaktion darauf war ein Seufzer, der kein Ende mehr nehmen wollte.

»Was wirst du tun?«, fragte Butch, obwohl er die Antwort bereits kannte.

»Ich werde nicht zögern.« Das *Obwohl es mich umbringen wird* blieb unausgesprochen.

Verdammtes Leben. Manchmal war es einfach zu grausam, in was für Situationen es einen brachte.

Butch schloss die Augen und ließ den Kopf an die Wand sinken. Die Familie bedeutete Vampiren alles. Ihre *Shellans*, die Brüder, mit denen man kämpfte, das eigene Blut … all das machte ihre Welt aus.

Und im Einklang mit dieser Theorie litt Butch mit V. Und Jane. Ebenso wie der Rest der Bruderschaft.

»Hoffentlich kommt es nicht so weit.« Butch blickte verstohlen auf die verschlossene Tür. »Doc Jane wird diesen Kerl finden. Sie ist ein echt sturer Hund …«

»Weißt du, was mir vor zehn Minuten klar geworden ist?«

»Was denn?«

»Selbst wenn es nicht Tag gewesen wäre, hätte sie ihn allein suchen wollen.«

Als Vs Bindungsduft zu ihm herüberwehte, dachte Butch: Na und? Jane und dieser Chirurg waren sich jahrelang nahegestanden. Wenn man ihn also überzeugen wollte, hätte sie allein die besseren Karten – mal angenommen, er käme über ihre kleine Wiederauferstehungsshow hinweg. Außerdem war V ein Vampir. Hallo? Es reichte doch auch so schon.

Dennoch wäre es besser gewesen, wenn dieser Chirurg eins fünfzig groß wäre, schielen würde und einen behaarten Rücken hätte. Hässlichkeit wäre von großem Vorteil, wenn Vs gebundene Seite erwachte.

»Entschuldige«, murmelte Butch, »aber kannst du ihr das verübeln?«

»Sie ist meine *Schwester*.« V fuhr sich durch das schwarze Haar. »Verdammt, Butch, ... meine *Zwillingsschwester*.«

Butch wusste nur zu gut, wie es sich anfühlte, eine Schwester zu verlieren, deshalb konnte er V in dieser Hinsicht verstehen. Ab jetzt würde er V nicht mehr von der Seite weichen: Er und Jane waren die Einzigen, die noch einen Hauch von Einfluss auf ihn hatten, wenn er in diese Stimmung geriet. Und Jane hätte bald alle Hände voll zu tun mit dem Chirurgen und ihrer Patientin ...

Beide zuckten zusammen, als Vs Handy klingelte, aber der Bruder erholte sich schnell und hielt es sich ans Ohr, bevor es ein zweites Mal klingeln konnte.

»Ja? Hast du? Dem Himmel sei ... Scheiße ... Ja. Ja. Ich erwarte euch in der Parkgarage. Okay.« Es entstand eine kurze Pause, und V schielte zu Butch hinüber, als wäre er jetzt lieber allein.

Der hätte sich am liebsten in Luft aufgelöst und blickte peinlich berührt auf seine Dior-Homme-Loafers. V war kein Freund von öffentlichen Liebesbekundungen und mochte kein Publikum, wenn er Privates mit Jane besprach. Aber als Mischling konnte sich Butch nicht dematerialisieren, und wohin hätte er denn rennen sollen?

Nachdem V ein kurzes »Tschüss« hervorgepresst hatte, nahm er einen tiefen Zug von seiner Zigarette und murmelte beim Ausstoßen des Rauchs: »Du kannst aufhören damit, so zu tun, als stündest du nicht neben mir.«

»Was für eine Erleichterung. Darin bin ich nämlich echt scheiße.«

»Ist nicht deine Schuld, dass du hier Luft verdrängst.«

»Dann hat sie ihn?« Als Vishous nickte, wurde Butch wieder ganz ernst. »Versprich mir eins.«

»Was denn?«

»Du wirst diesen Chirurgen nicht töten.« Butch wusste genau, wie es sich anfühlte, durch die Welt da draußen zu stolpern und unverhofft in diesem Vampirbau zu landen. In seinem Fall war damals alles glattgegangen, aber wie sah es bei Manello aus? »Diese Sache ist nicht seine Schuld und genauso wenig sein Problem.«

V schnippte die Kippe in den Müll und streifte Butch mit seinen Diamantaugen, die kalt waren wie die arktische Nacht. »Wir werden sehen, wie die Sache läuft, Bulle.«

Und damit wandte er sich um und verschwand in dem Raum, in dem seine Schwester lag.

Nun, wenigstens war der Mistkerl ehrlich, dachte Butch innerlich fluchend.

Manny schätzte es ganz und gar nicht, wenn jemand anderer als er selbst seinen Porsche 911 Turbo fuhr. Genau genommen tat das auch nie jemand außer seinem Automechaniker.

Doch heute hatte er Jane erlaubt, das Steuer zu übernehmen, denn erstens war sie eine gute Fahrerin und konnte schalten, ohne das Getriebe aufzureiben, zweitens hatte sie klargestellt, dass sie nur an ihren Bestimmungsort gelangen konnten, wenn sie fuhr, und drittens war ihm immer noch schwindelig davon, jemandem zu begegnen, den er begraben hatte und der jetzt hinter den Büschen hervorgesprungen war, um mal eben Hallo zu sagen.

Vielleicht wäre es also gar nicht so schlau gewesen, so ein schweres Geschoss bei 120 Sachen zu lenken.

Er konnte einfach nicht glauben, dass er neben ihr saß und in seinem Auto Richtung Norden fuhr.

Aber natürlich hatte er eingewilligt. Frauen in Not waren sein schwacher Punkt ... Außerdem war er Chirurg und ein OP-Junkie.

Super.

Doch es gab so viele Fragen. Und Wut. Natürlich hoffte er, an einen Ort voll Frieden, Licht und Sonnenschein zu kommen und all den sentimentalen Quatsch, aber er machte sich keine allzu großen Hoffnungen auf diese Friede-Freude-Eierkuchen-Sache. Welch Ironie. Wie oft hatte er nachts im Bett gelegen und an die Decke gestarrt, eingelullt in sein neustes Hobby, den Lagavulin, und gebetet, dass seine alte Mitarbeiterin zu ihm zurückkäme?

Manny schielte rüber und betrachtete ihr Profil. Im Schein der Armaturenbeleuchtung wirkte sie immer noch cool. Und unheimlich stark.

Immer noch ganz nach seinem Geschmack.

Aber daraus würde nun wohl nichts mehr werden. Abgesehen von diesem ganzen Lügengebäude um ihren Tod steckte da nämlich auch noch ein Ring an ihrer linken Hand.

»Du hast geheiratet«, stellte er fest.

Sie wandte den Blick nicht von der Straße. »Ja. Das habe ich.«

Die Kopfschmerzen, die ihn bei ihrem Erscheinen befallen hatten, verstärkten sich schlagartig. Und die ganze

Zeit triezten ihn schattenhafte Erinnerungen, die wie das Monster von Loch Ness unter der Oberfläche seines Bewusstseins umherglitten und in ihm den Wunsch weckten, alles zu erfahren.

Doch er musste diese gedanklichen Tauchgänge einstellen, bevor ihm vor Anstrengung noch ein Aneurysma im Gehirn platzte. Außerdem rannte er gegen eine Wand an – sosehr er sich bemühte, das Erahnte ließ sich nicht greifen, und er hatte das Gefühl, dauerhaft Schaden zu nehmen, wenn er es weiter versuchte.

Er blickte aus dem Fenster. Buschige Kiefern und austreibende Eichen zeichneten sich hoch aufragend gegen das Mondlicht ab, der Wald vor Caldwell wurde dichter, während sie die Stadt mit ihrer erdrückenden Enge von Menschen und Häusern immer weiter hinter sich ließen.

»Hier draußen bist du gestorben«, bemerkte er finster. »Oder zumindest hast du so getan als ob.«

Ein Motorradfahrer hatte ihren Audi zwischen den Bäumen entdeckt, an einer Stelle nicht weit von hier. Der Wagen war von der Straße abgekommen. Doch es hatte keine Leiche gegeben – und das nicht wegen des Brands, wie sich herausgestellt hatte.

Jane räusperte sich. »Ich kann nur sagen, dass es mir leidtut. Ich fühle mich echt mies deswegen.«

»Und ich amüsiere mich zu Tode.«

Schweigen. Ausgedehntes Schweigen. Aber Manny würde nicht weiter fragen, wenn sie immer nur antwortete, wie leid es ihr tue.

»Ich wünschte, ich hätte es dir sagen können«, meinte sie plötzlich. »Dich zu verlassen war das Schwerste an der Sache.«

»Aber deine Arbeit hast du nicht aufgegeben, oder? Du bist noch immer als Chirurgin tätig.«

»Ja, das bin ich.«

»Und wie ist dein Mann so?«

Jetzt zuckte sie zusammen. »Du wirst ihn kennenlernen.«

Herrlich. Was für eine Aussicht.

Jane bremste und bog nach rechts ab in ... einen Feldweg? Was zum Teufel!

»Nur zu deiner Information«, brummte er, »dieses Auto ist für Rennstrecken ausgelegt, nicht fürs Gelände.«

»Einen anderen Weg gibt es nicht.«

Einen anderen Weg *wohin,* fragte er sich. »Dafür schuldest du mir wirklich etwas.«

»Ich weiß. Aber du bist nun mal der Einzige, der sie retten kann.«

Manny sah sie an. »Du hattest nicht erwähnt, dass es um eine Frau geht.«

»Spielt das denn eine Rolle?«

»In Anbetracht all dessen, was ich *nicht* erfahre, spielt *alles* eine Rolle.«

Nach gerade fünfzehn Metern ging es durch die erste von zahllosen Pfützen, die so tief waren wie ein verdammter See. Als der Porsche spritzend das Wasser teilte, spürte Manny das Kratzen am zarten Unterbau seines Wagens und presste zwischen den Zähnen hervor: »Vergiss diese Patientin. Ich will Vergeltung für das, was du meinem Porsche antust.«

Jane stieß ein leises Lachen aus, das seinem Herzen einen Stich versetzte – doch stopp, er musste aufwachen. Schließlich waren sie nie zusammen gewesen. Sicher, er hatte sich zu ihr hingezogen gefühlt. Sehr sogar. Und es hatte einen Kuss gegeben. Aber das war es auch schon.

Und jetzt war sie Mrs Sonstwer.

Neben ihrer Eigenschaft als Wiederauferstandene.

Himmel, in was war er hier hineingeraten? Aber vielleicht war das Ganze ja auch nur ein Traum ... was ihn aufheiterte, denn dann war Glorys Sturz vielleicht auch nicht passiert.

»Du hast mir noch nicht gesagt, um was für eine Art von Verletzung es sich handelt«, bemerkte er.

»Wirbelsäulenfraktur, T6 und T7. Fehlende Sensibilität unterhalb der Taille.«

»Scheiße, Jane – das ist aber eine verdammt heftige Sache.«

»Deswegen brauche ich dich ja auch so dringend.«

Ungefähr fünf Minuten später kamen sie an ein Gatter, das aussah, als stammte es aus der Zeit der Punischen Kriege – es hing windschief in den Angeln, die Kette war verrostet und teilweise gebrochen. Und der Zaun, den es teilte, war kaum der Rede wert, nicht mehr als zwei Meter hoher Stacheldraht, der bessere Tage gesehen hatte.

Das verflixte Ding öffnete sich jedoch mühelos. Und dahinter erblickte er die erste Kamera.

Während sie im Schneckentempo weiterkrochen, kam wie aus dem Nichts ein seltsamer Nebel auf und umhüllte die Landschaft, bis er nicht weiter als zwanzig Zentimeter vor der Kühlerhaube sehen konnte. Himmel nochmal, es kam ihm vor wie in einer *Scooby-Doo*-Folge da draußen.

Und dann vollzog sich eine allmähliche, recht sonderbare Veränderung: Das nächste Tor war in etwas besserem Zustand, das danach sah noch neuer aus, und Nummer vier war höchstens ein Jahr alt.

Das letzte Tor, an das sie kamen, funkelte und blitzte und versprühte den Charme von Alcatraz: Das Mistding ragte sieben Meter in die Höhe und war über und über mit Hochspannungswarnschildern bestückt. Und die Mauer, in die es eingelassen war, schien weniger für Rinder bestimmt als für Velociraptoren. Manny hätte gewettet, dass unter dem Putz eine vierundzwanzig oder sogar achtundvierzig Zentimeter dicke Steinmauer steckte.

Mannys Kopf wirbelte zu Jane herum, als sie das Tor passierten und in einen Tunnel abtauchten, der vergleichbar war mit dem Holland- oder dem Lincoln-Tunnel, so massiv war er befestigt. Je tiefer sie abwärtsfuhren, desto stärker drängte sich die große Frage auf, die ihn seit Janes geisterhafter Rückkehr plagte: Warum hatte sie ihren Tod vorgetäuscht? Aus welchem Grund hatte sie ihm und ihren Kollegen aus dem St. Francis so etwas angetan? Sie hatte nie eine grausame Ader besessen oder einen Hang zum Lügen gehabt, sie hatte keine finanziellen Probleme und nichts, wovor sie hätte weglaufen müssen.

Jetzt allerdings wusste er, was der Grund war, ohne dass sie ein Wort sagen musste.

Die U.S.-Regierung.

Eine solche Anlage mit derartigen Sicherheitsvorkehrungen ... versteckt in der Nähe einer Stadt mit annehmbarer Größe, aber nicht zu groß wie etwa New York, L.A. oder Chicago – da musste die Regierung dahinterstecken. Wer sonst hätte sich all das leisten können?

Und was war das wohl für eine Frau, die er behandeln sollte?

Der Tunnel endete in einer unterirdischen Parkgarage, einem ganz normalen Ding mit Säulen und den typischen gelb markierten Stellflächen. Doch trotz der beträchtlichen Größe war es leer bis auf ein paar unauffällige Lieferwagen mit verdunkelten Scheiben und einem Kleinbus, ebenfalls mit geschwärzten Scheiben.

Noch ehe Jane den Porsche geparkt hatte, flog bereits die Stahltür auf und ...

Ein Blick auf den Hünen, der durch die Tür kam, und Mannys Kopf schien zu explodieren. Der Schmerz hinter seinen Augen wurde so intensiv, dass er auf dem Beifahrersitz erschlaffte. Seine Arme glitten seitlich herab, und sein Gesicht zuckte vor Schmerz.

Jane sagte etwas zu ihm. Eine Autotür wurde aufgerissen. Dann ging die auf seiner Seite auf.

Die Luft, die ihm entgegenschlug, roch trocken und entfernt nach Erde ... doch da war noch etwas anderes. Ein Rasierwasser. Ein sehr hölzernes Gewürz, luxuriös und doch angenehm, das sonderbarerweise den Drang in ihm weckte, sich tunlichst davon fernzuhalten.

Manny schlug mühsam die Augen auf. Seine Sicht war verschwommen, doch es war erstaunlich, wozu man fähig war, wenn es darauf ankam. Und als der Mann mit dem Ziegenbärtchen vor ihm langsam scharf wurde, blickte er in das Gesicht des Arschlochs, das ...

Eine weitere Welle des Schmerzes rollte über ihn hinweg, so dass sich seine Augen verdrehten und er sich beinahe übergeben hätte.

»Du musst seine Erinnerungen freisetzen«, hörte er Jane sagen.

Es folgte ein kurzer Wortwechsel, die Stimme seiner früheren Kollegin vermischte sich mit den tiefen Tönen dieses Mannes mit der tätowierten Schläfe.

»Es bringt ihn um ...«

»Das wäre viel zu riskant ...«

»Wie soll er denn in diesem Zustand operieren?«

Es folgte ein langes Schweigen. Und dann auf einmal verschwand der Schmerz, als hätte man einen Schleier gelüftet, und all der Druck war augenblicklich weg. Stattdessen fluteten jetzt Erinnerungen in seinen Kopf.

Janes Patient. Damals im St. Francis. Der Mann mit dem Ziegenbärtchen und ... den sechs Herzkammern. Der in Mannys Büro erschienen war und die Akten zu seiner Anomalie mitgenommen hatte.

Manny öffnete die Augen und heftete sie auf dieses finstere Gesicht. »Ich kenne Sie.«

»Hol ihn aus dem Auto«, war Ziegenbärtchens einziger

Kommentar. »Ich vergesse mich vielleicht, wenn ich ihn anfasse.«

Was für eine herzliche Begrüßung.

Und da stand noch jemand hinter diesem Riesen. Ein Mann, den Manny ebenfalls schon einmal gesehen hatte, dessen war er sich sicher ... aber anscheinend nur im Vorbeigehen, denn er konnte sich an keinen Namen erinnern, geschweige denn, wo sie sich begegnet waren.

»Gehen wir«, meinte Jane.

Ja. Super Idee. Manny musste sich dringend auf etwas anderes konzentrieren, um diese Gedankenflut abzublocken.

Während Mannys Hirn damit kämpfte, die Geschehnisse zu verarbeiten, funktionierten seine Beine einwandfrei. Nachdem Jane ihm aus dem Wagen geholfen hatte, folgte er ihr und Ziegenbart-Aggro in Räumlichkeiten, die so kahl und sauber waren wie in jeder Klinik: kein Gerümpel in den Gängen, Neonlampen an der Decke, alles roch nach Desinfektionsmittel.

Und dann hingen in regelmäßigen Abständen die rundlichen Verkleidungen von Sicherheitskameras an der Decke, als wäre dieses Gebäude ein Monster mit unzähligen Augen.

Manny stellte keine Fragen. Sein Kopf war ohnehin so durcheinander, dass allein sich fortzubewegen ihn voll und ganz in Anspruch nahm. Und dann war da Ziegenbärtchen mit seinem Todesblick – der nicht gerade zu einem Schwätzchen einlud.

Türen. Sie kamen an vielen Türen vorbei. Alle geschlossen und zweifelsohne abgesperrt.

Fröhliche kleine Ausdrücke wie *Geheimbunker* und *Staatssicherheit* veranstalteten eine Polonaise durch seine Gehirnwindungen. Sehr hilfreich, dachte Manny, vielleicht würde er Jane ihr geisterhaftes Verschwinden doch noch vergeben können – irgendwann einmal.

Schließlich blieben sie vor einer Flügeltür stehen. Jane fummelte am Kragen ihres weißen Kittels herum und dann am Stethoskop in ihrer Tasche. Tja, wenn ihm das nicht ein Gefühl vermittelte, als würde man ihm die Pistole an die Brust setzen: Im OP war sie bei unzähligen Unfalloperationen immer cool geblieben. Das war ihr Markenzeichen gewesen.

Aber das hier war eine persönliche Sache, dachte er. Irgendwie ging ihr nahe, was immer sie hinter dieser Tür erwartete.

»Wir sind gut ausgestattet«, erklärte sie, »aber bei Weitem nicht vollständig. Kein MRT. Nur CT und Röntgen. Der OP müsste jedoch in Ordnung sein. Und ich assistiere nicht allein, ich habe noch eine exzellente Krankenpflegerin.«

Manny atmete tief durch und sammelte sich. Mit gewisser Willensanstrengung verbannte er alles aus seinem Kopf, alle Fragen, die Nachwirkungen der Schmerzen und seine Verblüffung angesichts dieser Reise ins Land von James Bond.

Der erste Punkt auf seiner To-do-Liste war, den schlecht gelaunten Zaungast loszuwerden.

Er blickte Ziegenbärtchen über die Schulter an. »Bleiben Sie mir bloß vom Leibe, Mann. Ich will, dass Sie im Gang draußen warten.«

Die Antwort darauf war ... ziemlich bissig: Der Bastard bleckte zwei Hauer so lang wie Mannys Arm und knurrte wie ein Hund.

»In Ordnung«, meinte Jane und schob sich zwischen sie. »Das ist in Ordnung. Vishous wartet draußen.«

Vishous? Hatte er richtig gehört?

Andererseits hatte die Mama von dem niedlichen Kerlchen bei der Namenswahl den Nagel auf den Kopf getroffen, wenn man an die nette kleine Zahnparade von gerade eben dachte. Aber egal. Manny musste sich auf seine Arbeit konzentrieren, und dieses Monster konnte in der Zwischenzeit ja an einem Knochen nagen oder so.

Er trat in den Untersuchungsraum und …

Lieber Gott.

Grundgütiger.

Die Patientin auf dem Tisch lag reglos da, wie ein unbewegtes Gewässer, und sie … war so ziemlich das Schönste, was er je gesehen hatte: Ihr Haar war kohlrabenschwarz und zu einem dicken Zopf geflochten, der neben ihrem Kopf ruhte. Ihre Haut war bronzefarben, als wäre sie italienischer Abstammung und kürzlich erst an der Sonne gewesen. Die Augen … die Augen waren wie Diamanten, farblos und brillant zugleich, nur von einem dunklen Rand umgeben.

»Manny?«

Jane stand direkt hinter ihm, doch ihre Stimme erreichte ihn aus einer Entfernung von vielen Meilen. Die ganze Welt war plötzlich fort, nichts existierte mehr für ihn außer dem Blick der Patientin, die trotz ihres fixierten Kopfes zu ihm aufsah.

Endlich war es also passiert, dachte er, als er unter sein Hemd griff und das schwere Kreuz umschloss. Sein ganzes Leben über hatte er sich gefragt, warum er sich nie verliebt hatte, und jetzt wusste er es: Er hatte auf diesen Moment gewartet, auf diese Frau, diesen Augenblick.

Diese Frau gehört mir, dachte er.

Und obwohl das natürlich völliger Schwachsinn war, ließ sich nicht an seiner Überzeugung rütteln.

»Seid Ihr der Heiler?«, fragte sie mit leiser Stimme, bei der ihm fast das Herz stehen blieb. »Seid Ihr … meinetwegen hier?«

Sie sprach die Worte mit starkem Akzent, ein wundervoller Klang, wenn sie auch ein wenig überrascht schien.

»Ja. Das bin ich.« Er streifte sein Jackett ab und warf es achtlos in die Ecke. »Ich bin Ihretwegen hier.«

Als er auf sie zuging, füllten sich ihre Augen mit Tränen. »Meine Beine ... es fühlt sich an, als würden sie sich bewegen, aber ich nehme an, das tun sie nicht.«

»Tun sie weh?«

»Ja.«

Phantomschmerzen. Das Übliche.

Manny blieb an ihrer Seite stehen und musterte den Körper, der mit einem Laken bedeckt war. Sie war groß. Mindestens eins achtzig. Und sie schien aus reiner Kraft gebaut.

Sie war eine Soldatin, dachte er, und maß die Stärke in ihren nackten Oberarmen. Eine Kämpferin.

Dass jemand wie sie ihre Mobilität verlieren sollte, brach ihm fast das Herz. Selbst für Stubenhocker war ein Leben im Rollstuhl schwer zu ertragen, doch für jemanden wie sie käme es einem Todesurteil gleich.

Manny ergriff ihre Hand – und bei der Berührung erwachte sein gesamter Körper, als wäre sie die Steckdose zu seinem inneren Stecker.

»Ich werde Ihnen helfen«, sagte er und blickte ihr dabei fest in die Augen. »Ich will, dass Sie mir vertrauen.«

Sie schluckte mühsam, und eine kristallene Träne perlte an ihrer Wange hinab. Instinktiv streckte er die Hand aus und fing sie mit der Fingerspitze auf ...

Das Knurren, das von der Tür zu ihm herüberdrang, war unverkennbar der Countdown zu einer Abreibung der dritten Art. Doch als Manny zu Ziegenbärtchen aufsah, hätte er fast zurückgeknurrt. Und auch das war höchst verwunderlich.

Ohne die Hand seiner Patientin loszulassen, blaffte er Jane an: »Schmeiß diesen Miesmacher aus meinem OP. Und zeig mir die verdammten Scans und Röntgenbilder. *Sofort.*«

Er würde diese Frau retten, und wenn es ihn umbrachte.

Und als Ziegenbärtchen ihn mit unverhohlenem Hass anfunkelte, dachte Manny, dass es vielleicht, verfluchte Scheiße, wirklich darauf hinauslief.

6

Qhuinn war alleine in Caldwell unterwegs.

Zum ersten verdammten Mal in seinem Leben.

Was, wenn er darüber nachdachte, eine statistische Unmöglichkeit sein musste. Er hatte so viele Nächte in den Clubs der Innenstadt gesoffen, gekämpft und Flirts aufgerissen, dass doch sicher der eine oder andere Ausflug im Alleingang stattgefunden haben musste. Aber nein. Als er ins Iron Mask spazierte, war er zum ersten Mal ohne seine zweiköpfige Eskorte unterwegs.

Doch die Dinge lagen nun anders. Die Zeiten hatten sich geändert. Und die Leute auch.

John Matthew war mittlerweile glücklich liiert, wenn er also gerade nicht auf Schicht war, so wie heute Abend, blieb er mit seiner *Shellan* Xhex zu Hause und betätigte sich sportlich auf der Matratze. Und sicher, klar, Qhuinn war sein *Ahstrux nohtrum*, aber Xhex war eine Killer-*Sympathin* und mehr als fähig dazu, auf ihren Partner aufzupassen. Außerdem war das Anwesen der Bruderschaft der Black Dagger eine Festung, in die nicht einmal ein SEK eindringen hätte können. Also hatten John und er eine Vereinbarung getroffen – und redeten nicht mehr davon.

Und was Blay betraf …

Über seinen besten Freund wollte Qhuinn jetzt nicht nachdenken. Nein. Ganz und gar nicht.

Qhuinn sah sich in dem Club unter den Frauen, Männern und Pärchen nach Frischfleisch um. Es gab nur einen Grund, warum er hierhergekommen war, und das Gleiche galt für die anderen Goths hier.

Ihnen allen ging es nicht um Beziehungen. Hier ging es noch nicht einmal um Gesellschaft. Es ging einzig und allein um die schnelle Nummer, und danach hieße es dann *Danke, Süße* – oder *Süßer,* je nach Lust und Laune – *und Tschüss.* Denn dann bräuchte er jemand Neues. Oder mehrere.

Auf keinen Fall würde es heute Nacht bei einem Aufriss bleiben. Er hätte sich am liebsten die Haut abgezogen, sein ganzer Körper stand unter Hochspannung und sehnte sich nach Erlösung. Mann, er hatte schon immer gern gevögelt, aber in den letzten Tagen hatte sich seine Libido in Godzilla verwandelt …

War Blay überhaupt noch sein bester Freund?

Qhuinn hielt inne und sah sich kurz nach einer Fensterscheibe um, durch die er seinen Kopf rammen hätte können: Verdammte Scheiße, er war keine fünf mehr. Ausgewachsene Kerle hatten keine besten Freunde. Sie brauchten niemanden.

Insbesondere nicht, wenn besagter Freund einen anderen bumste. Den ganzen Tag lang. Jeden Tag.

Qhuinn stapfte zur Bar. »Herradura. Einen Doppelten. Und bitte gut eingeschenkt.«

Die Augen der Frau blitzten auf hinter ihrem dicken Kajal und den falschen Wimpern. »Soll ich dir den anschreiben?«

»Ja.« Und der Art nach zu schließen, wie sie sich mit der Hand über den straffen Bauch und über die Hüfte fuhr, hätte er offensichtlich auch gleich eine Runde mit ihr bestellen können.

Als er ihr seine schwarze AmEx hinhielt, veranstaltete sie ein umständliches Gehabe mit viel Brusteinsatz, um das Ding entgegenzunehmen, und beugte sich dabei so weit nach vorn, dass es aussah, als wollte sie ein Cocktailstäbchen mit den Nippeln vom Boden aufheben.

»Dein Tequila kommt gleich.«

Was für eine Überraschung. »Na toll.«

Hüftschwingend eilte sie los, doch sie verschwendete nur ihre Zeit: Sie war absolut nicht das, worauf er es heute Abend abgesehen hatte – nicht einmal annähernd. Erstens gehörte sie dem falschen Geschlecht an. Außerdem stand er nicht auf dunkles Haar. Tatsächlich konnte er selbst kaum glauben, wonach ihm heute der Sinn stand.

Farbenblind zu sein brachte gewisse Einschränkungen mit sich, doch wenn man ausschließlich Schwarz trug und nachts arbeitete, war es meistens kein Problem. Außerdem waren seine verschiedenfarbigen Augen extrem scharf und reagierten äußerst sensibel auf unterschiedliche Grauschattierungen, so dass er Farben durchaus »wahrnahm« – es ging einzig um den Farbverlauf. Zum Beispiel erkannte er mühelos die Blonden in diesem Club. Er erkannte den Unterschied zwischen den Brünetten und den Schwarzhaarigen. Und, ja, er mochte sich manchmal irren, wenn einer der Schwachköpfe eine ausgewaschene Färbung drin hatte, aber selbst dann bemerkte er das normalerweise, weil das Haar nicht zum Hauttyp passte.

»Bitte schön«, säuselte die Frau hinter der Bar.

Qhuinn nahm den Tequila, stürzte ihn hinunter und stellte das Glas zurück auf den Tresen. »Machen wir das gleich noch ein paarmal.«

»Kommt sofort.« Sie reckte ihm ihre zwei Doppel-D-Körbchen entgegen, zweifelsohne in der Hoffnung, er würde die Auslage befingern. »Du bist mein Lieblingskunde. Denn du verträgst echt ganz schön was.«

So, so. Schon klar. Als wäre es eine Wahnsinnsleistung, wenn man zwei Fingerbreit Schnaps in einem Zug kippen konnte. Hilfe, allein die Vorstellung, dass jemand mit derlei Wertvorstellungen wählen gehen durfte, weckte in ihm erneut die Sehnsucht nach einer Glasscheibe zum Zertrümmern.

Menschen waren einfach erbärmlich.

Obwohl er vielleicht etwas von seinem hohen Ross kommen sollte, dachte er, als er sich wieder umdrehte, um das Publikum zu inspizieren. Er gab heute Nacht selbst eine ziemlich erbärmliche Gestalt ab. Insbesondere, als er zwei Männer in einem abgeschiedenen Eck sitzen sah. Das Einzige, was die beiden voneinander trennte, waren ihre Lederklamotten. Natürlich war der eine blond. Genau wie sein Cousin. Und unweigerlich quälte sich sein Geist mit den unmöglichsten Vorstellungen, was Blay und Saxton in diesem Moment gerade alles treiben könnten.

Nur dass es keine reinen Vorstellungen waren. Denn Morgen für Morgen erhoben sich Blay und Saxton vom Letzten Mahl am Tisch der Bruderschaft, wenn alle ihrer Wege gingen, und entfernten sich diskret in Richtung der großen Freitreppe, um in den Flur im ersten Stock zu verschwinden, der zu ihren Zimmern führte.

Sie hielten sich niemals an den Händen. Küssten sich nie vor den anderen. Warfen sich nicht einmal verstohlen heiße Blicke zu. Doch Blay war ein Gentleman. Und Saxton, dieser Schicki-Wichser, verstellte sich gut.

Sein Cousin war eine billige Schlampe …

Nein, ist er nicht, meldete sich eine leise Stimme. *Du hasst ihn nur, weil er deinen Liebsten vögelt.*

»Er ist *nicht* mein Liebster.«

»Was hast du gesagt?«

Qhuinn funkelte den Störenfried an – und war sogleich wieder versöhnt. *Bingo,* dachte er.

Neben ihm stand ein Mensch, etwa eins achtzig groß mit tollem Haar, einem hübschen Gesicht und sehr schönen Lippen. Er war nicht übermäßig Goth-artig gestylt, trug nur ein paar Ketten an der Hüfte und ein paar Ringe im Ohr. Aber die Haarfarbe war es, die Qhuinn vom Hocker haute.

»Nichts, ich habe mit mir selbst geredet.«

»Ach so. Mach ich auch oft.« Der Typ lächelte kurz und wandte sich dann wieder seinem Drink zu.

»Was trinkst du denn?«, erkundigte sich Qhuinn.

Ein halb leeres Glas wurde hochgehalten. »Wodka-Tonic. Ich kann diese Fruchtplörre nicht ausstehen.«

»Ich auch nicht. Ich trinke Tequila. Pur.«

»Patrón?«

»Niemals. Herradura.«

»Ah.« Der Typ drehte sich um und blickte in die Menge vor ihnen. »Du stehst auf den richtig guten Stoff.«

»Ganz genau.«

Qhuinn hätte sich am liebsten erkundigt, ob Mr Wodka-Tonic nun nach Mädchen oder Jungs Ausschau hielt, aber diese Frage legte er vorerst auf Eis. Mann, dieses Haar war wirklich fantastisch. Voll. An den Enden gelockt.

»Suchst du jemand Bestimmten?«, fragte Qhuinn leise.

»Vielleicht. Du?«

»Aber ja doch.«

Der Kerl lachte. »Jede Menge heiße Bräute hier. Du kannst dir eine aussuchen.«

Verdammte Scheiße, mal wieder typisch: ein Hetero. Andererseits würden sie vielleicht zusammen einen Aufriss machen können und dann weitersehen.

Der Rotschopf streckte Qhuinn die Hand hin. »Ich bin ...«

Als sich die Blicke der beiden zum ersten Mal trafen, verstummte der Kerl, aber das war egal. Sein Name interessierte Qhuinn einen Dreck.

»Hast du zwei unterschiedliche Augen?«, fragte er leise.

»Ja.«

»Das ist ... echt cool.«

Im Prinzip ja. Es sei denn, man war Vampir und gehörte der *Glymera* an. Dann galt es als körperlicher Defekt, der auf einen genetischen Makel hinwies, womit man eine Schande für die eigene Familie darstellte und absolut nicht zu vermitteln war.

»Danke«, sagte Qhuinn. »Was für eine Farbe haben deine?«

»Siehst du das nicht?«

Qhuinn tippte an die tätowierte Träne unter seinem Auge. »Farbenblind.«

»Ach so. Meine sind blau.«

»Und du hast rote Haare, stimmt's?«

»Woher weißt du das?«

»Deine Haut. Du bist blass und hast Sommersprossen.«

»Wahnsinn.« Der Kerl blickte sich um. »Hier ist es dunkel – ich hätte nicht gedacht, dass man das sehen kann.«

»Schätze, ich kann das.« Und im Stillen fügte er hinzu: *Wie wäre es, wenn ich dir noch ein paar von meinen anderen Tricks vorführe?*

Qhuinns neuer Kumpel lächelte leicht und blickte wieder in die Menge. Nach einer Weile sagte er: »Warum schaust du mich so an?«

Weil ich dich ficken will. »Du erinnerst mich an jemanden.«

»An wen denn?«

»Jemand, den ich verloren habe.«

»Ach du Scheiße. Das tut mir leid.«

»Ist schon okay. Es war meine Schuld.«

Kleine Pause. »Dann bist du also schwul, was?«

»Nein.«

Der Kerl lachte. »'tschuldigung. Ich dachte nur ... Schätze, dann war er wohl ein guter Freund.«

Kein Kommentar. »Ich besorg mir Nachschub. Für dich auch?«

»Danke.«

Qhuinn drehte sich um und winkte der Barfrau. Während sie auf ihn zustöckelte, legte er sich eine neue Taktik zurecht. Ein bisschen mehr Sprit. Dann dem Ganzen ein paar Frauen beimengen. Schritt drei: ein Ausflug zu den Toiletten, um die Frauen zu vögeln.

Dann ... noch mehr Blickkontakt, am besten, während einer oder sie beide gerade in einer Frau steckten. Denn sosehr sich dieser Rotschopf mit dem tollen Haar für Bräute zu interessieren schien, Qhuinn hatte doch die Verbindung gespürt, als sie sich angesehen hatten – und *hetero* war ein relativer Begriff.

Ein bisschen wie der Ausdruck *Jungfrau*.

Womit sie schon zu zweit waren. Schließlich vögelte Qhuinn niemals Rothaarige.

Aber heute würde er eine Ausnahme machen.

7

Wie Payne so auf dem Metalltisch lag, konnte sie nicht glauben, dass ihr Heiler ein Mensch war.

»Verstehen Sie, was ich sage?« Seine Stimme klang ziemlich tief und sein Akzent fremd, doch nicht ganz unbekannt für Payne: Die *Shellan* ihres Bruders hatte die gleiche Aussprache und den gleichen Tonfall. »Ich werde Sie öffnen und …«

Während er mit ihr redete, beugte er sich in ihr Sichtfeld, und ihr gefiel, wenn er das tat. Seine Augen waren braun, aber nicht das Braun von Eichenrinde oder altem Leder oder Hirschfell. Sie hatten einen hübschen orangefarbenen Einschlag, so wie poliertes Mahagoni – und den gleichen Glanz, hätte sie fast zu sagen gewagt.

Seit seiner Ankunft hatte ein emsiges Treiben eingesetzt, und eines hatte sich bereits herauskristallisiert: Er war offenbar daran gewöhnt, Befehle zu erteilen, und sich seiner Arbeit ziemlich sicher. Und dann war da noch etwas … Es kümmerte ihn nicht, dass ihr Bruder auf Anhieb eine Abneigung gegen ihn entwickelt hatte.

Hätte sich Vishous' Bindungsduft auch nur um einen Hauch verstärkt, man hätte ihn in der Luft wahrgenommen.

»Verstehen Sie mich?«

»Ihre Ohren funktionieren bestens.«

Payne verdrehte die Augen, so weit es ihr möglich war, in Richtung Tür. Vishous war zurückgekehrt und fletschte die Zähne, als erwäge er einen Angriff. Zum Glück stand dicht neben ihm ein Kerl auf zwei kräftigen Beinen, der ihn quasi an der Leine hatte: Sollte ihr Zwillingsbruder zum Sprung ansetzen, war dieser dunkelhaarige Mann offensichtlich darauf vorbereitet, ihn zu packen und aus dem Raum zu zerren.

Das war gut.

Payne konzentrierte sich wieder auf ihren Heiler. »Ich verstehe.«

Die Augen des Menschen verengten sich. »Dann wiederholen Sie doch bitte, was ich gesagt habe.«

»Aber wozu?«

»Es geht um Ihren Körper. Ich will sicherstellen, dass Sie wissen, was ich damit anstelle, und ich befürchte, es könnte Verständigungsschwierigkeit geben.«

»Sie versteht verdammt gut, was du sagst ...«

Der Heiler warf einen wütenden Blick über die Schulter. »Sind Sie *immer noch* hier?«

Der dunkelhaarige Kerl neben ihrem Bruder hielt ihn an der Brust fest und zischte ihm etwas ins Ohr. Dann wandte er sich an den Heiler, indem er mit einem etwas anderen Akzent sprach: »Sachte, sachte, Mann, reg dich ab. Oder ich lass ihn los und er verarbeitet dich zu Hackfleisch dafür, dass du in diesem Ton mit uns redest. *Capisci?*«

Sie musste bewundern, wie der Heiler auf diese Drohung reagierte: »Wenn ich hier operieren soll, dann stelle ich die Bedingungen. Also geht er jetzt raus auf den Gang, oder Sie suchen sich einen anderen Arzt. Also, wie hätten Sie es gerne?«

Sofort entbrannte ein handfester Streit, bis Jane von dem Fenster herbeigeeilt kam, über dessen Scheibe Bilder flackerten. Erst redete sie leise, doch bald war ihre Stimme so laut wie die der anderen.

Payne räusperte sich. »Vishous. *Vishous. Vishous!*«

Als alles nichts half, presste sie die Lippen zusammen und stieß einen Pfiff aus, der Glas zum Bersten bringen hätte können.

Als hätte man eine Flamme ausgepustet, verstummten alle, obwohl die aggressive Stimmung weiter im Raum hing wie Rauch über einem Docht.

»Er soll mich jetzt behandeln«, sagte sie matt, und die Spannung im Raum glich einem Fieber, das ihren Körper ergriff und sie noch lethargischer machte. »Er soll ... mich behandeln. Es ist mein Wunsch.« Ihre Augen wanderten zu dem Heiler. »Ihr sollt versuchen, meine verwachsene Wirbelsäule, wie Ihr sie nennt, wieder zu brechen, denn Ihr hofft, dass mein Rückenmark nicht durchtrennt, sondern lediglich verletzt ist. Weiterhin weist Ihr darauf hin, dass sich das Ergebnis nicht vorhersagen lässt, dass Ihr den Schaden aber besser einschätzen könnt, wenn Ihr ›mich geöffnet‹ habt, richtig?«

Ihr Heiler sah sie intensiv an. Tiefsinnig. Ernst. Und dann schwang noch etwas anderes mit, das sie verwirrte ... obwohl sie nicht verängstigt war. Nein, das wirklich nicht – tatsächlich lag etwas in seinem Blick, dass sie sich ihm innerlich öffnete.

»Habe ich mich richtig erinnert?«, drängte sie.

Der Heiler räusperte sich. »Ja. Das haben Sie.«

»Dann operiert ... wie Ihr es nennt.«

Drüben an der Tür hörte sie den Dunkelhaarigen mit ihrem Zwillingsbruder tuscheln, dann hob Vishous den Arm und richtete einen behandschuhten Finger auf den Menschen. »Wenn sie stirbt, wirst auch du nicht überleben.«

Fluchend schloss Payne die Augen und wünschte erneut, ihr lang gehegter Wunsch hätte sich nicht erfüllt. Es wäre besser gewesen, in den Schleier einzutreten, als verantwortlich zu sein für den Tod eines unschuldigen …

»Abgemacht.«

Payne riss die Augen auf. Der Heiler beugte sich nicht der Größe und Kraft ihres Bruders und akzeptiere die Last, die ihm auferlegt wurde.

»Aber Sie gehen raus«, forderte er wieder. »Sie müssen hier verdammt nochmal verschwinden und draußen bleiben. Ich lasse mich von Ihrem Getue nicht ablenken.«

Vishous' mächtige Schultern zuckten, doch dann nickte er kurz. »Abgemacht.«

Und dann war sie allein mit ihrem Heiler, abgesehen von Jane und der anderen Pflegerin.

»Ein letzter Test.« Der Heiler griff nach einem dünnen Stäbchen, das auf der Ablage lag. »Ich fahre damit an Ihrem Fuß entlang. Ich möchte, dass Sie mir sagen, ob Sie etwas fühlen.«

Als sie nickte, verschwand er aus ihrem Sichtfeld, und sie schloss die Augen, um sich zu konzentrieren und angespannt darauf zu warten, ob sie etwas spürte. Irgendetwas.

Sicher war es doch ein gutes Zeichen, wenn sie etwas bemerkte, so schwach es auch sein mochte …

»Ich fühle etwas«, sagte sie und fasste neuen Mut. »Auf meiner linken Seite.«

Eine Pause entstand. »Und jetzt?«

Sie flehte ihre Beine um ein ähnliches Gefühl an und musste tief durchatmen, bevor sie antworten konnte. »Nein. Nichts.«

Das leise Rascheln der Laken war die einzige Bestätigung, dass sie wieder zugedeckt wurde. Aber wenigstens hatte sie etwas gefühlt.

Statt mit ihr zu reden, unterhielten sich der Heiler und die *Shellan* ihres Zwillingsbruders leise, gerade außer Hörweite.

»Fürwahr«, sagte Payne. »Vielleicht könntet Ihr mich in die Diskussion mit einbeziehen.« Die beiden Ärzte traten zu ihr. Merkwürdigerweise schien keiner von ihnen sonderlich erfreut. »Es ist doch gut, dass ich etwas gespürt habe, oder nicht?«

Der Heiler näherte sich ihrem Kopf und nahm ihre Hand. Sie spürte seine Wärme und Kraft. Als er sie ansah, war sie erneut gefesselt: Seine Wimpern waren extrem lang. Und auf dem markanten Kinn und den Wangen lag der Schatten eines Bartes. Sein kräftiges, dunkles Haar glänzte.

Und sein Geruch gefiel ihr wirklich.

Aber er hatte ihr noch nicht geantwortet. »Oder nicht, Heiler?«

»Ich habe Ihren linken Fuß nicht berührt.«

Payne blinzelte verstört. Doch nachdem sie sich schon so lange nicht mehr bewegen konnte, hätte sie diese Nachricht eigentlich nicht überraschen sollen, oder?

»Werdet Ihr also jetzt beginnen?«, fragte sie.

»Noch nicht.« Der Mensch warf Jane einen kurzen Blick zu und sah dann wieder zu ihr. »Für die Operation müssen wir Sie zunächst verlegen.«

»Wir sind hier auf dem Flur nicht weit genug weg, Kumpel.«

Als Butchs Stimme der Vernunft zu ihm durchdrang, hätte er dem Kerl am liebsten den Kopf abgerissen. Und als der Trottel weiterredete, verstärkte sich dieser Drang. »Was hältst du davon, wenn wir uns in die Höhle verziehen?«

Ein weiser Ratschlag, gewiss, gewiss. Und doch … »Du gehst mir langsam auf den Sack, Bulle.«

»Das ist doch nichts Neues. Und falls du es noch nicht geschnallt hast: Es ist mir egal.«

Die Tür zum Untersuchungsraum ging auf, und Jane huschte nach draußen. Sie sah ihn an, und ihre dunkelgrünen Augen wirkten nicht gerade glücklich.

»Was ist denn jetzt wieder?«, blaffte V. Er wusste nicht, ob er noch mehr schlechte Nachrichten verkraftete.

»Er will sie verlegen.«

Nachdem er eine Weile wie eine Kuh geblinzelt hatte, schüttelte V den Kopf, überzeugt, sich verhört zu haben. »Wie bitte?«

»Er will sie ins St. Francis bringen.«

»Kommt nicht infrage …«

»Vishous …«

»Das ist eine Menschenklinik!«

»V…«

»Hast du völlig den Verstand verloren?«

In diesem Moment kam dieser dämliche menschliche Chirurg zu ihnen nach draußen und baute sich direkt vor V auf, was entweder für ihn sprach – oder auf geistige Umnachtung schließen ließ. »Ich kann sie hier nicht behandeln. Wollen Sie, dass ich es versuche und sie dann endgültig gelähmt bleibt? Denken Sie doch mal nach – ich brauche ein Kernspin, Mikroskope, OP-Material und Personal, das ihr hier nicht habt. Uns läuft die Zeit davon, und sie kann nicht weit transportiert werden – außerdem, wenn ihr hier von der Regierung seid, könnt ihr doch ihre Akten verschwinden lassen und dafür sorgen, dass die Presse keinen Wind davon bekommt. Mit meiner Unterstützung wird kaum einer was mitkriegen.«

Regierung? Was zum … Aber egal. »Sie kommt nicht in ein Krankenhaus für Menschen. Basta.«

Der Kerl wirkte etwas verwundert, dass er die »Menschen«-Sache so sehr betonte, schien es aber beiseitezuschieben. »Dann operiere ich eben nicht ...«

V stürzte sich auf ihn.

Es ging rasend schnell. Eben noch hatte V seine Treter fest gegen den Boden gestemmt, im nächsten Moment segelte er wie ein Vogel durch die Luft – zumindest, bis er in den guten Onkel Doktor krachte und ihn an die Wand klatschte.

»Geh da rein und fang an zu schneiden«, knurrte V.

Der Mensch rang um Atem, doch Sauerstoffmangel hielt ihn nicht davon ab, seinen Mann zu stehen. Er blickte V tief in die Augen. Unfähig zu sprechen, formten seine Lippen ein *Nein*.

»Lass ihn los, V. Er soll sie hinbringen, wo er meint.«

Als sich nun auch noch Wrath in dieses Theater einmischte, wurde Vs Drang, ein kleines Flammeninferno anzurichten, beinahe unerträglich. Als ob sie noch einen Schlaumeier brauchten, der seinen Senf dazugab. Und diesen Befehlston konnte der König sich sonst wohin stecken.

V schnürte den Kragen des Chirurgen zu wie einen Müllsack. »Du wirst nirgendwo mit ihr hingehen ...«

Die Hand auf Vs Schulter wog schwer, und Wraths Stimme klang schneidend wie ein Dolch. »Und du hast hier nicht zu bestimmen. Sie fällt unter meine Zuständigkeit, nicht deine.«

Ganz falscher Text. In mehrfacher Hinsicht.

»Sie ist von meinem Blut«, fauchte V.

»Aber meinetwegen liegt sie in diesem Bett. Ach, und nur so nebenbei, ich bin dein verdammter König, also wirst du tun, was ich befehle, Vishous.«

Gerade rechtzeitig, bevor er etwas sagte oder tat, was er später bereut hätte, erreichten ihn Janes Worte, um ihn zur Vernunft zu bringen. »V, im Moment bist du das Problem. Nicht der Zustand deiner Zwillingsschwester oder Mannys Entscheidung. Du musst mal lockerlassen, dir einen klaren Kopf verschaffen, nachdenken, nicht nur reagieren. Ich werde die ganze Zeit bei ihr sein, und Butch wird mich begleiten, ist es nicht so?«

»Klaro«, antwortete der Bulle. »Und ich nehme Rhage mit. Wir lassen sie keine Sekunde aus den Augen.«

Es herrschte tödliches Schweigen, während Vs rationale Seite darum kämpfte, das Ruder zu übernehmen ... und sich dieser Mensch weigerte, klein beizugeben. Obwohl er nur einen Dolchstoß ins Herz von einem Sarg entfernt war, funkelte dieser Mistkerl doch tatsächlich zurück.

Himmel, es rang einem fast schon Respekt ab.

Janes Hand auf Vs Bizeps fühlte sich so ganz anders an als die von Wrath. Ihre Berührung war leicht, beruhigend, behutsam. »Ich habe jahrelang in dieser Klinik gearbeitet. Ich kenne alle Räume, sämtliche Leute, die Ausstattung. Es gibt nicht einen Quadratmillimeter in diesem Haus, den ich nicht wie meine Westentasche kenne. Manny und ich werden zusammen arbeiten und sicherstellen, dass sie schnell wieder zurück ist – und dass ihr nichts geschieht. Als Leiter der Chirurgie hat er das Sagen dort, und ich werde sie auf Schritt und Tritt begleiten ...«

Jane redete weiter, aber V hörte sie nicht mehr, denn plötzlich überkam ihn eine Vision, wie ein Signal, empfangen von einem externen Sender: Mit kristallener Klarheit sah er seine Schwester, wie sie auf einem Pferd an einem Waldrand entlanggaloppierte. Sie hatte weder Sattel noch Zügel, und ihr Haar war offen und wehte im Mondlicht hinter ihr.

Sie lachte. In absoluter Glückseligkeit.

Sie war frei.

Sein ganzes Leben lang hatte er Bilder von der Zukunft

gesehen – deshalb wusste er, dass es diesmal etwas anderes war. Seine Visionen handelten ausschließlich vom Tod – dem von Wrath und seiner Brüder, von ihren *Shellans* und von deren Kindern. Das Wissen um das Sterben der Leute um ihn herum war einer der Gründe für seine Verschlossenheit und der Hauptgrund für seinen Wahnsinn: Er wusste nur, wie eine Person sterben würde, niemals wann, und deshalb konnte er auch niemanden retten.

Aus diesem Grund konnte es sich um keine Zukunftsvision handeln. Stattdessen war es das, was er sich für seine Zwillingsschwester wünschte, die er viel zu spät gefunden hatte und vielleicht schon allzu bald wieder verlieren würde.

V, im Moment bist du das Problem.

Er wagte nicht, einen von ihnen anzusprechen. Achtlos lockerte er seinen Griff und trat zurück. Während der Mensch wieder zu Atem kam, sah V niemanden an außer Jane.

»Ich will sie nicht verlieren«, sagte er matt, obwohl sie nicht allein waren.

»Ich weiß. Ich lasse sie keine Sekunde aus den Augen. *Vertraue mir.*«

V schloss kurz die Augen. Eines hatten seine *Shellan* und er gemeinsam: Sie waren beide extrem gut in dem, was sie taten. Sie beide waren ihren Aufgaben absolut ergeben und lebten deshalb in ganz eigenen Paralleluniversen, die sie sich selbst geschaffen hatten: er für das Töten, sie für das Heilen.

Also kam ihr Versprechen einem Schwur von ihm gleich, jemanden für sie zu töten.

»Okay«, krächzte er. »In Ordnung. Aber gib mir noch eine Minute mit ihr.«

Er trat durch die Flügeltür und auf das Bett seiner Schwester zu, und er war sich nur allzu bewusst, dass dies vielleicht das letzte Mal war, dass er mit ihr sprach: Vampire konnten wie Menschen bei Operationen sterben. Und das taten sie auch.

Sie sah noch schlimmer aus als zuvor, wie sie da so reglos lag, die Augen nicht geschlossen, sondern zugepresst, als litte sie Schmerzen. Verflucht, seine *Shellan* hatte Recht. *Er* hielt hier den Laden auf. Und nicht dieser bescheuerte Chirurg.

»Payne.«

Ihre Lider hoben sich bleiern. »Mein Bruder.«

»Du kommst in ein Menschenkrankenhaus. Ist das in Ordnung für dich?« Sie nickte. Vishous gefiel überhaupt nicht, dass ihr Gesicht die gleiche Farbe angenommen hatte wie das Laken. »Er wird dich dort operieren.«

Sie nickte wieder, dann öffneten sich ihre Lippen, und ihr Atem stockte, als fiele ihr das Luftholen schwer. »Fürwahr, so ist es am besten.«

Himmel ... was jetzt? Sollte er ihr nun erklären, dass er sie liebte? Er würde es wohl tatsächlich tun, auf seine eigene verquere Art.

»Hör zu ... pass auf dich auf«, brummte er.

Wie lahm. Es war echt erbärmlich. Aber mehr brachte er nicht zuwege.

»Du ... auch«, stöhnte sie.

Fast wie von selbst legte seine gute Hand sich sanft auf die ihre. Doch auch als er etwas fester zulangte, reagierte sie nicht, und plötzlich wurde er von Panik ergriffen, dass er seine Chance verpasst hatte und sie bereits tot war.

»*Payne.*«

Ihre Lider flatterten.

Die Tür ging auf, und Jane steckte den Kopf herein. »Wir müssen los.«

»Ja. Okay.« V drückte ein letztes Mal die Hand seiner Schwester, dann ging er eilig hinaus.

Als er in den Flur kam, war Rhage bereits da, und außerdem Phury und Z. Was gut war. Phury war ein Meister im Hypnotisieren von Menschen – und er hatte es schon einmal im St. Francis getan.

V ging zu Wrath. »Du wirst sie nähren. Wenn sie nach der Operation aufwacht, muss sie sich nähren, und dein Blut ist das stärkste, das wir haben.«

Vielleicht hätte er erst Königin Beth fragen sollen, ob sie ihren *Hellren* auf diese Weise zu teilen bereit war, ehe er eine solche Forderung vorbrachte. Aber weil er so ein egoistischer Grobklotz war, war ihm das egal.

Wrath nickte nur. »Das hat meine *Shellan* auch schon vorgeschlagen.«

V kniff die Augen zu. Verdammt, sie war eine echte Frau von Wert. Ohne Zweifel.

Bevor er verschwand, warf er einen letzten Blick auf seine *Shellan*. Jane wirkte unerschütterlich, ihr Blick war fest und stark.

»Ich habe keine Worte«, sagte er heiser.

»Und ich weiß genau, was du mir sagen willst.«

V stand einen Schritt von ihr entfernt, wie angewurzelt, und wünschte, er wäre anders. Wünschte ... so vieles wäre anders.

»Geh«, flüsterte sie. »Ich hab das hier im Griff.«

V warf einen letzten Blick auf Butch, und als der Bulle nickte, war die Entscheidung gefallen. Vishous nickte zurück und ging, raus aus dem Trainingszentrum, durch den unterirdischen Tunnel und hoch in die Höhle.

Wo er sofort bemerkte, dass die räumliche Entfernung es keinen Deut besser machte. Er hatte noch immer das Gefühl, mitten in diesem ganzen Drama zu stecken ... und fürchtete, er könnte bald wieder unten landen, um zu »helfen«.

Raus. Er musste hier raus und weg von alledem.

Er brach durch die schwere Eingangstür und stürzte in den Hof ... wo er dann bewegungslos stand, genau wie die Autos, die Seite an Seite hinter dem Brunnen parkten.

Und als er da so verharrte wie ein Vollidiot, bemerkte er ein seltsames, flappendes Geräusch. Erst konnte er es nicht recht einordnen, doch dann blickte er an sich nach unten. Seine behandschuhte Hand zitterte und schlug gegen seinen Oberschenkel.

Unter dem bleigefütterten Leder leuchtete es so hell hervor, dass er die Augen zusammenkneifen musste.

Verdammt. Er stand knapp vor dem Kurzschluss und sprühte sozusagen schon Funken.

Mit einem Fluch dematerialisierte er sich und strebte dem Ort zu, an den er sich in dieser Stimmung immer begab. Sein Ziel gefiel ihm nicht, und auch nicht der Drang, der ihn in die Nacht hinausjagte ... aber genau wie das von Payne lag auch sein eigenes Schicksal nicht in seinen Händen.

8

Altes Land, Gegenwart

Der Traum war alt. Jahrhundertealt. Und doch waren die Bilder frisch und klar, so wie die Nacht, in der sich vor Äonen von Jahren alles geändert hatte.

Tief im Schlaf erschien Xcor eine zornige Frauengestalt. Der Nebel wirbelte um ihre weißen Gewänder und bauschte sie auf in der kalten Luft. Er wusste sofort, warum sie aus dem dichten Wald gekommen war – aber ihr Opfer hatte ihr Erscheinen und Vorhaben noch nicht bemerkt.

Sein Vater war zu sehr damit beschäftigt, eine Menschenfrau zu jagen. Doch dann entdeckte Bloodletter den Geist.

Der Ablauf der folgenden Ereignisse war so starr wie die Furchen in Xcors Braue: Er stieß eine Warnung aus und trieb sein Pferd an, während sein Vater die Menschenfrau fallen ließ und auf den Geist zuschoss. Xcor schaffte es nie rechtzeitig. Immer sah er voll Entsetzen zu, wie die Frauengestalt hoch in die Luft sprang und seinen Vater vom Pferd riss.

Und dann das Feuer ... das Feuer, das die Geistergestalt auf Bloodletter richtete, war gleißend weiß und alles verzehrend, es verschlang Xcors Vater binnen Sekunden, und der Gestank von angebranntem Fleisch ...

Xcor fuhr aus dem Schlaf hoch, seine Schwerthand zuckte an die Brust, seine Lungen pumpten, und doch bekam er keine Luft.

Er stützte sich auf sein Deckenlager, richtete sich auf und war heilfroh, allein in seinem Zimmer zu sein. So musste ihn niemand sehen.

Während er versuchte, zurück in die Gegenwart zu finden, wurde sein schneller Atem von den kahlen Wänden zurückgeworfen und hallte wider, bis er wie Schreie klang. Eilig ließ er kraft seines Willens die Kerze neben seiner Lagerstätte auf dem Boden aufflammen. Das half. Dann stand er auf und reckte sich. Das Dehnen und Strecken von Muskeln und Knochen verhalf ihm zu einem klaren Kopf.

Er brauchte etwas zu essen. Und Blut. Und einen Kampf.

Dann wäre er wieder der Alte.

Nachdem er sich in gut eingetragenes Leder gekleidet und sich einen Dolch an den Gürtel gesteckt hatte, trat er aus seinem Zimmer in den zugigen Flur. Tiefe Stimmen und das Klappern von Zinngeschirr in der Ferne verrieten ihm, dass man unten im Rittersaal das Erste Mahl hielt.

Er hatte mit seiner Bande die Burg bezogen, die er in der Todesnacht seines Vaters entdeckt hatte. Einst hatte sie das verschlafene mittelalterliche Dörfchen überragt, doch das hatte sich inzwischen zu einer vorindustriellen Ortschaft gemausert und war in modernen Zeiten zu einer Kleinstadt von fünfzigtausend menschlichen Einwohnern geworden.

Ein Klacks, so wie der Homo sapiens sich vermehrte.

Die Festung war ideal für ihn – und zwar aus den Gründen, die ihn auf Anhieb angesprochen hatten. Die dicken Steinmauern und der Burggraben mit der Brücke waren immer noch weitgehend intakt und hielten bis heute ungewollte Besucher fern. Außerdem rankten sich eine Reihe von blutrünstigen Mythen und absoluten Wahrheiten um die Burg, die Ländereien und seine Männer. In den letzten hundert Jahren hatten er und seine Bande pflichtergeben die bescheuerten Vampirmärchen gefördert, indem sie von Zeit zu Zeit durch die Straßen und die Gegend »geisterten«.

Ein Kinderspiel für einen Killer, der sich jederzeit dematerialisieren konnte.

Selten war ein gespenstisches Buh! *so effektiv gewesen.*

Und doch gab es Probleme. Nachdem sie im Alleingang die Bevölkerung der Lesser *im Alten Land dezimiert hatten, mussten sie sich nach Möglichkeiten umsehen, ihre mörderischen Fertigkeiten zu trainieren. Freundlicherweise hatten Menschen diese Lücke gefüllt – obwohl er und seine Brüder heimlich wirken mussten, um ihre Identität zu schützen.*

Doch da kam der menschliche Vergeltungsdrang ins Spiel.

Es gab nur eine löbliche Eigenschaft der Menschen, und das war ihre Entrüstung gegenüber den Missetätern in ihren eigenen Reihen. Da die Vampire ausschließlich Triebtäter und Pädophile jagten, wurden ihre »Verbrechen« viel bereitwilliger toleriert. Die Erfahrung hatte sie gelehrt, dass Menschen wie Bienen ausschwärmten, die ihren Stock verteidigten, wenn man sich an Moralaposteln vergriff. Aber bei Gesetzesbrechern?

Auge um Auge, stand in ihrer Bibel zu lesen.

Und damit hatte seine Bande ein Übungsfeld.

So lief es nun seit zwei Jahrzehnten, immer in der Hoffnung, dass ihr wahrer Feind, die Gesellschaft der Lesser, *wieder angemessenere Widersacher schickte. Doch es waren keine aufgetaucht, und somit gelangte er mehr und mehr zu der Überzeugung, dass es in Europa keine* Lesser *mehr gab und auch keine mehr geben würde. Schließlich waren er und seine Bande auf der Jagd nach menschlichen Gaunern Nacht für Nacht Hunderte von Meilen in alle Richtungen ausgeströmt, also hätten sie irgendwo über Jäger stolpern müssen.*

Doch ach, es gab keine.

Im Prinzip verwunderte ihr Verschwinden ihn nicht. Der Krieg hatte sich schon vor langer Zeit auf einen anderen Kontinent verlagert: Als die Bruderschaft der Black Dagger damals in die Neue Welt übergesiedelt hatte, war ihnen die Gesellschaft der Lesser *wie Bluthunde gefolgt und hatte nur den Bodensatz für Xcor und seine Mannen zurückgelassen. Lange Zeit hatte das als Herausforderung gereicht, die Jäger hatten sich dem Kampf gestellt, und die Schlachten waren zahlreich und gut gewesen. Aber diese Zeiten waren vorbei, die Menschen kein befriedigender Ersatz mehr.*

Mit Lessern *konnte man sich wenigstens amüsieren.*

Eine bleierne Unzufriedenheit ergriff von ihm Besitz, als er die unregelmäßigen Stufen hinunterstieg, über einen uralten, ausgetretenen Läufer, der vor Generationen hätte ausgewechselt werden müssen. Der Raum am Fuß der Treppe war eine Steinhöhle, mit nichts als einem riesigen Eichentisch vor einem Kamin, so groß wie ein Berg. Die menschlichen Erbauer dieser Festung hatten die rauen Mauern mit Wandteppichen behängt, aber die Kampfszenen mit Reitern auf prächtigen Pferden waren gealtert wie alle anderen Teppiche: Die ausgefransten, ausgeblichenen Fasern hingen traurig an den Befestigungen, der untere Saum wurde immer länger und würde bald auch zum Bodenbelag mutieren.

Vor dem lodernden Feuer saßen seine Männer auf Holzstühlen und aßen Hirsch und Moorhuhn und Taube, die sie auf den Ländereien des Anwesens gejagt, unter freiem Himmel ausgeweidet und über dem Kaminfeuer gebraten hatten. Sie tranken Ale, das sie im Rübenkeller selbst ziehen und gären ließen, und speisten mit Jagdmessern und langen Gabeln von Zinntellern.

Es gab kaum Elektrizität in diesen Mauern – Xcor hielt sie für überflüssig, aber Throe war da anderer Ansicht. Er hatte auf einen Raum für seine Computer bestanden, und dafür brauchte man lästige Kabel, sonderbares Zeug, uninteressant und nervig. Doch ein Gutes hatte diese Modernisierung: Xcor konnte zwar nicht lesen, aber Throe beherrschte die Sache, und Menschen verbreiteten nicht nur endlos Blut und Verderbtheit, sie waren auch fasziniert von diesem Wunder der Technik – auf diese Weise fanden sie ihre Beute überall in Europa.

Der Platz am Kopf der Tafel war für ihn reserviert, und als er sich setzte, hörten die anderen auf zu essen und ließen die Hände sinken.

Throe saß zu seiner Rechten, auf dem Ehrenplatz, und seine Augen leuchteten. »Wie geht es dir?«

Dieser Traum, dieser gottverdammte Traum. Xcor war völlig zerrüttet, aber das würden seine Männer nie erfahren. »Ganz passabel.« Xcor nahm seine Gabel und spießte eine Keule auf. »Und du machst den Eindruck, als hättest du einen Plan.«

»Jawohl.« Throe hielt ihm einen Ausdruck aus einer Sammlung von diversen Zeitungsartikeln hin. Oben prangte ein auffälliges Schwarz-Weiß-Bild, und auf dieses zeigte er nun. »Ich will den hier.«

Der abgebildete Mensch war eine dunkelhaarige Schlägervisage mit gebrochener Nase und der tiefen, gewölbten Stirn eines Primaten. Die Schrift unter dem Foto und die Spalten voller Lettern waren für Xcor nichts als ein nettes kleines Muster, aber die Boshaftigkeit in dem Gesicht konnte er deutlich lesen.

»Warum ausgerechnet diesen, Trahyner?« Wenngleich er es eh längst wusste.

»Er hat Frauen in London umgebracht.«

»Wie viele?«

»Elf.«

»Das Dutzend also noch nicht voll.«

Throe verzog missbilligend das Gesicht. Was immer wieder ein Vergnügen war. »Er hat sie bei lebendigem Leibe verstümmelt und gewartet, bis sie tot waren, bis er sie dann ... nahm.«

»Er hat sie gefickt, meinst du?« Xcor riss das Fleisch mit den Fängen vom Knochen, und als keine Antwort kam, zog er eine Braue hoch. »Du meinst, dass er sie fickte, Throe?«

»Ja.«

»So, so.« Xcor lächelte verschlagen. »Dreckiger kleiner Narr.

»*Es waren elf. Allesamt Frauen.*«

»*Ja, das erwähntest du bereits. Dann ist er also ein ziemlich spitzer kleiner perverser Narr.*«

Throe nahm die Zeitungsartikel wieder an sich, durchblätterte sie und starrte auf die Gesichter der wertlosen Menschenfrauen. Zweifelsohne betete er gerade zur Jungfrau der Schrift um die Gelegenheit, einer Rasse einen Dienst zu erweisen, die nichts als ein Aufnahmeritual davon trennte, ihr Feind zu sein.

Lachhaft.

Und er würde nicht alleine reisen – deswegen sah er so sauertöpfisch aus: Doch ach, der Schwur, den diese fünf Kerle in der Nacht von Bloodletters Flammentod geleistet hatten, band sie wie mit Stahlseilen an Xcor. Ohne seine Erlaubnis gingen sie nirgendwohin.

Doch was Throe betraf, so war er schon viel früher an ihn gebunden gewesen, nicht wahr?

Während sie schwiegen, meldeten sich die Erinnerungen an seinen Traum – zusammen mit dem schmerzlichen Bewusstsein, dass er diese Gespensterfrau nie gefunden hatte. Doch sie war kein Gespenst. Obwohl er gerne menschliche Mythen befeuerte, glaubte er selbst nicht an Geister und Spuk, Flüche und Zauberei. Etwas aus Fleisch und Blut hatte seinen Vater getötet, und der Jäger in ihm wollte dieses Etwas finden und töten.

»*Also, was sagst du?*«, *drängte Throe.*

Das war so typisch. Mimte den Helden. »*Nichts. Sonst hätte ich gesprochen, oder?*«

Throe trommelte mit den Fingern auf das speckige Holz der Tischplatte, und Xcor gefiel es, ihn zappeln zu lassen. Die anderen aßen unbeirrt weiter. Ihnen war gleichgültig, wie sich dieser Kampf entschied, ihnen war alles recht. Anders als Throe war es dem Rest egal, wer als Opfer auserkoren wurde – solange man sie fütterte, tränkte und ihre sexuellen Triebe befriedigte, kämpften sie jederzeit und gegen alles, was man ihnen vorsetzte.

Xcor spießte noch ein Stück Fleisch auf und lehnte sich auf sei-

nem klobigen Eichenstuhl zurück. Müßig wanderten seine Augen zu den Wandteppichen. Die Bilder zwischen den verblichenen Falten ärgerten ihn fürchterlich, diese menschlichen Krieger mit ihren stattlichen Pferden und Waffen, die ihm auch gefallen hätten.

Wieder überkam ihn das Gefühl, am falschen Ort zu sein, und es machte ihn genauso hibbelig wie sein Vertrauter.

Zwanzig Jahre lang keine Lesser, *nur Menschen zum Abschlachten, um sich fit zu halten, das war einfach kein Leben für ihn und seine Männer. Dennoch gab es noch ein paar Vampire im Alten Land, und er war geblieben in der Hoffnung, unter ihnen das zu finden, was er sonst nur in seinen Träumen sah.*

Diese Frauengestalt. Die seinen Vater ermordet hatte.

Aber wohin hatte ihn dieses Zögern gebracht?

Eine Entscheidung, mit der er schon lange spielte, kristallisierte sich wieder in seinem Kopf, gewann an Form und Struktur. Früher war dieser Impuls immer wieder erloschen, doch angeschürt durch seinen Alptraum gewann er die Kraft, die Idee endlich in die Tat umzusetzen.

»Wir gehen nach London«, verkündete er.

Sofort hörte Throe mit dem Getrommle auf. »Danke, Herr.«

Xcor neigte den Kopf und schmunzelte in sich hinein. Vielleicht bekäme Throe Gelegenheit, diesen Menschen umzulegen. Oder ... vielleicht auch nicht.

Doch auf Reisen würden sie gehen.

9

ST.-FRANCIS-KLINIK
CALDWELL, NEW YORK

Große Kliniken waren wie Puzzles. Nur dass die Teile nicht sonderlich gut zusammenpassten.

Aber das war in einer Nacht wie dieser gar nicht mal von Nachteil, dachte Manny, während er die OP-Kleidung anlegte.

In gewisser Weise verblüffte ihn, wie problemlos alles gelaufen war. Die Schlägertypen, die ihn und seine Patientin hergefahren hatten, hatten in einer der tausend dunklen Ecken am äußeren Rand vom St. Francis geparkt. Dann hatte Manny persönlich die Sicherheitsfirma angerufen und behauptet, er käme mit einer prominenten Patientin, die absolute Diskretion verlangte, durch den Hintereingang nach drinnen. Der nächste Anruf ging an sein Operationsteam, mit dem gleichen Spruch: eine prominente Patientin. Bitte hinteren OP im dritten Stock vorbereiten und MRT für eine Schnelluntersuchung bereithalten. Dann rief er noch beim Hol- und Bringdienst an, und wer hätte das gedacht, in null Komma nichts waren sie mit einer Rollliege erschienen.

Fünfzehn Minuten nach dem MRT lag die Patientin auch schon im OP VII und wurde vorbereitet.

»Also, mit wem haben wir es zu tun?«

Die Frage kam von der Stationsschwester, doch Manny war darauf vorbereitet. »Eine olympische Reitsportlerin. Aus Europa.«

»Ach so, das erklärt einiges. Sie hat was vor sich hin gemurmelt, aber keiner von uns kannte die Sprache.« Die Frau blätterte durch ein paar Dokumente – die er nach dieser Aktion verschwinden lassen würde. »Warum die Heimlichtuerei?«

»Königshaus.« Und wenn das nicht stimmt. Er hatte die gesamte Fahrt hierher damit verbracht, ihre königlichen Züge zu studieren.

Trottel. Dummer Trottel.

Die Oberschwester sah mit kritischem Blick in den Gang hinaus. »Das erklärt dann auch das Sicherheitspersonal – mein Gott, man könnte meinen, wir wären Bankräuber.«

Manny beugte sich zurück und schielte hinaus, während er sich die Nägel mit einer festen Bürste säuberte. Die drei Typen, die mit ihm gekommen waren, standen ein paar Meter entfernt auf dem Gang, riesenhaft, ganz in Schwarz, mit verdächtigen Ausbuchtungen in der Kleidung.

Zweifelsohne Schusswaffen. Vielleicht auch Messer. Möglicherweise ein Flammenwerfer oder zwei, wer konnte das schon sagen.

Jedenfalls revidierte er angesichts dieser Sache seinen Verdacht, in der Regierung hockten nur langweilige Bürokraten herum.

»Wo sind ihre Einwilligungsformulare?«, fragte die Schwester. »Ich habe nichts im Computer.«

»Die sind alle bei mir«, log er. »Haben Sie das Kernspin für mich?«

»Hier auf dem Monitor – der Röntgenassistent sagt, es sei fehlerhaft, er möchte noch eins machen.«

»Ich will es mir erst einmal ansehen.«

»Und Sie wollen ganz sicher als Bürge aufgeführt werden? Hat sie denn kein Geld?«

»Sie muss anonym bleiben. Man wird mich angemessen entschädigen.« Zumindest ging er davon aus – nicht dass es ihm sonderlich wichtig gewesen wäre.

Manny wusch sich das Braunol von den Händen und Unterarmen ab und schüttelte sie. Dann hob er die Arme, drückte die Schwingtür mit dem Rücken auf und betrat den OP.

Zwei Schwestern und ein Anästhesist waren bereits in dem Saal, Erstere überprüften noch einmal die Rolltabletts mit den Instrumenten, die auf blauen OP-Tüchern ausgelegt waren, Letzterer kontrollierte die Infusionen und das Beatmungsgerät. Die Luft war kühl, um Blutungen zu hemmen, und roch nach Desinfektionsmittel. Die Computerausrüstung summte zusammen mit den Deckenlampen und der OP-Leuchte leise vor sich hin.

Manny ging schnurstracks zu den Monitoren und besah sich das MRT. Sein Herz setzte aus. Ganz langsam und sorgfältig betrachtete er die digitalen Bilder, bis er es nicht mehr ertrug.

Er schielte durch die Fenster der Flügeltür auf die drei Männer vor dem OP, die ihn mit harten Gesichtern und kalten Augen anblickten, und plötzlich sah er sie in ganz neuem Licht.

Das waren keine Menschen, o nein.

Seine Augen fielen auf die Patientin. Genauso wenig wie sie.

Manny wandte sich wieder dem MRT zu und beugte sich

ganz nah an den Monitor, als könnte er durch irgendeinen Zaubertrick all die Anomalien ausmerzen, die er hier vor sich hatte.

Mann, und er hatte geglaubt, das Sechskammernherz von Ziegenbart-Aggro wäre merkwürdig.

Als die Flügeltür aufschwang und wieder zuschlug, schloss Manny die Augen und atmete tief durch. Dann drehte er sich um und ging auf die Person zu, die eben hereingekommen war.

Jane steckte in OP-Montur, so dass man nur ihre tiefgrünen Augen über dem Mundschutz sah. Dem Operationsteam hatte er erklärt, dass sie quasi die Leibärztin der Patientin war – was noch nicht mal gelogen war. Das winzige Detail, dass sie alle hier im Raum ebenso gut kannte wie er selbst, behielt er für sich. Genau wie sie.

Als sie seinen Blick suchte und sie ihn gnadenlos fixierte, war ihm zum Schreien zumute, aber er hatte verdammt nochmal einen Job zu erledigen. Er konzentrierte sich, verbannte alles andere aus seinem Kopf und betrachtete den Schaden am Rückenmark, um seine Vorgehensweise zu planen.

Er entdeckte die Stelle, an der der Bruch zusammengewachsen war: Ihre Wirbelsäule bildete ein hübsches Muster aus säuberlich aufgereihten Wirbeln, dazwischen die dunklen Bandscheiben … Unterbrochen nur bei T6 und T7. Was die Lähmung erklärte.

Er konnte nicht erkennen, ob das Rückenmark nur gequetscht oder völlig durchtrennt war, um das Ausmaß der Beschädigung abzuschätzen, musste er sie aufmachen. Aber es sah nicht gut aus. Quetschungen waren tödlich für diesen feinen Nervenstrang, und ein irreparabler Schaden entstand oft schon binnen Minuten oder weniger Stunden.

Warum hatten sie sich so beeilt, ihn zu finden?, fragte er sich.

Fragend blickte er Jane an. »Wie viele Wochen liegt diese Verletzung zurück?«

»Sie ist … vier Stunden alt«, sagte sie so leise, dass es niemand sonst hören konnte.

Manny wich zurück. »Was sagst du?«

»Vier. Stunden.«

»Dann gab es also eine Vorschädigung?«

»Nein.«

»Ich muss mit dir reden. Unter vier Augen.« Als er sie in eine Zimmerecke zerrte, sagte er zum Anästhesisten: »Warten Sie bitte kurz, Max.«

»Kein Problem, Dr. Manello.«

Manny legte Jane beide Arme auf die Schultern und zischte: »Was zum Teufel ist hier eigentlich los?«

»Das MRT spricht für sich.«

»Sie ist kein Mensch. Habe ich Recht?«

Jane sah ihn nur an, mit festem Blick, ohne ihm auszuweichen.

»In was hast du dich da nur reinziehen lassen?«, zischte er. »Und was zur Hölle tust du mir an?«

»Hör mir gut zu, Manny, du musst mir glauben. Du wirst ihr das Leben retten und meines dadurch gleich mit. Sie ist die Schwester meines Mannes, und wenn er …« Ihre Stimme versagte. »Wenn er sie verliert, bevor er Gelegenheit hatte, sie überhaupt kennenzulernen, wird es ihn umbringen. Bitte – stell keine Fragen mehr und tu, was du am besten kannst. Ich weiß, dass es nicht fair ist, und ich würde alles tun, um dir das hier zu ersparen – aber wir dürfen sie nicht verlieren.«

Abrupt fielen ihm die rasenden Kopfschmerzen ein, die ihn im vergangenen Jahr immer wieder befallen hatten – immer wenn er an die Tage vor ihrem Autounfall gedacht hatte. Dieser verdammte, stechende Schmerz war zurückgekehrt, sobald er sie wiedergesehen hatte … nur um sich aufzulösen und all die Erinnerungen freizulegen, die er erahnt hatte, jedoch nie zu greifen vermochte.

»Du wirst etwas unternehmen, damit ich mich an nichts erinnere«, sagte er. »Und das Gleiche gilt für den Rest vom Team. Habe ich Recht?« Er schüttelte den Kopf. Das hier war so viel größer als irgendeine Regierungs-Spezialagenten-Scheiße. Ging es um eine andere Spezies? Die neben den Menschen existierte?

Aber sie würde ihm das nicht verraten, war ja klar.

»Der Teufel soll dich holen, Jane. Ehrlich.«

Als er sich abwandte, fasste sie ihn am Arm. »Ich schulde dir etwas. Wenn du das für mich tust, schulde ich dir einen Riesengefallen.«

»Fein. Dann komm *nie* wieder mit irgendwas zu mir.«

Er ließ sie in der Ecke stehen und ging zu seiner Patientin, die man auf den Bauch gelegt hatte.

Er beugte sich zu ihr hinab und sagte: »Ich bin's ...« Aus irgendeinem Grund wollte er seinen Vornamen nennen, aber vor dem Rest der Crew musste er sich professionell verhalten. »Dr. Manello. Wir fangen jetzt an, okay? Sie werden nichts spüren, das verspreche ich Ihnen.«

Nach einem kurzen Moment erwiderte sie schwach: »Danke, Heiler.«

Er schloss die Augen beim Klang ihrer Stimme. Gott, der Effekt, den diese zwei Worte aus ihrem Munde auf ihn hatten, war episch. Aber von was genau wurde er hier angezogen? Was war sie?

Das Bild der Fänge ihres Bruders blitzte vor seinem geistigen Auge auf – und er musste es verdrängen. Für derlei Horrorszenarien blieb ihm später noch Zeit.

Mit einem leisen Fluch streichelte er ihre Schulter und nickte dem Anästhesisten zu.

Showtime.

Die Schwestern hatten ihren Rücken mit Braunol bestrichen, und Manny betastete nun ihre Wirbelsäule mit den Fingern, während die Narkose langsam zu wirken begann und sie betäubte.

»Keine Allergien?«, erkundigte er sich bei Jane, obwohl er das bereits abgefragt hatte.

»Nichts.«

»Irgendwelche Besonderheiten, die wir beachten müssen, wenn sie in Narkose ist?«

»Nein.«

»Also gut.« Er griff nach dem Mikroskop und rückte es in Position, aber nicht direkt über sie.

Zunächst musste er sie aufschneiden.

»Wünschen Sie Musik?«, fragte die Schwester.

»Nein. Keine Ablenkung in diesem Fall.« Er operierte, als würde sein Leben davon abhängen, und nicht nur, weil ihm der Bruder dieser Frau tatsächlich gedroht hatte.

Obwohl es völlig unsinnig war: Sie zu verlieren, was immer sie auch war ... würde einer Tragödie gleichkommen, für die er keine Worte fand.

10

Das Erste, was Payne nach dem Erwachen sah, waren zwei männliche Hände. Sie saß offensichtlich aufrecht in einem Gebilde aus Schlingen, die ihren Kopf und ihren Nacken stützten. Die betreffenden Hände lagen auf der Bettkante neben ihr. Schön und geschickt, mit kurzgeschnittenen Nägeln, ruhten sie auf einem Stapel Papier und blätterten leise durch die vielen Seiten.

Der Mensch, zu dem sie gehörten, las mit gerunzelter Stirn und machte sich gelegentlich mit einem Schreibutensil Notizen. Sein Bartschatten war dunkler als zuvor, und daraus schloss sie, dass Stunden vergangen sein mussten.

Ihr Heiler sah so erschöpft aus, wie sie sich fühlte.

Als sie immer mehr zu Bewusstsein kam, fiel ihr ein leises Piepsen neben ihrem Kopf auf … und ein dumpfer Schmerz in ihrem Rücken. Sie hatte ein Gefühl, als hätte man ihr Arzneien gegeben, um sie zu betäuben, aber das wollte sie eigentlich nicht. Lieber wachsam sein – im Moment fühlte sie sich wie in Watte gepackt, und das wirkte auf seltsame Weise beängstigend.

Noch unfähig zu sprechen, sah sie sich um. Sie war allein mit diesem Mann, und sie befand sich nicht im selben Raum wie vorher. Draußen wetteiferten verschiedene Stimmen in diesem seltsamen menschlichen Akzent gegen einen konstanten Strom von Schritten.

Wo war Jane? Die Brüder ...

»Helft ... mir ...«

Der Heiler zuckte zusammen, dann legte er die Papiere auf einen Rolltisch. Er sprang auf die Füße, beugte sich zu ihr hinab, und sein Geruch kitzelte aufs Köstlichste in ihrer Nase.

»Hallo«, sagte er.

»Ich spüre ... nichts ...«

Er nahm ihre Hand, doch als sie weder Wärme noch seine Berührung fühlen konnte, wurde sie sofort nervös. Er aber war für sie da: »Ganz ruhig ... bloß keine Sorge. Das sind nur die Betäubungsmittel. Es ist alles in Ordnung, ich bin hier. Ganz ruhig ...«

Seine Stimme besänftigte sie, wie es eine streichelnde Hand getan hätte.

»Sagt mir«, forderte sie mit belegter Stimme, »was ... ist geschehen?«

»Die Operation lief zufriedenstellend«, erklärte er langsam. »Ich habe die Wirbelsäule korrigiert, das Rückenmark war zum Glück nicht vollkommen gequetscht.«

Payne zog die Schultern hoch und versuchte, ihren schweren, schmerzenden Kopf leicht zu drehen, aber die Schlingenkonstruktion hielt sie fest. »Euer Ton ... sagt weit mehr als Eure Worte.«

Darauf erwiderte er nichts. Er beruhigte sie nur weiter mit seinen Händen, die sie nicht fühlen konnte. Doch seine Augen sprachen mit ihr – und es waren keine guten Nachrichten.

»Sagt es mir«, presste sie hervor. »Was ist?«

»Nun, es ist nichts schiefgelaufen, aber ich kann noch nicht sagen, wie sich die Dinge entwickeln. Darüber kann nur die Zeit Aufschluss geben.«

Sie schloss kurz die Augen, doch die Dunkelheit erschreckte sie. Sie riss die Lider hoch, klammerte sich an den Anblick ihres Heilers ... und erkannte zu ihrem Entsetzen in seinem schönen, finsteren Gesicht, dass er sich selbst die Schuld gab.

»Es ist nicht Eure Schuld«, sagte sie rau. »Alles ist so, wie es sein soll.«

Wenigstens dessen war sie sich sicher. Er hatte versucht, sie zu retten, und sein Bestes gegeben – doch die Unzufriedenheit mit sich selbst war ihm nur allzu deutlich anzusehen.

»Wie heißen Sie?«, fragte er. »Ich weiß noch nicht einmal Ihren Namen.«

»Payne. Ich bin Payne.«

Er runzelte die Stirn. Sicher gefiel ihm dieser Name nicht. Sofort wünschte Payne, man hätte sie anders genannt. Aber es gab noch einen weiteren Grund für seine Verstimmung, war es nicht so? Er hatte sie von innen gesehen und musste nun wissen, dass sie sich von ihm unterschied.

Sicher wusste er, dass sie »anders« war.

»Was Ihr vermutet«, flüsterte sie, »ist nicht falsch.« Der Heiler sog scharf die Luft ein und schien sie einen Tag lang anzuhalten. »Was geht in Eurem Kopf vor? Sprecht mit mir.«

Er lächelte leicht, und, o weh, wie hübsch das aussah. So hübsch. Traurig nur, dass es kein fröhliches Lächeln war.

»Im Moment ...«, sagte er und fuhr sich mit der Hand durch das kräftige, dunkle Haar, »frage ich mich, ob ich es einfach sein lassen soll und mich weiter dumm stelle, als würde ich nicht merken, was hier los ist. Oder mich der Wahrheit beugen.«

»Der Wahrheit beugen«, sagte sie. »Ich kann mir keinen einzigen Moment der Falschheit leisten.«

»Okay.« Er sah ihr fest in die Augen. »Ich glaube, dass Sie ...«

Die Tür ging einen Spaltbreit auf, und eine vollständig verhüllte Person steckte den Kopf herein. Dem zarten, angenehmen Geruch nach zu schließen war es Jane, verborgen unter einem blauen Kittel und einem Mundschutz.

»Es ist fast so weit.«

Manny ging los wie eine Rakete. »Ich bin nicht einverstanden damit.«

Jane kam rein und schloss die Tür. »Payne, du bist wach.«

»Ja.« Sie versuchte zu lächeln und hoffte, dass sich ihre Lippen bewegten. »Das bin ich.«

Der Heiler schob sich zwischen sie, als wollte er Payne beschützen. »Man darf sie noch nicht transportieren. Dafür ist es ungefähr eine Woche zu früh.«

Payne schielte zu den Vorhängen, die von der Decke bis zum Boden reichten. Ziemlich sicher befanden sich Fenster hinter den blassen Stoffstreifen, und ganz sicher würde mit Anbruch der Dämmerung jeder Sonnenstrahl in den Raum eindringen.

Jetzt pochte ihr Herz gegen ihre Rippen. »Ich muss fort. Wie lange noch?«

Jane sah auf die Uhr. »Ungefähr eine Stunde. Und Wrath ist bereits auf dem Weg hierher. Das ist gut.«

Vielleicht war das der Grund, weshalb sie sich so schwach fühlte. Sie musste sich nähren.

Als ihr Heiler etwas einwenden wollte, schnitt sie ihm das Wort ab und wandte sich an die *Shellan* ihres Zwillingsbruders: »Ich kümmere mich um das hier. Bitte lass uns allein.«

Jane nickte und ging rückwärts zur Tür hinaus. Sie hielt sich aber zweifelsohne in der Nähe.

Manny rieb sich die Augen, als hoffte er, dadurch seine Wahrnehmung ändern zu können ... oder vielleicht sogar die Wirklichkeit, in der sie hier steckten.

»Welcher Name würde Euch für mich gefallen?«, fragte sie leise.

Er ließ die Hände sinken und sah sie eine Weile nachdenklich an. »Ach, scheiß auf die Sache mit dem Namen. Könnten Sie nur einfach ehrlich mit mir sein?«

Fürwahr, sie bezweifelte, dass sie ihm dieses Versprechen geben konnte. Obwohl die Technik des Gedankenauslöschens ziemlich einfach war, war sich Payne etwas unsicher bezüglich der Nachwirkungen. Sie fürchtete, sie würde ihm mehr Schaden zufügen, je mehr er wusste und je mehr es zu verhüllen galt.

»Was wünscht Ihr zu wissen?«

»Was sind Sie?«

Ihre Augen wanderten wieder zu den vorgezogenen Vorhängen. So behütet sie bisher gelebt hatte, wusste sie doch um die Mythen, die die Menschen um ihre Spezies geformt hatten. Untot. Mörder der Unschuldigen. Seelenlos und ohne Moral.

Kaum ein Grund für Begeisterungsstürme. Oder etwas, womit sie ihre letzten kostbaren Momente zu zweit verschwenden sollten.

»Ich darf mich nicht dem Sonnenlicht aussetzen.« Jetzt sah sie ihn wieder an. »Ich heile sehr viel schneller als Ihr. Und ich muss mich nähren, bevor ich bewegt werde – danach werde ich stabil genug sein, um zu reisen.«

Als er auf seine Hände blickte, fragte sie sich, ob er nun wohl wünschte, sie nicht operiert zu haben.

Und das Schweigen, das sich zwischen ihnen ausbreitete, wurde heimtückisch wie ein Schlachtfeld, es zu überqueren war gefährlich. Dennoch hörte sie sich sagen: »Es gibt einen Namen für das, was ich bin.«

»Ich weiß. Aber ich wage nicht, ihn auszusprechen.«

Ein merkwürdiger Schmerz meldete sich in ihrer Brust, und mit größter Mühe zog sie ihren Unterarm hoch, bis ihre Hand über dem Punkt lag, an dem es wehtat. Merkwürdig, ihr ganzer Körper war wie betäubt, aber dieses Brennen spürte sie so …

Mit einem Mal verschwamm sein Anblick.

Sofort wurde sein Gesicht weicher, und er streichelte ihre Wange. »Warum weinen Sie?«

»Tu ich das?«

Er nickte und hob den Zeigefinger, so dass sie ihn sehen konnte. Auf der Kuppe seines Fingers schimmerte ein einzelner kristallener Tropfen. »Haben Sie Schmerzen?«

»Ja.« Mit eiligem Blinzeln versuchte sie, wieder klar zu sehen, aber es misslang. »Diese Tränen sind etwas Lästiges.«

Sein Lachen und der Anblick seiner weißen, geraden Zähne hob sie hoch in die Luft, auch wenn sie auf dem Bett liegen blieb. »Sie weinen wohl nicht oft, was?«, flüsterte er.

»Nie.«

Er lehnte sich zur Seite und brachte ein quadratisches Tuch zum Vorschein, mit dem er abtupfte, was über ihre Wangen lief. »Warum die Tränen?«

Sie brauchte eine Weile, bis sie es über die Lippen brachte. Doch dann musste sie es aussprechen: »Vampir.«

Er setzte sich wieder auf den Stuhl neben ihrem Bett und faltete das Viereck fein säuberlich zusammen, bevor er es in einen Abfalleimer warf.

»Ich schätze, das ist auch der Grund, warum Jane vor einem Jahr verschwunden ist, hm?«, fragte er.

»Ihr scheint nicht schockiert.«

»Mir war klar, dass da Unglaubliches vor sich ging.« Er zuckte die Achseln. »Ich habe Ihr MRT gesehen. Ich war in Ihnen drin.«

Aus irgendeinem Grund wurde ihr bei diesen Worten ganz heiß. »Ja, das wart Ihr.«

»Die Ähnlichkeiten überwiegen allerdings. Ihre Wirbelsäule ist nicht so anders, dass ich nicht gewusst hätte, was zu tun ist. Das war unser Glück.«

Diese Meinung teilte sie nicht: Nachdem Männer ihr jahrelang egal gewesen waren, fühlte sie sich nun magisch zu diesem hier hingezogen, und das hätte sie gerne näher erforscht, hätten sie sich an einem anderen Ort befunden.

Doch wie sie schon vor langem gelernt hatte, kümmerte es das Schicksal selten, was sie wollte.

»Also«, sagte er, »Sie werden mein Gedächtnis manipulieren, oder? Sie werden all das hier auslöschen.« Er wedelte vage mit dem Arm. »Ich werde mich an nichts erinnern. Genau wie damals, als Ihr Bruder hier landete.«

»Ihr werdet vielleicht davon träumen. Mehr nicht.«

»Ist Ihre Spezies auf diese Weise unentdeckt geblieben?«

»So ist es.«

Er nickte und blickte um sich. »Werden Sie es jetzt sofort tun?«

Sie wünschte sich durchaus mehr Zeit mit ihm, aber es bestand kein Anlass, ihn sehen zu lassen, wie sie sich von Wrath nährte. »Bald.«

Er blickte wieder zur Tür und sah ihr dann in die Augen. »Werden Sie mir einen Gefallen tun?«

»Selbstverständlich. Es wäre mir ein Vergnügen, Euch zu dienen.«

Eine seiner Brauen zuckte hoch, und sie hätte schwören können, dass dieser köstliche Duft, den er verströmte, stärker wurde. Doch dann wurde er todernst. »Sagen

Sie Jane ... dass ich sie verstehe. Ich verstehe, warum sie das getan hat.«

»Sie liebt meinen Bruder.«

»Ja, das habe ich gesehen. Vorher im ... wo immer wir da waren. Sagen Sie ihr, alles ist gut. Zwischen ihr und mir. Schließlich kann man sich nicht aussuchen, in wen man sich verliebt.«

Ja, dachte Payne. Wie Recht er doch hatte.

»Waren Sie schon einmal verliebt?«, fragte er.

Da Menschen keine Gedanken lesen konnten, musste sie wohl laut gesprochen haben. »Äh ... nein. Ich ... nein. War ich nicht.«

Selbst in der kurzen Zeit mit diesem Heiler hatte sie vieles über ihn erfahren. Es faszinierte sie, wie er sich bewegte, wie er seinen weißen Kittel und die blaue Kleidung ausfüllte, wie er roch, und wie seine Stimme klang.

»Seid Ihr gebunden?«, fragte sie und wartete bang auf seine Antwort.

Er stieß ein kurzes, hartes Lachen aus. »Lieber Himmel, nein.«

Erleichtert atmete sie auf, obwohl es schon merkwürdig war, wie wichtig ihr der Status dieses Mannes war. Und dann war da nichts mehr als Schweigen.

Ach, wie doch die Zeit verging. Wie bedauerlich das war. Und was sollte sie in diesen letzten verbleibenden Minuten zu ihm sagen? »Danke, dass Ihr Euch um mich gekümmert habt.«

»War mir ein Vergnügen. Ich hoffe, Sie erholen sich gut.« Er sah sie an, als versuchte er sich ihren Anblick einzuprägen, doch sie hätte ihn am liebsten gebeten, damit aufzuhören. »Ich bin immer für Sie da, okay? Wenn Sie meine Hilfe brauchen ... kommen Sie zu mir.« Er holte eine kleine Karte heraus und schrieb etwas darauf. »Das ist meine Handynummer. Rufen Sie mich an.«

Er beugte sich vor und steckte ihr das Ding in die schwache Hand, die auf ihrem Herzen lag. Als sie das Kärtchen entgegennahm, dachte sie an all die Folgen.
Und Komplikationen.
Mit einem Ächzen versuchte sie sich zu bewegen.
Manny war sofort auf den Beinen. »Möchten Sie sich anders hinsetzen?«
»Mein Haar.«
»Zieht es?«
»Nein … bitte löst doch den Zopf für mich.«

Manny erstarrte und blickte seiner Patientin ungläubig ins Gesicht. Aus irgendeinem Grund schien ihm die Vorstellung, diesen dicken Haarstrang zu entflechten, der Sache verdammt nahe zu kommen, sie nackt auszuziehen. Und wer hätte das gedacht, seine Libido sprang sofort darauf an.

Himmel … er hatte einen verdammten Ständer. Und das unter seinem OP-Kittel.

Sieh einer an, so unberechenbar war es also, wer oder vielmehr was einen anzog: Candace Hanson bot an, ihm einen zu blasen, und es erschien ihm ungefähr so verlockend, wie ein Kleid zu tragen. Aber diese … Frau? Diese Vampirin? … Sie bat ihn lediglich, ihr Haar zu lösen, und schon musste er sich beherrschen, nicht lüstern zu hecheln.

Eine Vampirin.

In seinem Kopf hallte das Wort nach, gesprochen mit ihrer Stimme und ihrem Akzent … Am meisten schockierte ihn seine Beherrschtheit angesichts dieser Enthüllung. Ja, wenn er überlegte, was das bedeutete, fing seine Festplatte an, Funken zu sprühen und zu knistern: Fänge waren also nicht nur etwas, das man ausschließlich auf Halloweenpartys und in Horrorfilmen zu sehen bekam.

Und doch war das Gruseligste an der Angelegenheit, dass es ihm so gar nicht gruselig vorkam.

Das und diese erotische Anziehungskraft, die sie auf ihn ausübte.

»Mein Haar?«, bohrte sie nach.

»Ja«, flüsterte er. »Bin schon dabei.«

Klar, dass nicht das leiseste Zittern seine Hände behinderte. Nein. Kein bisschen.

Natürlich schlackerten diese elenden Verräter wie wild.

Das Band, das den Zopf zusammenhielt, war aus dem weichsten Stoff, den er je berührt hatte. Keine Baumwolle. Keine Seide … Es war etwas, das ihm noch nie zuvor untergekommen war, und seine geschulten Chirurgenfinger schienen ungeschickt und rau, als er den verschlungenen Knoten löste. Und dann ihr Haar … gütiger Himmel, im Vergleich zu ihrem lockigen schwarzen Haar fühlte dieser Stoff sich an wie Brennnesseln.

Zentimeter für Zentimeter entwirrte er die drei Stränge, und die befreiten Wellen wirkten weich und schwer zugleich. Und weil er so ein Schmutzfink war, konnte er an nichts anderes denken, als wie dieses verdammte Haar über seine nackte Brust fiel … seinen Bauch … seinen Schwanz …

»Danke, das reicht«, sagte sie.

Und ob es reichte. Er zerrte seinen inneren Lustmolch zurück ins Land der gesitteten Konversation und zwang seine schmutzigen Pfoten, sofort aufzuhören. Selbst mit nur halb gelöstem Haar war ihr Anblick verblüffend. Wenn sie schon mit geflochtenem Haar wunderschön war, so war sie absolut unwiderstehlich mit diesen Wellen, die sich um ihre Hüften schmiegten.

»Und nun flechtet das hier hinein, bitte«, sagte sie und hielt ihm seine Visitenkarte mit matter Hand entgegen. »Auf diese Weise findet sie niemand.«

Er blinzelte und dachte dann, hey, stimmt. Nie im Leben würde Ziegenbart-Aggro zulassen, dass seine Schwester ihren Chirurgen anfasste ...

Oder nein, nicht anfasste, korrigierte er sich.

Nun ja, vielleicht ein *bisschen*. So wie er sie nehmen wollte. Äh ... anfassen.

Schluss mit dem Unsinn, Manello, auch wenn du zum Glück nichts von alledem laut ausgesprochen hast.

»Wie genial«, meinte er. »Sehr schlau.«

Sie musste lächeln, und, Herrgott, dieses Lächeln fiel definitiv in die Kategorie »heilige Scheiße«. Ihre Eckzähne waren scharf und lang ... durch die Evolution dazu bestimmt, sich in jemandes Kehle zu schlagen.

Ein Orgasmus prickelte an der Spitze seiner Erektion.

Und in diesem Moment runzelte sie kurz die Stirn.

O Mann, bitte nicht. »Äh ... kannst du Gedanken lesen?«

»Wenn ich bei Kräften bin, ja. Es war aber dein Geruch, der soeben stärker wurde.«

Sie brachte ihn ins Schwitzen und wusste das auch noch irgendwie. Aber ihm schien, dass sie keine Ahnung hatte, was der Grund dafür war. Und wenn das mal nicht so scharf war wie alles andere an ihr: Sie war völlig arglos, als sie ihn so ansah.

Andererseits kam sie vielleicht deshalb nicht auf erotische Gedanken, weil er ein Mensch war. Außerdem, hallo, sie kam gerade frisch aus dem OP, also bot ihr die Situation nicht gerade die Flirtatmosphäre einer Strandbar.

Manny unterbrach seinen neuerlichen inneren Monolog und faltete die Visitenkarte in der Mitte. Das Gute an ihrem Haar war, dass seine Karte in null Komma nichts im Zopf eingeflochten war. Als er fertig war, wickelte er das Stoffband wieder um das Ende und band eine Schleife. Dann legte er den Zopf vorsichtig neben ihr auf das Bett.

»Ich hoffe, du meldest dich«, sagte er. »Ich hoffe es wirklich.«

Ihr trauriges Lächeln verriet ihm, dass die Chancen nicht allzu gut standen, aber immerhin. Der Kontakt zwischen den beiden Spezies stand offensichtlich nicht auf ihrer Hitliste, sonst würde man mit dem Begriff *Blutbank* etwas ganz anderes verbinden.

Aber zumindest hatte sie seine Nummer.

»Was, meinst du, wird passieren?«, fragte sie mit einem Nicken in Richtung ihrer Beine.

Seine Augen folgten ihrem Blick. »Ich weiß es nicht. Für dich gelten offensichtlich andere Regeln … also ist so ziemlich alles möglich.«

»Sieh mich an«, sagte sie. »Bitte.«

Er musste lächeln. »Ich hätte nie gedacht, dass ich das einmal sage … aber ich will nicht.« Er stählte sich innerlich, konnte sich aber nicht überwinden, ihr ins Gesicht zu blicken. »Versprich mir nur eines.«

»Was kann ich für dich tun?«

»Ruf mich an, wenn du kannst.«

»Das werde ich.«

Natürlich würde sie das nicht tun. Er wusste nicht warum, doch in diesem Punkt war er sich verdammt sicher. Warum aber behielt sie dann seine Karte? Das konnte er sich nicht erklären.

Er schielte zur Tür und dachte an Jane. Scheiße, er sollte sich persönlich dafür entschuldigen, dass er so arschig gewesen war. »Bevor du es tust, muss ich mich noch …«

»Ich wünschte, ich könnte etwas von mir zurücklassen. Bei dir.«

Manny schnellte zurück, und sein Blick bohrte sich in ihre Augen. »Egal, was es ist. Ich nehme alles, was du mir geben kannst.«

Die Worte glichen einem tiefen Knurren, und er war

sich nur allzu bewusst, dass er im Grunde von Sex sprach – was war er doch für ein Schwein.

»Nur nichts Materielles ...« Sie schüttelte den Kopf. »Es wäre schädlich für dich.«

Er blickte in ihr starkes, bildschönes Gesicht ... und blieb an ihren Lippen hängen. »Ich hätte da schon eine Idee.«

»Was könntest du wohl von mir wollen?« Ihr unschuldiger Blick ließ ihn stocken. Es war wie Öl auf sein Feuer. Nicht dass das noch nötig gewesen wäre.

»Wie alt bist du?«, fragte er unvermittelt. Er mochte ja vielleicht ein Lüstling sein, aber mit Minderjährigen lief bei ihm gar nichts. Sie war zwar definitiv wie eine Erwachsene gebaut, aber wer konnte schon so genau sagen, wann diese Wesen volljährig wurden ...

»Dreihundertfünf Jahre bin ich bereits am Leben.«

Er blinzelte. Und blinzelte. Und der Vollständigkeit halber gleich noch einmal. Dann musste sie verdammt nochmal volljährig sein, dachte er. »Du bist also im heiratsfähigen Alter?«

»Das bin ich. Aber ich bin nicht gebunden.«

Es gab also doch einen Gott. »Dann weiß ich, was ich will.« Sie. Nackt. An sich gepresst. Allerdings brachte er dann doch eine etwas bescheidenere Bitte vor.

»Was hättest du denn gern?«

»Einen Kuss.« Er hob die Hände. »Muss gar nicht wild oder stürmisch sein. Nur ... einen Kuss.«

Als sie nicht antwortete, hätte er sich am liebsten in den Hintern gebissen. Und er spielte ernsthaft mit dem Gedanken, sich ihrem Bruder freiwillig zu stellen, um sich die Prügel abzuholen, die er verdiente.

»Zeigst du mir wie?«, hauchte sie.

»Ist es denn unter deinesgleichen nicht üblich ... zu küssen?« Der Himmel wusste, was sie trieben. Aber wenn auch nur ein Funke Wahrheit war an den Legenden, war Sex ein entscheidender Bestandteil ihres Repertoires.

»Wir tun es. Ich habe nur noch nie ... Geht es dir nicht gut?« Sie streckte die Hand nach ihm aus. »Heiler?«

Er öffnete die Augen ... die offensichtlich zugeschnappt waren. »Lass mich dich etwas fragen. Warst du schon einmal mit einem Mann zusammen?«

»Nie mit einem Menschen. Und auch nicht mit meinesgleichen.«

Mannys Schwanz wäre fast geplatzt. Was verrückt war. Denn bisher hatte es ihn noch nie gekümmert, ob eine Frau schon jemanden vor ihm gehabt hatte ... oder nicht. Tatsächlich hatte die Sorte Frau, auf die er üblicherweise stand, ihre Jungfräulichkeit bereits in frühen Teenagerjahren verloren – und die bereuten normalerweise nichts.

Paynes klare, blasse Augen blickten zu ihm auf. »Dein Geruch wird immer stärker.«

Wahrscheinlich, weil ihm der Schweiß ausbrach angesichts seiner Bemühungen, nicht sofort und auf der Stelle abzuspritzen.

»Das gefällt mir«, sagte sie mit dunklerer Stimme.

Die Luft knisterte zwischen ihnen, ein magischer Moment, von dem sich Manny nicht vorstellen konnte, dass er sich durch irgendeine Gedächtnismanipulation einfach so auslöschen ließ. Und dann teilten sich ihre Lippen, und ihre rosa Zunge zuckte hervor, um die Lippen zu befeuchten ... als würde sie sich gerade etwas vorstellen, das sie durstig machte.

»Ich möchte dich schmecken«, sagte sie.

Okay. Vergessen wir das Küssen. Wenn sie ihn roh verspeisen wollte, war er sofort dabei. Doch das war, bevor er sah, wie sich die Spitzen ihrer weißen Fänge noch weiter verlängerten.

Manny spürte, wie er keuchte, aber er hörte es nicht,

weil ihm das Blut so laut in den Ohren rauschte. Verdammt, er war kurz davor, die Kontrolle zu verlieren – und das nicht nur im übertragenen Sinne. Er war im wahrsten Sinne des Wortes nur einen Herzschlag davon entfernt, ihr die Laken vom Leib zu reißen und sie zu besteigen. Obwohl sie im Streckverband steckte. Und noch niemanden vor ihm gehabt hatte. Und noch dazu einer anderen Spezies angehörte.

Es kostete ihn alle Kraft, aufzustehen und einen Schritt zurückzuweichen.

Manny räusperte sich. Zweimal. »Ich glaube, das verschieben wir besser auf ein andermal.«

»Ein andermal?«

»Später meine ich.«

Sofort veränderte sich ihr Gesichtsausdruck, die entzückenden Linien verhärteten sich und verdeckten die zarte Leidenschaft, die in ihrem Antlitz erblüht war. »Aber ... Natürlich. Selbstverständlich.«

Es war schrecklich, ihr wehzutun, aber er konnte ihr unmöglich erklären, wie sehr er sie wollte, ohne dass es nach Porno geklungen hätte. Und sie war Jungfrau, Herrgott nochmal. Sie hatte etwas Besseres verdient als ihn.

Er betrachtete sie ein letztes Mal eindringlich und trug seinem Gehirn auf, sich ihren Anblick gut einzuprägen. Er wollte sie auf keinen Fall verlieren. »Tu, was du tun musst. Jetzt.«

Ihre Augen glitten an ihm herab und verharrten auf Hüfthöhe. Als er merkte, dass sie sein Geschlecht ansah, das stramm in die Höhe ragte, bedeckte er die Vorgänge unterhalb seiner OP-Kleidung diskret mit den Händen.

Seine Stimme klang rau. »Du gibst mir den Rest. Ich kann mir selbst nicht mehr trauen, so allein mit dir. Also tu es. Bitte. Gott, tu es endlich ...«

11

Ravasz. Sbarduno. Grilletto. Trekker.

Das Wort *Abzugshahn* hallte in sämtlichen Sprachen, die V zur Verfügung standen, durch seinen Schädel, sein Hirn vergnügte sich rein aus Spaß mit Vokabelübungen – denn die Alternative war, dass sich das verfluchte Ding selbst zermarterte.

Während er sein Übersetzungsding fuhr, trugen ihn die Füße wieder und wieder durch sein Penthouse im Commodore, und sein rastloses Wandern verwandelte die Wohnung in ein ziemlich kostspieliges Hamsterrad.

Schwarze Wände. Schwarze Decke. Schwarzer Boden. Die Nachtansicht von Caldwell, die nie der Grund für sein Kommen war.

Durch die Küche, durch das Wohnzimmer, durch das Schlafzimmer und zurück.

Wieder. Und wieder.

Im Schein der schwarzen Kerzen.

Vor ungefähr fünf Jahren hatte er diese Wohnung gekauft, als das Commodore noch im Bau war. Sobald sich das Skelett unten am Fluss zu erheben begann, hatte er sich in den Kopf gesetzt, eine Hälfte der Spitze des Wolkenkratzers zu besitzen. Aber nicht als eine Art Zuhause – er hatte schon immer einen Zufluchtsort fernab seiner Schlafstätte gehabt. Schon bevor Wrath die Bruderschaft in Darius' altem Haus zusammenbrachte, hatte V unterschieden zwischen dem Ort, an dem er schlief und seine Waffen hortete, und dem für seine ... anderen Aktivitäten.

In dieser Nacht und in diesem Zustand war es folgerichtig und haarsträubend zugleich, dass er hierhergekommen war.

Im Laufe der Jahrzehnte und Jahrhunderte hatte er sich nicht nur einen gewissen Ruf innerhalb seines Volkes aufgebaut, sondern auch einen beachtlichen Harem von Männern und Frauen, die sich nach genau dem sehnten, was er zu bieten hatte. Und sobald er diese Wohnung bezogen hatte, hatte er sie in dieses schwarze Loch gebracht, um eine sehr spezielle Art von Sex zu praktizieren.

Hier hatte er ihr Blut vergossen.

Er hatte sie zum Schreien und zum Weinen gebracht.

Und er hatte sie gefickt oder sie ficken lassen.

V verweilte bei seiner Werkbank. Das alte Holz war nicht nur durch seine Werkzeuge zerschlissen und fleckig geworden, sondern auch von Blut, Orgasmen und Wachs besudelt.

Scheiße, manchmal ließ sich nur feststellen, wie weit man gekommen war, indem man an Orte des früheren Lebens zurückkehrte.

Er streckte die behandschuhte Hand aus und umschloss die dicken Lederriemen, mit denen er seine Subs früher so in Stellung gehalten hatte, wie er sie wollte.

Gewollt *hatte*, verbesserte er sich. Früher einmal. Jetzt, wo es Jane gab, machte er derartige Dinge nicht mehr – sie hatten ihren Reiz für ihn verloren.

Sein Blick schweifte zu der Wand, wo seine Spielzeugsammlung hing: Peitschen und Ketten und Stacheldraht. Klammern und Knebel und Rasierklingen. Flogger. Leinen.

Die Spiele, die er mochte – gemocht *hatte* –, waren nichts für Zartbesaitete oder Anfänger oder aus reiner Neugierde Getriebene. Für die hartgesottenen Subs existierte nur ein schmaler Grat zwischen sexueller Erfüllung und dem Tod – beides erregte sie, aber Letzteres war quasi der goldene Schuss. Im wahrsten Sinne des Wortes. Und V war der ultimative Meister, er brachte seine Subs bis an die Grenzen, zu denen es sie hinzog … und dann noch einen winzigen Schritt weiter.

Deshalb kamen sie alle zu ihm.

Waren sie gekommen, verbesserte er sich

Verdammt.

Gerade aus diesem Grund war seine Beziehung zu Jane eine Offenbarung gewesen. Seit sie in sein Leben getreten war, schien sein brennendes Verlangen nach alldem hier erloschen. Nach der relativen Anonymität, nach der Kontrolle über seine Subs oder nach dem Schmerz, den er sich lustvoll zufügte, nach diesem Gefühl der Macht oder den pulsierenden Höhepunkten.

Nach all der Zeit hatte er gedacht, er hätte sich gewandelt.

Irrtum.

Der innere Schalter war noch immer vorhanden und wurde soeben umgelegt.

Andererseits wurde selbst der Impuls, die eigene Mutter zu töten, zur extremen Belastung – wenn man ihm nicht nachgeben konnte.

V streckte die Hand nach einer Lederpeitsche mit Stahlkugeln an den Enden aus. Als die Riemen zwischen seinen nicht behandschuhten Fingern hindurchglitten, hätte er sich fast übergeben ... denn im Moment hätte er alles für eine kleine Kostprobe seiner früheren Leidenschaft gegeben ...

Aber halt, Moment. Wie er so seine Werkbank anstarrte, wurde ihm klar, dass das nicht ganz stimmte. Denn er wünschte sich keinen Sub, er wünschte sich, selbst einer zu *sein*. Vor Jane hatte er beim Sex stets die dominierende Rolle übernommen, weil ihm nur das die nötige Sicherheit gegeben hatte – und irgendwo hatte er sich immer gefragt, worin eigentlich der Reiz für seine Subs lag, besonders, wenn er die Peitsche knallen ließ.

Auf einmal verstand er es jedoch ziemlich gut: Was ihn im Inneren umtrieb, war so zerstörerisch und brachial, dass es ein Ventil brauchte, das aus dem gleichen Stoff geschnitten war ...

Er ging auf eine der schwarzen Kerzen zu, ohne auch nur im Geringsten zu merken, dass sich seine Beine bewegten.

Und dann lag das Ding auch schon in seiner Hand, bevor er bewusst danach griff.

Sein Verlangen ließ die Flamme auflodern ... und dann kippte er die Kerze leicht in Richtung Brust, bis heißes schwarzes Wachs auf sein Schlüsselbein tropfte und unter sein ärmelloses Shirt rann.

Er schloss die Augen, ließ den Kopf zurückfallen und atmete zischend durch die Fänge ein.

Mehr Wachs auf seiner nackten Haut. Wieder dieses Stechen.

Als er hart wurde, war er zur einen Hälfte Feuer und Flamme, zur anderen Hälfte angeekelt von sich selbst und zutiefst beschämt. Doch seine behandschuhte Hand hatte kein Problem mit einer gespaltenen Persönlichkeit. Sie öffnete unbeirrt die Knöpfe seiner Lederhose und befreite seinen Ständer.

Im Kerzenlicht beobachtete er sich selbst, wie er die Kerze senkte und über seinen Schwanz hielt ... und sie dann neigte.

Eine schwarze Träne kullerte aus der Hitzequelle in den freien Fall ...

»Fuck ...«

Als sich seine Lider so weit entkrampft hatten, dass er sie heben konnte, blickte er auf das hart gewordene Wachs am Rand seiner Eichel. Eine feine Bahn führte zu der Stelle, wo der Tropfen aufgetroffen war.

Diesmal entrang sich ein Stöhnen tief aus seiner Kehle, während er die Kerzenspitze senkte – weil er wusste, was nun kam.

Erneutes Stöhnen. Mehr Wachs. Ein lauter Fluch gefolgt von einem weiteren Zischen.

Er brauchte nicht zuzugreifen und zu pumpen. Der Schmerz allein reichte aus, das rhythmische Tropfen auf seinen Schwanz sandte elektrische Stöße in seinen Sack und die Muskeln von Oberschenkeln und Po. In stetigem Rhythmus fuhr er mit der Flamme an seinem Schaft entlang, um Stellen freier Haut zu erwischen, und bei jedem Treffer zuckte seine Erektion nach oben ... bis er genug vom Vorspiel hatte.

Er langte mit der freien Hand unter den Hoden und zog ihn in die Vertikale.

Das Wachs triefte direkt auf den empfindlichsten Punkt und löste einen solch intensiven Schmerz aus, dass er fast zu Boden gegangen wäre – doch der Orgasmus rettete seine Beine vor dem Einknicken, denn sein heftiges Kommen versteifte ihn von Kopf bis Fuß.

Überall schwarzes Wachs.

Überall Sperma, auf seinen Händen, seiner Kleidung.

Wie in guten alten Zeiten ... abgesehen von einem: Die Sache war wirklich ganz schön dumpf. Aber was soll's. Auch das hatte zur guten alten Zeit gehört. Nur hatte er damals nicht gewusst, dass es noch etwas anderes gab. Etwas wie Jane ...

Das Klingeln seines Handys fühlte sich an wie ein Kopfschuss, und obwohl es nicht sonderlich laut war, zerbrach die Stille wie ein Spiegel, und die Scherben zeigten ihm ein Bild, das er nicht sehen wollte: Er war glücklich gebunden, und trotzdem stand er hier in seiner kleinen Folterkammer und onanierte.

Er richtete sich auf und schleuderte die Kerze durch den Raum, die Flamme erlosch im Flug – was der einzige Grund war, weshalb nicht die ganze verdammte Bude abbrannte.

Und das war, bevor er sah, wer ihn da anrief.

Seine Jane. Zweifelsohne mit einem Bericht aus der Klinik der Menschen. Verdammt nochmal, ein Mann von Wert hätte vor dem OP gewartet, bis seine Schwester aus der Narkose erwachte, und er hätte seine *Shellan* unterstützt. Stattdessen war er ausgeflippt und wurde weggeschickt, um dann ein Schäferstündchen mit schwarzem Wachs und seinem Ständer zu verbringen.

Er ging dran, während er den noch halb erigierten Schwanz zurück in die Hose steckte. »Ja.«

Es entstand eine Pause, während der er sich ins Gedächtnis rufen musste, dass sie keine Gedanken lesen konnte, zum Glück. Himmel, was hatte er gerade getan?

»Alles in Ordnung mit dir?«, fragte sie.

Ganz und gar nicht. »Ja. Wie geht es Payne?« Bitte jetzt keine schlechten Neuigkeiten.

»Sie hat es überstanden. Wir sind auf dem Weg zurück zum Anwesen. Es ist gut gelaufen, und Wrath hat sie genährt. Ihre Werte sind stabil, und es scheint ihr einigermaßen gut zu gehen, obwohl sich das Endergebnis noch nicht absehen lässt.«

Vishous schloss die Augen. »Wenigstens lebt sie noch.«

Und dann entstand ein langes Schweigen, unterbrochen nur durch das leise Motorengeräusch des Autos, in dem sie fuhr.

Schließlich sagte Jane: »Zumindest haben wir die erste Hürde genommen, und die Operation verlief so glatt, wie nur möglich – Manny war fantastisch.«

Darauf sagte V lieber nichts. »Irgendwelche Probleme mit dem Klinikpersonal?«

»Nein. Phury hat seinen Zauberstab geschwungen. Aber für den Fall, dass wir jemanden oder etwas übersehen haben, sollte man das Computersystem eine Weile überwachen.«

»Darum werde ich mich kümmern.«

»Wann kommst du heim?«

Vishous musste die Zähne zusammenbeißen, als er seine Hose zuknöpfte. In etwa einer halben Stunde wäre sein Sack blau wie ein Fan der Mannschaft der Universität von Kentucky, denn einmal reichte nie aus bei ihm. Schon in einer gewöhnlichen Nacht brauchte er fünf, sechs Mal, um auf seine Kosten zu kommen – und diese Nacht war nicht annähernd normal.

»Bist du im Penthouse?«, fragte Jane leise.

»Ja.«

Es folgte angespanntes Schweigen. »Allein?«

Nun ja, die Kerze war ein unbelebter Gegenstand. »Ja.«

»Es ist in Ordnung, V«, murmelte sie. »Du hast das Recht, so zu denken, wie du es gerade tust.«

»Woher willst du wissen, was in meinem Kopf vorgeht?«

»Was sollte dort wohl sonst vorgehen?«

Himmel ... was für eine Frau von Wert. »Ich liebe dich.«

»Ich weiß. Und ich dich auch.« Pause. »Wünschst du dir ... du hättest jemanden bei dir?«

Sie verbarg den Schmerz in der Stimme mit eiserner Beherrschung, aber er hörte ihn trotz allem kristallklar heraus. »Das war einmal, Jane. Vertrau mir.«

»Das tue ich. Bedingungslos. Eher würdest du dir deine gesunde Hand abschneiden.«

Und warum hast du dann gefragt, dachte er, während er die Augen zukniff und den Kopf hängen ließ. Tja, sein Pech. Sie kannte ihn einfach zu gut. »Bei der Jungfrau der Schrift ... ich verdiene dich nicht.«

»Doch, das tust du. Komm heim. Sieh nach deiner Schwester ...«

»Es war richtig von dir, mich wegzuschicken. Tut mir leid, dass ich so ein Arschloch war.«

»Kein Problem. Diese Sache ist extrem belastend ...«

»Jane?«

»Ja?«

Er versuchte, Worte zu formen, und scheiterte: Das Schweigen dehnte sich erneut zwischen ihnen aus. Verdammt, sosehr er sich bemühte, Sätze zu bilden, er fand einfach nicht die magische Kombination von Silben, die ausdrückte, was in ihm vorging.

Aber vielleicht lag es weniger am Vokabular als an dem, was er gerade mit sich angestellt hatte: Er hatte das Gefühl, ihr etwas beichten zu müssen, und brachte es einfach nicht über sich.

»Komm nach Hause«, drängte Jane sanft. »Schau nach deiner Schwester, und wenn ich nicht mehr in der Klinik bin, komm zu mir.«

»In Ordnung. Das werde ich.«

»Es wird schon alles gut, Vishous. Vergiss nur bitte eins nicht.«

»Was denn?«

»Ich weiß, wen ich geheiratet habe. Ich weiß, wer du bist. Es gibt nichts, was mich schockieren würde – also leg jetzt auf und komm heim.«

Als er sich verabschiedete und das Telefonat beendete, war er sich nicht mehr so sicher, ob sie wirklich nichts schockiert hätte. Heute Abend hatte er sich selbst überrascht, und das nicht auf die angenehme Art.

Er steckte sein Handy weg und drehte sich eine Zigarette. Dann klopfte er seine Taschen nach einem Feuerzeug ab, bis ihm einfiel, dass er das verdammte Teil im Trainingszentrum in den Müll gepfeffert hatte.

Suchend fiel sein Blick auf eine dieser gottverdammten schwarzen Kerzen. Nachdem ihm nichts anderes übrigblieb, trat er auf eine zu und beugte sich über die Flamme, um die Kippe anzuzünden.

Der Gedanke, zum Anwesen zurückzukehren, war vernünftig. Ein guter, solider Plan.

Schade nur, dass er beim Gedanken daran am liebsten geschrien hätte, bis seine Stimme versagte.

Als er zu Ende geraucht hatte, wollte er eigentlich die Kerzen ausblasen und auf direktem Wege nach Hause. Das wollte er wirklich.

Aber er kam nie dort an.

Manny träumte. Es musste ein Traum sein.

Er war sich vage bewusst, in seinem Büro zu liegen, bäuchlings auf der Ledercouch, auf der er regelmäßig eine Mütze Schlaf nachholte. Wie immer hatte er sich die OP-Kleidung als Kissen unter den Kopf gestopft und die Nikes abgestreift.

All das war normal, ganz so wie immer.

Doch dann verzerrte sich sein schlafender Geist ... und auf einmal war er nicht mehr allein. Er lag auf einer Frau ... Als er überrascht zurückwich, blickte sie mit eisigen Augen zu ihm auf, Augen, die glühend heiß zugleich waren.

»Wie bist du hier reingekommen?«, fragte er heiser.

»Ich bin in deinem Kopf.« Ihr Akzent klang fremdartig und höllisch sexy. »Ich bin in dir.«

Nun wurde ihm allmählich bewusst, dass sie nackt und

warm unter ihm lag – und, gütiger Himmel, selbst in seiner Verwirrung wollte er sie.

Das allein zählte.

»Bring es mir bei«, sagte sie wollüstig. Ihre Lippen öffneten sich, und ihre Hüfte schob sich ihm entgegen. »Nimm mich.«

Ihre Hand fuhr zwischen sie und umschloss seine Erektion, rieb daran, brachte ihn zum Stöhnen.

»Ohne dich bin ich leer«, sagte sie. »Füll mich aus. *Jetzt.*«

Angesichts einer Einladung wie dieser musste er nicht zweimal überlegen. Er fummelte an seiner OP-Hose herum, schob sie sich über die Schenkel und dann …

»O Gott«, stöhnte er, als sein harter Schwanz an ihrem feuchten Kern entlangglitt.

Nur ein Hüftschwung, und er wäre tief in sie gedrungen, aber er zwang sich, ihr Geschlecht nicht zu verletzen. Erst würde er sie küssen, und zwar anständig, und das aus dem Grund, weil … sie noch nie geküsst worden war …

Woher er das wusste?

Wen kümmerte das!

Und ihr Mund war nicht das Einzige, was er mit seinen Lippen berühren würde.

Er richtete sich etwas auf und ließ die Augen an ihrem langen Hals hinabwandern zu ihrem Schlüsselbein … und noch tiefer – oder zumindest versuchte er das.

Hier war auch schon der erste Hinweis, dass etwas nicht stimmte. Obwohl er jedes Detail ihres starken, schönen Gesichts und ihres schwarzen, zu einem langen Zopf geflochtenen Haars sehen konnte, waren ihre Brüste irgendwie unscharf und blieben es auch: Sosehr er die Augen zusammenkniff, es wollte sich keine Klarheit einstellen. Aber egal, für ihn war sie perfekt, ganz gleich, wie sie aussah.

Wie für ihn geschaffen.

»Küss mich«, hauchte sie.

Seine Hüften zuckten beim Klang ihrer Stimme, und als seine Erektion an ihrem innersten Kern entlangglitt, entlockte ihm die Reibung ein Stöhnen. Gott, das Gefühl, als sie sich eng an ihn presste, als die Spitze seines Schwanzes sie geteilt und sie durchpflügt hatte, auf der Suche nach dem süßesten Punkt ...

»Heiler«, presste sie hervor und bog den Rücken durch. Ihre Zunge kam zum Vorschein und zog sich über ihre Unterlippe ...

Fänge.

Diese zwei weißen Spitzen waren Fänge, und er erstarrte, als es ihm dämmerte: Was da unter ihm lag und nach ihm verlangte, war nicht menschlich.

»Bring es mir bei ... nimm mich ...«

Eine Vampirin.

Er hätte schockiert und entsetzt sein sollen. Aber das war er nicht. Wenn überhaupt, steigerte diese Erkenntnis nur das Verlangen, in ihr zu sein, er wollte es mit einer Verzweiflung, die ihm den Schweiß auf die Stirn trieb. Und da war noch etwas ... er wollte sie kennzeichnen.

Was immer das bedeuten sollte.

»Küss mich, Heiler ... und hör nicht auf.«

»Das werde ich nicht, keine Sorge«, stöhnte er. »Ich werde nie wieder aufhören.«

Als er seine Lippen auf die ihren senkte, explodierte sein Schwanz förmlich, Sperma schoss aus ihm hervor und bespritzte sie über und über ...

Mit einem Keuchen, das Tote geweckt hätte, fuhr Manny aus dem Schlaf.

Heilige Scheiße, er kam gerade heftig. Seine Hüften pressten sich in die Couch, während ihm süße, verschwommene Erinnerungen an seine Traumjungfrau das Gefühl gaben, ihre Hände berührten ihn überall. Echt großartig. Obwohl der Traum eindeutig vorbei war, hielt der Orgasmus an, bis er die Zähne zusammenbeißen und ein Knie anziehen musste, weil sich beim Zucken seines Schwanzes die schweren Muskeln in Schenkeln und Brust verkrampften, bis er kaum mehr atmen konnte.

Als es vorüber war, sackte er mit dem Gesicht voraus in die Kissen und versuchte, so gut es ging, wieder zu Atem zu kommen, denn er hatte das Gefühl, dass die zweite Runde gleich beginnen würde. Fetzen aus dem Traum erregten ihn aufs Neue und erfüllten ihn mit dem Verlangen, zu diesem Moment zurückzukehren, der nie stattgefunden hatte und sich doch so echt anfühlte wie das Bewusstsein in seinem Wachzustand. Er griff in die Datenbank seiner Erinnerungen und zupfte an den Zipfeln seines Traumes von dieser Frau …

Die Kopfschmerzen, die in seine Schläfen fuhren, hätten ihn fast bewusstlos geschlagen – und hätte er sich nicht bereits in der Horizontalen befunden, wäre er sicher zu Boden gegangen.

»Verdammt.«

Der Schmerz war sensationell, als hätte ihm jemand ein Bleirohr über den Schädel gebraten, und es dauerte eine Weile, bis er die Kraft fand, sich auf den Rücken zu drehen und sich aufzurappeln.

Der erste Versuch verlief nicht erfolgreich. Der zweite lief nur besser, weil er die Arme seitlich an den Körper presste, um nicht gleich wieder in Ohnmacht zu fallen. Schließlich saß er mit hängendem Kopf auf der Couch, starrte auf den Orientteppich und wartete, bis er sich fit genug fühlte, um die paar Meter zum Bad zu bewältigen und sich einige Ibuprofen reinzupfeifen.

Diese Kopfschmerzen hatte er häufiger. Kurz bevor Jane gestorben war …

Der Gedanke an die ehemalige Leiterin der Unfallstation löste den nächsten Schädelspalter aus.

Mit flacher Atmung und unter Verdrängung aller, aber wirklich aller Gedanken, überlebte er irgendwie die nächste Attacke. Als der Schmerz fast verebbt war, hob er versuchsweise den Kopf ... nur für den Fall, dass eine winzige Höhenveränderung den nächsten Hammerschlag auslöste.

Die alte Uhr hinter seinem Schreibtisch stand auf vier Uhr sechzehn.

Vier Uhr morgens? Was hatte er denn bloß die ganze Nacht getrieben, seit er die Pferdeklinik verlassen hatte?

Er erinnerte sich, wie er aus Queens hinausfuhr, nachdem Glory aufgewacht war, und dass er vorgehabt hatte, nach Hause zu fahren. Ganz offensichtlich war das nicht passiert. Und er hatte keinen Schimmer, wie lange er in seinem Büro geschlafen hatte. Er sah an seiner OP-Kleidung herab und entdeckte hier und da Blutstropfen ... und seine abgestreiften Nikes steckten in den blauen Überschuhen, in denen er immer operierte. Anscheinend hatte er einen Patienten ...

Wieder flammte der Schmerz in seinem Kopf auf, so dass er alle Muskeln anspannte und um Haltung rang. Hier half wohl nur die Methode Biofeedback, und so ließ er alle kognitiven Prozesse ruhen und atmete langsam und gleichmäßig.

Er konzentrierte sich auf die Uhr und sah zu, wie der Zeiger zur siebzehn wanderte ... zur achtzehn ... zur neunzehn ...

Zwanzig Minuten später konnte er schließlich aufstehen und ins Bad schlurfen. Dort drin sah es aus wie in Ali Babas Höhle, alles war aus Marmor, Kristall und Glas – doch heute verfluchte er all die grellen Lichter.

Er griff hinter die Glastür der Dusche, drehte das Wasser auf und wandte sich dann dem Waschbecken zu, wo er den Spiegel aufklappte und sich das Ibuprofen schnappte. Fünf Tabletten auf einmal waren mehr als die empfohlene Dosis, aber er war Arzt, verdammt nochmal, und er riet sich nun mal dazu, mehr als nur zwei zu nehmen.

Das heiße Wasser war ein Segen, es wusch nicht nur die Reste von diesem unglaublichen Orgasmus fort, sondern auch den Stress der letzten zwölf Stunden. Gott ... Glory. Er hoffte wirklich, es ging ihr gut. Und diese Frau, die er operie...

Als er den nächsten Stich kommen fühlte, ließ er den Gedanken, der sich soeben in seinem Kopf formen wollte, los wie eine heiße Kartoffel und konzentrierte sich einzig darauf, wie der Wasserstrahl auf seinen Nacken plätscherte, sich an seinen Schultern teilte und über Rücken und Brust floss.

Sein Schwanz war immer noch hart.

Steinhart.

Dass dieses Ding noch immer putzmunter war, obwohl sein Kopf dröhnte, fand er nicht zum Lachen. Das Letzte, wonach ihm jetzt der Sinn stand, war noch eine Runde Handarbeit, aber dieser Ständer schien wie eine Statue: Für die Ewigkeit gemacht, es sei denn, er kümmerte sich darum.

Als die Seife aus der Messingschale rutschte und schwer wie ein Amboss auf seinen Füßen landete, fluchte er und hüpfte herum ... dann bückte er sich und hob sie auf.

Glitschig. So glitschig.

Er legte das Stück zurück an seinen Platz, ließ die Hände südwärts wandern und umschloss den Schaft. Seine Hand fuhr auf und ab, das warme Wasser und die glitschige Seife taten ihr Übriges, doch all das war immer noch ein schwacher Ersatz für das Gefühl, sich an diese Frau zu schmie...

Kopfschuss. Direkt zwischen die Augen.

Gott, es war, als stünden bewaffnete Soldaten vor jeglichen Gedanken an sie Wache.

Mit einem Fluch schaltete er sein Hirn ab, denn er wusste, dass er diese Sache auf der Stelle zu Ende bringen musste. Er stützte sich mit dem Arm gegen die Marmorwand, ließ den Kopf hängen und besorgte es sich. Seine Libido war schon immer enorm gewesen, aber das hier erreichte eine völlig neue Dimension, er verspürte einen Hunger, der jeden zivilisierten Anstrich durchbrach und tief in ihm drin wurzelte, an einem Punkt, der ihm komplett neu war.

»Scheiße …« Als er den Höhepunkt erreichte, biss er die Zähne zusammen und spritzte gegen die nasse Duschwand. Der Orgasmus war genauso heftig wie der vorhin auf dem Sofa, laugte ihn aus, zwang ihn in die Knie, bis nicht nur sein Schwanz allein unkontrollierbar zuckte: Jeder Muskel seines Körpers schien in diesen Orgasmus verwickelt, und er musste sich auf die Lippen beißen, um nicht laut loszubrüllen.

Als er sich endlich von den Zuckungen erholte, war sein Gesicht an den Marmor gedrückt, und er japste, als wäre er von einem Ende von Caldwell ans andere gerannt.

Oder vielleicht bis nach Kanada.

Er drehte sich in den Duschstrahl, wusch sich erneut ab, stieg aus der Kabine, schnappte sich ein Handtuch und …

Manny blickte an sich herab. »Das ist jetzt aber nicht dein Ernst.«

Sein Schwanz war genauso steif wie zuvor. Unverzagt. Stolz und kraftvoll wie ein bescheuerter Türgriff.

Egal. Er hatte es ihm jetzt wirklich oft genug besorgt.

Notfalls konnte er das verdammte Ding in seiner Hose verstauen. Auspowern war offensichtlich keine Lösung, ihm fehlte die Kraft. Zur Hölle, vielleicht hatte er sich ja auch eine Grippe geholt oder sonst irgendeinen Scheißvirus. In einer Klinik konnte man sich bekanntlich alles Mögliche einfangen.

Inklusive Gedächtnisschwund, wie sich jetzt erwies.

Manny schlang sich ein Handtuch um die Hüften, ging

in sein Büro – und erstarrte. Ein merkwürdiger Geruch lag in der Luft ... etwas, das an dunkle Gewürze erinnerte.

Jedenfalls roch es nicht nach seinem Rasierwasser, so viel stand fest.

Barfuß stapfte er über den Orientteppich, öffnete die Tür zum Flur und beugte sich hinaus. Die Verwaltungsbüros waren unbeleuchtet, von dort schien der Geruch nicht zu kommen.

Stirnrunzelnd musterte er die Couch. Aber er war schlau genug, keinen Gedanken an die Geschehnisse von vorhin zuzulassen.

Zehn Minuten später trug er frische Arztkleidung und war rasiert. Sein bestes Stück, das sich anscheinend für das Washington Monument hielt, steckte im Bund seiner Hose und war festgebunden, wie es sich für so ein unersättliches Biest gehörte. Als er die Aktentasche unter den Arm klemmte und den Anzug, den er auf der Rennbahn getragen hatte, war er mehr als bereit, den Traum, das Kopfweh und den ganzen gottverdammten Abend hinter sich zu lassen.

Er spazierte aus den Büros der Chirurgie und fuhr mit dem Aufzug in den zweiten Stock, wo die OPs lagen. Mitglieder seines Stabs machten ihr Ding, operierten Notfälle, kümmerten sich um Patientenversorgung oder Verlegung, putzten, bereiteten vor. Er nickte Leuten zu, sagte aber nicht viel – soweit es sie betraf, ging alles seinen normalen Gang. Was eine Erleichterung war.

Und er schaffte es fast ohne weiter aufzufallen bis zum Parkplatz.

Doch sein Rückzug endete abrupt bei den Aufwachräumen. Eigentlich wollte er an ihnen vorbeieilen, aber seine Füße stoppten, und sein Kopf rebellierte – und plötzlich verspürte er das unerklärliche Bedürfnis, in eines dieser Zimmer zu gehen. Als er dem Impuls nachgab, erwachte der Kopfschmerz wie ein Schießhund zu neuem Leben, aber er kümmerte sich nicht darum und bog in das abgelegene Zimmer kurz vor dem Notausgang.

Das Bett an der Wand war blitzsauber, die Laken so festgezurrt, als wären sie flach auf die Matratze gebügelt. Es gab keinen Vermerk für das Personal auf dem Whiteboard, kein Piepsen von Maschinen war zu hören, und der Computer war aus. Dennoch hing unverkennbar der Geruch von Desinfektionsmittel in der Luft. Und außerdem irgendein Parfüm.

Jemand war hier drin gewesen. Jemand, den er operiert hatte. Vergangenen Abend.

Und sie war ...

Der Schmerz überwältigte ihn, und Manny sackte erneut zusammen, sank gegen den Türstock und musste sich daran festkrallen. Als seine Migräne oder was immer das war schlimmer wurde, musste er sich vornüberbeugen ...

Und da sah er es.

Unter Schmerzen stolperte er zum Beistelltisch und ging in die Hocke. Dann griff er darunter und tastete umher, bis er die gefaltete kleine Karte fand.

Er wusste, worum es sich handelte, noch ehe er es ansah. Und als er das Ding in der Hand hielt, brach sein Herz aus irgendeinem Grund entzwei.

Er strich den Knick glatt und starrte auf seinen eingeprägten Namen und Titel und Adresse, Telefon und Fax der Klinik. Auf der weißen Fläche rechts von dem St.-Francis-Logo stand in seiner Handschrift seine Handynummer.

Haar. Dunkles Haar, zum Zopf geflochten. Seine Hände lösen ...

»Au ... verdammt.« Seine Hand schoss noch vor, doch er ging trotzdem zu Boden und schlug hart auf dem Linoleum auf, bevor er sich auf den Rücken rollte. Er presste die Hände an den Kopf und kämpfte gegen den Schmerz an, und obwohl er die Augen weit aufgerissen hatte, konnte er verdammt nochmal nichts sehen.

»Chef?«

Beim Klang von Goldbergs Stimme ließ der mörderische Schmerz in seiner Schläfe etwas nach, als würde sein Hirn nach dem akustischen Rettungsring greifen und sich von den Haien wegziehen lassen. Zumindest vorübergehend.

»Hallo«, stöhnte er.

»Bei Ihnen alles in Ordnung?«

»Ja.«

»Kopfweh?«

»Kein bisschen.«

Goldberg stieß ein kurzes Lachen aus. »Es ist wieder mal was in Umlauf. Mir sind heute schon vier Pfleger und zwei Verwaltungsangestellte zu Boden gegangen, genau wie Sie. Ich habe Vertretungen herbestellt und sie alle heimgeschickt.«

»Wie weise von Ihnen.«

»Und raten Sie mal, was.«

»Sagen Sie es nicht. Ich gehe ja schon.« Manny setzte sich mühsam auf und zog sich dann, als er bereit war, am Bettgitter hoch in den Stand.

»Sie hätten dieses Wochenende gar nicht hier sein sollen, Chef.«

»Ich bin frühzeitig zurückgekommen.« Zum Glück erkundigte sich Goldberg nicht nach dem Pferderennen. Allerdings wusste er auch gar nichts davon. Niemand wusste, was Manny in seiner Freizeit trieb, hauptsächlich aus dem Grund, weil ihm das im Vergleich zu seiner Arbeit nie wichtig genug erschien.

Aber warum fühlte sich sein Leben auf einmal so leer an?

»Soll Sie jemand nach Hause fahren?«, fragte Goldberg.

Gott, er vermisste Jane.

»Äh ...« Was war nochmal die Frage? Ach ja. »Ich habe Ibuprofen genommen – mir geht es gleich besser. Piepsen Sie mich an, wenn Sie mich brauchen.« Auf dem Weg nach draußen klopfte er Goldberg auf die Schulter. »Sie sind verantwortlich bis morgen früh um sieben.«

Goldbergs Antwort bekam er nicht mehr mit.

Und das wurde langsam zu seinem neuen Motto. Manny nahm seine Umwelt nicht wahr, als er zu den nördlichen Aufzügen ging und in die Tiefgarage fuhr – es war fast, als hätte die letzte Salve Scheißschmerzen alles außer seinem Stammhirn zertrümmert. Er stieg aus dem Aufzug und setzte einen Fuß vor den anderen, bis er vor seinem Parkplatz ...

Wo zum Henker war sein Auto?

Er sah sich um. Die Chefärzte hatten allesamt Privatparkplätze, doch sein Porsche stand nicht an seinem Platz.

Und der Autoschlüssel steckte auch nicht in der Anzugtasche wie sonst.

Das einzig Gute an der aufwallenden Wut war, dass sie die Kopfschmerzen komplett vertrieb – obwohl das vermutlich dem Ibuprofen zuzuschreiben war.

Wo zur Hölle war sein verdammtes Auto?

Scheiße, man konnte ja nicht einfach eine Scheibe einschlagen, anschieben, die Kupplung kommen lassen und davonfahren. Das ging nicht ohne die Keycard, die er in seinem Portemonnaie ...

Verflucht, das Portemonnaie war auch weg.

Na großartig. Genau, was er jetzt brauchte: Geldbörse gestohlen, Porsche unterwegs zum nächsten Autoschieber, und ihn erwartete ein Stelldichein mit der Polizei.

Das Büro des Wachpersonals lag am Ausgang der Garage, also stapfte er los, statt anzurufen, weil sein Handy – Überraschung – natürlich auch geklaut war.

Er wurde langsamer. Blieb stehen. Auf halbem Weg zum

Ausgang stand in der Parkplatzreihe für Patienten und Angehörige ein grauer 911er. Gleiches Baujahr. Gleicher Aqueduct-Aufkleber auf der Heckscheibe.

Gleiches Nummernschild.

Er ging darauf zu, als klebte eine Bombe unter dem Fahrgestell. Der Wagen war nicht abgesperrt, vorsichtig öffnete er die Fahrertür.

Sein Portemonnaie, seine Schlüssel und sein Handy lagen unter dem Vordersitz.

»Doc? Ist bei Ihnen alles in Ordnung?«

Okay. Offensichtlich gab es zwei Mottos für diese Nacht: dass er keine Erinnerungen mehr hatte, und dass die Leute ihm immer wieder diese eine Frage stellten, die er garantiert nicht wahrheitsgetreu beantworten würde.

Er blickte auf und fragte sich, was er dem Sicherheitsmann entgegnen sollte. He, hat vielleicht zufällig jemand meine Tassen im Fundbüro abgegeben? Sie stehen nicht mehr im Schrank.

»Warum haben Sie denn hier geparkt?«, fragte der Mann in der blauen Uniform.

Keinen Schimmer. »Jemand stand auf meinem Platz.«

»Verdammt. Sie hätten anrufen sollen. Das hätten wir doch schnell geregelt.«

»Was täten wir nur ohne Sie.« Zumindest das war nicht gelogen.

»Gut, dann schönen Tag – und ruhen Sie sich mal aus. Sie sehen angeschlagen aus.«

»Ausgezeichneter Rat.«

»Ich hätte Arzt werden sollen.« Der Wachmann winkte mit der Taschenlampe. »Gute Nacht.«

»Nacht.«

Manny stieg in seinen Geisterporsche, ließ den Motor an und legte den Rückwärtsgang ein. Als er auf die Ausfahrt der Garage zufuhr, holte er die Keycard heraus und öffnete damit problemlos das Tor. Auf der St. Francis Avenue bog er nach links und fuhr in die Stadt in Richtung Commodore.

Während der Fahrt war er sich nur einer Sache wirklich sicher.

Er verlor allmählich seinen überaus geschätzten Verstand.

12

V sollte eigentlich längst da sein, dachte Butch, wie er so in ihrer Höhle ins Leere blickte.

»Er müsste eigentlich schon zurück sein«, sagte Jane hinter ihm. »Unser Telefonat ist fast eine Stunde her.«

»Wir dürfen uns also etwas wünschen«, murmelte Butch und sah auf die Uhr. Schon wieder.

Er erhob sich von dem Ledersofa und ging um den Couchtisch herum zum Computer seines besten Freundes. Die Vier Kisten, wie sie diese Hightech-Dinger nannten, waren gute fünfzig Riesen wert – und das war so ziemlich alles, was Butch von ihnen verstand.

Nun ja, das und wie man eine Maus bediente, um den GPS-Chip in Vs Handy zu orten.

Kein Grund, näher ranzuzoomen. Die Adresse verriet ihm alles, was er wissen musste. Und verursachte ihm zugleich ein Magengrimmen. »Er ist noch immer im Commodore.«

Als Jane nichts erwiderte, blickte er über die Monitore. Vishous' *Shellan* stand beim Kickertisch, die Arme vor der

Brust verschränkt, Körper und Profil durchscheinend, so dass er die Küche hinter ihr erkennen konnte. Nach einem Jahr hatte er sich an ihre verschiedenen Erscheinungsformen gewöhnt, und diese bedeutete normalerweise, dass sie über etwas nachdachte und ihre Konzentration auf etwas anderes richtete als ihre stoffliche Manifestation.

Butch hätte gewettet, dass sie das Gleiche dachten: Es war verdächtig, dass V so lange im Commodore blieb, obwohl er doch wusste, dass seine Schwester operiert worden und sicher längst hier auf dem Anwesen war – besonders, wenn man die Stimmung des Bruders bedachte.

Und von seinen Ausschweifungen wusste.

Butch ging zum Schrank und holte seinen Wildledermantel heraus.

»Könntest du ihn vielleicht irgendwie …« Jane hielt inne und lachte kurz. »Du liest meine Gedanken.«

»Ich bringe ihn zurück. Mach dir keine Sorgen deswegen.«

»Okay. In … Ordnung. Ich glaube, ich geh dann mal zu Payne.«

»Gute Idee.« Seine rasche Antwort bezog sich nicht nur auf die medizinischen Vorteile, die es hatte, wenn sie als Paynes Ärztin vor Ort blieb – und er fragte sich, ob Jane das wusste. Andererseits war sie auch nicht auf den Kopf gefallen.

Gott allein wusste, was ihn in Vs Wohnung erwartete. Es wäre schrecklich, wenn er es mit irgendeiner Hure trieb, aber jeder machte mal einen Fehler, insbesondere unter extremem Stress. Es war besser, wenn jemand anderer als Jane nach dem Rechten sah.

Im Gehen umarmte er sie noch einmal kurz, und sie erwiderte die Geste ohne Zögern, indem sie sich versteifte und ihn fest drückte.

»Ich hoffe …« Sie führte den Satz nicht zu Ende.

»Mach dir keine Sorgen«, log er, die Zähne fest zusammengepresst.

Anderthalb Minuten später saß er hinter dem Steuer des Escalade und heizte wie ein Geistesgestörter durch die Nacht. Vampire konnten sich normalerweise dematerialisieren, doch als Mischling hatte er diesen praktischen Trick bedauerlicherweise nicht auf Lager.

Nur gut, dass er kein Problem damit hatte, gegen die Geschwindigkeitsbegrenzungen zu verstoßen.

Er jagte dahin, dass die Splitter flogen.

Die Innenstadt von Caldwell lag noch im Tiefschlaf, als er dort ankam, und anders als an Wochentagen, wenn die Lieferwagen und frühen Pendler vor Sonnenaufgang hereinströmten, würde es an diesem Tag eine Geisterstadt bleiben. Sonntag war Ruhetag – oder Kollabiertag, je nachdem, wie schwer man ackerte. Oder soff.

Früher, als Detective der Mordkommission bei der Polizei von Caldwell, waren ihm die täglichen – und nächtlichen – Rhythmen dieses Labyrinths aus Straßen und Häusern absolut vertraut geworden. Er kannte die bevorzugten Orte, an denen man sich lästiger Leichen entledigte oder sie versteckte. Und er kannte die kriminellen Gesellen, die das Töten ihrer Mitmenschen hauptberuflich oder zum privaten Vergnügen betrieben.

Wie oft war er wie heute in die Stadt gejagt, mit Bleifuß, ohne zu ahnen, was ihn erwartete. Doch verglichen mit seinem neuen Job als *Lesser*-Inhalator der Bruderschaft war der Adrenalinkick nahezu harmlos – wie auch das finstere Wissen, dass der Tod auf ihn lauerte.

Und wo er gerade beim Thema war, er war nur noch zwei Blocks vom Commodore entfernt, als sich diese unbestimmte Ahnung einer Gefahr in eine ganz konkrete Gewissheit verwandelte ... *Lesser*.

Der Feind war nah. Und zwar in größerer Anzahl.

Das war nicht nur so ein instinktives Gefühl. Er wusste es. Seit Omega sein Ding mit ihm veranstaltet hatte, war er zu einer Art Wünschelrute für den Feind geworden, und obwohl es ihm zuwider war, einen Teil des Bösen in sich zu tragen, und er nicht gern daran dachte, hatte seine Gabe sich als ein äußerst nützliches Instrument in diesem Krieg erwiesen.

In ihm hatte sich die Prophezeiung des Zerstörers erfüllt.

Während sich also seine Nackenhaare aufstellten, war er hin- und hergerissen: zwischen dem Krieg und seinem Bruder. Nachdem sich die Gesellschaft der *Lesser* eine längere Ruhepause gegönnt hatte, schossen die Vampirjäger jetzt wieder überall in der Stadt wie Pilze aus dem Boden. Der Feind hatte offensichtlich eine Lazarus-Nummer abgezogen und sich mit neuen Rekruten wiederbelebt. Es war also durchaus möglich, dass ein paar seiner Brüder gerade ein kleines Stelldichein mit dem Feind zum Ausklang der Nacht veranstalteten – und er wahrscheinlich bald gerufen würde, um zu kommen und sein Ding durchzuziehen.

Himmel, womöglich war es ja V? Das würde dann auch seine Verspätung erklären.

Scheiße, vielleicht war ja alles halb so wild, wie sie gedacht hatten. Die Stelle war jedenfalls nahe genug am Commodore, um die GPS-Daten zu erklären, und wenn man gerade mitten im Gefecht steckte, konnte man schwerlich auf »Pause« drücken, um eine SMS zu schreiben.

Butch kam um die Kurve, und die Scheinwerfer des Escalades leuchteten in eine lange, schmale Gasse, die ihm wie der Dickdarm der Stadt vorkam: Schmuddelige, schwitzende Backsteingebäude bildeten die Wände, und der Asphalt wirkte pockennarbig mit den vielen dreckigen Pfützen ...

»Was zur ... Hölle?«, hauchte Butch. Er nahm den Fuß vom Gas und beugte sich über das Lenkrad ... als könnte das etwas an dem ändern, was er da sah.

Am hinteren Ende wurde gekämpft, drei *Lesser* Hand in Hand gegen einen einzelnen Gegner.

Der sich offenbar nicht wehrte.

Butch brachte den Wagen in Parkposition, stieß die Tür auf und rannte los. Die Jäger hatten Vishous umzingelt, und der bescheuerte Idiot drehte sich langsam in ihrer Mitte um die eigene Achse – aber nicht, um sie fertigzumachen oder sich zu verteidigen, nein. Er ließ sie nacheinander zuschlagen ... mit Ketten.

Im Dauerleuchten der Stadt floss rotes Blut über schwarzes Leder, als V die züngelnden Schläge der Glieder, die auf ihn einpeitschten, mit seinem massigen Leib abfing. Es wäre ein Leichtes für ihn gewesen, die Enden der Ketten zu packen, die Jäger an sich zu reißen und sie zu Boden zu werfen – es handelte sich dem Anschein nach um neue Rekruten, die noch ihre eigene Haar- und Augenfarbe hatten, kleine Ratten, deren Initiation vielleicht gerade mal eine Stunde und zehn Minuten zurücklag.

Himmel, V mit seiner Selbstbeherrschung hätte sich konzentrieren können und sich aus dem Ring dematerialisieren, hätte er es nur gewollt.

Stattdessen stand er mit ausgestreckten Armen da und lieferte sich den Schlägen auf seinen Torso schutzlos aus.

Dieser Volltrottel würde bald aussehen, als hätte ihn ein Laster überrollt. Oder schlimmer.

Butch erreichte die fröhliche Runde, sprang den nächsten Jäger an und nietete ihn auf den Asphalt. Dann packte er eine Faust voll dunklen Haars, riss den Kopf zurück und schlitzte dem Kerl die Kehle auf. Schwarzes Blut sprudelte aus der Halsschlagader des Jägers, und er zappelte herum, doch es blieb keine Zeit, ihn umzudrehen und seine Essenz in die Lungen zu saugen.

Aufräumen würde Butch später.

Er sprang wieder auf die Füße und schnappte sich das Ende einer Kette. Dann zog er mit einem Ruck und einer Drehung daran, so dass der *Lesser* aus Vs Geißelungszone gerissen und mit einem Twist gegen einen Müllcontainer geschleudert wurde.

Während der Untote noch Sternchen sah und dalag wie ein Willkommens-Fußabstreifer für zukünftige Müllladungen, wirbelte Butch herum, um diese Sache zu Ende zu bringen – doch Überraschung! V war zu sich gekommen und nahm die Angelegenheit nun selbst in die Hand. Und trotz seiner Verletzungen war er ein gefährlicher Gegner. Er vollführte eine Drehung und trat zu, dann griff er mit gebleckten Fängen an. Wie eine Bulldogge vergrub er seine Beißer in der Schulter des *Lessers*. Dann rammte er dem Scheusal einen schwarzen Dolch in den Bauch.

Als der Darmtrakt seines Gegners als glitschiges Gekröse auf den Asphalt platschte, stoppte V seine Werbeshow für Zahnpasta und ließ ihn zu Boden gleiten.

Dann hörte man nur noch raues Hecheln.

»Was … sollte … der Scheiß?«, stieß Butch hervor.

V beugte sich vornüber und stützte die Hände auf die Knie, doch offensichtlich milderte das seinen Schmerz nicht ausreichend: Ehe Butch es sich versah, sank der Bruder neben dem frisch ausgeweideten *Lesser* auf die Knie und atmete schwer.

»Antworte, Arschloch.« Butch war so sauer, dass er dem Blödmann am liebsten gegen den Kopf getreten hätte. »Was war das bitte für eine *beschissene* Aktion?«

Ein kalter Regen setzte ein. Aus Vs Mund rann rotes Blut, und er hustete ein paarmal. Das war alles.

Butch fuhr sich durch das feucht werdende Haar und blickte in den Himmel. Kleine Tropfen landeten auf seiner Stirn und seinen Wangen und beruhigten ihn etwas. Aber der Knoten in seinem Magen blieb.

»Wie weit wolltest du es denn diesmal treiben, V?«

Er wollte die Antwort gar nicht hören. Redete nicht einmal wirklich mit seinem besten Freund. Er blickte nur in den Nachthimmel mit den verwaschenen Sternen und der endlosen Weite, die keine Antwort bot, und hoffte auf etwas Kraft. Und dann dämmerte es ihm. Nicht das Leuchten der Stadt war Ursache für das schwache Licht der Sterne – die Sonne stand kurz davor, ihren strahlenden Bizeps spielen zu lassen und diesen Teil der Welt mit Licht zu überfluten.

Er musste schnell sein.

Während V eine weitere Ladung Blutplasma auf den Asphalt spuckte, kam Leben in Butch, und er griff nach seinem Dolch. Es blieb keine Zeit, die Jäger einzuatmen, aber das war nicht einmal der Punkt: Nach jeder seiner Zerstörer-Nummern musste V ihn immer heilen, sonst kam er nicht aus dem Würgen raus, während ihn die öligen Überreste von Omega verzehrten. Doch im Moment war sich Butch nicht einmal sicher, ob er auf dem Heimweg neben seinem Bruder sitzen konnte.

Verdammt nochmal, V wollte eine ordentliche Tracht Prügel?

Er hatte wirklich gute Lust, sie ihm zu verpassen.

Während Butch den *Lesser* mit dem raushängenden Gedärm mit einem Dolchstich zurück zu Omega schickte und es knallte und blitzte, blinzelte V, der direkt daneben stand, nicht einmal. Und er schien auch nicht mitzubekommen, wie sich Butch dem Kandidaten mit dem aufgeschlitzten Hals zuwendete und ihn ebenfalls zu seinem Schöpfer zurücksandte.

Der letzte Jäger war der Kerl am Müllcontainer, dessen Kraft gerade noch reichte, sich an dem autogroßen Ding hochzuziehen und sich wie ein Zombie am Rand festzuklammern.

Butch hob den Dolch über die Schulter, so was von bereit, diesen ...

Gerade, als er zustoßen wollte, stieg ihm ein Geruch in die Nase, der nicht nach Eau-de-Feind roch ... sondern an etwas anderes erinnerte. Etwas, das ihm nur zu vertraut war.

Butch hieb zu, und als das Lodern verblasste, sah er sich den Deckel des Containers genauer an. Eine Hälfte war geschlossen. Die andere hing schräg zur Seite, als wäre sie von einem vorbeifahrenden Laster mitgerissen worden, und das schwache Licht, das hineinschien, reichte ihm. Offensichtlich arbeitete man in dem Gebäude, zu dem dieser Müllbehälter gehörte, irgendwie mit Metall, denn er war voll von gekringelten Schlaufen, die ihn an eine verrückte Halloweenperücke denken ließen ...

Und dazwischen ragte eine schmutzige blasse Hand hervor, mit kleinen schmalen Fingern ...

»Ach du Scheiße«, flüsterte er.

Jahrelange Berufserfahrung versetzte ihn schlagartig in Ermittlungsmodus, aber er durfte nicht vergessen, dass ihm hier in dieser Gasse keine Zeit mehr blieb. Die Dämmerung nahte, und wenn er nicht langsam in die Puschen kam und zum Anwesen zurückfuhr, würden er und V in Rauch aufgehen.

Außerdem waren seine Tage als Bulle längst vorbei.

Das hier war Sache der Menschen. Nicht seine.

In finsterster Gemütsverfassung rannte er zum SUV, ließ den gottverdammten Motor an und drückte das Gaspedal durch, obwohl er nur zwanzig Meter zu fahren hatte. Dann legte er eine Vollbremsung hin, so dass der Escalade quietschend über den nassen Asphalt schleuderte und nur einen halben Meter vor Vs gebeugter Gestalt zum Stehen kam.

Während die Scheibenwischer hin und her fuhren, ließ Butch das Fenster der Beifahrerseite herunter.

»Los, steig ein«, blaffte er, den Blick starr nach vorne gerichtet.

»Steig *verdammt nochmal* ein.«

Im Klinikbereich der Bruderschaft lag Payne nun in einem anderen Raum als zu Beginn, und doch schien alles gleich: Sie lag reglos in einem Bett, das nicht ihr eigenes war, in einem Zustand ohnmächtiger Betriebsamkeit.

Der einzige Unterschied war, dass sie ihr Haar jetzt offen trug.

Als die Gedanken an die letzten Momente mit ihrem Heiler auf sie einstürmten, ließ sie den Amoklauf über sich ergehen, da sie zu erschöpft war, sich zu wehren. In welchem Zustand hatte sie ihn zurückgelassen? Ihm die Erinnerung zu nehmen hatte sich wie Diebstahl angefühlt, und sein anschließender leerer Blick hatte sie entsetzt. Was, wenn sie ihm geschadet hatte …

Er trug keinerlei Schuld an dieser Geschichte – sie benutzten ihn und entledigten sich seiner wieder, das hatte er nicht verdient. Selbst wenn er sie nicht geheilt hatte, so hatte er doch sein Bestmögliches getan, dessen war sie sich sicher.

Nachdem sie ihm aufgetragen hatte, dorthin zu gehen, wo er um diese Uhrzeit normalerweise anzutreffen war, hatte sie die Reue gepackt – und das Bewusstsein, dass seine Kontaktdaten bei ihr nicht sicher waren. Diese knisternden Momente zwischen ihnen waren einfach zu verlockend, um ihnen den Rücken zu kehren, doch sie wollte ihm wirklich nicht noch mehr Erinnerungen stehlen müssen.

Mit einer Kraft, die aus der Angst geboren wurde, hatte sie den von ihm geflochtenen Zopf gelöst … bis die kleine Karte auf den Boden fiel.

Jetzt war sie hier.

Und fürwahr, das einzig Richtige für sie beide war, jeglichen Kontakt zu unterbinden. Wenn sie überlebte … wenn er sie tatsächlich geheilt hatte … würde sie ihn finden … die Frage war nur, zu welchem Zweck?

Ach, wem machte sie etwas vor. Der Kuss hatte in Wirklichkeit niemals stattgefunden. Das war der Grund, warum sie ihn aufspüren würde. Und dann würde es nicht bei einem Kuss bleiben.

Sie musste an die Auserwählte Layla denken und wünschte, sie könnte dieses Gespräch am Spiegelbecken wiederholen, das sie vor wenigen Tagen geführt hatten. Layla hatte einen Vampir getroffen, mit dem sie sich verbinden wollte, und Payne hatte dabei den Eindruck gehabt, als wäre sie in ihrer Verliebtheit verblödet – eine ignorante Haltung, wie sich jetzt erwies. In weniger Zeit, als man für die Beendigung eines Mahls benötigte, hatte ihr menschlicher Heiler sie gelehrt, dass sie durchaus Gefühle für das andere Geschlecht empfinden konnte.

Himmel, sie würde nie vergessen, wie er aussah, als er da an ihrem Bett stand, sein Körper so machtvoll erregt und bereit, den ihren zu nehmen. Männer waren überwältigend in diesem Zustand, es hatte sie überrascht, das zu entdecken.

Nun, zumindest ihr Heiler war überwältigend. Sie konnte sich nicht vorstellen, dass sie bei einem anderen Mann ebenso empfunden hätte. Und sie fragte sich, wie es sich wohl angefühlt hätte, seinen Mund auf ihrem zu spüren. Seinen Körper in sich aufzunehmen …

Ach ja, was man für Fantasien ausspinnen konnte, wenn man alleine und betrübt war.

Denn was hätten sie schon für eine Zukunft? Sie war eine Vampirin, die nirgendwo dazugehörte, eine Kriegerin in der unliebsamen Hülle einer Auserwählten – von der Lähmung mal ganz abgesehen. Er hingegen war ein lebendiger, anziehender Mann einer anderen Spezies.

Das Schicksal würde sie nie zusammenführen können, und vielleicht war das ganz gut so. Es wäre unerträglich für sie beide, denn sie würden sich niemals vereinen können – weder zeremoniell noch körperlich: Sie war hier in dieser geheimen Höhle der Bruderschaft versteckt, und wenn sie der königliche Verhaltenskodex nicht auseinanderhielt, dann ganz bestimmt die gewalttätige Ader ihres Bruders.

Es sollte einfach nicht sein.

Als die Tür aufschwang und Jane hereinkam, war Payne diese Ablenkung überaus willkommen. Sie versuchte, die geisterhafte *Shellan* ihres Bruders anzulächeln.

»Du bist wach«, sagte Jane und trat zu ihr.

Verwundert bemerkte Payne den angespannten Ausdruck im Gesicht der Heilerin. »Geht es dir gut?«

»Viel wichtiger ist doch: Wie geht es dir?« Jane setzte sich auf die Bettkante und überprüfte die Mechanismen, die jeden Herzschlag und jeden Atemzug überwachten. »Ruhst du dich gut aus?«

Ganz und gar nicht. »Gewiss. Und ich danke dir für alles, was zu meinem Wohl unternommen wurde. Aber sage mir, wo ist mein Bruder?«

»Er ist ... noch nicht zu Hause. Doch er kommt bald. Dann wird er dich sehen wollen.«

»Und ich ihn.«

Vs *Shellan* schienen an diesem Punkt die Worte auszugehen. Ihr Schweigen sprach Bände.

»Du weißt nicht, wo er ist, habe ich Recht?«, flüsterte Payne.

»Doch ... ich kenne den Ort. Nur zu gut.«

»Dann machst du dir Gedanken aufgrund seiner Vorlieben.« Payne zuckte leicht zusammen. »Vergib mir. Ich bin wie immer zu direkt.«

»Das ist schon in Ordnung. Deine direkte Art ist mir lieber als übertriebene Höflichkeit.« Jane schloss für einen Moment die Augen. »Dann weißt du also Bescheid ... über ihn?«

»Ich weiß alles. Kenne jedes Detail. Ich liebte ihn, schon bevor ich ihn traf.«

»Wie kannst du ... konntest du ...«

»Es wissen? Ein Leichtes für eine Auserwählte. Die sehenden Wasser haben es mir erlaubt, ihn zu jeder Zeit seines Lebens zu beobachten. Und ich wage es, zu behaupten, dass seine Zeit mit dir mit Abstand seine beste ist.«

Jane gab einen unbestimmbaren Laut von sich. »Weißt du auch, was als Nächstes geschieht?«

Ach ja, die immer gleiche Frage – und als Payne an ihre Beine dachte, ging es ihr genauso. »Leider nein, denn man sieht nur die Vergangenheit oder das, was unmittelbar bevorsteht.«

Die beiden Frauen schwiegen. Dann sagte Jane: »Manchmal erreiche ich Vishous kaum. Er steht direkt vor mir ... aber ich komme nicht an ihn heran.« Dunkelgrüne Augen blitzten Payne an. »Er hasst Gefühle. Und er ist so unabhängig. Na ja, eigentlich bin ich genauso. Nur leider kommt es mir in Situationen wie dieser vor, als bildeten wir kein Paar, sondern stünden nebeneinander, wenn du verstehst. Gott, wie sich das anhört. Ich rede hier ... und klinge, als hätte ich Probleme mit ihm.«

»Ganz im Gegenteil, ich weiß, wie sehr du ihn liebst. Und ich weiß durchaus von seiner Natur.« Payne dachte an die Misshandlungen, die ihr Bruder über sich ergehen lassen hatte müssen. »Hat er je über unseren Vater gesprochen?«

»Kaum.«

»Das überrascht mich nicht.«

Jane sah ihr in die Augen. »Wie war Bloodletter?«

Was sollte Payne darauf antworten? »Sagen wir einfach ... ich habe ihn umgebracht für das, was er meinem Bruder angetan hat – belassen wir es dabei.«

»Großer Gott ...«

»Eher ein Teufel, wenn man der menschlichen Tradition verhaftet ist.«

Jane legte die Stirn in tiefe Falten. »V redet nie von der Vergangenheit. Nie. Und er hat nur ein einziges Mal erwähnt, wie es zu seiner schrecklichen ...« Sie verstummte. In Wahrheit gab es doch gar keinen Grund, noch mehr Worte darüber zu verlieren, da Payne nur zu gut wusste, auf was sie anspielte. »Vielleicht hätte ich in ihn dringen sollen, aber das tat ich nicht. Tiefschürfende Gespräche regen ihn immer auf, also habe ich es bleiben lassen.«

»Du kennst ihn gut.«

»Ja. Und genau aus diesem Grund mache ich mir Sorgen, was er heute Nacht getan haben könnte.«

Ach ja. Seine blutig-erotischen Eskapaden.

Payne streckte die Hand aus und streichelte den durchscheinenden Arm der Heilerin – und war überrascht, als er unter ihrer Berührung stofflich wurde. Da Jane zusammenzuckte, entschuldigte sie sich, aber die *Shellan* ihres Bruders schüttelte den Kopf.

»Bitte, nein. Es ist nur sonderbar ... das passiert sonst nur mit V. Alle anderen greifen einfach durch mich hindurch.«

Payne sagte nun mit fester Überzeugung: »Du bist die richtige *Shellan* für meinen Bruder. Und er liebt nur dich.«

Janes Stimme versagte. »Aber was, wenn ich ihm nicht geben kann, was er braucht?«

Darauf hatte auch Payne keine einfache Antwort. Und ehe sie sich die richtigen Worte zurechtlegen konnte, sagte Jane: »Ich sollte nicht so mit dir reden. Und ich will nicht, dass du dir Sorgen um uns machst, oder dich in eine peinliche Situation bringen.«

»Wir beide lieben ihn und wissen, wer er ist, deshalb gibt es nichts, was daran peinlich wäre. Und ehe du fragst, ich werde ihm nichts erzählen. Im selben Moment, da ihr euch vereinigt habt, wurden wir zu Blutsschwestern. Ich werde dein Vertrauen stets in meinem Herzen bewahren.«

»Danke«, sagte Jane leise. »Ich bin dir unendlich dankbar.«

In diesem Moment wurde eine stillschweigende Übereinkunft getroffen zwischen den beiden Frauen, jene Sorte wortloser Bindung, die solide Grundlage jeglicher Familienbande war, ob nun durch Geburt oder Umstände geschmiedet.

Was für eine starke Frau von Wert, dachte Payne.

Und das erinnerte sie an etwas. »Meinen Heiler. Wie nennst du ihn?«

»Dein Chirurg? Du meinst Manny – Dr. Manello?«

»Ja, den meine ich. Ich soll dir etwas von ihm ausrichten.« Jane schien sich zu verkrampfen. »Er sagt, er vergebe dir. Alles. Ich kann nur vermuten, dass du weißt, worauf er sich bezieht?«

Vishous' *Shellan* stieß die Luft aus, und ihre Schultern entspannten sich. »Gott ... Manny.« Sie schüttelte den Kopf. »Ja, ja, ich weiß. Ich hoffe wirklich, er trägt keinen Schaden davon. Aus seinem Gedächtnis wurden viele Erinnerungen gelöscht.«

Payne war ganz ihrer Meinung. »Darf ich fragen ... wie hast du ihn kennengelernt?«

»Manny? Er war jahrelang mein Chef. Der beste Chirurg, mit dem ich je gearbeitet habe.«

»Ist er gebunden?«, fragte Payne, bemüht um einen beiläufigen Tonfall.

Jetzt lachte Jane. »Manny? Nein. Obwohl Gott weiß immer genug Frauen um ihn herumschwirren.«

Als ein unterschwelliges Knurren zu hören war, blinzelte

Doc Jane überrascht, und Payne kämpfte gegen die aufwallenden Besitzansprüche an, für die sie keinerlei Berechtigung hatte. »Was ... was für eine Sorte Frau bevorzugt er denn?«

Jane verdrehte die Augen. »Blond, langbeinig, vollbusig. Ich weiß nicht, ob du Barbie kennst, aber die war immer genau sein Typ.«

Payne runzelte die Stirn. Sie war weder blond noch sonderlich vollbusig ... aber langbeinig? Langbeinig ließ sich machen ...

Doch warum trug sie sich überhaupt mit solchen Gedanken?

Sie schloss die Augen und ertappte sich dabei, wie sie betete, dass dieser Mann niemals die Auserwählte Layla traf. War das nicht lächerlich?

Die *Shellan* ihres Bruders tätschelte sie am Arm. »Ich weiß, du bist erschöpft, deshalb lasse ich dich jetzt ausruhen. Wenn du mich brauchst, drück einfach auf den roten Knopf am Bett, dann bin ich sofort bei dir.«

Payne zwang sich, die Augen aufzuschlagen. »Danke, Heilerin. Und mach dir keine Sorgen wegen meines Bruders. Er wird vor Anbruch der Dämmerung zu dir zurückkehren.«

»Das hoffe ich«, sagte Jane. »Das hoffe ich wirklich ... Hör zu, du ruhst dich jetzt aus, und später am Nachmittag fangen wir mit der Physiotherapie an.«

Payne wünschte ihr einen guten Tag und schloss erneut die Augen.

Wieder allein, stellte sie fest, dass sie nur zu gut verstand, wie schmerzlich die Vorstellung für Jane sein musste, Vishous könnte mit einer anderen Frau zusammen sein. Wenn sie sich ihren Heiler umgeben von Wesen wie der Auserwählten Layla vorstellte, wurde ihr ganz flau – obwohl gar kein Grund für eine solche Magenverstimmung bestand.

In was hatte sie sich da nur hineingeritten? Gefesselt ans Krankenbett, beschäftigte sich ihr Geist mit Gedanken an einen Mann, auf den sie aus so vielen Gründen kein Anrecht hatte ...

Dennoch machte es sie rasend, sich vorzustellen, er könnte eine derartige erotische Anziehung für eine andere empfinden. Der Gedanke, dass andere Frauen ihren Heiler umschwärmten und auf das aus waren, was er ihr anzubieten schien, dass sie sich an seine Hüften drängen wollten und seine Lippen auf ihren spüren ...

Als sie abermals ein Knurren ausstieß, wurde ihr bewusst, dass es überaus weise gewesen war, seine Karte wegzuwerfen. Ansonsten hätte sie jede Frau in der Luft zerrissen, die sich ihm näherte.

Schließlich hatte sie kein Problem damit zu töten.

Wie sie in der Vergangenheit bereits bewiesen hatte.

13

Qhuinn betrat das Anwesen durch die Vorhalle. Ein Fehler, wie sich herausstellte.

Er hätte durch die Garage kommen sollen, aber die Wahrheit war, dass er einen Heidenrespekt vor den Särgen hatte, die sich in der Ecke stapelten. Jedes Mal erwartete er, dass sich einer der Deckel hob und ihm ein Darsteller aus *Die Nacht der lebenden Toten* zuwinkte und ihn zu Tode erschreckte.

Was war er doch für ein verdammtes Weichei.

Dank seiner schwuchteligen Ader fiel nun sein erster Blick bei Betreten der Eingangshalle auf Blaylock und Saxton, beide nach *GQ*-Standard gewandet für das Letzte Mahl. Sie trugen Stoffhosen, keine Jeans, und Pullover statt Sweatshirts, dazu Loafers, keine Springerstiefel wie er. Sie waren sauber rasiert, in eine Wolke Aftershave gehüllt und frisiert, wirkten aber dennoch nicht im Geringsten tuntig.

Das hätte die Sache einfacher gemacht.

Verdammt, er wünschte sich wirklich, einer der beiden würde zum Paradiesvogel mutieren und mit Federboa und

Nagellack antanzen. Aber nein. Sie sahen einfach aus wie zwei superheiße Typen, die wussten, wie man sein Geld in Designershops gut anlegte ... während er total abgerissen rumlief mit seinen Lederhosen und den ärmellosen Shirts – heute Nacht allerdings mit einer durch harten Sex gestylten Frisur und einem Duft, wenn man das so nennen konnte, aus der Pflegeserie für Schlampen.

Andererseits war er sich sicher, dass sich die beiden von ihm in nichts unterschieden als einer anschließenden heißen Dusche und frischen Klamotten. Hundertprozentig waren sie die ganze Nacht lang immer wieder übereinander hergefallen. Sie machten einen überaus zufriedenen Eindruck, als sie nun zum Essen kamen, auf das sie zweifelsohne einen Riesenhunger hatten.

Als Blay das Bodenmosaik erreichte, das einen Apfelbaum in voller Blüte darstellte, schweiften seine Augen zu Qhuinn und musterten ihn von Kopf bis Fuß. Sein Gesicht zeigte keinerlei Regung. Die Zeiten waren vorbei.

Der alte schmerzliche Ausdruck war verschwunden – und das lag nicht daran, dass man nicht sofort erraten hätte, womit Qhuinn sich die Zeit vertrieben hatte.

Saxton sagte etwas, woraufhin Blay den Blick abwandte ... und da war es plötzlich. Eine leichte Röte trat auf die lieblich blassen Wangen, als blaue Augen in graue blickten.

Ich pack das nicht, dachte Qhuinn, *nicht heute Nacht.*

Er umging die Szene im Esszimmer und steuerte auf die Tür unter der Treppe zu. Sobald sie sich hinter ihm schloss, wurde das Stimmengewirr der anderen ausgeschlossen, und stille Dunkelheit begrüßte ihn. Schon viel besser.

Er stieg die enge Treppe nach unten. Ging durch die nächste Tür, indem er einen Code eingab. Dann hinein in den unterirdischen Tunnel, der vom Haupthaus zum

Trainingszentrum führte. Und jetzt, da er alleine war, ging ihm allmählich die Puste aus. Er schaffte es gerade einen Meter weit, bis seine Beine ihm den Dienst versagten und er sich gegen die glatte Wand lehnen musste. Er ließ den Kopf zurückfallen und schloss die Augen ... und hätte sich am liebsten eine Knarre an die Schläfe gesetzt.

Im Iron Mask hatte er seinen Rotschopf bekommen.

Hatte es diesem Hetero ordentlich besorgt.

Alles war genau so gelaufen, wie er es erwartet hatte. Erst hatten sie an der Bar geplaudert und die Mädchen begutachtet. Es hatte nicht lange gedauert, da war ein Busenwunder in schwarzen Plateaustiefeln vorbeigestöckelt. Sie unterhielten sich mit ihr. Tranken mit ihr ... und mit ihrer Freundin. Und eine Stunde später schon quetschten sie sich zu viert in eine Toilette.

Was Teil zwei des Plans erfüllte. Auf so engem Raum war eine Hand wie die andere, und als man sich gegenseitig begrapschte, ließ sich nie mit Sicherheit sagen, wer einen gerade berührte. Streichelte. Befingerte.

Die ganze Zeit, die sie mit den jungen Frauen zusammen waren, überlegte Qhuinn, wie er die beiden Tussis wieder loswerden könnte, doch es dauerte länger, als ihm lieb war. Nach dem Sex wollten die beiden noch mit ihnen rumhängen – Nummern austauschen, quatschen, sich vielleicht etwas zum Beißen besorgen.

Na klar. Er brauchte keine Nummern, weil er sie sowieso nie wählen würde, und er unterhielt sich ja noch nicht einmal gern mit Leuten, die er mochte. Und was er am liebsten zum Beißen hatte, hatte nichts mit fettigem Fastfood zu tun.

Schließlich sah er sich gezwungen, den beiden eine Gehirnwäsche zu verpassen – was ihn zu einem seltenen Moment des Mitleids mit menschlichen Männern veranlasste, denen dieser Luxus nicht vergönnt war.

Und dann waren er und sein Opfer endlich allein gewesen. Der Mensch lehnte am Waschbecken und verschnaufte, und Qhuinn, der sich an die Tür gelehnt hatte, tat so, als täte er dasselbe. Schließlich war es zum Blickkontakt gekommen, beiläufig aufseiten des Menschen, überaus ernst auf Qhuinns.

»Was ist?«, hatte der Kerl gefragt. Aber er hatte es sofort geahnt ... denn seine Augenlider waren schwer geworden.

Qhuinn hatte hinter sich gegriffen und die Tür verriegelt, damit sie nicht gestört wurden. »Ich bin noch immer hungrig.«

Sofort hatte der Rotschopf auf die Tür geschaut, als wollte er fliehen ... doch sein Schwanz hatte eine andere Sprache gesprochen. Hinter der Knopfleiste seiner Jeans ... wurde er tatsächlich hart.

»Niemand wird es je erfahren«, hatte Qhuinn verheißungsvoll geraunt. Zur Hölle, er konnte dafür sorgen, dass sich nicht einmal der Rotschopf selbst erinnerte – doch solange der Kerl nichts von der Vampirgeschichte mitbekam, gab es keinen Grund, den Gedankenmopp zu zücken und kräftig durchzuwischen.

»Aber hast du nicht gesagt, du bist nicht schwul ...« Der Ton klang etwas wehklagend, als fühlte sich der Junge nicht ganz wohl mit dem, was sein Körper wollte.

Qhuinn war auf ihn zugetreten und hatte sich mit der Brust an den Rothaarigen gedrückt. Dann hatte er ihn im Nacken gepackt und ihn auf seinen Mund gepresst. Der Kuss hatte seine Wirkung erzielt: Er verbannte sämtliche bewusste Gedanken aus der engen Kabine, und übrig blieb nur noch die reine Sinneswahrnehmung.

Danach war alles wie geschmiert gelaufen. Zweimal.

Als es vorbei war, hatte der Kerl ihm nicht mal seine Nummer gegeben. Er hatte einen gigantischen Orgasmus gehabt, doch es war offensichtlich, dass es sein erstes und einziges Experiment in diese Richtung bleiben würde – was Qhuinn nur recht war. Sie waren ohne ein Wort auseinandergegangen, jeder widmete sich wieder seinem Leben, der Rotschopf ging an die Bar ... und Qhuinn streifte allein durch die Straßen von Caldwell.

Erst als sich die Dämmerung ankündigte, war er hierher zurückgekehrt.

»Verdammte Scheiße ...«, murmelte er bei sich.

Diese Nacht hatte ihn mal wieder gelehrt, dass man an juckenden Stellen nicht kratzen sollte – ja, es gab Situationen im Leben, da konnte man sich ganz gut mit einem Ersatz abfinden: Zum Beispiel wenn man jemanden zu einem Gemeinderatstreffen schickte, damit der für einen die Stimme abgab. Oder wenn man etwas aus dem Supermarkt brauchte und man die Einkaufsliste einem *Doggen* gab. Oder wenn man versprochen hatte, Pool zu spielen, leider aber zu betrunken war, um den Queue zu halten – dann konnte man jemand anderen bitten, die Kugeln für einen zu stoßen.

Doch leider, leider funktionierte diese Ersatzmanntheorie überhaupt nicht, wenn man sich wünschte, man hätte jemand ganz Speziellen entjungfert, hatte es aber nicht getan. Und das Beste, was einem dann einfiel, war, in einen Club zu gehen und sich jemanden mit einem ähnlichen körperlichen Merkmal zu suchen, wie, sagen wir mal, der gleichen Haarfarbe, und stattdessen den zu ficken.

Nach solch einer Ersatzbefriedigung verspürte man leider nichts als Leere, und das nicht, weil man sich um den Verstand gerammelt hatte. Man war auch nicht auf einer kleinen postkoitalen Wolke der Zufriedenheit davongeschwebt.

Als Qhuinn jetzt allein im Tunnel stand, fühlte er sich deshalb völlig leer und wie ausgehöhlt.

Zu dumm, dass seine Libido noch voller großartiger Einfälle steckte. In der einsamen Stille malte er sich aus, wie es wohl wäre, wenn er anstelle seines Cousins mit Blay zum Mahl ginge. Wenn er es wäre, der nicht nur das Bett, sondern auch das Zimmer mit ihm teilte. Wenn er sich hinstellen würde und sagen, hey Leute, er hier ist mein Partner ...

Die mentale Schranke, die bei dieser letzten Vorstellung in seinem Inneren nach unten sauste, traf ihn wie eine heftige Kopfnuss.

Und genau da lag das Problem, nicht wahr?

Er rieb sich die verschiedenfarbigen Augen und dachte daran, wie sehr ihn seine Familie verachtet hatte: Er war in dem Glauben erzogen worden, sein genetischer Defekt, der in einer blauen und einer grünen Iris bestand, machte ihn zum abartigen Freak, weswegen man ihn als eine Schande für die ganze Familie betrachtete.

Eigentlich war es noch schlimmer gewesen. Letztlich hatten sie ihn aus dem Haus geworfen und eine Ehrengarde geschickt, um ihm eine Lektion zu erteilen. Auf diese Weise war er zum *Wanderer* geworden.

Und dabei hatten sie noch nicht einmal von den anderen »Anomalien« gewusst, die in ihm steckten.

Wie zum Beispiel die Tatsache, dass er gern mit seinem besten Freund zusammen gewesen wäre.

Verdammt, er musste sich wirklich keinen Spiegel vorhalten, um zu sehen, was für ein Feigling und Heuchler er war. Aber was sollte er tun? Er steckte in einem Käfig und hatte keinen Schlüssel, der jahrelange Spott seiner Familie hielt ihn darin gefangen. Der wahre Hintergrund für seine Ausschweifungen allerdings war, dass er ein absoluter Waschlappen war. Blay dagegen war stark. Er war das Warten leid gewesen, hatte sich geoutet und sich einen Partner gesucht.

Verdammt, das tat weh ...

Fluchend unterband er diesen prämenstruellen Monolog und zwang sich, weiterzugehen. Mit jedem Schritt richtete er sich innerlich weiter auf, flickte seine innere Maschinerie mit Klebeband zusammen und stopfte die lecken Rohre.

Sein Leben würde schon bald nicht mehr dasselbe sein. Blay hatte sich verändert. John hatte sich verändert. Und er war anscheinend als Nächstes dran, denn so konnte es einfach nicht weitergehen.

Als er hinten durch das Büro ins Trainingszentrum trat, stand sein Entschluss bereits fest. Wenn Blay ein neues Kapitel aufschlagen konnte, dann konnte er das auch. Das Leben war das, was man selbst daraus machte, egal, wo einen das Schicksal hinverschlagen hatte, Logik und freier Wille garantierten, dass man aus seinem Ackerstück machen konnte, was man wollte.

Und der gegenwärtige Zustand gefiel ihm nicht. Nicht der anonyme Sex. Nicht die verzweifelte Stumpfsinnigkeit. Nicht die brennende Eifersucht und die nagende Reue, die ihn nicht weiterbrachten.

Die Umkleide war leer, weil es gerade keine Trainingsklasse gab, und Qhuinn zog sich alleine um, zog sich erst nackt aus, bevor er schwarze Laufshorts und ein Paar schwarze Nikes überstreifte. Auch im Kraftraum herrschte gähnende Leere, und das kam ihm nur zu gelegen.

Er stellte die Stereoanlage an und zappte sich mit der Fernbedienung durch die Titel. Zu »Clint Eastwood« von den Gorillaz bestieg er das Laufband. Eigentlich hasste er dieses Fitnesstraining und die bescheuerte Rennmaus-Mentalität dahinter. Lieber ficken oder kämpfen, das war sonst immer seine Devise.

Aber wenn einen die Sonne nach drinnen verbannte und man wild entschlossen war, sich am Zölibat zu versuchen, erschien das Rennen auf der Stelle gar nicht die dümmste Maßnahme zum Abreagieren.

Er schaltete das Gerät ein, joggte los und sang dabei mit.

Den Blick starr auf die weiß getünchte Betonwand gegenüber geheftet, setzte er einen Fuß vor den anderen, wieder und wieder und wieder, bis es für seinen Geist und seinen Körper nichts anderes mehr gab als die Tritte und den Herzschlag und den Schweiß, der sich auf seinem nackten Oberkörper bildete.

Und dieses Mal hatte er ausnahmsweise keine halsbrecherische Geschwindigkeit gewählt: Das Band war auf ein gleichmäßiges Tempo eingestellt, das er stundenlang durchhalten konnte.

Wenn man vor sich selbst wegrennen wollte, neigte man zum Lauten und Anstößigen, zum Extremen und zum Waghalsigen, denn es zwang einen dazu, das Konstrukt der selbst erschaffenen Persönlichkeit zu besteigen und sich daran festzukrallen.

Aber Qhuinn konnte so wenig aus seiner Haut wie Blay: Obwohl er wünschte, bei seinem ... Geliebten ... zu sein, brachte er es nicht über sich, zu ihm zu gehen.

Aber zur Hölle, er würde nicht mehr länger vor seiner Feigheit davonrennen. Er musste zu sich stehen – selbst wenn er sich dafür abgrundtief hasste. Denn dann könnte er vielleicht endlich aufhören, sich durch Sex und Saufgelage abzulenken, und sich darüber Klarheit verschaffen, was er eigentlich wollte.

Abgesehen von Blay natürlich.

14

V mit seinen zwei Metern und einem Gewicht von über hundert Kilo saß wie ein Beulenmonster neben Butch im Escalade.

Als sie zurück zum Anwesen rasten, pochte jeder Zentimeter seines Körpers, und der Schmerz formte einen Nebel, der das Gekreische in seinem Inneren dämpfte.

Also hatte er sein Ziel erreicht.

Nur leider ließ der Effekt bereits wieder nach, und das machte ihn wirklich wütend auf den guten Samariter da hinter dem Steuer. Nicht dass es den Bullen zu kümmern schien. Er hatte ständig eine Nummer auf seinem Handy gewählt und wieder aufgelegt und wieder gewählt und wieder aufgelegt, als wären die Finger seiner rechten Hand vom Tourette-Syndrom befallen.

Wahrscheinlich rief er Jane an und überlegte es sich dann jedes Mal wieder anders. Verdammtes Glück …

»Ja, hallo, ich möchte einen Leichenfund melden«, hörte er ihn jetzt sagen. »Nein, ich will meinen Namen nicht nennen. Sie liegt in einem Müllcontainer in einer Gasse an der Tenth Street, zwei Blocks entfernt vom Commodore. Weiße Frau, um die zwanzig ... Nein, meinen Namen bekommen Sie nicht. ... Hey, verdammt, wie wäre es, wenn Sie sich die Adresse notierten, statt sich den Kopf über mich zu zerbrechen ...«

Während sich Butch mit dem Notruf herumschlug, verlagerte V sein Gewicht auf dem Sitz. Die gebrochenen Rippen auf der rechten Seite jaulten auf. Nicht übel. Wenn er sich das nächste Mal beruhigen wollte, konnte er einfach ein paar Sit-ups machen und sich eine Extrarunde Schmerzen umsonst abholen ...

Butch warf sein Handy aufs Armaturenbrett. Er fluchte. Fluchte noch einmal.

Dann beschloss er offensichtlich, seine gute Laune zu teilen: »Wie weit wolltest du es kommen lassen, V? Bis sie dich aufgeschlitzt hätten? Dich der Sonne überlassen? Wie weit hättest du es noch kommen lassen?«

V murmelte durch die geschwollenen Lippen: »Du musst ausgerechnet reden.«

»Was meinst du damit, ich muss reden?« Butch riss den Kopf herum und funkelte ihn wütend an. »Was soll das?«

»Tu nicht so ... du weißt genau, wie sich das anfühlt. Ich habe dich bei deinen Besäufnissen gesehen ... ich habe dich ...«, er hustete. »Ich habe dich im Vollrausch erlebt, in jeder Hand ein Glas. Also halte du mir keine Vorträge.«

Butch konzentrierte sich wieder auf die Straße. »Du bist ein mieser Scheißkerl.«

»Na und?«

Tja, und das war es dann mit der Unterhaltung.

Als sie schließlich vor dem Haus parkten, röchelten und blinzelten sie beide, als hätte man ihnen Tränengas ins Gesicht gesprüht. Die Sonne stand zwar noch hinter dem Horizont, aber eine leichte Röte am Himmel kündigte bereits von ausreichend Megawatt, um einem Vampir gefährlich zu werden.

Sie gingen nicht ins Haupthaus. Keine Chance. Dort stand jetzt das Letzte Mahl an, und keiner von beiden hatte Lust, mit ihrer Gemütsverfassung die Gerüchteküche anzuheizen.

Ohne ein weiteres Wort stapfte V in die Höhle und ging schnurstracks auf sein Zimmer. So wie er aussah, würde er ganz bestimmt nicht Jane oder seiner Schwester unter die Augen treten. Verdammt, sein Gesicht fühlte sich eher so an, als könnte er sie vielleicht nicht einmal nach der Dusche sehen.

Im Bad stellte er die Brause an, legte im Dunkeln die Waffe ab – nicht viel mehr als ein einzelner Dolch, der im Hüftgurt steckte – und legte sie auf die Ablage. Seine Kleidung war schmutzig, besudelt von Blut und Wachs und anderem Scheiß, und er ließ sie auf den Boden fallen, unschlüssig, was er damit machen sollte.

Dann stellte er sich unter die Dusche, obwohl das Wasser noch nicht warm war. Als das kalte Nass auf sein Gesicht und seinen Bauch traf, zischte er. Der Schmerz fuhr in seinen Schwanz und machte ihn hart – doch er war nicht im Entferntesten daran interessiert, etwas gegen diese Erektion zu unternehmen. Er schloss einfach nur die Augen, während sein Blut und das Blut seiner Feinde von seinem Körper gespült wurde und im Abfluss verschwand.

Mann, nach dieser Aktion brauchte er unbedingt einen Rollkragenpulli. Sein Gesicht war verwüstet, doch das konnte man vielleicht noch auf den Kampf mit dem Feind schieben. Wie aber sollte er erklären, dass er sich von Kopf bis Fuß in eine grün-blaue Leinwand verwandelt hatte?

Das würde schwierig werden.

Er ließ den Kopf hängen, so dass ihm das Wasser von Nase und Kinn triefte, und versuchte verzweifelt, in den

Betäubungszustand von vorhin während der Fahrt zurückzufinden, doch jetzt, da der Schmerz langsam nachließ, verblasste die Wirkung der Droge, und die Welt trat wieder viel zu klar hervor.

Verdammt, dieses Gefühl der Ohnmacht und Wut schnürte ihm die Kehle zu.

Dieser verfluchte Butch. Dieser Gutmensch, dieser Schnüffler, dieser Hurensohn, dass der sich ständig einmischen musste.

Zehn Minuten später kam er aus der Dusche, schnappte sich ein schwarzes Handtuch, wickelte sich von oben bis unten darin ein und ging ins Schlafzimmer. Er riss seinen Schrank auf, ließ eine schwarze Kerze aufleuchten und ... blickte auf eine Reihe von ärmellosen Oberteilen. Und Lederhosen. Was eben so in einem Schrank hing, wenn man seinen Lebensunterhalt mit Kämpfen bestritt und nackt schlief.

Kein Rollkragenpulli weit und breit.

Na ja, vielleicht war er ja auch gar nicht so übel zugerichtet ...

Doch als er sich kurz dem Spiegel an der Tür zuwandte, erschrak sogar er. Er sah aus, als wäre er in die Klauen von Rhages Bestie geraten. Hässliche rote Striemen bedeckten seinen Oberkörper und zogen sich über seine Schultern und den muskulösen Bauch. Sein Gesicht war ein verdammter Witz, ein Auge derart zugeschwollen, dass sich das Lid so gut wie nicht heben ließ ... die Unterlippe tief gespalten ... und seine Backen waren so dick wie bei einem Eichhörnchen, das Nüsse darin hortete.

Prima. Er sah aus, als käme er gerade frisch aus dem Boxring.

Er stopfte die verschmutzten Klamotten hinten in den Schrank, steckte seinen Ballon von Kopf raus auf den Gang und lauschte. Links das Gequassel des Sportreporters auf ESPN. Von rechts war ein gluckerndes Geräusch zu hören.

Splitterfasernackt spazierte er zum Zimmer von Butch und Marissa. Es gab keinen Grund, die blauen Flecken vor Butch zu verstecken – er hatte schließlich gesehen, wie er sie sich geholt hatte.

Als er durch die Tür trat, saß der Bulle auf der Bettkante, die Ellbogen auf die Knie gestützt, ein Glas Lagavulin in den Händen, die Flasche zwischen den Füßen.

»Weißt du, woran ich jetzt denke«, fragte der Kerl, ohne aufzublicken.

Sicher an so einiges, dachte V. »Sag es mir.«

»An die Nacht, als ich zusehen musste, wie du dich von der Terrasse im Commodore gestürzt hast. Die Nacht, in der ich dachte, du würdest sterben.« Butch trank einen Schluck. »Ich war eigentlich der Meinung, das hätten wir hinter uns.«

»Falls es dich tröstet ... das dachte ich auch.«

»Warum gehst du nicht zu deiner Mutter? Sprichst dich mit ihr aus?«

Als ob es irgendetwas gäbe, das diese Frau zu diesem Thema hätte sagen können. »Ich würde sie nur umbringen, Butch. Ich weiß nicht, wie ich es anstellen würde ... aber für diese Sache würde ich die Schlampe umbringen. Sie überlässt mich einem Psychopathen von Vater – obwohl sie genau weiß, wie er ist, weil sie ja, hallo, bekanntlich alles sieht. Dann verheimlicht sie mir dreihundert Jahre lang, dass sie meine Mutter ist, nur um an meinem Geburtstag aufzukreuzen und von mir zu verlangen, dass ich als Maskottchen für ihre dämliche Religion herhalte. Und selbst den Scheiß hätte ich ja noch verkraftet. Aber die Sache mit meiner Schwester, mit meiner Zwillingsschwester? Sie hat Payne weggesperrt, Bulle. Hat sie gegen ihren Willen festgehalten. Jahrhundertelang. Und mir hat sie nicht einmal gesagt, dass ich eine Schwester habe. Das ist einfach zu viel. Mir reicht's.« V starrte den Lagavulin an. »Hast du vielleicht einen Schluck für mich übrig?«

Butch verkorkte die Flasche und warf sie ihm zu. Und als V sie auffing, sagte er: »Tot aufzuwachen ist aber auch keine Lösung. Genauso wenig, wie sich derart zusammenschlagen zu lassen.«

»Willst du dich vielleicht anbieten, das Schlagen zu übernehmen? Denn ich werde langsam verrückt, es muss raus, Butch. Im Ernst. Ich werde sonst gefährlich …« V nahm einen großen Schluck Whiskey und fluchte, als ein Schmerz in seine aufgeplatzte Lippe fuhr, als hätte er sich eine Zigarette verkehrt herum in den Mund gesteckt. »Und ich weiß nicht, wie ich es aus mir rausbekommen soll – denn ich werde ganz bestimmt nicht auf alte Gewohnheiten zurückgreifen.«

»Das reizt dich gar nicht?«

V wappnete sich und trank erneut. Er verzog das Gesicht und sagte: »Ich brauche ein Ventil, aber ich werde nicht fremdgehen. Auf keinen Fall kehre ich zu Jane zurück mit einem Schwanz, der nach irgendeiner Schlampe stinkt – das würde alles kaputtmachen, nicht nur für sie, sondern auch für mich. Außerdem brauche ich im Moment jemanden, der mich dominiert, nicht umgekehrt – und ich wüsste niemanden, dem ich vertrauen könnte.« Außer vielleicht Butch, aber das wäre zu gewagt gewesen. »Also stecke ich in der Klemme. In meinem Kopf hockt eine kreischende Harpyie, der ich nicht entkommen kann … und das treibt mich in den Wahnsinn.«

Himmel … er hatte es erzählt. Und zwar alles.

Wie typisch für ihn.

Zur Belohnung gab es noch einen Schluck direkt aus der Flasche. »Verdammt, meine Lippen tun weh.«

»Nimm's mir nicht übel, aber – das hast du verdient.« Butchs braune Augen richteten sich auf ihn, und nach einer Weile lächelte er verhalten und entblößte dabei die Krone auf dem Schneidezahn und seine Fänge. »Weißt du, einen Moment lang habe ich dich wirklich gehasst, ehrlich. Und wenn du es wissen willst: Die Rollkragenpullis findest du hinten an der Stange. Und nimm dir eine Jogginghose. Deine Beine sehen aus, als hätte man sie mit dem Latthammer bearbeitet, und dein Sack steht offensichtlich kurz vor der Explosion.«

»Danke, Mann.« V ging an der Kleiderstange entlang, an der die einzelnen Teile an feinen Zedernholzbügeln hingen. Eines musste man Butchs Garderobe lassen, sie war voller Möglichkeiten. »Ich hätte nie gedacht, dass ich einmal froh sein würde, dass du so ein Modefreak bist.«

»Ich glaube, die korrekte Bezeichnung lautet *en vogue.*«

Wieder einmal fiel V Butchs Akzent auf, und er fragte sich, ob es je eine Zeit gegeben hatte, in der er dieses Bostoner Genäsel nicht im Ohr gehabt hatte.

»Und was willst du Jane erzählen?«

V stellte die Flasche auf den Boden und zog sich einen Kaschmirpulli über den Kopf, der ihm zu allem Verdruss nur bis knapp über den Bauchnabel ging. »Sie hat schon genug zu tun. Keine *Shellan* braucht zu wissen, dass ihr Macker sich vermöbeln lässt – erzähl ihr bitte bloß nichts davon.«

»Und wie willst du ihr dann diese Visage erklären, Schlaumeier?«

»Die Schwellung wird bald zurückgehen.«

»Aber nicht schnell genug – willst du Payne etwa mit der Fresse besuchen?«

»Auch sie braucht mich nicht so zu sehen. Ich werde mich einfach einen Tag lang rarmachen. Payne erholt sich allmählich und ist stabil – zumindest hat Jane es mir so gesagt, also gehe ich in meine Schmiede.«

Butch streckte ihm sein Glas entgegen. »Wenn es dir nichts ausmacht?«

»In Ordnung.« V goss ihm ein, nahm selbst noch einen Zug und schlüpfte in eine Hose. Dann streckte er die Arme aus und drehte sich einmal um die eigene Achse. »Besser so?«

»Ich sehe nur Knöchel und Handgelenke – und zu deiner Information, du siehst aus wie Miley Cyrus in dem bauchfreien Fummel. Nicht unbedingt ein Anblick für Ästheten.«

»Verpiss dich.« V nahm noch einen Schluck aus der Flasche und fasste einen neuen Entschluss, nämlich sich zu betrinken. »Kann ich was dafür, dass du so ein verdammter Zwerg bist?«

Butch stieß einen Lacher aus und wurde dann wieder ernst. »Wenn du noch einmal so eine Nummer abziehst ...«

»Du hast doch gesagt, ich soll mich an deinen Klamotten bedienen.«

»Davon rede ich nicht.«

V zupfte am Ärmel des Pullovers, doch das brachte ihn auch nicht weiter. »Du wirst nicht mehr einschreiten müssen, Bulle, und ich lasse mich auch nicht umbringen. Darum geht es mir nicht. Ich weiß durchaus, wie weit ich gehen kann.«

Butch fluchte, und seine Miene verfinsterte sich. »Das sagst du, und ich glaub dir sogar, dass du davon überzeugt bist. Aber Situationen können außer Kontrolle geraten – insbesondere diese Sorte. Du könntest voll im Rausch sein ... was auch immer es ist, das diesen Rausch in dir auslöst ... und plötzlich wendet sich das Blatt gegen dich.«

V ballte seine behandschuhte Hand zur Faust. »Nicht möglich. Nicht mit der hier – und im Ernst, ich will nicht, dass du mit Jane darüber redest. Versprich es mir. Halt dich da bitte raus.«

»Dann musst du mit ihr reden.«

»Wie soll ich ihr denn sagen ...« Seine Stimme stockte,

und er musste sich räuspern. »Wie zum Teufel soll ich ihr das erklären?«

»Wo liegt das Problem? Sie liebt dich.«

V schüttelte nur den Kopf. Er konnte sich nicht vorstellen, seiner *Shellan* zu sagen, dass er sich gern körperlich wehtun ließ. Es würde sie umbringen. Und er wollte auf keinen Fall, dass sie ihn so sah. »Ich kümmere mich selbst um diese Angelegenheit. Versprochen.«

»Genau das macht mir Sorgen, V.« Butch stürzte den Rest seines Scotchs in einem Zug herunter. »Im Grunde ist genau das ... unser größtes Problem.«

Jane betrachtete ihre schlafende Patientin, als ihr Handy in der Tasche summte. Es war kein Anruf, sondern eine SMS von V: *Bin zu Hause, arbeite in der Schmiede. Wie geht es Payne? Und dir?*

Ihr Seufzer war kein Ausdruck der Erleichterung. V kam zehn Minuten vor Sonnenaufgang zurück und wollte weder sie noch seine Schwester sehen?

Verdammt, dachte sie, stand auf und ging aus dem Aufwachraum. Nach einer kurzen Übergabe an Ehlena, die im Untersuchungszimmer die Akten der Brüder aktualisierte, stapfte Jane durch den Flur, bog links ins Büro ab und ging durch die Hintertür der Vorratskammer. Nicht nötig, sich mit den Türcodes aufzuhalten, sie geisterte einfach hindurch ...

Und da war er, zwanzig Meter vor ihr, und entfernte sich weiter von ihr ... vorbei am Trainingszentrum, um noch tiefer in die Gänge vorzudringen.

Die Neonlampen leuchteten von oben auf seine massigen Schultern und den schweren Oberkörper. So wie sein Haar glänzte, schien es nass zu sein, und der Duft der Seife hing in der Luft und bestätigte ihr, dass er gerade aus der Dusche kam.

»Vishous.«

Sie rief seinen Namen nur einmal, aber der Tunnel wirkte wie eine Echokammer, die die Silben vor- und zurückwarf und sie vervielfachte.

Er blieb stehen.

Das war seine einzige Reaktion auf ihr Rufen.

Während sie darauf wartete, dass er etwas sagte, sich umdrehte … ihre Anwesenheit zur Kenntnis nahm, entdeckte sie etwas an ihrem Geisterzustand, das sie bisher nicht gewusst hatte: Obwohl sie streng genommen nicht lebte, konnten ihre Lungen immer noch brennen, als würde sie ersticken.

»Wo warst du heute Nacht?«, fragte sie, ohne eine Antwort zu erwarten.

Und sie bekam auch keine. Aber er war direkt unter einer Leuchtröhre stehen geblieben, deshalb konnte sie selbst aus dieser Entfernung erkennen, wie sich seine Schultern anspannten.

»Warum siehst du mich nicht an, Vishous?«

Lieber Gott, was hatte er im Commodore getrieben. Lieber Himmel …

Merkwürdig, es gab schon einen Grund dafür, dass sich Leute ein Leben zusammen »aufbauten«. Obwohl die Entscheidungen, die man als Mann und Frau traf, keine Ziegelsteine waren und die Zeit kein Mörtel, errichtete man nichtsdestotrotz etwas Handfestes und Echtes. Und jetzt in diesem Moment, da ihr *Hellren* sich weigerte, zu ihr zu kommen – oder ihr auch nur sein Gesicht zu zeigen –, erschütterte ein Erdbeben das, was sie für ein solides Fundament gehalten hatte.

»Was hast du heute Nacht getan?«, fragte sie heiser.

Bei diesen Worten drehte er sich um und trat zwei große Schritte auf sie zu. Aber nicht, um ihr näher zu kommen. Sondern lediglich, um nicht im Licht zu stehen. Und dennoch …

»Dein *Gesicht*«, keuchte sie.

»Ich bin in einen Kampf mit ein paar *Lessern* geraten.« Als sie auf ihn zugehen wollte, hob er die Hand. »Es geht mir gut. Ich brauche nur gerade etwas Abstand.«

Irgendetwas stimmte hier nicht, dachte sie. Und sie hasste die Frage, die ihr sofort in den Kopf schoss – so sehr, dass sie sie nicht laut aussprach.

Doch damit blieb ihr nur noch, zu schweigen.

»Wie geht es meiner Schwester?«, fragte er plötzlich.

Mit zugeschnürter Kehle antwortete sie: »Sie schläft. Ehlena ist bei ihr.«

»Du solltest dir ein bisschen freinehmen und dich ausruhen.«

»Das werde ich.« O ja, ganz bestimmt. Solange die Dinge so zwischen ihnen standen, würde sie sowieso nicht schlafen können.

V fuhr sich mit der behandschuhten Hand durchs Haar. »Ich weiß gerade nicht, was ich sagen soll.«

»Warst du mit jemandem zusammen?«

Die Antwort kam ohne Zögern: »Nein.«

Jane sah ihn an ... und stieß dann langsam die Luft aus. Eines, was man ihrem *Hellren* zugutehalten musste, eines, worauf man sich bei Vishous immer verlassen konnte, war, dass er nie log. Trotz aller seiner Makel, Lügen gehörte nicht dazu.

»In Ordnung«, sagte sie. »Du weißt, wo du mich findest. Ich bin in unserem Bett.«

Sie war es nun, die sich abwandte und in die entgegengesetzte Richtung loslief. Obwohl ihr die Distanz zwischen ihnen das Herz brach, würde sie ihn nicht zu etwas drängen, wozu er nicht imstande war, und wenn er Abstand brauchte ... Nun, dann gab sie ihm eben Abstand.

Aber nicht für immer, so viel stand fest.

Früher oder später würde dieser Mann mit ihr reden.

Das musste er, oder sie würde … Himmel, sie wusste nicht, was sie tun würde.

Doch ihre Liebe würde nicht ewig in diesem Vakuum überleben.

Das konnte sie einfach nicht.

15

Dass José de la Cruz auf dem Weg ins Stadtzentrum von Caldwell ausgerechnet bei einem Donut-Laden haltmachte, war ein echtes Klischee. Es galt als eine Art Volksweisheit, dass alle Kommissare in der Mordkommission Kaffee tranken und Donuts aßen, aber das traf nicht immer zu.

Manchmal blieb einem nämlich keine Zeit, um anzuhalten.

Echt, Mann, scheiß auf die Fernsehfilme und Krimischmöker, die Wahrheit war, mit Koffein und ein wenig Zucker in den Blutbahnen funktionierte er einfach viel besser.

Außerdem war er süchtig nach dem Honigguss. Na und?

Der Anruf, der ihn und seine Frau aus dem Bett geholt hatte, war kurz vor sechs Uhr morgens reingekommen, was für einen nächtlichen Anruf noch fast human war: Leichen hielten sich genauso wenig wie medizinische Notfälle an die üblichen Bürozeiten – also war die fast schon christliche Uhrzeit gleichsam ein Segen gewesen.

Und nicht nur das war erfreulich für ihn. Weil heute Sonntag war, lagen die Straßen und Highways leer wie Kegelbahnen vor ihm, und sein ziviles Fahrzeug gelangte im null Komma nichts von der Vorstadt in die City. So war sein Kaffee auch noch richtig heiß, als er sich dem Viertel mit den Lagerhallen näherte und den Wagen an roten Ampeln ausrollen ließ.

Die Reihe von Streifenwagen markierte den Fundort der Leiche noch deutlicher als das gelbe Absperrband, das man um alles Mögliche gewickelt hatte, wie Geschenkband um ein beschissenes Weihnachtsgeschenk. Mit einem Fluch parkte er an einer Backsteinwand in der Gasse, stieg aus und bewegte sich Kaffee schlürfend und schlurfend auf die Traube von finster dreinblickenden Uniformträgern zu.

»Morgen, Detective.«

»Alles klar, Detective.«

»Hey, Detective.«

Er nickte den Jungs zu. »Guten Morgen allerseits. Wie sieht's aus?«

»Wir haben sie nicht angerührt.« Rodriguez nickte in Richtung Container. »Sie liegt da drin, Jones hat erste Bilder gemacht. Gerichtsmedizin und Spurensicherung sind auf dem Weg. Genauso wie die Männerhasserin.«

Ach ja, die Fotografin, diese treue Seele. »Danke.«

»Wo steckt Ihr neuer Partner?«

»Unterwegs hierher.«

»Ist er auf so etwas vorbereitet?«

»Das werden wir sehen.« Zweifellos wurde in dieser schmierigen Gasse öfter mal ausgiebig gekotzt. Sollte sich der Neuling das Frühstück also noch einmal durch den Kopf gehen lassen wollen, wäre das kein Problem.

José duckte sich unter dem Absperrband durch. Wie immer, wenn er sich einer Leiche näherte, wurde sein Gehör so scharf, dass es schon ans Unerträgliche grenzte: Das leise Murmeln der Männer hinter ihm, das Geräusch der Sohlen seiner Schuhe auf dem Asphalt, das leise Pfeifen des Windes vom Fluss her ... alles war zu laut, als hätte man den Lautstärkeregler der ganzen verdammten Welt in den roten Bereich hochgedreht.

Und der Witz dabei war, dass der Grund für seine Anwesenheit an diesem Morgen, in dieser Gasse ... der Grund für all die Autos und Männer und das Absperrband ... mucksmäuschenstill war.

José hielt den Styroporbecher gut fest, als er über den verrosteten Rand des Containers blickte. Ihre Hand war das Erste, was er sah, eine blasse Reihe von Fingern mit abgebrochenen Nägeln, unter denen der Dreck steckte.

Wer immer sie war, sie war eine Kämpferin gewesen.

Und wie er nun einmal mehr vor einem toten Mädchen stand, wünschte er sich nichts sehnlicher, als dass sein Job ihm mal einen ruhigen Monat oder wenigstens eine ruhige Woche bescheren würde ... Scheiße, selbst eine ruhige Nacht wäre ihm schon willkommen gewesen. Verdammt, eine Flaute im Geschäft war also sein höchstes Ziel. Doch in seinem Beruf fiel es einem nun mal nicht leicht, Befriedigung aus der täglichen Arbeit zu ziehen. Selbst wenn man einen Fall löste, musste noch immer jemand einen geliebten Menschen zu Grabe tragen.

Der Bulle neben ihm klang, als würde er durch ein Megafon schreien: »Soll ich die andere Hälfte öffnen?«

José hätte den Kerl fast zusammengestaucht, er solle leiser reden, aber womöglich flüsterte er sogar wie in einer Bibliothek. »Ja, danke.«

Mit dem Schlagstock hob der Beamte den Deckel so weit an, dass Licht hineinfiel, wandte dabei aber das Gesicht ab. Und dann stand er da wie eine dieser Wachen vor dem

Buckingham Palace, den Blick seitlich in die Gasse gerichtet, ohne irgendetwas Bestimmtes zu fixieren.

Als José auf die Fußballen ging und in den Container blickte, konnte er es ihm allerdings nicht verübeln.

In einem Bett aus Metallschlingen lag eine nackte Frau, deren graue, fleckige Haut im diffusen Licht der Dämmerung sonderbar zu leuchten schien. Gesicht und Körper nach zu urteilen, war sie um die zwanzig. Weiß. Das Haar war abgeschoren bis auf den Schädel, mancherorts so kurz, dass die Kopfhaut voller Schrammen war. Und die Augen ... tja, die hatte man aus den Höhlen entfernt.

José holte einen Stift aus der Tasche und schob vorsichtig ihre steifen Lippen auseinander. Keine Zähne – nicht einer war übrig in den zerklüfteten Kiefern.

Dann hob er eine der Hände an, um die Fingerkuppen zu besehen. Glatt abgeschnitten.

Und die Verstümmelungen endeten nicht an Kopf und Händen ... Es gab tiefe Furchen in ihrem Fleisch, eine oben am Schenkel, eine weitere am Oberarm und zwei an den Pulsadern.

José fluchte leise. Er war sich sicher, dass man sie hier nur abgeworfen hatte. Nicht genug Privatsphäre für diese Sorte Arbeit – dafür brauchte man Zeit und das entsprechende Werkzeug ... und Fesseln, um sie festzuhalten.

»Was haben wir denn hier?«, fragte sein neuer Partner hinter ihm.

José blickte über die Schulter zu Thomas DelVecchio junior. »Haben Sie schon gefrühstückt?«

»Nein.«

»Gut.«

Er trat einen Schritt zurück, so dass Veck freie Sicht hatte. Da er einen halben Kopf größer war als José, musste er sich nicht erst strecken, um in den Container zu schauen, er beugte sich dazu lediglich leicht nach vorne. Und dann starrte er einfach nur. Er stürzte nicht zur Wand und übergab sich. Kein Keuchen. Keinerlei erkennbare Gefühlsregung.

»Die Leiche wurde hier abgeworfen«, sagte Veck. »Anders kann es nicht gewesen sein.«

»Sie.«

Veck sah ihn an. Seine dunkelblauen Augen wirkten intelligent und ungerührt. »Verzeihung?«

»*Sie* wurde hier abgeworfen. Wir haben es hier mit einem Menschen zu tun. Nicht mit einem Ding, DelVecchio.«

»Richtig. Verzeihung. Sie.« Er beugte sich noch einmal über den Container. »Ich schätze, wir haben es mit einem Trophäensammler zu tun.«

»Gut möglich.«

Dunkle Brauen schossen nach oben. »Es fehlt so vieles … an ihr.«

»Haben Sie in letzter Zeit CNN geguckt?« José wischte seinen Stift an einem Taschentuch ab.

»Ich habe kaum Zeit zum Fernsehen.«

»Elf Frauen wurden im vergangenen Jahr auf diese Weise verstümmelt tot aufgefunden. In Chicago, Cleveland, Philly.«

»Ach du Scheiße.« Veck schob sich einen Kaugummi in den Mund und kaute kraftvoll. »Dann fragen Sie sich also, ob es jetzt bei uns anfängt?«

Während die Kiefer des Kerls malmten, rieb sich José die Augen, um gegen die Erinnerungen anzukämpfen, die in ihm hochkamen. »Wann haben Sie aufgehört?«

Veck räusperte sich. »Mit dem Rauchen? Vor ungefähr einem Monat.«

»Und wie läuft es?«

»Es nervt.«

»Darauf wette ich.«

José stützte die Hände in die Hüften und sammelte sich wieder. Wie zur Hölle sollten sie herausfinden, wer dieses Mädchen war? Es gab jede Menge vermisste junge Frauen im Staat New York – wenn man davon ausging, dass der Killer das hier nicht in Vermont oder Massachusetts angestellt und sie anschließend hierher gekarrt hatte.

Aber eines stand fest: Er wollte verdammt sein, wenn irgendein Scheißwichser jetzt anfing, sich Mädchen aus Caldwell zu schnappen. Ganz bestimmt nicht, solange er hier zuständig war. Er wandte sich ab und klopfte seinem Partner auf die Schulter. »Ich gebe Ihnen zehn Tage, Kollege.«

»Und dann?«

»Reiten Sie wieder mit dem Marlboro Man.«

»Unterschätzen Sie meine Willenskraft nicht, Detective.«

»Und unterschätzen Sie nicht, wie es Ihnen geht, wenn Sie heute heimkommen und zu schlafen versuchen.«

»Ich schlafe ohnehin nicht viel.«

»Dieser Job wird das nicht gerade besser machen.«

In diesem Moment kam die Fotografin mit ihrem Geknipse und Geblitze und ihrer miesen Laune an.

José nickte in die entgegengesetzte Richtung. »Machen wir Platz und lassen sie ihren Job erledigen.«

Veck sah die Fotografin an und machte große Augen, als ihn verächtliche Blicke trafen. Diese Art der Abfuhr war dem Kerl sicher völlig neu – Veck war einer dieser Typen, der die Frauen anzog, wie die letzten zwei Wochen bewiesen hatten: Im Hauptquartier umschwärmten sie ihn nur so.

»Kommen Sie, DelVecchio, sehen wir uns um.«

»In Ordnung, Detective.«

Normalerweise hätte José dem Kerl eingebläut, er solle

ihn gefälligst de la Cruz nennen, aber bisher war keiner seiner »neuen« Partner länger als einen Monat geblieben, wozu also der Aufwand. Dass er ihn nur mit »José« anredete, war natürlich völlig ausgeschlossen – nur einer hatte ihn je bei der Arbeit beim Vornamen genannt, und der war vor drei Jahren spurlos verschwunden.

Er und Veck brauchten eine Stunde für ihre Schnüffelei, brachten dabei allerdings nichts Wesentliches ans Licht. Es gab keine Überwachungskameras außen an den Gebäuden, und Zeugen meldeten sich auch keine, aber die CSIler würden schon noch mit ihren Haarnetzen und den kleinen Plastiktütchen und Pinzetten herumkriechen. Vielleicht entdeckten die ja etwas.

Der Gerichtsmediziner kam um neun und zog sein Ding durch, und eine Stunde später wurde die Leiche zum Abtransport freigegeben. Als man Hilfe mit der Leiche brauchte, war José überrascht, dass Veck sich ein Paar Latexhandschuhe überzog und, hops, in diesen Container sprang.

Kurz bevor der Gerichtsmediziner mit ihr abdüste, erkundigte José sich nach der Todeszeit und erfuhr, dass die Tat gegen Mittag des Vortages geschehen sein musste.

Großartig, dachte er, als die Autos und Kleinbusse langsam davonbrausten. Fast vierundzwanzig Stunden tot, ehe sie gefunden wurde. Damit konnte sie genauso gut von außerhalb stammen.

»Zeit für die Datenbestandsaufnahme«, sagte er zu Veck.

»Ich bin dabei.«

Als der Kerl sich umdrehte und auf ein Motorrad zuging, rief José ihm hinterher: »Kaugummi ist übrigens kein Nahrungsmittel.«

Veck blieb stehen und blickte über die Schulter. »Wollen Sie etwa mit mir frühstücken gehen, Detective?«

»Ich will nur nicht, dass Sie bei der Arbeit in Ohnmacht

sinken. Es wäre peinlich für Sie, und ich müsste schon wieder über einen Toten hinwegsteigen.«

»Sie sind wirklich zu reizend, Detective.«

Ja, früher vielleicht. Im Moment war er einfach nur hungrig und hatte keine Lust, alleine zu essen. »Treffen wir uns in fünf Minuten im Vierundzwanzig.«

»Vierundzwanzig?«

Ach ja, der Typ war ja gar nicht von hier. »Das Riverside Diner in der Eighth Street. Vierundzwanzig Stunden geöffnet.«

»Okay.« Der Kerl setzte einen schwarzen Helm auf und schwang ein Bein über ein Gerät, das größtenteils aus Motor zu bestehen schien. »Geht auf mich.«

»Das können Sie halten, wie Sie wollen.«

Veck trat kräftig auf den Starter und ließ den Motor aufheulen. »Das tue ich immer, Detective. Immer.«

Er brauste davon und hinterließ eine Wolke von Testosteron in der Gasse. Im Vergleich dazu kam sich José wie ein Sonntagsfahrer in mittleren Jahren vor, als er sich jetzt zu seinem haferschleimfarbenen Auto schleppte. Er ließ sich hinter das Steuer sinken, stellte den fast leeren und restlos erkalteten Kaffee aus dem Dunkin' Donuts in den Becherhalter und blickte über das Absperrband auf den Container.

Dann wühlte er in seiner Anzugtasche nach dem Handy und rief auf dem Präsidium an. »Hallo, hier de la Cruz. Könnten Sie mich wohl mit Mary Ellen verbinden?« Er musste nur kurz warten. »M. E., wie geht es Ihnen? Gut … gut. Hören Sie, ich würde gern diesen Anrufer hören, der die Leiche in der Nähe vom Commodore gemeldet hat. Ja. Genau – lassen Sie es einfach abspielen. Danke – und keine Eile.«

José steckte den Schlüssel ins Schloss unter dem Lenkrad. »Bestens. Danke, M. E.«

Er atmete tief durch und ließ den Motor …

»*Ja, hallo, ich möchte einen Leichenfund melden. Nein, ich will meinen Namen nicht nennen. Sie liegt in einem Müllcontainer in einer Gasse an der Tenth Street, zwei Blocks entfernt vom Commodore. Weiße Frau, um die zwanzig ... Nein, meinen Namen bekommen Sie nicht. ... Hey, verdammt, wie wäre es, wenn Sie sich die Adresse notierten, statt sich den Kopf über mich zu zerbrechen ...*«

José umklammerte sein Handy und begann am ganzen Leib zu zittern.

Der Akzent aus dem südlichen Boston war so klar und vertraut, als hätte sich die Zeit in ein Autowrack gesetzt und wäre rückwärts gegen die Wand gefahren.

»Detective? Wollen Sie es noch einmal hören?«, fragte Mary Ellen an seinem Ohr.

Er schloss die Augen und krächzte: »Ja, bitte ...«

Als die Aufzeichnung verklungen war, hörte er sich bei Mary Ellen bedanken und fühlte, wie sein Daumen die Taste drückte, um das Gespräch zu beenden.

Und so rasant, wie Spülwasser im Abfluss verschwand, wurde er in einen zwei Jahre alten Alptraum hineingesogen ... damals, als er in diese schäbige Wohnung voll leerer Lagavulinflaschen und Pizzakartons gekommen war. Er erinnerte sich, wie seine Hand gezittert hatte, als er sie nach der Badezimmertür ausstreckte.

Er war überzeugt gewesen, dahinter eine Leiche zu finden. Mit einem Gürtel am Duschkopf erhängt ... oder vielleicht in der Wanne liegend, umgeben von Blut statt Badeschaum.

Butch O'Neal hatte seinen harten Lebensstil genauso professionell betrieben wie den Job in der Mordkommission. Er trank bis spät in die Nacht und litt nicht nur unter Beziehungsangst, sondern war unfähig zu jeglicher Form der Bindung.

Und doch war er José sehr nahegestanden. Näher als irgendjemand sonst.

Doch es hatte sich nicht um Selbstmord gehandelt. Es hatte keine Leiche gegeben. Nichts. Eben war der Kerl noch dagewesen, und eines Nachts war er einfach ... weg.

Die ersten ein, zwei Monate hatte José erwartet, irgendetwas zu hören – entweder von Butch selbst oder weil irgendwo eine Leiche mit eingeschlagener Nase und einem schlecht verkronten Schneidezahn auftauchte.

Doch aus Tagen waren Wochen geworden und schließlich Monate. José vermutete, dass es so einem Arzt mit einer tödlichen Krankheit gehen musste: Endlich konnte er aus eigener Erfahrung sagen, wie sich die Familien von Vermissten fühlten. Er hatte nie erwartet, selbst einmal durch dieses gefürchtete kalte Land der Ungewissheit zu wandeln ... aber nach dem Verschwinden seines früheren Partners wandelte er dort nicht nur eine Weile herum, er kaufte sogar ein Grundstück, baute ein Haus und zog verdammt nochmal darin ein.

Doch jetzt, da er alle Hoffnung aufgegeben hatte, da er nicht mehr allnächtlich aufwachte und sich den Kopf zerbrach ... jetzt hörte er diese Aufnahme.

Sicher, es gab Millionen von Leuten mit südlichem Akzent. Aber O'Neal hatte eine verräterisch raue Stimme gehabt, die es so kein zweites Mal gab.

Plötzlich war José nicht mehr nach Essen und dem Vierundzwanzig zumute. Aber er legte trotzdem den Gang ein und drückte aufs Gas.

In dem Moment, als er in diesen Container geblickt und die fehlenden Augen und den zahnärztlichen Eingriff gesehen hatte, war ihm klar gewesen, dass er nach einem Serienmörder suchte. Aber er hätte nie geahnt, dass er sich noch auf eine andere Suche begeben würde.

Zeit, Butch O'Neal zu finden.

Wenn es denn möglich war.

16

Eine Woche später wachte Manny mit einem Mörderkater im Bett auf. Wenigstens konnte er sich diese Kopfschmerzen ausnahmsweise mal erklären: Als er heimgekommen war, hatte er eine Flasche Lagavulin niedergekämpft wie ein Wrestler, und der hatte zurückgeschlagen, bis Manny flach auf der Matte lag.

Als Erstes tastete er nach dem Telefon. Mit verquollenen Augen rief er den Tierarzt auf dem Handy an. Die beiden hatten eine Art Morgenritual entwickelt, und Manny dankte Gott, dass der Kerl wie er an Schlaflosigkeit litt.

Beim zweiten Klingeln wurde bereits abgehoben. »Hallo?«

»Wie geht es meinem Mädchen?« Das folgende Zögern sagte alles. »So schlimm?«

»Nun ja, ihre Vitalzeichen sind weiterhin gut, und sie kommt auch mit der hängenden Lagerung zurecht, aber ich mache mir Sorgen wegen des Strauchelns. Wir werden sehen.«

»Halten Sie mich auf dem Laufenden.«

»Aber klar doch.«

An diesem Punkt musste er auflegen. Die Unterhaltung war beendet, er war nicht der Typ, der gern plauderte – und selbst wenn, hätte ihm ein Schwätzchen nicht geben können, was er wollte, nämlich ein gesundes Pferd, verdammt nochmal.

Bevor sein Wecker um sechs Uhr dreißig losging und sein Katerprogramm zunichtemachte, stellte er den Radiowecker mit einem Handschlag auf stumm und dachte: Frühsport. Kaffee. Zurück in die Klinik.

Moment, falsche Reihenfolge. Kaffee, Frühsport, Klinik.

Kaffee brauchte er ganz eindeutig als Erstes. In seiner Verfassung war er nicht in der Lage, zu rennen oder Gewichte zu stemmen – und er sollte auch keine schweren Maschinen bedienen, wie Aufzüge zum Beispiel.

Als er die Beine aus dem Bett schwang und sich aufsetzte, pochte in seinem Kopf ein eigener Herzschlag, aber er wehrte sich gegen die Vorstellung, dass dieser Schmerz vielleicht, nur vielleicht, nicht vom Schnaps kam: Er war nicht krank, und er züchtete sich auch keinen Gehirntumor heran – und wenn, wäre er trotzdem in die Arbeit gegangen. So war er einfach. Schon als Kind hatte er immer darum gekämpft, in die Schule gehen zu dürfen, wenn er krank war – selbst als er Windpocken hatte und aussah wie eins dieser Bilder, bei denen man die Punkte verbinden muss, hatte er darauf bestanden, zum Bus zu gehen.

In diesem speziellen Fall hatte seine Mutter gewonnen. Und herumgenörgelt, er sei wie sein Vater.

Das war alles andere als ein Kompliment, sein ganzes Leben lang hielt sie ihm das schon vor – doch es interessierte ihn einen Scheiß, weil er dem Kerl selbst nie begegnet war. Alles, was ihm von seinem Vater geblieben war, war ein vergilbtes Foto, das einzige Bild, das er je gerahmt hatte ...

Warum ging ihm heute eigentlich all das durch den Kopf?

Zunächst schnappte Manny sich den Breakfast Blend von Starbucks. Dann legte er Sportkleidung an, während der Kaffee durchlief, leerte über die Spüle gebeugt zwei Tassen auf ex, während er den frühmorgendlichen Verkehr beobachtete, der sich im Dämmerlicht um die Kurven des Northway schlängelte. Als Letztes griff er sich noch seinen iPod und steckte sich die Stöpsel in die Ohren. Er war ohnehin nicht sonderlich redselig, aber heute durfte ihm wirklich keine dieser quietschfidelen Quasselstrippen in die Quere kommen.

Unten im Fitnessstudio war es zu seiner großen Erleichterung noch relativ leer, doch das würde nicht lange so bleiben. Er hüpfte auf das Laufband, das am nächsten zur Tür stand, schaltete die CNBC-Nachrichten auf der Glotze darüber aus und joggte los.

Judas Priest trug seine Füße, und sein Kopf wurde frei, während sein steifer, schmerzender Körper bekam, was er brauchte. Alles in allem ging es ihm besser als nach dem letzten Wochenende. Die Kopfschmerzen machten ihm zwar immer noch zu schaffen, doch er bewältigte die Arbeit und seine Patienten und funktionierte einigermaßen normal …

Manchmal fragte er sich aber doch. Kurz bevor Jane in diesen Baum gerast war, hatte auch sie über Kopfschmerzen geklagt. Hätten sie wohl ein Aneurysma gefunden, wenn sie die Möglichkeit zu einer Autopsie gehabt hätten? Andererseits, wie hoch war die Wahrscheinlichkeit, dass sie beide in so kurzem Abstand …

Warum hast du das getan, Jane? Warum hast du deinen eigenen Tod vorgetäuscht?

Ich habe jetzt keine Zeit, dir das zu erklären. Bitte, ich weiß, es ist viel verlangt. Aber ich habe einen Notfall, der mich überfordert, und ich will, dass du ihn dir ansiehst. Ich suche seit über einer Stunde nach dir, mir läuft die Zeit davon.

»Verdammt …« Hastig hüpfte Manny vom Band herunter seitlich auf den Rahmen und biss die Zähne vor Schmerz zusammen. Dann lag er mit dem Oberkörper auf dem Display und atmete langsam und gleichmäßig – oder so gut es eben ging, wenn man gerade mit sechzehn Stundenkilometern gelaufen war.

In den letzten sieben Tagen hatte er durch Herumprobieren herausgefunden, dass er dem Schmerz am besten Herr wurde, wenn er alle Gedanken losließ und an nichts dachte. Und dass dieser kleine Trick funktionierte, war beruhigend, was den Aneurysma-Verdacht betraf: Denn wenn eine Arterie im Hirn kurz vor dem Platzen stand, half keine Yoga-Atemübung.

Dennoch zeichnete sich ein Muster ab. Die Anfälle traten anscheinend immer dann auf, wenn er an Jane dachte … oder an diesen feuchten Traum, der ihn verfolgte.

Verdammt, in letzter Zeit hatte er so viele Orgasmen im Schlaf erlebt, dass selbst seine Libido langsam abschlaffte. Und weil er so ein kranker Bastard war, schien es ihm zum ersten Mal in seinem Leben schon fast reizvoll, sich aufs Ohr zu hauen, weil er dann garantiert wieder von dieser Frau träumte.

Obwohl er nicht erklären konnte, warum gewisse Gedanken die Kopfschmerzen auslösten, wurde es doch immer besser. Mit jedem Tag nach dem bizarren Filmriss vom Wochenende fühlte er sich wieder etwas normaler.

Als kaum mehr als ein dumpfer Schmerz zurückblieb, stieg Manny wieder auf das Band und lief den Rest seines Pensums. Auf dem Weg zum Ausgang nickte er den frühmorgendlichen Nachzüglern zu, ging aber, bevor ihn irgendjemand voller Besorgnis auf seine kleine Verschnaufpause ansprechen konnte.

Zurück in der Wohnung duschte er, zog sich frische Arztkleidung und einen weißen Kittel an, schnappte sich die Aktentasche und ging zu den Aufzügen. Um dem Verkehr auszuweichen, nahm er den Weg durch die Stadt. Der Northway war um diese Tageszeit immer restlos verstopft, und er lag super in der Zeit, während er My Chemical Romance hörte.

»I'm Not Okay« war ein Song, von dem er aus irgendeinem Grund gar nicht genug bekommen konnte.

Als er auf das Gelände der St.-Francis-Klinik bog, war es immer noch nicht viel heller, was hieß, dass ihnen wohl ein bewölkter Tag bevorstand. Nicht, dass ihn das kümmerte. Wenn er einmal im Bauch dieses Monstrums steckte, bekam er vom Wetter überhaupt nichts mehr mit, wenn es nicht gerade ein Tornado war, aber die traten in Caldwell nicht auf. Schließlich kam es oft genug vor, dass er bei Dunkelheit eintraf und bei Dunkelheit auch wieder nach Hause ging – aber er hatte nie das Gefühl, etwas zu verpassen, nur weil er keine Sonne und keinen Regen auf der Haut gespürt hatte.

Merkwürdig. Doch jetzt fühlte er sich plötzlich außen vor.

Er hatte direkt nach seiner Facharztausbildung in Yale hier angefangen und ursprünglich nach Boston, Manhattan oder Chicago weiterziehen wollen. Stattdessen hatte er sich hier einen Namen gemacht, und nun waren zehn Jahre verstrichen, und er war noch immer dort, wo er begonnen hatte. Natürlich war er mittlerweile ganz oben, hatte Leben gerettet und erträglich gemacht und die nächste Generation von Chirurgen ausgebildet.

Doch als er nun die Rampe hinunter in die Parkgarage fuhr, erschien ihm all das plötzlich nichtig und leer.

Er war jetzt fünfundvierzig, mindestens die Hälfte seines aktiven Lebens hatte er also vertan, und was hatte er vorzuweisen? Eine Eigentumswohnung voller Nike-Scheiß und einen Job, der ihn komplett in Anspruch nahm. Keine

Frau. Keine Kinder. Weihnachten, Silvester und den vierten Juli verbrachte er in der Klinik – während seine Mutter die Feiertage alleine bewältigte und sich zweifelsohne nach Enkelkindern sehnte, auf die sie sich keine allzu großen Hoffnungen machen durfte.

Himmel, wie viele Frauen hatte er im Laufe der Jahre wahllos flachgelegt? Hunderte. Es mussten Hunderte sein.

Die Stimme seiner Mutter hallte ihm durch den Kopf: *Du bist genau wie dein Vater.*

Wie wahr. Sein Vater war ebenfalls Chirurg gewesen. Mit einem gewissen Freiheitsdrang.

Tatsächlich hatte Manny sich deshalb für Caldwell entschieden. Seine Mutter hatte auf der Intensivstation im St. Francis als Krankenschwester gearbeitet, um seine langjährige Ausbildung zu finanzieren. Doch als er sein Medizinstudium erfolgreich abgeschlossen hatte, war ihr Gesichtsausdruck distanziert und reserviert gewesen, statt Stolz zu zeigen. Je mehr er sich seinem Vater annäherte, desto öfter hatte sie diesen abwesenden Blick gezeigt. Er war der Ansicht gewesen, wenn sie in der gleichen Stadt wohnten, hätten sie vielleicht wieder mehr miteinander zu tun. Doch so war es nicht.

Es ging ihr allerdings gut. Sie lebte jetzt in einem Haus in Florida, nahe einem Golfplatz, spielte Scrabble mit Damen ihres Alters, aß mit ihrer Bridge-Runde zu Mittag und stritt sich darüber, wer wen bei der letzten Party brüskiert hatte. Er unterstützte sie gerne, aber weiter ging ihre Beziehung nicht.

Sein Dad lag auf dem Pine-Grove-Friedhof. Er war 1983 bei einem Autounfall ums Leben gekommen.

Gefährliche Dinger, diese Autos.

Er parkte den Porsche, stieg aus und wählte die Treppe statt des Aufzugs, um sich fit zu halten. Dann nahm er den Verbindungsgang für Fußgänger, um die Klinik im zweiten Stock zu betreten. Den Ärzten, Schwestern und Angestellten auf seinem Weg nickte er nur im Vorübergehen zu. Normalerweise ging er als Erstes in sein Büro, aber was er seinen Beinen auch auftrug, heute brachten sie ihn nicht dorthin.

Stattdessen marschierte er zu den Aufwachräumen.

Er redete sich ein, nach den Patienten sehen zu wollen, aber das war gelogen. Und während sein Kopf immer benommener wurde, ignorierte er geflissentlich den aufziehenden Nebel. Zur Hölle damit, ein vernebelter Kopf war besser als Schmerz – und wahrscheinlich litt er nur an Unterzucker, weil er nach dem Sport nichts gegessen hatte.

Patientin ... er sah nach seiner Patientin ... kein Name. Er kannte ihren Namen nicht, aber er wusste, in welchem Zimmer sie lag.

Als er vor dem Raum neben dem Notausgang am Ende des Flurs stand, wurde ihm plötzlich heiß, und er ertappte sich dabei, wie er seinen weißen Kittel zurechtzupfte und sich das Haar glatt strich.

Dann räusperte er sich, holte tief Luft, ging hinein und ...

Der achtzigjährige Mann in dem Bett schlief, aber keineswegs friedlich. Schläuche führten in seinen Körper hinein und aus ihm heraus wie Starterkabel an einem Auto.

Ein dumpfer Schmerz pochte in Mannys Kopf, als er dastand und den Mann betrachtete.

»Dr. Manello?«

Goldbergs Stimme hinter ihm war eine echte Erleichterung, denn sie schien ihm etwas Konkretes, an dem er sich festhalten konnte ... der Rand des Schwimmbeckens, sozusagen.

Er drehte sich um. »Hallo. Guten Morgen.«

Goldberg zog die Brauen hoch und runzelte die Stirn. »Äh ... was machen Sie hier?«

»Was glauben Sie denn? Ich sehe nach einem Patienten.«
Himmel, vielleicht verloren langsam alle den Verstand.

»Ich dachte, Sie wollten sich eine Woche freinehmen.«

»Verzeihung?«

»Das ... äh ... das sagten Sie mir, als Sie heute Morgen gingen. Nachdem wir Sie ... hier drin gefunden hatten.«

»Wovon reden Sie bitte?« Aber dann winkte Manny ab. »Hören Sie, lassen Sie mich erst mal frühstücken ...«

»Es ist Zeit zum Abendessen, Dr. Manello. Achtzehn Uhr. Sie sind vor zwölf Stunden gegangen.«

Die Hitze, die in ihm aufgewallt war, verschwand nun gurgelnd im Abfluss und wurde von einer Eiseskälte verdrängt, wie er sie sonst nie spürte.

Nackte Angst packte ihn und ließ seine Knie weich werden.

Das betretene Schweigen, das folgte, wurde vom geschäftigen Treiben auf dem Gang untermalt, wo Krankenhauspersonal auf weichen Sohlen vorbeieilte, nach Patienten sah oder Wäschekörbe rollte, oder Essen ... Abendessen, natürlich ... auf die Zimmer verteilte.

»Ich ... werde jetzt heimgehen«, meinte Manny.

Seine Stimme klang so fest wie immer, aber das Gesicht seines Kollegen verriet ihm die Wahrheit: Sosehr er sich auch einredete, es ginge bergauf, war er doch nicht mehr der Alte. Er sah noch genauso aus, klar. Er klang auch genauso. Sein Gang war immer noch der gleiche.

Er versuchte sich sogar einzureden, derselbe zu sein.

Aber irgendetwas hatte sich an diesem Wochenende verändert, und er fürchtete, was geschehen war, war irreversibel.

»Soll Sie jemand fahren?«, fragte Goldberg zaghaft.

»Nein. Ist schon in Ordnung.«

Er musste all seinen Stolz zusammennehmen, um nicht loszurennen, als er sich zum Gehen wandte. Unter großer Willensanstrengung warf er den Kopf zurück, streckte den Rücken durch und setzte ganz ruhig einen Fuß vor den anderen.

Komischerweise musste er, als er denselben Weg zurückging, den er gekommen war, an seinen alten Chirurgie-Professor denken. Der, den die Universitätsverwaltung »pensionierte«, als er siebzig wurde. Manny war damals im zweiten Jahr seines Medizinstudiums gewesen.

Dr. Theodore Benedict Standford III.

Der Mann war in Seminaren ein knallhartes Ekel gewesen, einer von denen, die sich freuen, wenn ein Student eine falsche Antwort gab, weil er ihn dann runterputzen konnte. Als die Uni am Ende des Jahres seinen Ruhestand bekannt gab, hatten Manny und seine Kommilitonen eine große Abschiedsparty für den armen Trottel geschmissen, um sich zu betrinken und zu feiern, dass sie die letzte Generation waren, die ihn hatte ertragen müssen.

Manny hatte sich in jenem Sommer Geld als Hausmeister im Institut dazuverdient und gerade den Flur gewischt, als das Umzugsteam die letzten Kisten aus Standfords Büro trug … und dann war der Alte selbst um die Ecke gekommen und zum letzten Mal rausgeschwebt.

Er war mit erhobenem Haupt gegangen, die Marmorstufen hinunter und mit vorgestrecktem Kinn hinaus durch den majestätischen Haupteingang.

Damals hatte Manny über die Arroganz des Mannes gelacht, unverwüstlich, selbst als er alt war und nicht mehr gebraucht wurde.

Als er jetzt auf die gleiche Art das Gebäude verließ, fragte er sich, ob das überhaupt gestimmt hatte.

Höchstwahrscheinlich hatte sich Standford gefühlt wie Manny jetzt.

Ausrangiert.

17

Jane hörte das Scheppern bis hinunter ins Trainingszentrum. Sie schreckte aus dem Schlaf, riss den Kopf von den Armen hoch, die ihr als Kissen gedient hatten, und richtete sich aus ihrer Kauerhaltung über dem Schreibtisch auf.

Reißen ... und Klatschen ...

Erst hielt sie es für einen Windstoß, doch dann schaltete sich ihr Hirn ein. Hier unten gab es keine Fenster. Und nur ein verdammtes Gewitter könnte so einen Lärm verursachen.

Sie sprang vom Stuhl auf, stolperte um den Tisch herum und rannte den Gang hinunter auf Paynes Zimmer zu. Genau aus diesem Grund standen alle Türen offen: Sie hatte nur eine Patientin, und obwohl Payne meistens ruhig blieb, war es doch besser, wenn etwas passierte ...

Was war das nur für ein Lärm? Sie hörte zudem ein grunzendes Geräusch ...

Jane schlitterte um den Türpfosten in den Aufwachraum und hätte beinahe losgeschrien. O Gott ... das *Blut*.

»Payne!« Sie stürzte zum Bett.

Vs Schwester spielte verrückt, sie ruderte mit den Armen und krallte die Finger in die Laken und in ihren Körper, so dass die scharfen Nägel in die Haut von Oberarmen, Schultern und Schlüsselbeinen schnitten.

»Ich fühle es nicht!«, kreischte sie. Ihre Fänge blitzten, ihre Augen waren so weit aufgerissen, dass man rund um die Iris das Weiße sah. »Ich fühle gar nichts!«

Jane sprang auf sie zu und packte ihren Arm, aber sie rutschte sofort wieder ab aufgrund all der blutigen Kratzer. »Payne! Hör auf!«

Jane versuchte ihre Patientin zu beruhigen. Hellrotes Blut spritzte ihr ins Gesicht und auf den weißen Kittel.

»Payne!« Wenn sie so weiterkratzte, konnte man bald die Knochen sehen. »Stopp ...«

»Ich fühle nichts!«

Der Kugelschreiber erschien wie aus dem Nichts in Paynes Hand – obwohl, nein, das war keine Zauberei ... der Stift gehörte Jane, es war der, den sie immer in der Seitentasche ihres Kittels mit sich herumtrug. In dem Moment, als sie das Ding erblickte und Payne die Hand hob, verlangsamte sich das ganze Geschehen zu einem surrealen Zeitlupentempo.

Sie stach so kräftig und zielsicher zu, dass sie nicht zu stoppen war.

Die Spitze bohrte sich in ihr Herz, ganz präzise, und ihr Oberkörper schnellte hoch, während ein Todesseufzer in ihren offenen Mund fuhr.

»Neeeeein ...«, schrie Jane.

»Jane ... wach auf!«

Der Klang von Vishous' Stimme ergab keinen Sinn. Doch dann schlug sie die Augen auf ... und es war vollkommen dunkel. Die Klinik und das Blut und Paynes röchelnder Atmen wurden verdrängt von einem schwarzen Schleier, der ...

Kerzen leuchteten auf, und das Erste, was sie wahrnahm, war das harte Gesicht von Vishous. Er lag neben ihr, obwohl sie nicht zusammen ins Bett gegangen waren.

»Jane, es war nur ein Traum ...«

»Ist schon okay«, sagte sie hastig und strich sich das Haar aus der Stirn. »Ich ...«

Während sie sich mit den Armen aufstützte und durchschnaufte, war sie sich nicht sicher, was Traum und was Realität war. Vor allem, weil Vishous bei ihr war. Sie waren in letzter Zeit nicht nur getrennt ins Bett gegangen, sondern auch getrennt erwacht. Sie war davon ausgegangen, dass er unten in seiner Schmiede schlief, aber vielleicht stimmte das gar nicht.

Doch sie hoffte es.

»Jane ...«

In der dämmrigen Stille vernahm sie in diesem einen Wort die ganze Traurigkeit, die V in keiner anderen Situation rausgelassen hätte. Und sie fühlte sich genauso. Die Tage, in denen sie nicht viel geredet hatten, der Stress mit Payne, die Distanz ... die verdammte Distanz ... es war einfach so bedrückend.

Doch hier im Kerzenlicht, in dem Bett, in dem sie sich vereinigt hatten, trat all das ein wenig in den Hintergrund.

Mit einem Seufzer sank sie an seinen warmen, schweren Körper, und die Berührung löste eine Veränderung aus: Ohne ihr Zutun wurde sie stofflich, die Hitze floss zwischen ihnen, verstärkte sich und machte sie so real, wie er es war. Sie sah in sein grimmiges, schönes Gesicht auf, mit dem Tattoo an der Schläfe und dem schwarzen Haar, das er immer zurückstrich, und den markanten Brauen und diesen eisigen, blassen Augen.

In der letzten Woche hatte sie wieder und wieder die Nacht durchgespielt, in der alles schiefgegangen war. Und obwohl vieles davon enttäuschend und beängstigend war, gab es nur eines, was sie einfach nicht verstand.

Als sie sich im Tunnel getroffen hatten, hatte Vishous einen Rollkragenpulli getragen. Normalerweise zog er so etwas nicht an. Er hasste diese Dinger, weil er sich in ihnen eingeengt fühlte – was ein Witz war, wenn man bedachte, was ihn manchmal so antörnte. Meistens trug er ärmellose Shirts oder lief nackt herum, und sie war ja nicht dumm. Er mochte vielleicht ein knallharter Kerl sein, aber seine Haut bekam genauso leicht blaue Flecken wie die jedes anderen.

Er hatte gesagt, er wäre in eine Auseinandersetzung geraten, aber er war ein Meister im Nahkampf. Wenn er also von Kopf bis Fuß mit Schrammen übersät war, gab es dafür nur eine Erklärung: Er hatte es so gewollt.

Und sie musste sich fragen, wer es ihm angetan hatte.

»Bei dir alles okay?«, fragte V.

Sie legte ihm die Hand an die Wange. »Ja, und bei dir?« Bei ihnen beiden?

Er blinzelte nicht. »Wovon hast du geträumt?«

»Wir müssen reden, V.«

Seine Lippen wurden schmal. Und wurden noch schmaler, während sie abwartete. Schließlich sagte er: »Was Payne betrifft, müssen wir sehen. Es ist erst eine Woche her und …«

»Nicht über sie will ich reden. Sondern darüber, was in der Nacht passiert ist, als du alleine unterwegs warst.«

Jetzt lehnte er sich zurück, ließ sich ins Kissen sinken und verschränkte die Hände über seinem muskulösen Bauch. Im Dämmerlicht warfen die Muskelstränge und Sehnen, die sich an seinem Nacken hochzogen, scharfe Schatten.

»Du beschuldigst mich, mit einer anderen zusammen gewesen zu sein? Ich dachte, das hätten wir bereits geklärt.«

»Hör auf, abzulenken.« Sie sah ihn fest an. »Und wenn du unbedingt streiten willst, such dir ein paar *Lesser*.«

Bei jedem anderen männlichen Vampir hätte ein derartiger Konter garantiert einen Streit entfacht, mit aller dazugehöriger Dramatik.

Vishous hingegen wandte sich ihr zu und lächelte. »Hör dich an.«

»Mir wäre es lieber, du würdest mit mir reden.«

Das erotische Leuchten, das ihr so vertraut war, das sie aber seit einer Woche nicht mehr gesehen hatte, glomm in seinen Augen auf, als er sich zu ihr herumrollte. Dann senkten sich seine Lider, und er blickte auf ihre Brüste unter dem schlichten T-Shirt, in dem sie eingeschlafen war.

Sie schob sich mit dem Gesicht in sein Blickfeld, doch auch sie lächelte jetzt. Zwischen ihnen war alles so verkrampft und angespannt gewesen. Das hier fühlte sich hingegen normal an. »Ich lasse mich nicht so leicht ablenken.«

Jetzt sandte sein massiger Körper heiße Wellen zu ihr, und er streckte die Hand nach ihr aus und strich mit der Fingerspitze über ihre Schulter. Dann öffnete er den Mund, und die weißen Spitzen seiner Fänge erschienen und verlängerten sich noch weiter, als er sich die Lippen leckte.

Irgendwie rutschte das Laken, das ihn bedeckte, über seinen muskulösen Bauch. Tiefer. Noch tiefer. Seine behandschuhte Hand tat ihm diesen Dienst, und mit jedem freigelegten Zentimeter fiel es ihr schwerer, sich auf etwas anderes zu konzentrieren. Er hielt inne, kurz bevor seine mächtige Erektion zum Vorschein kam, und veranstaltete eine kleine Show für sie: Die Tätowierungen in seiner Lendengegend dehnten und verzerrten sich, während er seine Hüften kreisen ließ und sie wieder entspannte, kreisen ließ und entspannte.

»Vishous …«

»Was denn?«

Seine behandschuhte Hand verschwand unter dem schwarzen Satin, und sie musste gar nicht erst hinschauen, um zu wissen, dass er sich nun selbst umfasste: Die Art, wie er den Rücken durchbog, sagte alles. Das, und wie er sich auf die Unterlippe biss.

»Jane ...«

»Was ist?«

»Wirst du einfach nur zusehen?«

Gott, sie erinnerte sich an das erste Mal, als sie ihn so gesehen hatte, ausgestreckt auf einem Bett, heftig erigiert, bereit für alles. Sie hatte ihn mit einem Waschlappen gewaschen, und er hatte in ihr gelesen wie in einem Buch: Obwohl sie es nicht zugeben wollte, hätte sie nur zu gern gesehen, wie er kam.

Und sie hatte dafür gesorgt, dass es geschah.

Mittlerweile selbst ziemlich erregt, beugte sie sich über ihn, senkte den Kopf, so dass ihre Lippen fast die seinen berührten. »Du lenkst noch immer ab ...«

Wie der Blitz schoss seine freie Hand empor und packte sie im Nacken, fing sie ein. Und diese Kraft fuhr direkt zwischen ihre Schenkel.

»Ja. Das tue ich.« Seine Zunge trat hervor und streifte über ihre Lippen. »Aber wir können ja danach reden. Du weißt, ich lüge nie.«

»Ich dachte, bei dir gilt eher die Devise ... du irrst dich nie.«

»Nun, auch das trifft zu.« Ein grollendes Knurren entfuhr ihm. »Und gerade jetzt ... brauchen wir beide das.«

Den letzten Teil sagte er nicht aus purer Leidenschaft, sondern mit all der Ernsthaftigkeit, die sie gern von ihm hören wollte. Und wer hätte das gedacht, er hatte Recht. In den vergangenen sieben Tagen hatten sie beide einander umkreist, waren vorsichtig aufgetreten, hatten die Tretminen im Zentrum ihrer Beziehung gemieden. Sich so anzunähern, Haut an Haut, würde ihnen helfen, zu den Worten durchzustoßen, die ausgesprochen werden mussten.

»Also, was sagst du?«, murmelte er.

»Worauf wartest du?«

Sein Lachen klang tief und zufrieden, und sein Unterarm spannte sich an und entkrampfte sich wieder, als er anfing, sich selbst zu befriedigen. »Zieh das Laken zurück, Jane.«

Der Befehl drang rauchig, aber klar an ihr Ohr, und sie war folgsam. Wie immer.

»Tu's, Jane. Sieh mir zu.«

Sie legte die Hand auf seine Brust und ließ sie abwärtswandern, fühlte die Rippen und die harten Schwellen seiner Bauchmuskeln. Sie hörte das Zischen, als er die Luft durch die Zähne einsog. Sie hob das Laken und schluckte, als die Eichel in seiner Faust zum Vorschein kam, dazwischen hervorbrach und sich ihr mit einer einzelnen kristallenen Träne an der Spitze darbot.

Als sie nach ihm greifen wollte, packte er sie beim Handgelenk und hielt sie zurück.

»Sieh mich an, Jane …«, stöhnte er. »Aber fass mich nicht an.«

Dieser fiese Kerl. Sie hasste es, wenn er das tat. Und liebte es zugleich.

Vishous ließ sie nicht los, während er seine Erektion mit der behandschuhten Hand bearbeitete. Er sah so schön aus, als er einen gleichmäßigen pumpenden Rhythmus fand. Kerzenlicht verlieh der ganzen Szene etwas Mystisches, doch andererseits … war es wie immer mit V. Bei ihm wusste man nie, was man zu erwarten hatte, und das nicht nur, weil er der Sohn einer Gottheit war. Mit ihm bewegte der Sex sich stets an die Grenze, hart, aber raffiniert, ein wenig pervers und immer fordernd.

Und sie wusste, dass sie bereits die weichgespülte Version von ihm bekam.

Im unterirdischen Labyrinth seiner Seele gab es noch

weit tiefere Höhlen, solche, die sie nie besucht hatte und auch niemals zu sehen bekommen würde.

»Jane«, sagte er rau. »Woran auch immer du jetzt denkst, lass los ... bleib bei mir im Hier und Jetzt und denk nicht an andere Dinge.«

Sie schloss die Augen. Sie hatte gewusst, mit wem sie sich vereinigte und was für eine Person sie liebte. Damals, als sie sich auf ewig für ihn entschieden hatte, war sie sich sehr wohl der Männer und Frauen und seiner bevorzugten Praktiken bewusst gewesen. Sie hatte nur nie gedacht, dass diese Vergangenheit sich einmal zwischen sie stellen könnte ...

»Ich war mit niemandem zusammen.« Seine Stimme klang fest und voller Überzeugung. »In jener Nacht war ich allein. Ich schwöre es.«

Ihre Lider hoben sich. Er hatte aufgehört, sich zu bearbeiten, und lag nun still da.

Auf einmal verschwamm sein Anblick vor ihr, weil Tränen ihr in die Augen traten. »Es tut mir so leid«, krächzte sie. »Ich musste es nur von dir selbst hören. Ich vertraue dir, ehrlich, aber ich ...«

»Nicht doch ... es ist schon in Ordnung.« Er näherte seine behandschuhte Hand ihrem Gesicht und wischte ihr die Tränen von den Wangen. »Ist schon okay. Warum solltest du nicht infrage stellen, was mit mir los ist.«

»Es ist nicht richtig.«

»Nein, ich habe einen Fehler gemacht.« Er holte tief Luft. »Ich habe die ganze letzte Woche krampfhaft versucht, den Mund aufzubekommen. Ich fand den Zustand grässlich, aber ich wusste nicht, was ich sagen sollte, ohne alles noch schlimmer zu machen.«

In gewisser Hinsicht überraschte sie sein Mitgefühl und Verständnis. Sie beide waren so unabhängige Wesen, und deshalb funktionierte ihre Beziehung: Er war eher reserviert, und sie brauchte kaum emotionale Unterstützung. Für gewöhnlich ging diese Rechnung auch auf.

Aber nicht in der vergangenen Woche.

»Mir tut es auch leid«, murmelte er. »Und ich wünschte, ich wäre anders.«

Instinktiv spürte sie, dass er damit nicht nur auf seine Verschlossenheit anspielte. »Es gibt nichts, worüber du mit mir nicht reden könntest, V.« Als er nicht mehr als mit einem »Hmm« reagierte, sagte sie: »Du stehst im Moment unter enormer Anspannung. Das weiß ich. Und ich würde alles tun, um dir zu helfen.«

»Ich liebe dich.«

»Dann musst du mit mir reden. Was uns wirklich kein bisschen weiterbringt, ist dein Schweigen.«

»Ich weiß. Aber es ist, als blickte man in einen dunklen Raum. Ich will dir von mir erzählen, doch ich kann es nicht ... ich sehe einfach nicht, was ich fühle.«

Sie glaubte ihm – und erkannte darin ein Problem, mit dem Opfer von Kindesmissbrauch als Erwachsene oftmals zu kämpfen hatten. Die Überlebensstrategie, mit der diese Menschen in der Kindheit alles überstehen konnten, nannte man Kompartmentbildung: Wenn die Realität nicht mehr zu ertragen war, spaltete sich die Psyche in einzelne Bestandteile, und Gefühle wurden einfach ganz tief vergraben.

Die Gefahr lag darin, dass sich der Druck mit der Zeit unweigerlich anstaute.

Aber zumindest war das Eis zwischen ihnen gebrochen. Und im Moment befanden sie sich auf einer stillen, fast schon friedlichen Insel.

Gegen ihren Willen wanderten ihre Augen nun zu der Erektion, die flach auf seinem Bauch lag und über den Nabel hinausragte. Auf einmal wollte sie ihn so sehr, dass sie nicht mehr sprechen konnte.

»Nimm mich, Jane«, knurrte er. »Mach mit mir, was du willst.«

Was sie wollte, war an ihm zu saugen, also beugte sie sich über seine Hüften, nahm ihn in den Mund und saugte ihn tief in ihre Kehle. Der Laut, der ihm entfuhr, war absolut animalisch, seine Hüften schnellten hoch und schoben seine heiße Erektion noch tiefer in ihren Mund. Dann zog er ein Knie seitlich nach oben, so dass er völlig ausgebreitet vor ihr lag und sich ihr restlos auslieferte. Er legte ihr die Hand auf den Hinterkopf, während sie einen Rhythmus fand, der ihn antrieb …

Schnell und geschmeidig verlagerte sie ihren Körper.

Mit seiner enormen Kraft hatte V sie in Windeseile umgelagert, er drehte sie herum und schob die Laken zur Seite, so dass er ihre Hüften heben und sie auf seinen Oberkörper setzen konnte. Ihre Schenkel waren über seinem Gesicht gespreizt und …

»Vishous«, keuchte sie an seiner Erektion.

Sein Mund war feucht und warm und zielsicher, verschmolz mit ihrem Geschlecht, legte an und saugte, bevor seine Zunge herausgeschlängelt kam und in sie drang. Ihr Hirn schaltete nicht ab, es explodierte, und nachdem da keine Gedanken mehr waren, verlor sie sich wonnevoll im Hier und Jetzt und vergaß alles, was davor gewesen war. Sie hatte das Gefühl, dass es V ebenso erging … mit Hingabe streichelte, leckte und saugte er, seine Hände gruben sich in ihre Hüften, während er ihren Namen an ihrer empfindlichsten Stelle stöhnte. Und es war verdammt hart, sich auf das zu konzentrieren, was er für sie tat, während sie es gleichzeitig ihm besorgte – aber was für ein Luxusproblem. Seine Erektion war hart und heiß in ihrem Mund, und er fühlte sich an wie purer Samt zwischen ihren Beinen. Was sie empfand, war der Beweis dafür, dass ihre körperlichen Reaktionen in ihrem Geisterzustand nicht anders waren als zu »Lebzeiten« …

»Verdammt, ich *brauche* dich«, fluchte er.

Mit einer weiteren kräftigen Bewegung hob Vishous sie wieder hoch, als wöge sie nicht mehr als das Laken, und dieser neuerliche Positionswechsel war keine Überraschung: Er kam immer am liebsten in ihr, tief in ihr, also spreizte er ihre Schenkel, bevor er sie auf seine Hüften setzte, seine Eichel in sie gleiten ließ und … *tief hineinrammte.*

Dieses Eindringen war nicht nur sexueller Natur, er forderte damit sein Recht ein, was sie sehr genoss. Genau so sollte es sein.

Sie ließ sich vornüberfallen, stützte sich auf seine Schultern und blickte ihm tief in die Augen, während sie sich gemeinsam bewegten. Sie behielten diesen hämmernden Rhythmus bei, bis sie schließlich gleichzeitig kamen und sich zugleich versteiften, als er in ihrem Inneren zuckte und ihr Geschlecht um ihn herum pulsierte. Dann drehte V sie auf den Rücken und glitt an ihr abwärts, bis sein Mund wieder mit ihr verschmolz, die Hände packten ihre Schenkel, während er sie förmlich verschlang.

Als sie ein weiteres Mal heftig kam, gönnte er ihr keine Pause, kein Durchschnaufen. Er drängte nach oben, hob ihre Beine an und bohrte sich in sie, tauchte mit einem einzigen kräftigen Stoß in sie ein und übernahm nun die Führung. Sein Körper war wie ein riesiger treibender Kolben, sein Bindungsduft breitete sich im Zimmer aus, während er keuchend zum Orgasmus kam und die Woche der Enthaltung in einer einzigen, großartigen Orgie verpuffte.

Sie sah zu, wie der Orgasmus ihn erbeben ließ, und ihr wurde klar, dass sie ihn mit Haut und Haar liebte, selbst die Seiten an ihm, die sie manchmal nur schwer verstand.

Und dann machte er weiter. Mehr Sex. Und noch mehr.

Fast eine Stunde später lagen sie schließlich befriedigt und still da und atmeten gleichmäßig und tief im Schein der Kerzen.

Vishous drehte sich mit ihr gemeinsam herum, ohne sich von ihr zu trennen, und sah ihr lange suchend in die Augen. »Ich finde keine Worte. Sechzehn Sprachen beherrsche ich und finde doch nicht die richtigen Worte.«

In seiner Stimme schwangen Liebe und Verzweiflung mit. Er war wirklich ein Krüppel, was Gefühle betraf, und seine Liebe hatte daran nichts geändert ... zumindest war es so, wenn er wie jetzt unter Druck stand. Aber das war in Ordnung – nachdem sie sich geliebt hatten, war nun alles wieder gut zwischen ihnen.

»Ist schon okay.« Sie küsste ihn auf die Brust. »Ich verstehe dich.«

»Ich wünschte nur, das wäre gar nicht erst nötig.«

»Du verstehst mich doch auch.«

»Ja, aber das ist nicht schwer.«

Jane richtete sich auf. »Ich bin ein verdammter Geist. Nur für den Fall, dass dir das nicht aufgefallen sein sollte. Damit kann man als Frau nicht vielen Männern den Kopf verdrehen.«

V zog sie an sich und gab ihr einen schnellen, kräftigen Kuss. »Dafür habe ich dich für den Rest meines Lebens.«

»Das stimmt.« Menschen wurden schließlich nicht mal ein Zehntel so alt wie Vampire.

Als der Wecker neben ihnen losging, funkelte V das Ding wütend an. »Jetzt weiß ich auch wieder, warum ich mit einer Knarre unter dem Kissen schlafe.«

Als er die Hand ausstreckte, um den Lärm zum Schweigen zu bringen, musste sie ihm Recht geben. »Weißt du, du könntest das Ding echt einfach wegballern.«

»Nein. Dann käme nämlich Butch hier reingerannt, und ich will lieber keine Waffe in der Hand haben, wenn er dich dann nackt sieht.«

Jane lächelte und lehnte sich zurück, während er aus dem Bett stieg und ins Bad ging. An der Tür blieb er stehen und blickte über die Schulter. »Ich bin zu dir gekommen, Jane. Nacht für Nacht in dieser Woche bin ich zu dir gekommen. Ich wollte nicht, dass du alleine bist. Und ich wollte nicht ohne dich schlafen.«

Damit verschwand er im Bad, und einen Moment später hörte sie, wie die Dusche angemacht wurde.

Er konnte besser mit Worten umgehen, als er dachte.

Zufrieden streckte sie sich. Sie wusste, dass auch sie aufstehen musste – es war Zeit, Ehlena von ihrer Schicht in der Klinik abzulösen. Aber, Mann, sie wäre so gern die ganze Nacht hier gelegen. Vielleicht nur noch ein paar Minuten ...

Vishous ging zehn Minuten später, um sich mit Wrath und den Brüdern zu treffen, und auf dem Weg zur Tür küsste er sie. Zweimal.

Dann stieg auch sie aus dem Bett, verschwand im Bad und stellte sich anschließend vor den Kleiderschrank und öffnete die Türen. An der Stange hingen Lederhosen – seine; einfache weiße T-Shirts – ihre; weiße Kittel – ihre; Bikerjacken – seine. Die Waffen waren eingeschlossen in einem Feuersafe. Schuhe standen auf dem Boden.

Ihr Leben war in vielerlei Hinsicht unbegreiflich. Ein Geist verheiratet mit einem Vampir? Also echt.

Aber als sie diesen Schrank so betrachtete, in dem ihr verrücktes Leben ausruhte zwischen sorgfältig aufgehängten Kleidern und Schuhen, hatte sie ein gutes Gefühl. Ein wenig Normalität war nichts Schlechtes in dieser durchgeknallten Welt. Wirklich nicht.

Ganz gleich, was man selbst als normal betrachtete.

18

Unten im Klinikbereich des Trainingszentrums bestritt Payne ihr Übungsprogramm, wie sie es mittlerweile in Gedanken nannte.

Sie lag im Krankenbett, die Kissen zur Seite geschoben, die Arme über der Brust verschränkt. Dann spannte sie den Bauch an und zog den Oberkörper langsam hoch. Als sie senkrecht saß, streckte sie die Arme nach vorne und hielt sie in dieser Position, während sie sich langsam zurücksinken ließ. Schon nach einer Runde klopfte ihr das Herz, und sie war außer Atem, aber sie gönnte sich nur eine kurze Verschnaufpause und machte es dann noch einmal. Und noch einmal. Und noch einmal.

Von Mal zu Mal wurde die Anstrengung größer, bis sich Schweißperlen auf ihrer Stirn bildeten und ihre Bauchmuskeln schmerzten. Jane hatte ihr diese Übung gezeigt. Payne vermutete, dass es ein Segen war – doch verglichen mit ihren früheren Fähigkeiten war das nichts.

Tatsächlich hatte Jane versucht, sie zu mehr zu motivieren … hatte ihr sogar einen Rollstuhl hereingerollt, in dem sie sitzen und umherfahren konnte, aber Payne ertrug den Anblick nicht, genauso wenig wie die Vorstellung, sich für den Rest ihres Lebens rollend fortzubewegen.

In der vergangenen Woche hatte sich Payne noch vehement dagegen gewehrt, sich in irgendeiner Form mit ihrer Situation abzufinden, in der Hoffnung auf das große Wunder ... das sich nicht eingestellt hatte.

Ihr Kampf mit Wrath schien Jahrhunderte zurückzuliegen ... die Zeit, als ihr die Koordination und Kraft ihrer Glieder vertraut gewesen war, schien lange her. Sie hatte so vieles für selbstverständlich gehalten, und jetzt vermisste sie ihr früheres Selbst mit einer Intensität, als würde sie um eine Tote trauern.

Aber wahrscheinlich war sie tatsächlich gestorben, und ihr Körper war nur nicht schlau genug, seine Funktionen endlich einzustellen.

Mit einem Fluch in der Alten Sprache sackte sie zurück und blieb liegen. Als sie wieder Kraft gesammelt hatte, ertastete sie den Ledergurt, den sie über ihre Oberschenkel gespannt hatte. So fest, wie sie das Ding gezurrt hatte, musste es ihr das Blut abschnüren, aber Payne fühlte weder das Einengen des Riemens, noch die angenehme Befreiung, als sie die Schnalle jetzt öffnete und sich der Riemen löste.

So war es seit jener Nacht, als sie hierher zurückgekehrt war.

Alles unverändert.

Sie schloss die Augen und gab sich erneut dem inneren Kampf hin, bei dem Angst und Verstand miteinander rangen. Und die Lage wurde immer aussichtsloser. Nach sieben Zyklen von Nacht und Tag ging der Armee ihrer Vernunft die Munition aus, und die Truppen litten unter tiefer Erschöpfung. Langsam wendete sich das Blatt. Erst war sie voll Optimismus gewesen, doch der war verflogen; dann hatte es eine Phase entschlossener Geduld gegeben, die nicht lange angehalten hatte. Seitdem schleppte sie sich auf dem trostlosen Pfad der unbegründeten Hoffnung dahin.

Allein.

Wirklich, die Einsamkeit war das Schlimmste an dieser Qual: Trotz all der Leute, die jederzeit zu ihr kommen und wieder gehen konnten, in ihr Zimmer marschieren und wieder hinaus, war sie völlig von ihnen abgeschieden, selbst wenn sie sich setzten und mit ihr redeten oder sich um ihre grundlegendsten Bedürfnisse kümmerten. An dieses Bett gefesselt lebte sie in einer anderen Realität als sie, und dazwischen lag eine riesige, unsichtbare Wüste, die sie überblicken, aber nicht durchqueren konnte.

Es war schon merkwürdig. Am schmerzhaftesten bewusst wurde ihr der Verlust immer dann, wenn sie an ihren menschlichen Heiler dachte – was so oft geschah, dass sie es nicht zählen konnte.

Wie sehr sie diesen Mann vermisste. Viele Stunden hatte sie damit verbracht, sich an seine Stimme und sein Gesicht in diesem letzten gemeinsamen Moment zu erinnern … bis sie sich an der Erinnerung wärmen konnte wie unter einer Decke, wenn Angst und Sorge sie in ihrem eisigen Griff umklammert hielten.

Nur leider wurde diese Decke, ähnlich ihrer rationalen Seite, immer löchriger vom übermäßigen Gebrauch und ließ sich nicht mehr reparieren.

Der Heiler war nicht aus ihrer Welt und würde nie mehr wiederkehren – er war nichts als ein kurzer, sehr lebendiger Traum, der sich in Fetzen und Fragmente aufgelöst hatte, sobald sie erwacht war.

»Genug«, ermahnte sie sich laut.

Mit der Kraft im Oberkörper, die sie sich zu erhalten bemühte, drehte sie sich seitlich nach den zwei Kissen um und kämpfte gegen das Gewicht ihres gefühllosen Unterleibs an, als sie versuchte ...

Mit einem Mal verlor sie das Gleichgewicht und schlingerte in ihrer halb liegenden Position, so dass sie mit dem Arm das Wasserglas auf dem Tisch neben ihr umstieß.

Das war kein Objekt, das einem solchen Schubs standhielt.

Als es zersplitterte, musste Payne den Mund zupressen, um die Schreie zurückzudrängen. Denn würde nur einer das Siegel ihrer Lippen brechen, würde sie nie mehr aufhören können zu schreien.

Als sie sich wieder einigermaßen unter Kontrolle hatte, betrachtete sie über den Bettrand das Malheur auf dem Boden. Normalerweise wäre es so einfach gewesen – man hatte etwas verschüttet, also machte man sauber.

Früher hätte sie sich einfach gebückt und es aufgewischt.

Aber jetzt blieben ihr zwei Möglichkeiten: liegen bleiben und um Hilfe rufen wie eine Invalidin, oder nachdenken, sich eine Strategie zurechtlegen und versuchen, selbstständig zu handeln.

Sie brauchte eine Weile, um sich auszurechnen, an welchen Punkten sie sich mit den Händen abstützen musste, und dann die Entfernung zum Boden abzuschätzen. Glücklicherweise hingen keine Schläuche mehr an ihren Armen, aber sie hatte noch immer diesen Katheter ... vielleicht war es also doch keine so gute Idee, das hier im Alleingang zu versuchen.

Doch sie ertrug es nicht, tatenlos dazuliegen. Sie war keine Kämpferin mehr. Jetzt glich sie einem Kind, das sich nicht selbst versorgen konnte.

So ging das nicht weiter.

Sie zog ein paar Kosmetiktücher, wie sie genannt wurden, aus dem Spender, klappte das Bettgitter herunter, hielt sich oben fest und drehte sich auf die Seite. Ihre Beine folgten der Drehbewegung wie die einer Puppe, eine Bewegung ohne jede Anmut, aber zumindest konnte sie sich jetzt mit den weißen Tüchern in der Hand über den Bettrand beugen.

Sie streckte sich und versuchte, eine gefährliche Balance auf der Bettkante zu erhalten, denn sie war es leid, dass man alles für sie tat, sie pflegte, wusch und einwickelte wie ein Neugeborenes, das gerade frisch auf die Welt …

Mit ihrem Körper geschah nun dasselbe wie mit dem Glas.

Ohne jede Vorwarnung rutschte sie mit der Hand am glatten Gestänge ab, und da ihre Hüften über das Bett ragten, kippte sie kopfüber Richtung Boden, zu schwach, um sich der Schwerkraft zu erwehren. Sie riss noch die Hände nach vorn und stützte sich auf dem nassen Boden ab, aber die Handflächen rutschten ab, so dass sie den Aufprall mit einer Gesichtshälfte auffing, während der Atem aus ihren Lungen gepresst wurde.

Und dann bewegte sich nichts mehr.

Sie war gefangen. Ihre nutzlosen Beine hatten sich im Bett verhakt, so dass sie senkrecht in den Boden gerammt wurde.

Sie sog Luft in ihren Hals und schrie: »Hilfe … *Hiiilfe* …«

Das Gesicht auf den Boden gepresst, wurden ihr die Arme langsam taub, und ihre Lungen brannten vor Atemnot, weshalb die Wut in ihr wuchs, bis sie am ganzen Körper zitterte …

Es fing mit einem leisen Quietschen an. Dann wurde das Geräusch zu einer Bewegung, als ihre Backe begann, über die Fliesen zu rutschen, so dass die Haut gespannt wurde, bis es sich anfühlte, als würde man sie ihr vom Schädel pellen. Und dann wuchs der Druck auf ihre Nackenwirbel, als ihr dicker Zopf sie zurückhielt, während sie in dieser seltsamen Stellung weiterrutschte.

Sie nahm all ihre Kraft zusammen, konzentrierte ihre

Wut und manövrierte ihre Arme, so dass sie sich wieder mit den Handflächen abstützte. Nach einem tiefen Atemzug schob sie kräftig an, drückte sich nach oben und ließ sich auf den Rücken fallen.

Ihr Zopf rutschte zwischen das Bettgestänge und verfing sich. Jetzt hielt sie der dicke Strang fest und zerrte ihren Hals in Richtung Schulter. Gefangen und bewegungsunfähig sah sie aus diesem Blickwinkel nur ihre Beine, ihre langen, schlanken Beine, denen sie nie zuvor große Beachtung geschenkt hatte.

Während das Blut langsam in ihren Oberkörper strömte, beobachtete sie, wie die Haut ihrer Waden weiß wie Papier wurde.

Sie ballte die Fäuste und befahl ihren Zehen, sich zu bewegen.

»Verdammt ... *bewegt* euch ...« Sie hätte die Augen geschlossen, um sich zu konzentrieren, aber sie wollte das Wunder nicht verpassen, sollte es sich einstellen.

Doch es würde nicht eintreten.

Es war nicht eingetreten.

Und langsam dämmerte ihr die Erkenntnis ... es würde nie geschehen.

Als sich die rosigen Nagelbetten ihrer Fußnägel ins Gräuliche verfärbten, wurde ihr klar, dass sie sich ihrer Lage stellen musste. Und war das keine hübsche Analogie zu ihrer gegenwärtigen körperlichen Lage?

Zerbrochen. Nutzlos. Totes Gewicht.

Als der Zusammenbruch schließlich kam, brachte er keine Tränen und auch kein Schluchzen mit sich. Stattdessen stellte sich eine grimmige Entschlossenheit ein.

»Payne!«

Beim Klang von Janes Stimme schloss sie die Augen. Sie war nicht die richtige Retterin. Ihr Bruder ... Ihr Zwillingsbruder musste ihr helfen.

»Bitte hol Vishous«, sagte sie heiser. »Ich bitte dich.«

Janes Stimme war ganz nah. »Jetzt heben wir dich erst einmal auf.«

»Vishous.«

Es klickte, ein Zeichen, dass der Alarmknopf gedrückt worden war, den sie nicht hatte erreichen können.

»Bitte«, stöhnte sie. »Hol Vishous.«

»Komm, wir heben dich ...«

»Vishous!«

Dann herrschte Stille. Bis schließlich die Tür aufflog.

»Hilf mir, Ehlena«, hörte sie Jane sagen.

Payne war sich bewusst, dass sich ihre eigenen Lippen bewegten, aber sie wurde taub, als die beiden Frauen sie zurück ins Bett hievten, ihre Beine zurechtrückten, parallel ausrichteten und sie mit weißen Laken zudeckten.

Während emsige Säuberungsaktionen durchgeführt wurden, sowohl am Bett als auch am Boden darum herum, konzentrierte sie sich auf die weiße Wand gegenüber, auf die sie schon seit einer Ewigkeit starrte, nämlich seit sie hierhergebracht worden war.

»Payne?«

Als sie nicht reagierte, sprach Jane sie erneut an: »Payne. Sieh mich an.«

Sie sah zu Jane und fühlte nichts, als sie in das besorgte Gesicht der *Shellan* ihres Zwillingsbruders blickte. »Ich brauche meinen Bruder.«

»Natürlich, ich hole ihn. Er ist im Moment in einer Besprechung, aber ich lasse ihn kommen, bevor er heute Nacht aufbricht.« Nach einer längeren Pause fuhr sie fort: »Darf ich fragen, was du von ihm willst?«

Die ruhigen, gefassten Worte machten Payne deutlich, dass die Heilerin kein Dummkopf war.

»Payne?«

Sie schloss die Augen und hörte sich sagen: »Er hat mir

ein Versprechen gegeben, als das hier alles angefangen hat. Und jetzt muss er es einlösen.«

Obwohl Jane ein Geist war, konnte auch ihr das Herz stehen bleiben.

Und als sie sich nun auf die Bettkante sinken ließ, rührte sich nichts mehr hinter ihren Rippen. »Was für ein Versprechen war das«, fragte sie ihre Patientin.

»Das ist eine Sache allein zwischen uns.«

Zur Hölle, und ob es das war, dachte Jane. Vorausgesetzt, sie vermutete richtig.

»Payne, wir können vielleicht noch etwas anderes probieren.«

Obwohl sie natürlich keine Ahnung hatte, was das sein sollte. Die Röntgenaufnahmen zeigten, dass die Wirbel in der richtigen Stellung waren, nachdem Manny sie geschickt rekonstruiert hatte. Aber das Rückenmark – das war die große Unbekannte. Jane hatte gehofft, dass sich die Nerven regenerieren würden – sie wusste immer noch nicht alles über das körperliche Potenzial der Vampire, und vieles von alldem erschien ihr wie die reinste Magie, verglichen mit den Heilungskräften der Menschen.

Aber sie hatten offensichtlich kein Glück. Nicht in diesem Fall.

Man brauchte also kein Einstein zu sein, um sich zusammenzureimen, was Payne von ihrem Bruder wollte.

»Sei ehrlich mit mir, *Shellan* meines Zwillingsbruders.« Paynes kristallene Augen bohrten sich in ihre. »Sei ehrlich mit dir selbst.«

Wenn es eines gab, das Jane am Arztberuf hasste, dann war es die Ermessensfrage. Es gab viele Fälle, in denen die Entscheidung klar war: Ein Kerl kommt mit einer Hand im Eiskübel und einem abgebundenen Arm in die Notaufnahme? Klarer Fall: Körperglied annähen und Nerven verbinden. Eine Frau in den Wehen mit Nabelschnurvorfall? Kaiserschnitt. Mehrfacher Knochenbruch? Aufschneiden und zusammenflicken.

Aber nicht immer war es so einfach. Regelmäßig senkte sich der graue Nebel der Ungewissheit über einen, und man starrte in die trüben Schwaden ...

Aber wem machte sie hier etwas vor.

Vom medizinischen Standpunkt aus hatten sie es auch hier mit einem klaren Fall zu tun. Sie wollte es nur nicht wahrhaben.

»Payne, lass mich Mary holen ...«

»Ich wollte schon vor zwei Nächten nicht mit der Seelsorgerin sprechen und will es auch jetzt nicht. Die Sache ist entschieden für mich, Heilerin. Und sosehr es mich schmerzt, meinen Bruder zu belasten, bitte ich dich doch, geh und hol ihn. Du bist eine gute Frau und sollst nicht diejenige sein, die es für mich erledigt.«

Jane blickte auf ihre Hände. Sie hatte sie noch nie eingesetzt, um jemanden zu töten. Nie. Es stand nicht nur im Widerspruch zu ihrer Berufung und der Hingabe an ihre Tätigkeit, sondern auch im Widerspruch zu ihrer Person.

Und doch, als sie an ihren *Hellren* dachte und an die Stunden, die sie gerade miteinander verbracht hatten, wusste sie, dass sie ihn nicht rufen konnte, um ihn Paynes Wunsch erfüllen zu lassen: Er war endlich einen kleinen Schritt von dem Abgrund zurückgewichen, in den er sich soeben fast gestürzt hätte, und es gab nichts, was Jane nicht getan hätte, um ihn von dieser Kante fernzuhalten.

»Ich kann ihn nicht holen«, erklärte sie. »Es tut mir leid. Aber ich kann ihn einfach nicht in diese Lage bringen.«

Paynes Kehle entrang sich ein Stöhnen von tiefster Verzweiflung. »Heilerin, dies ist meine Entscheidung. *Mein* Leben. Nicht deins. Wenn du eine wirkliche Retterin sein willst, dann lass es nach einem Unfall aussehen oder beschaffe mir eine Waffe, damit ich es tun kann. Aber erlöse mich bitte aus diesem Zustand. Ich ertrage ihn nicht, und du handelst unrecht an deiner Patientin, wenn du mich dazu zwingst.«

In gewisser Hinsicht hatte Jane gewusst, dass es so kommen würde. Sie hatte es so klar gesehen wie die blassen Schatten auf den dunklen Röntgenbildern, jenen, die ihr zeigten, dass alles funktionieren hätte müssen – es sei denn, das Rückenmark wäre irreparabel verletzt.

Sie starrte auf diese Beine, die so reglos unter den Laken lagen, und dachte an den hippokratischen Eid, den sie vor Jahren abgelegt hatte: »Bewahre die Patienten vor Schädigung und Unrecht«, so in etwa lautete das erste Gebot.

Es fiel schwer, Payne nicht als geschädigt zu betrachten, wenn man sie in diesem Zustand beließ – vor allem, weil sie von vorneherein gegen diese Operation gewesen war. Jane hatte auf diese Rettung gedrängt und Payne aus eigenen Beweggründen dazu überredet – genauso wie V.

»Ich finde einen Weg«, sagte Payne. »Irgendeinen Weg finde ich.«

Und das glaubte man ihr gern.

Die Chance auf einen Erfolg stand besser, wenn Jane in irgendeiner Art half – Payne war schwach, und jede Waffe in ihrer Hand hätte womöglich zu einem Desaster geführt.

»Ich weiß nicht, ob ich das kann.« Die Worte kamen nur zögerlich über Janes Lippen. »Du bist seine Schwester. Ich weiß nicht, ob er mir das je vergeben könnte.«

»Er braucht es ja nie zu erfahren.«

Gott, was für eine Bürde. Wäre sie an dieses Bett gefesselt, ginge es ihr nicht anders als Payne. Auch sie würde sich vermutlich wünschen, dass ihr jemand diesen letzten Willen erfüllt. Aber die Last, es vor V geheim zu halten? Wie sollte ihr das gelingen?

Aber noch schlimmer wäre, wenn er nicht von der dunklen Seite seiner selbst zurückfände. Und seine Schwester umbringen? Das würde ihn per Schnellzug in diesen Zustand zurückverfrachten, nicht wahr?

Die Hand ihrer Patientin ertastete die ihre. »Hilf mir, Jane. Hilf mir ...«

Als Vishous aus der allnächtlichen Besprechung der Bruderschaft kam und zum Klinikbereich im Trainingszentrum ging, war er schon fast wieder der Alte – und zwar, wenn er sich von seiner guten Seite zeigte. Der Sex mit seiner *Shellan* war für sie beide entscheidend gewesen, eine Art Neuanfang, der nicht nur rein körperlicher Natur gewesen war.

Gott, es hatte sich gut angefühlt, wieder bei seiner *Shellan* zu liegen. Ja, klar, es warteten noch immer Probleme auf ihn ... und, tja, Scheiße, je mehr er sich der Klinik näherte, desto schwerer lastete der Stress auf seinen Schultern, ein Gewicht wie von mehreren PKWs: Er hatte seine Schwester zu Beginn jedes Abends besucht und dann wieder in der Morgendämmerung. In den ersten paar Tagen waren sie voller Hoffnung gewesen, aber jetzt ... war fast nichts mehr davon übrig.

Doch egal. Sie musste endlich aus diesem Zimmer raus, das war sein Plan für die heutige Nacht. Er hatte keine Schicht und würde sie durch das Haus führen und ihr zeigen, dass es noch etwas anderes gab als diesen weißen Käfig von einem Aufwachraum, dass da Dinge waren, für die es sich zu leben lohnte.

Ihre körperliche Verfassung besserte sich nicht.

Also musste ihr die geistige Konstitution darüber hinweghelfen. Es musste einfach funktionieren.

Und der Grund dafür? Nun, er war noch nicht bereit, sie zu verlieren. Ja, er traf sie jetzt seit einer Woche, aber das hieß nicht, dass er sie besser kannte als ganz zu Beginn – und er hatte so das Gefühl, sie würden einander brauchen. Niemand sonst war das Kind dieser verdammten Göttinnenmutter, und vielleicht konnten sie ja zusammen den Mist klären, den ihre Herkunft mit sich brachte. Verdammt, schließlich gab es kein Zwölf-Schritte-Programm für die Kinder der Jungfrau der Schrift:

Hallo, ich bin Vishous. Ich bin jetzt seit dreihundert Jahren ihr Sohn.

HALLO, VISHOUS.

Sie hat mich schon wieder verarscht, und ich gebe mir Mühe, nicht auf die Andere Seite zu gehen und sie zusammenzustauchen.

DAS VERSTEHEN WIR, VISHOUS.

Und wo wir schon dabei sind, ich würde gerne meinen Vater ausbuddeln und ihn nochmal umlegen, aber das geht nicht. Also versuche ich einfach nur, meine Schwester am Leben zu halten, obwohl sie gelähmt ist, und widersetze mich angestrengt dem Impuls, mir selbst Schmerz zuzufügen, um mit der Sache klarzukommen.

DU BIST EINE VERDAMMTE MEMME, VISHOUS, ABER WIR STEHEN VOLL HINTER DIR.

Er drückte sich aus dem Tunnel ins Büro, ging zur Glastür gegenüber und schritt dann den Gang hinunter. Als er am Kraftraum vorbeikam, hörte er, wie jemand rannte, als stünden seine Laufschuhe in Flammen, aber abgesehen davon war weit und breit niemand zu sehen – und er hatte so den Verdacht, Jane könnte sich noch immer in ihrem Bett räkeln, nachdem er es ihr wirklich ordentlich besorgt hatte.

Was dem gebundenen Vampir in ihm eine Riesenbefriedigung verschaffte. Aber ehrlich.

An der Tür zum Krankenzimmer klopfte er nicht an, sondern …

Als Erstes bemerkte er die Injektionsnadel. Dann wurde ihm klar, dass sie gerade im Begriff stand, von einer Hand zur anderen zu wechseln, und zwar aus der Hand seiner *Shellan* in die seiner Schwester.

Dafür gab es keinen therapeutischen Grund.

»Was macht ihr da?«, hauchte er, und mit einem Mal packte ihn das Entsetzen.

Janes Kopf wirbelte herum, aber Payne sah ihn nicht an. Ihr Blick war auf diese Nadel geheftet, als wäre sie der Schlüssel zur Tür ihrer Gefängniszelle.

Und ganz bestimmt würde sie ihr helfen, aus diesem Bett zu verschwinden … nämlich auf direktem Weg in einen Sarg.

»Was zum Teufel macht ihr da?« Selbstverständlich war die Frage rein rhetorisch. Er wusste längst Bescheid.

»Es ist meine Entscheidung«, sagte Payne grimmig.

Seine *Shellan* suchte seinen Blick. »Es tut mir leid, V.«

Ein weißer Schleier senkte sich vor seinen Augen, aber der hielt ihn nicht zurück, sich auf sie zu stürzen. Als er das Bett erreichte, klarte seine Sicht auf, und er sah, dass seine behandschuhte Hand das Handgelenk seiner *Shellan* festhielt.

Sein eiserner Griff war das Einzige, was seine Zwillingsschwester noch vom Tod trennte. Und dann sprach er sie an, nicht seine *Shellan*. »Untersteh dich.«

Paynes Augen waren so wild wie die seinen, als sie seinem Blick begegnete. »Untersteh *du* dich!«

V schreckte kurz zurück. Er hatte in die Gesichter von besiegten Feinden geblickt, von zurückgewiesenen Subs und vergessenen Liebhabern, sowohl weiblichen als auch männlichen, aber einen solch abgrundtiefen Hass hatte er noch nie gesehen.

Wirklich noch nie.

»Du bist nicht mein Gott!«, schrie sie ihn an. »Du bist nur mein Bruder! Und du wirst mich ebenso wenig an diesen Körper fesseln wie unsere *Mahmen*!«

Ihr Zorn war seinem so ebenbürtig, dass er zum ersten Mal in seinem Leben nicht wusste, was zu tun war. Schließlich hatte es keinen Zweck, sich auf einen Konflikt einzulassen, wenn der Gegner gleich stark war.

Das Dumme war nur: Wenn er jetzt ging, würde es bei seiner Rückkehr eine Beerdigung geben.

V wollte umherwandern, um etwas Dampf abzulassen, aber er wäre verdammt gewesen, hätte er auch nur eine Sekunde den Blick abgewandt. »Ich will zwei Stunden«, knurrte er. »Ich kann dich nicht aufhalten, aber ich kann dich bitten, mir hundertzwanzig Minuten Aufschub zu gewähren.«

Paynes Augen verengten sich. »Und wofür?«

Weil er etwas tun wollte, was zu Beginn dieser ganzen Sache undenkbar gewesen wäre. Aber sie befanden sich mitten in einer Art von Krieg, und darum war ihm nicht der Luxus vergönnt, sich die Waffen auszusuchen – er musste verwenden, was ihm zur Verfügung stand, selbst wenn ihm das zuwider war.

»Ich sage dir *genau* wofür.« V nahm Jane die Nadel ab. »Du wirst es tun, damit mich das nicht für den Rest meines Lebens verfolgt. Wie findest du das als Grund? Gut genug?«

Paynes Lider senkten sich, und ein langes Schweigen machte sich breit. Doch dann sagte sie: »Ich gebe dir, was du verlangst, aber mein Entschluss steht fest, wenn ich nicht aus diesem Bett rauskomme. Also erwarte nicht zu viel – und sei gewarnt, wenn du versuchen solltest, mit unserer *Mahmen* zu reden. Ich werde dieses Gefängnis nicht eintauschen gegen eines an ihrer Seite, in ihrer Welt.«

Vishous steckte die Nadel in die Tasche und zog das Jagdmesser, das er immer am Gürtel trug, aus der Scheide. »Gib mir deine Hand.«

Als sie sie ihm hinhielt, schlitzte er ihre Handfläche auf und tat dasselbe bei sich. Dann presste er die Wunden aufeinander.

»Schwöre. Bei unserem geteilten Blut schwörst du es mir.«

Paynes Mundwinkel zuckten, als hätte sie gern gelächelt, unter anderen Umständen. »Du traust mir nicht?«

»Nein«, sagte er rau. »Nicht im Geringsten, meine Teuerste.«

Einen Moment später ergriff sie seine Hand, und ihre Augen füllten sich mit Tränen. »Ich schwöre es.«

Vishous atmete tief durch. »In Ordnung.«

Er ließ sie los, wandte sich um und ging zur Tür. Sobald er draußen auf dem Flur war, wollte er keine Zeit verlieren.

»Vishous.«

Als Jane ihn rief, wirbelte er herum und hätte am liebsten geflucht. Er schüttelte den Kopf und sagte: »Komm mir nicht nach. Ruf mich nicht an. Im Moment sollte ich besser nicht in deiner Nähe sein.«

Jane verschränkte die Arme vor der Brust. »Sie ist meine Patientin, V.«

»Und sie ist von meinem Blut.« Voller Frust hieb er mit der Faust in die Luft. »Ich habe jetzt keine Zeit für so was. Ich verschwinde.«

Und damit rannte er los und ließ sie stehen, einfach so.

19

Als Manny wieder zu Hause war, zog er die Tür hinter sich zu, sperrte ab ... und stand reglos da. Wie ein Möbelstück. Die Aktentasche in der Hand.

Es war erstaunlich. Wenn man langsam den Verstand verlor, gingen einem irgendwie plötzlich die Möglichkeiten aus, was man als Nächstes tun sollte. An seinem Willen hatte sich nichts geändert. Er wollte die Kontrolle gewinnen über sich und dieses ... was immer es war, was da in seinem Leben vor sich ging. Aber es gab nichts, woran er sich festhalten konnte, keine Zügel für sein inneres Biest.

Scheiße, so mussten sich Alzheimerpatienten fühlen: Deren Persönlichkeit war intakt, genauso wie ihr Intellekt ... aber sie waren umgeben von einer Welt, die keinen Sinn mehr ergab, weil sie ihre Erinnerungen und Gedanken und Prognosen nicht mehr festhalten konnten.

Und es hing alles mit diesem einen Wochenende zusammen – oder zumindest hatte es da begonnen. Was genau hatte sich aber verändert? Er hatte mindestens den Großteil einer Nacht vergessen, soweit er das beurteilen konnte. Er erinnerte sich an die Rennbahn und an Glorys Sturz und an den Tierarzt danach. Die Fahrt zurück nach Caldwell, wo er zum …

Als sich schon wieder der Vorschlaghammer in seinem Kopf ankündigte, gab er fluchend auf.

Er ging in die Küche, ließ die Aktentasche fallen und starrte eine Weile die Kaffeemaschine an. Er hatte sie angelassen, als er zur Klinik gefahren war. Na toll. Dann war sein morgendlicher Kaffee also ein Abendkaffee gewesen, und es grenzte an ein Wunder, dass er seine verdammte Wohnung nicht abgefackelt hatte.

Dann saß er auf einem der Hocker vor dem Granittresen und starrte durch die Glaswand vor ihm. Die Stadt jenseits der Terrasse funkelte wie eine Theatergängerin, die all ihre Klunker angelegt hatte. Die Lichter der Wolkenkratzer blinkten und gaben ihm das Gefühl von tiefster Einsamkeit.

Stille. Leere.

Die Wohnung kam ihm fast vor wie ein Sarg.

Gott, wenn er nicht operieren konnte, was blieb ihm dann …

Der Schatten auf seiner Terrasse tauchte wie aus dem Nichts auf. Nur dass es kein Schatten war … Das Ding hatte absolut nichts Durchscheinendes an sich. Es wirkte so, als wären die Lichter und Brücken und Wolkenkratzer ein Bild und jemand hätte ein Loch hineingeschnitten.

Ein Loch in der Form eines riesigen Mannes.

Manny stand auf, die Augen auf die Gestalt geheftet. Irgendwo tief im Stammhirn wusste er, dass das die Ursache für all seine Probleme war, sein Gestalt gewordener »Tumor« wandelnd auf zwei Beinen … und der stand im Begriff, sich Manny zu holen.

Als hätte man ihn darum gebeten, ging er zur Glastür

und schob sie auf. Der Wind blies ihm kalt ins Gesicht und wehte ihm das Haar aus der Stirn.

Es war kalt, so abartig kalt ... aber der Kälteschock rührte nicht allein von der frostigen Aprilnacht. Ein eisiger Hauch wehte ihm von der Gestalt entgegen, die so reglos und doch tödlich nur wenige Meter von ihm entfernt stand. Manny hatte das überdeutliche Gefühl, der arktische Windstoß träfe ihn deshalb, weil ihn dieser Wichser in schwarzem Leder nicht ausstehen konnte. Aber Manny verspürte keine Furcht. Die Antwort auf seinen Zustand hing mit diesem Riesen zusammen, der da gerade aus dem Nichts erschienen war, mehr als zwanzig Stockwerke über dem Boden ...

Eine Frau ... eine, mit geflochtenem dunklem Haar ... das hier war ihr ...

Der Kopfschmerz packte ihn, griff ihn vom Nacken aus an und breitete sich über seinen Schädel aus, um dann seine Stirn zu bearbeiten.

Als er zusammensackte und sich am Türgriff festhalten musste, packte ihn die Wut. »Verdammt nochmal, steh da nicht so rum. Sag was oder töte mich, aber *tu* etwas.«

Ein weiterer Windhauch wehte ihm ins Gesicht.

Und dann eine tiefe Stimme. »Ich hätte nicht kommen sollen.«

»Doch, das hättest du«, stöhnte Manny unter Schmerzen. »Denn ich verliere hier den Verstand, und du weißt es, nicht wahr? Was hast du bloß mit mir angestellt?«

Dieser Traum ... von dieser Frau, die er begehrte, aber nicht haben konnte ...

Mannys Knie versagten ihm den Dienst, aber er kümmerte sich einen Dreck darum. »Bring mich zu ihr – und erzähl mir keinen Scheiß. Ich weiß, dass es sie gibt ... ich sehe sie jede Nacht in meinen Träumen.«

»Das gefällt mir alles ganz und gar nicht.«

»Ach ja? Aber ich amüsiere mich hier zu Tode.« Den Zusatz *Arschloch* ließ Manny lieber weg. Wie er auch seine Absicht verbarg, dass er zurückschlagen würde, falls dieser finstere Geselle sich entscheiden sollte, seiner Aggression freien Lauf zu lassen. Er würde zwar den Kürzeren ziehen, aber ob nun kaputt im Kopf oder nicht, er würde nicht kampflos aufgeben.

»Komm schon«, fauchte Manny. »Trau dich.«

Ein kurzes Lachen ertönte. »Du erinnerst mich an einen Freund.«

»Du meinst, es gibt noch einen, der sich wegen dir nicht mehr in seinem Leben zurechtfindet? Super! Wir könnten eine Selbsthilfegruppe gründen.«

»Ach, verdammt ...«

Der Kerl hob die Hand, und dann ... strömten Erinnerungen in Mannys Kopf und durch seinen Körper, und alles, was er an diesem verlorenen Wochenende gesehen und gehört hatte, stürzte mit geballter Kraft auf ihn ein.

Manny stolperte zurück und presste sich die Hände an den Kopf.

Jane. Geheimer Ort. Operation.

Eine Vampirin.

Der eiserne Griff um den Oberarm bewahrte ihn davor, zu Boden zu stürzen, der Bruder seiner Patientin hielt ihn fest. »Du musst nach meiner Schwester sehen. Sie stirbt, wenn du nicht kommst.«

Manny atmete durch den Mund und schluckte mehrmals. Die Patientin ... *seine Patientin* ...

»Ist sie immer noch gelähmt?«, krächzte er.

»Ja.«

»Bring mich zu ihr«, presste er hervor. »Auf der Stelle.«

Wenn das Rückenmark dauerhaft verletzt war, konnte er aus medizinischer Sicht nichts für sie tun, aber das spielte keine Rolle. Er musste sie sehen.

»Wo steht dein Wagen?«, fragte der ziegenbärtige Wichser. »Unten.«

Manny riss sich los und schnappte sich Aktentasche und Schlüssel, die er auf dem Tresen hatte liegen lassen. Als er so durch seine Wohnung hastete und stolperte, fühlte sich sein Hirn auf äußerst bedenkliche Weise benommen an. Noch so ein Hin und Her mit seiner Festplatte, und er würde einen bleibenden Schaden davontragen. Aber darum würde er sich ein andermal kümmern.

Er musste zu seiner Patientin.

Als er die Eingangstür erreichte, stand der Vampir direkt hinter ihm, und Manny nahm sein Zeug in die linke Hand.

Dann vollführte er eine schnelle Drehung und ließ die rechte Faust vorschnellen, in einem perfekt berechneten Bogen, so dass sie den Kerl am Kinn erwischte.

Wumms. Der Schlag hatte Schmackes, so dass der Kopf des Mistkerls nach hinten flog.

Als der Vampir seinen Blick wieder auf ihn richtete und den Mundwinkel zu einem Knurren hochzog, ließ sich Manny davon nicht beirren. »Das war die Quittung für die Manipulationsscheiße.«

Der Kerl zog sich den Handrücken über den blutigen Mund. »Hübscher Haken.«

»Gern geschehen«, sagte Manny und trat aus der Wohnung.

»Ich hätte ihn jederzeit stoppen können. Nur damit hier kein falscher Eindruck entsteht.«

Das glaubte Manny ihm aufs Wort. »Ja, aber das hast du nicht getan.« Manny ging zum Aufzug, drückte den Knopf und funkelte über seine Schulter. »Dann bist du also entweder ein Trottel oder ein Masochist. Such es dir aus.«

Der Vampir rückte ihm auf die Pelle. »Vorsicht, Mensch – du lebst nur, weil du mir nützlich bist.«

»Sie ist deine Schwester?«

»Vergiss das nicht.«

Manny lächelte und legte dabei alle Zähne frei. »Dann sollte ich dir etwas verraten.«

»Was denn?«

Manny stellte sich auf die Zehenspitzen, um dem Kerl in die Augen blicken zu können. »Wenn dir jetzt schon danach ist, mich umzubringen, dann mach dich auf was gefasst, wenn ich sie erst wiedersehe.«

Er bekam praktisch schon einen Ständer, wenn er nur an sie dachte.

Mit einem *Pling* öffnete sich die Aufzugstür, und Manny stieg hinein und drehte sich um. Die Augen des Vampirs glichen Speeren, die nach einer Zielscheibe suchten, aber Manny zuckte lediglich die Schultern. »Ich sage dir nur, wie es ist. Jetzt steig ein oder geistere zur Straße, und ich sammle dich dann wieder ein.«

»Du musst mich für einen Idioten halten«, knurrte der Vampir.

»Nein, ganz und gar nicht.«

Schweigen.

Noch ein Moment verstrich, dann murmelte der Vampir etwas Unverständliches und schlüpfte in den Aufzug, gerade als sich die Türen schlossen. Und dann standen sie nebeneinander in der Kabine und sahen zu, wie die Zahlen über der Doppeltür schrumpften.

Fünf … vier … drei … zwei …

Wie der Countdown vor einer Explosion.

»Sei vorsichtig, Mensch. Mich sollte man nicht zu sehr reizen.«

»Und ich habe nichts zu verlieren.« Außer die Schwester von diesem Monster. »Schätze, wir müssen einfach abwarten, wo diese Sache uns hinführt.«

»Da hast du ausnahmsweise Recht.«

Payne glich einem finsteren Eisblock, während sie auf die Uhr neben der Tür zu ihrem Zimmer blickte. Das runde Ziffernblatt war so weiß wie die Wand dahinter, markiert durch nichts als zwölf schwarze Zahlen, getrennt durch schwarze Linien. Die Zeiger, zwei schwarz, einer rot, zuckelten im Kreis herum, als wären sie genauso gelangweilt von ihrer Aufgabe wie Payne davon, ihnen zuzusehen.

Vishous war zu ihrer Mutter gegangen. Wo sollte er sonst hin sein?

Daher war alles reine Zeitverschwendung, so viel stand fest, er würde mit nichts zurückkommen. Es war pure Verblendung, zu glauben, dass sie, die große Unfehlbare, auch nur im Geringsten von den Nöten ihrer leiblichen Kinder beeindruckt wäre.

Die Mutter des Volkes. Was für ein Unfug ...

Payne runzelte die Stirn. Anfangs war es nur ein leiser Rhythmus, aber der wurde schnell lauter. Schritte. Schwere, eilige Schritte über harten Boden, und zwar von zwei Leuten. Vielleicht waren es nur Vishous' Brüder, die nach ihr sehen woll...

Als die Tür aufschwang, sah sie nichts als Vishous, der groß und unnachgiebig den Rahmen füllte. »Ich habe dir etwas mitgebracht.«

Er wollte noch zur Seite treten, da wurde er schon weggestoßen.

»*Gütige Jungfrau der Schrift* ...«, hauchte Payne, und Tränen schossen ihr in die Augen.

Der Heiler stürzte in ihr Zimmer und, ja, er war genauso, wie sie ihn in Erinnerung hatte ... die breite Brust, die langen Glieder, ein flacher Bauch und ein markantes Kinn. Sein dunkles Haar stand in die Höhe, als hätte er es sich gerauft, und er atmete schwer, den Mund leicht geöffnet.

»Ich *wusste*, dass es dich gibt«, sprudelte es aus ihm hervor. »Verdammt, ich wusste es!«

Sein Anblick durchzuckte sie wie ein Stromschlag und erfüllte sie mit einer Energie, die sie von innen erleuchtete, während ihre Gefühle ins Taumeln gerieten. »Heiler«, flüsterte sie heiser. »Mein Heiler ...«

»Ach, zur Hölle«, hörte sie ihren Bruder sagen.

Manny wirbelte zu Vishous herum. »Lass uns allein. Jetzt ...«

»Pass verdammt nochmal auf, was du sagst ...«

»Ich bin ihr Arzt. Du hast mich hergebracht, damit ich sie medizinisch versor...«

»Sei nicht albern.«

Es entstand eine Pause. »Und warum zum Henker bin ich dann hier?«

»Aus genau dem Grund, aus dem ich dich hasse!«

Es folgte betretenes Schweigen – und ein Schluchzer entrang sich Payne. Sie war so froh, ihren Heiler bei Kräften und leibhaftig zu sehen. Als sie leise schniefte, schnellten beide Köpfe herum, und sofort verwandelte sich der Gesichtsausdruck ihres Heilers, und an die Stelle der Zornesröte trat tiefe Besorgnis.

»Schließ die Tür hinter dir«, bellte er über die Schulter und kam zu ihr.

Sie wischte sich die Tränen aus den Augen und blickte an dem Heiler vorbei, als er sich zu ihr auf die Bettkante setzte. Vishous hatte sich abgewandt und ging auf die Tür zu.

Er wusste es, dachte sie. Er hatte mehr für sie getan als alles, was ihre Mutter je vermocht hätte, denn er hatte ihr das Einzige gebracht, was unter Garantie den Wunsch in ihr weckte, am Leben zu bleiben.

»Danke, mein geliebter Bruder«, sagte sie, den Blick fest auf ihn gerichtet.

Vishous blieb stehen. In ihm arbeitete es so stark, dass er die Hände zu Fäusten geballt hatte, und als er den Kopf nun langsam drehte, brannten seine eisigen Augen.

»Ich würde alles für dich tun. Alles.«

Und damit stieß er die Tür auf und ging … und als sie sich wieder schloss, wurde ihr bewusst, dass man *Ich liebe dich* tatsächlich auch sagen konnte, ohne den Satz wirklich auszusprechen.

Taten zählten mitunter eben mehr als Worte.

20

Als sie schließlich allein waren, konnte Manny nicht genug davon bekommen, seine Patientin eingehend zu mustern. Sein Blick wanderte immer wieder über ihr Gesicht und ihren Hals und ihre langen, wunderschönen Hände. Himmel, sie roch auch noch genauso, und ihr Parfüm bohrte sich in seine Nase und fuhr direkt in seinen Schwanz.

»Ich wusste, dass es dich gibt«, wiederholte er. Verdammt, es wäre wahrscheinlich besser gewesen, auch mal eine andere Platte aufzulegen, aber ganz offensichtlich hatte er nichts sonst auf Lager: Die Erleichterung, dass er nicht den Verstand verlor, war einfach zu überwältigend.

Zumindest, bis ihm das schimmernde Glitzern von Tränen in ihren Augen auffiel ... gepaart mit der bodenlosen Hoffnungslosigkeit in ihrem Blick.

Er hatte getan, was er tun konnte, und doch hatte er versagt. Auf ganzer Linie.

Obwohl er ihren Zustand durchaus vorher geahnt hatte. Ihr Bruder war nicht noch einmal in die Menschenwelt gekommen, weil es auf dieser Seite so prächtig lief.

»Wie geht es dir?«, fragte er.

Als er in ihre Augen blickte, schüttelte sie langsam den Kopf. »Ich bin …«

Als sie den Satz nicht zu Ende führte, nahm er ihre Hand und hielt sie fest. Gott, ihre Haut war weich. »Sag es mir.«

»Meine Beine … sind nicht besser geworden.«

Er fluchte verhalten. Er wollte sie untersuchen und die neuesten Röntgenaufnahmen ansehen … vielleicht in die Wege leiten, dass sie noch einmal für ein MRT ins St. Francis kam.

Aber so wichtig all diese Dinge waren, sie konnten warten. Im Moment war sie emotional instabil, daher musste man ihr in erster Linie helfen, damit zurechtzukommen.

»Immer noch kein Gefühl?«, fragte er.

Als sie den Kopf schüttelte, entwischte ihr eine Träne und rollte ihre Wange hinunter. Es brach ihm das Herz, dass sie weinte, aber bei Gott, er hatte noch nie etwas so Schönes gesehen wie ihre Augen.

»Ich werde … für immer so bleiben«, sagte sie und erschauderte.

»Und was genau meinst du mit ›so‹?«

»Hier. In diesem Bett. Gefangen.« Ihre Augen hielten seinen Blick, griffen zu und packten ihn. »Ich ertrage diese Folter nicht. Nicht eine weitere Nacht.«

Sie war todernst, und für den Bruchteil einer Sekunde erfasste ihn die nackte Panik und versetzte ihm einen Stich in die Seele. Bei einer anderen Frau – oder auch einem Mann – wäre eine solche Aussage vermutlich ein bloßer Ausdruck der Verzweiflung gewesen. Aber bei ihr? Da steckte Entschlossenheit dahinter.

»Habt ihr hier Internet?«, fragte er.

»Internet?«

»Einen Computer mit Zugang zum Netz.«

»Ach ja ... ich glaube, im Zimmer nebenan steht so ein Ding. Durch die andere Tür da.«

»Ich bin gleich zurück. Bleib, wo du bist.«

Das rang ihr ein halbherziges Lächeln ab. »Wo sollte ich denn hingehen, Heiler?«

»Das werde ich dir zeigen.«

Als er aufstand, musste er den Impuls unterdrücken, sie zu küssen, und er eilte hinaus, um es nicht doch noch zu tun. Es dauerte nicht lange, den Computer ausfindig zu machen und sich mit Hilfe einer ziemlich attraktiven blonden Krankenpflegerin, die sich als Ehlena vorstellte, einzuloggen. Zehn Minuten später kam er zurück zu Payne und blieb in der Tür stehen.

Sie richtete sich gerade das Haar. Mit zitternden Händen glättete sie den Scheitel und tastete den Zopf ab, als suchte sie nach unordentlichen Stellen.

»Das musst du nicht tun«, murmelte er. »Für mich siehst du perfekt aus.«

Anstatt zu antworten errötete sie und wurde nervös – mehr brachte sie nicht zustande. »Fürwahr, du fesselst mir die Zunge.«

Na, wenn das seine Gedanken nicht an Orte führte, wo sie nichts zu suchen hatten ...

Er starrte sie an und zwang seinen Kopf, einen anderen Gang einzulegen. »Payne, ich bin dein Arzt, nicht wahr?«

»Ja, Heiler.«

»Und das heißt, dass ich dir die Wahrheit sage. Kein Gerede um den heißen Brei, keine Versteckspiele. Ich sage dir, was ich denke, und du bildest dir deine eigene Meinung – aber du musst mich anhören, okay? Alles, was ich habe, ist die Wahrheit, nicht mehr und nicht weniger.«

»Dann kannst du dir die Worte sparen, denn ich weiß nur zu gut, woran ich bin.«

Er blickte sich um. »Hast du diesen Raum verlassen, seit du von der Operation zurückgekommen bist?«

»Nein.«

»Dann starrst du also seit einer Woche weiße Wände an und warst ans Bett gefesselt, während dich andere gefüttert und gebadet und sich um deine Körperfunktionen gekümmert haben?«

»Daran musst du mich nicht erinnern«, sagte sie trocken. »Besten Dank …«

»Woher willst du dann wissen, woran du bist?«

Ihr Stirnrunzeln war tief und dunkel … und höllisch sexy. »Das ist lächerlich. Ich bin hier.« Sie deutete auf die Matratze unter sich. »Ich war die ganze Zeit hier.«

»Genau.« Als sie ihn anfunkelte, trat er ans Bett. »Ich werde dich jetzt aus dem Bett heben und tragen, wenn es dir nichts ausmacht.«

Jetzt zog sie die Brauen hoch. »Aber wohin?«

»Raus aus diesem gottverdammten Käfig.«

»Aber … das geht nicht. Ich habe einen …«

»Ich weiß.« Natürlich dachte sie an ihren Katheter, und um ihr die Peinlichkeit zu ersparen, schnappte er sich ein sauberes weißes Handtuch vom Nachttischchen. »Ich bin vorsichtig damit, und mit dir auch.«

Nachdem er alles gesichert hatte, zupfte er das obere Laken weg, das sie bedeckte, und hob sie aus dem Bett. Sie hatte ein beachtliches Gewicht, und als er sie an die Brust gepresst hatte, nahm er sich einen Moment Zeit, sie einfach nur zu halten, ihren Kopf an seiner Schulter, die langen, langen Beine über den Arm drapiert. Ihr Parfüm oder die Seife oder was es auch immer sein mochte erinnerte ihn an Sandelholz und noch etwas anderes.

Ja, richtig … an Orgasmen.

Die Sorte, die er hatte, wenn er von ihr träumte.

Fantastisch, jetzt war er dran mit Rotwerden.

Payne räusperte sich. »Bin ich zu schwer? Ich bin groß für eine Frau.«

»Du bist perfekt für eine Frau.«

»Nicht da, wo ich herkomme«, murmelte sie.

»Dann legt man dort den falschen Maßstab an.«

Manny trug seine kostbare Fracht durch die Tür ins Untersuchungszimmer. Es war leer, auf seinen Wunsch hin. Er hatte die Schwester gebeten – Elina? Elaina? –, ihnen etwas Privatsphäre zu lassen.

Er hatte keine Ahnung, wie diese Sache laufen würde.

Ohne sie loszulassen, setzte er sich vor den Computer und drehte sich so, dass sie beide auf den Bildschirm schauten. Als sie jedoch mehr daran interessiert zu sein schien, ihn anzusehen, störte ihn das kein bisschen – aber für die Konzentration war es nicht gerade förderlich. Und es diente auch nicht dem Zweck, zu dem er sie aus dem Bett geholt hatte.

»Payne«, mahnte er.

»Was ist?«

Himmel, diese rauchige Stimme. Sie drang in ihn ein wie ein Messer, doch war es ein köstlicher Schmerz: Sie so zu begehren und sich zurückzuhalten war ein qualvoller Genuss, der irgendwie fast besser war als der beste Sex, den er je gehabt hatte.

Er erlebte einen regelrechten Orgasmus der Vorfreude.

»Du solltest eigentlich auf den Monitor schauen«, sagte er und streifte ihre Wange.

»Ich schaue lieber dich an.«

»Ach ja …?« Als seine Stimme genauso rau wurde wie die ihre, wusste er, dass es an der Zeit war für einen inneren Monolog im Sinne von *O nein, das lässt du schön bleiben*.

Aber *verflucht*.

»Durch dich fühle ich am ganzen Körper. Selbst in meinen Beinen spüre ich etwas.«

Na ja, erotische Anziehung konnte so etwas bewirken. Seine Schaltkreise leuchteten jedenfalls wie Manhattan um Mitternacht.

Nur dass es einen ganz bestimmten Grund gab, warum sie hier auf seinem Schoß saß, als wäre er der Weihnachtsmann, ein Grund, der so viel wichtiger war als irgendeine schnelle Nummer ... noch nicht einmal eine Runde Bettenakrobatik, die eine Woche dauerte oder einen Monat oder, der Himmel steh ihnen beiden bei, ein Jahr, konnte so wichtig sein. Es ging um ein Leben. Und zwar um das ihre.

»Wie wäre es, wenn du kurz auf den Monitor schauen würdest? Danach kannst du mich ansehen, so lange du willst.«

»In Ordnung.«

Als sie den Blick nicht von ihm löste, räusperte er sich.

»Der Computer, *bambina*.«

»Bist du Italiener?«

»Mütterlicherseits.«

»Und dein Vater?«

Er zuckte die Achseln. »Ich bin ihm nie begegnet, deshalb kann ich es dir nicht sagen.«

»Du kennst deinen Vater nicht?«

»Nein, kein bisschen.« Manny legte den Zeigefinger unter ihr Kinn und drehte ihren Kopf in Richtung Bildschirm. »Sieh mal.«

Er tippte auf den Monitor und bemerkte, dass sie tatsächlich hinsah, als sie die Stirn in Falten legte und sich ihre dunklen Brauen tief über die diamantenen Augen senkten.

»Das hier ist ein Freund von mir – Paul.« Manny versuchte nicht, den Stolz in seiner Stimme zu verbergen. »Er war auch einmal ein Patient von mir. Er lässt es richtig krachen ... dabei sitzt er seit Jahren im Rollstuhl.«

Erst war sich Payne nicht sicher, was genau das für ein Bild war ... es bewegte sich, so viel stand fest. Und es sah so aus, als ob – Moment. Das war ein Mensch, und er saß in einer Art Vorrichtung, die über den Boden rollte. Um sich fortzubewegen, schob er mit kräftigen Armen an, das Gesicht zur Grimasse verzogen, mit wilder Entschlossenheit, wie ein Krieger auf dem Höhepunkt der Schlacht.

Hinter ihm folgten drei Männer in ähnlichen Vorrichtungen, und alle versuchten ihn einzuholen, während sich der Abstand zwischen ihnen und dem Anführer stetig vergrößerte.

»Ist das ... ein Rennen?«, fragte sie.

»Du siehst hier den Boston Marathon, Rollstuhlklasse. Paul ist gerade am Heartbreak Hill angekommen, der kritischsten Stelle.«

»Er liegt in Führung.«

»Wart's nur ab, er legt gerade erst so richtig los. Er hat den Marathon nicht nur gewonnen ... er hat einen ganz neuen Rekord aufgestellt.«

Sie sahen zu, wie der Mann mit einem Riesenvorsprung auf das Ziel zuschoss, während sich seine mächtigen Arme wie ein Windrad drehten, seine Brust pumpte und ihn die Menge rechts und links anfeuerte. Als er durch ein Band fuhr, kam eine bildhübsche Frau auf ihn zugerannt, und das Paar umarmte sich.

Und was war das da in den Armen der Frau? Ein Baby, dessen Augen denen des Mannes glichen.

Manny beugte sich vor und bewegte ein kleines schwarzes Instrument auf dem Tisch hin und her, woraufhin das bewegte Bild vom Monitor verschwand ... und an seine Stelle trat ein unbewegtes Porträt von dem Mann, auf dem er lächelte. Er sah sehr gut aus und strotzte vor Gesundheit, und an seiner Seite war dieselbe rothaarige Frau und dieses kleine Kind mit den blauen Augen zu sehen.

Der Mann saß noch immer, aber der Stuhl war ein anderer als der, in dem er das Rennen gefahren war – eigentlich sah er aus wie der, den Jane ihr angeboten hatte. Seine Beine waren im Vergleich zum Körper unproportioniert, schmal und unter dem Sitz versteckt, aber das bemerkte man nicht – nicht einmal die Rollvorrichtung nahm man war. Man sah einzig und allein die Vitalität und Intelligenz dieses Mannes.

Payne streckte die Hand aus und berührte sein Gesicht auf dem Monitor. »Wie lange …?«, fragte sie heiser.

»Ist er schon gelähmt? Ungefähr zehn Jahre. Er war gerade auf seinem Tourenfahrrad unterwegs, als er von einem betrunkenen Autofahrer erfasst wurde. Ich habe ihn insgesamt sieben Mal am Rückgrat operiert.«

»Und er sitzt noch immer … in dem Stuhl?«

»Siehst du die Frau neben ihm?«

»Ja.«

»Sie hat sich nach dem Unfall in ihn verliebt.«

Payne riss den Kopf herum und sah Manny ins Gesicht. »Er … hat ein Kind gezeugt?«

»Ja. Er kann Auto fahren … Sex haben, offensichtlich … und lebt ein wesentlich erfüllteres Leben als die meisten Menschen mit zwei funktionsfähigen Beinen. Er ist Unternehmer und Athlet und ein echter Teufelskerl, und ich bin stolz, ihn zum Freund zu haben.«

Während er sprach, bewegte Manny wieder das schwarze Ding auf dem Tisch hin und her, und die Bilder wechselten. Es gab welche von dem Mann in anderen sportlichen Wettkämpfen und dann eines von ihm lächelnd neben einem großen Gebäude, und dann eines, auf dem er vor einem roten Band saß, mit einer goldenen Schere in der Hand.

»Paul ist Bürgermeister von Caldwell.« Zärtlich drehte er ihr Gesicht, so dass sie ihn ansah. »Hör mir zu … und ich möchte, dass du dir das gut merkst: Deine Beine sind ein Teil von dir, aber sie sind nicht alles und machen nicht dein Wesen aus. Also egal, was wir nach heute Nacht tun, ich will, dass du weißt, dass du wegen der Verletzung nicht weniger du selbst bist. Im Rollstuhl bist du so groß wie eh und je. Die Körpergröße ist nur eine Zahl – sie bedeutet nichts, wenn es um Charakter geht oder darum, was für ein Leben du führst.«

Er war jetzt todernst, und wenn sie ehrlich war, verliebte sie sich in diesem Moment ein wenig in ihn.

»Kannst du dieses Ding ... bewegen«, flüsterte sie. »Damit ich noch mehr sehen kann?«

»Hier, nimm du die Maus.« Er griff nach ihrer Hand und legte sie auf das warme, längliche Ding. »Links und rechts ... hoch und runter ... siehst du? Damit bewegt man den Pfeil auf dem Bildschirm. Klick auf die Taste, wenn du etwas anschauen willst.«

Sie brauchte ein paar Anläufe, aber dann hatte sie den Dreh raus ... und es war absurd, aber die Fähigkeit, den Cursor über den Bildschirm zu bewegen und auf das zu klicken, was sie sich ansehen wollte, löste einen unglaublichen Energieschub in ihr aus.

»Ich hab's raus«, jubelte sie. Doch dann wirkte sie auf einmal verlegen. Eine so einfache Fertigkeit war ein zu kleiner Sieg, um sich damit zu brüsten.

»Genau das ist der Punkt«, flüsterte ihr Manny ins Ohr. »Du kannst *alles*.«

Sie erzitterte bei diesen Worten. Nun, vermutlich nicht nur wegen der Worte.

Sie konzentrierte sich wieder auf den Computer. Die Bilder von dem Rennen gefielen ihr am besten. Die verbissene Anstrengung und die unerschütterliche Willenskraft, die man in seinem Gesicht lesen konnte, brannten seit langem auch in ihrer Brust. Doch das mit der Familie gefiel ihr auch sehr gut. Es waren Menschen, aber ihre Bindung schien so stark. Da sprach so viel Liebe aus diesen Bildern.

»Was sagst du?«, murmelte Manny.

»Ich glaube, du bist genau im richtigen Moment aufgetaucht. Davon bin ich überzeugt.«

Sie drehte sich in seinen starken Armen und sah ihm in die Augen. Und sie wünschte sich wirklich, sie könnte mehr von ihm spüren. Alles von ihm. Aber von der Hüfte abwärts fühlte sie nur eine unbestimmte Wärme. Das war zwar nicht so schlimm wie die Kälte, die seit der Operation dort geherrscht hatte, das schon ... aber es hätte so viel besser sein können.

»Heiler ...«, flüsterte sie, und ihre Augen wanderten zu seinem Mund.

Seine Lider senkten sich, und er schien die Luft anzuhalten. »Ja ...?«

»Darf ich ...« Sie leckte sich die Lippen. »Darf ich dich küssen?«

Er zuckte zusammen, wie unter Schmerzen, doch sein Duft schwoll an, deshalb wusste sie, dass er es ebenfalls wollte.

»Gütiger ... Himmel«, stieß er aus.

»Dein Körper will es«, sagte sie und fuhr mit der Hand in das weiche Haar in seinem Nacken.

»Und genau da liegt das Problem.« Als sie ihn verwirrt ansah, fiel sein begieriger Blick auf ihre Brüste. »Mein Körper will so viel mehr als nur einen Kuss.«

Auf einmal setzte sich eine Veränderung in ihrem Körper in Gang, so unmerklich, dass sie kaum auszumachen war. Aber etwas fühlte sich anders an in Rumpf und Gliedern. Ein Kitzeln? Sie war zu sehr gebannt von der erotischen Energie zwischen ihnen, um sich einen Kopf darüber machen zu können.

Daher schlang sie den zweiten Arm um seinen Hals und fragte: »Was will dein Körper denn noch?«

Manny stöhnte tief in der Kehle, und der Klang gab ihr einen Energieschub, als hätte sie eine Waffe in der Hand. Und dieses Gefühl wirkte auf sie wie eine Droge.

»Sag mir, Heiler«, drängte sie. »Was will er noch?«

Seine braunen Augen wirkten wie entflammt, als sich sein Blick nun in sie bohrte. »Alles. Mein Körper will jeden Quadratzentimeter von dir ... von außen ... von innen. Und er will so manches, für das du wahrscheinlich noch nicht bereit bist.«

»Ich entscheide darüber«, konterte sie, und ein seltsames, pochendes Sehnen breitete sich in ihrem Unterleib aus. »Ich entscheide darüber, was ich auf mich nehmen kann und was nicht, ja?«

Er zeigte ein schiefes, verschmitztes Lächeln. »Sehr wohl, Mylady.«

Als ein dunkler, rhythmischer Klang die Luft erfüllte, bemerkte sie erstaunt, dass er von ihr ausging. Sie schnurrte. »Muss ich noch einmal darum bitten, Heiler?«

Es entstand eine kurze Pause. Dann schüttelte er langsam den Kopf. »Nein. Ich gebe dir alles ... alles, was dein Herz begehrt.«

21

Als Vishous die Tür zum Untersuchungszimmer aufstieß, fiel sein Blick auf eine Szenerie, die ihn sofort an Kastration denken ließ.

Und das sollte schon etwas heißen, da er ja bereits selbst die Erfahrung hatte machen müssen, ein Messer im Intimbereich angesetzt zu bekommen.

Dabei tat seine Schwester im Grunde nichts weiter, als auf dem besten Stück von diesem Dreckskerl von Onkel Doktor zu sitzen, der die Arme um sie gelegt hatte. Sie hatten zwar die Köpfe vertraulich zusammengesteckt, sahen sich dabei aber nicht an – und das war der einzige Grund, warum er die Party nicht auf der Stelle sprengte: Sie blickten auf den Computerbildschirm ... und sahen einem Mann im Rollstuhl zu, wie er ein Rennen gegen andere Rollstuhlfahrer bestritt.

»... die Körpergröße ist nur eine Zahl – sie bedeutet nichts, wenn es um Charakter geht oder darum, was für ein Leben du führst.«

»Kannst du dieses Ding ... bewegen?«

Aus irgendeinem Grund klopfte Vs Herz, als der Mann seiner Schwester zeigte, wie man eine Maus bediente. Und dann hörte er etwas, das ihm Grund zur Hoffnung gab.

»Ich hab's raus«, jubelte sie.

»Genau das ist der Punkt«, sagte der Heiler leise. »Du kannst *alles*.«

Tja, Scheiße – die Rechnung war also tatsächlich aufgegangen: V war bereit gewesen, den Menschen vorläufig als Trumpf auszuspielen, nur um Payne von ihren Selbstmordgedanken abzubringen. Allerdings hatte er nicht damit gerechnet, dass der Kerl für Payne mehr als nur eine romantische Schwärmerei sein könnte.

Und doch saß der Wichser jetzt hier und … brachte ihr nicht nur das Küssen bei.

V hätte eigentlich als ihr Retter auftreten wollen – und vermutlich war er das auch, nämlich insofern, als er Manello herbeigeschafft hatte. Aber warum hatte er selbst nicht schon früher etwas getan? Warum hatte Jane nichts unternommen? Sie hätten sie aus diesem Zimmer holen sollen, sie ins Haus bringen … mit ihr essen und mit ihr reden.

Ihr zeigen, dass ihre Zukunft jetzt zwar anders aussah, aber nicht vollends vernichtet war.

V rieb sich übers Gesicht, als die Wut ihn in den Würgegriff nahm. Verdammt nochmal, Jane … wie konnte ihr entgehen, dass Patienten mehr brauchten als Schmerztabletten und Hygiene? Seine Zwillingsschwester hätte eine verdammte Perspektive benötigt – in diesem Gefängnis wäre jeder verrückt geworden.

Scheiße, verfluchte.

Er warf einen Blick auf seine Schwester und den Menschen. Die beiden sahen sich in die Augen und machten den Eindruck, als ließen sie sich nur mit der Brechstange voneinander lösen.

Das weckte in ihm erneut den Wunsch, den Scheißkerl umzubringen.

Er suchte mit der behandschuhten Hand in der Tasche nach einer selbst gedrehten Zigarette und spielte mit dem Gedanken, sich lautstark zu räuspern. Alternativ hätte er aber auch den Dolch zücken und ihn mit gezieltem Schwung dem Menschen an den Kopf schleudern können, so dass er darin stecken blieb. Doch leider war dieser Chirurg ein ganz nützliches Werkzeug, dessen er sich bedienen würde, bis er es nicht mehr brauchte – und an diesem Punkt waren sie noch nicht.

V zwang sich, rückwärts wieder durch die Tür zu verschwinden.

»Na, wie läuft's?«

Als er herumwirbelte, fiel ihm die verdammte Zigarette aus der Hand.

Butch hob sie auf. »Brauchst du Feuer?«

»Ein Messer wäre mir lieber.« Er nahm die Kippe und holte sein neues Bic raus, das tatsächlich auch noch funktionierte. Dann nahm er einen tiefen Zug und stieß den Rauch aus. »Gehen wir etwas trinken?«

»Später. Ich glaube, du solltest erst mit deiner Frau reden.«

»O nein, das muss ich nicht. Nicht jetzt.«

»Sie packt gerade eine Tasche, Vishous.«

Der gebundene Vampir in ihm ging die Wände hoch, und dennoch zwang er sich, ruhig im Flur stehen zu bleiben und weiterzurauchen. Dem Himmel sei Dank für seine Nikotinsucht: An dem Glimmstängel zu ziehen war nämlich das Einzige, was ihn vom lautstarken Fluchen abhielt.

»V, mein Freund, was ist los?«

Er verstand Butch kaum, weil es in seinem Kopf so lärmte. Und er hätte nicht einmal annähernd eine überzeugende Erklärung abgeben können. »Meine *Shellan* und ich hatten eine kleine Meinungsverschiedenheit.«

»Dann diskutiert es aus.«

»Nicht jetzt.« V drückte die Zigarette an seiner Schuhsohle aus und warf sie weg. »Gehen wir.«

Nur ... als er losgehen wollte, brachte er es nicht über sich, zur Parkgarage zu gehen, wo der Escalade gerade einen Ölwechsel erhielt. Er kam einfach nicht vom Fleck, als wären seine Füße mit dem Boden verschmolzen.

Er schielte zum Büro. Es schmerzte ihn, dass es vor nicht mal einer Stunde noch so ausgesehen hatte, als würde sich die Lage entspannen. Aber nein. Jetzt kam es ihm fast so vor, als wäre die Scheiße davor nur ein kleiner Vorgeschmack auf das gewesen, was ihnen nun ins Haus stand.

»Ich habe ihr nichts zu sagen, ehrlich.« Wie immer.

»Vielleicht fällt dir ja noch was ein.«

Das bezweifle ich, dachte er.

Butch klopfte ihm auf die Schulter. »Hör zu. Du hast echt das Modebewusstsein einer Parkbank und das Feingefühl eines Fleischerbeils ...«

»Soll mir das vielleicht helfen?«

»Lass mich ausreden ...«

»Und was kommt als Nächstes? Willst du dich über die Länge meines Schwanzes lustig machen?«

»Blödsinn, sogar mit einem Ding in der Größe eines Bleistifts kriegt man das ganz gut hin – ich habe das Stöhnen aus eurem Schlafzimmer gehört, das ist Beweis genug.« Butch schüttelte seinen Freund. »Ich will dir nur eins sagen – du brauchst diese Frau. Versau es dir nicht. Nicht jetzt – und auch sonst nie, verstehst du?«

»Sie wollte Payne helfen, sich umzubringen.« Als Butch zusammenzuckte, nickte V. »Ja. Es ist also nicht der alltägliche Hickhack um die Frage, wer die beschissene Zahnpastatube offen gelassen hat.«

Nach einer kurzen Pause murmelte Butch: »Es muss wohl einen verdammt guten Grund dafür gegeben haben.«

»Es gibt keine Entschuldigung für so was. Payne ist meine einzige Blutsverwandte, und Jane wollte sie mir nehmen.«

Jetzt, da er die Situation so klar benannt hatte, wurde das Summen in Vs Kopf so übermächtig, dass er fürchtete, gleich um sich zu schlagen – und zum ersten Mal in seinem Leben hatte V Angst vor sich selbst und vor dem, wozu er fähig war. Es ging selbstverständlich nicht darum, dass er Jane wehtun könnte – egal, wie wütend er war, er würde ihr nichts antun, niemals ...

Butch trat einen Schritt zurück und hob die Hände. »Hey, ganz ruhig, Sportsfreund.«

V blickte nach unten. In seinen Händen hielt er die beiden Dolche ... und seine Fäuste ballten sich so fest um die Griffe, dass er sich fragte, ob man sie ihm operativ von den Handtellern würde entfernen müssen.

»Bitte, nimm mir die weg«, sagte er wie betäubt.

Hastig händigte er seinem besten Freund alle seine Kriegswerkzeuge aus, bis er vollständig unbewaffnet war. Und Butch nahm die ganze Ladung kurz entschlossen entgegen.

»Ja ... vielleicht hast du Recht«, murmelte er. »Rede später mit ihr.«

»Sie ist es nicht, um die du dich sorgen musst, Bulle.« Denn offensichtlich war heute Nacht seine ganze verfluchte Familie selbstmordgefährdet.

Butch hielt ihn am Arm fest, als er sich abwenden wollte. »Was kann ich tun, um dir zu helfen?«

Kurz schoss V ein schreckliches Bild durch den Kopf. »Nichts, was du packen würdest. Tut mir leid.«

»Glaub bloß nicht, dass du für mich entscheiden kannst, du Wichser.«

V trat ganz nah auf seinen Freund zu, so dass sich ihre Gesichter fast berührten. »Dafür hast du nicht die Nerven. Glaub mir.«

Butchs haselnussbraune Augen hielten seinem Blick stand, ohne zu blinzeln. »Du wärst überrascht, was ich alles tun würde, um dir deinen verdammten Arsch zu retten.«

Vs Mund klappte auf, er atmete flach. Und als die beiden so dastanden, Brust an Brust, war er sich plötzlich jedes Zentimeters seines Körpers bewusst.

»Was redest du da, Bulle?«

»Glaubst du ernsthaft, *Lesser* wären die bessere Lösung?«, murmelte Butch heiser. »Wenigstens kann ich so dafür sorgen, dass du nicht hinterher tot bist.«

Bilder stürmten auf V ein, äußerst lebendig und abstoßend pervers. Und immer war er der Hauptdarsteller.

Nachdem eine Weile keiner von ihnen ein Wort gesprochen hatte, trat Butch einen Schritt zurück. »Geh jetzt zu deiner Frau. Ich warte beim Escalade auf dich.«

»Butch, das meinst du nicht ernst. Das kann nicht dein Ernst sein.«

Sein bester Freund fasste ihn kalt ins Auge. »Zum Teufel, und ob ich das ernst meine.« Dann wandte er sich ab und schlenderte über den Flur davon. »Komm nach, sobald du fertig bist.«

Als V ihm hinterhersah, fragte er sich, ob es hier darum ging, dass sie heute Nacht zusammen einen trinken würden ... oder darum, dass sie gemeinsam eine Tür durchschreiten würden, die der Bulle soeben aufgestoßen hatte; eine Tür, hinter der Gefahr lauerte.

Im Grunde seines Herzens wusste er, dass beides zutraf.

Heilige Scheiße.

Drinnen im Untersuchungszimmer war sich Manny unterschwellig bewusst, dass jemand in der Nähe rauchte, als er Payne in die Augen sah. Und bei seinem Glück war es gewiss ihr nervtötender Bruder, der sich mit Nikotin aufputschte, bevor er reinkam und ihm die Fresse polierte.

Doch das war ihm egal. Paynes Mund war nur noch Zentimeter von seinem entfernt, sie schmiegte sich warm an ihn, und sein Schwanz platzte förmlich. Er war ein willensstarker Mensch, ein Freund der Selbstbeherrschung, aber das aufzuhalten, was sich hier anbahnte, überstieg selbst seine Fähigkeiten.

Er legte eine Hand an ihre Wange. Als er sie berührte, öffnete sie leicht die Lippen, und ihm war klar, dass er etwas sagen sollte, aber seine Stimme hatte offensichtlich die Koffer gepackt und war abgereist. Und zwar zusammen mit seinem Gehirn.

Näher. Er zog sie näher zu sich, kam ihr auf halbem Weg entgegen, bis ihre Lippen verschmolzen. Und obwohl sein erregter Körper die Geduld eines hungrigen Tigers zu haben schien, ging er sehr behutsam vor. Gott, sie war weich ... oh, so unglaublich weich ... auf eine Art, die in ihm den Wunsch erweckte, sie ganz weit zu öffnen und mit allem in sie einzudringen, was ihm zur Verfügung stand, mit seinen Fingern, seiner Zunge, seinem Geschlecht.

Doch nichts von alledem würde geschehen. Nicht heute Nacht. Und auch nicht in der folgenden. Er hatte nicht sonderlich viel Erfahrung mit Jungfrauen, aber selbst wenn sie sexuell auf ihn ansprach, war er sich doch ziemlich sicher, dass man die Sache vorsichtig ...

»Mehr«, verlangte sie heiser. »*Mehr* ... «

Für einen Sekundenbruchteil setzte sein Herz aus, und er überdachte den geplanten Schongang: Sie klang so gar nicht wie ein kleines hilfloses Mädchen. Sie war ganz Frau, bereit, ihren Liebhaber zu empfangen.

Und letztlich beugte er sich dem Gebot, dass man eine Dame nicht zweimal bitten ließ, strich mit den Lippen über ihren Mund und saugte an ihrer Unterlippe. Dann schloss sich seine Hand um ihren Nacken. Zu gern hätte er ihren Zopf gelöst und in ihrem Haar gewühlt ... aber das kam einem Entkleiden schon viel zu nahe, und in diesem Raum wären sie alles andere als ungestört.

Außerdem war er bereits jetzt kurz davor zu kommen.

Er ließ seine Zunge in ihren Mund gleiten und stöhnte, seine Arme umfassten sie fester – bevor er ihnen befahl, locker zu lassen, da er ihr sonst die ihren direkt unterhalb der Schulter abgetrennt hätte. Mann, sie war pures Oktan in seinen Adern, und sein Körper war bereits in voller Fahrt und heulte nun auf wie ein Motor. Und er hatte echt geglaubt, seine Träume wären heiß gewesen? Verglichen mit der Wirklichkeit kamen sie ihm nun so lau vor wie die aktuelle Raumtemperatur im Vergleich zur brennend heißen Oberfläche des Merkurs.

Er spielte weiter mit der Zunge, glitt in ihren Mund und zog sich zurück, neckte sie, bis er sich selbst zurückpfeifen musste. Seine Hüften rieben sich kreisend an ihrem festen Hintern auf seinem Schoß – und das schien ihm so unfair, weil sie nichts fühlen konnte.

Er atmete tief durch, hielt es aber nicht lange aus, er musste sich einfach ihrem Hals nähern und an ihrer Kehle knabbern ...

Ihre Nägel gruben sich tief in seine Schultern. Wäre er nackt gewesen, hätte er sicherlich geblutet – und dieser Gedanke machte ihn höllisch an. Scheiße, die Vorstellung, dass es noch mehr geben könnte als Sex, dass sie sich an seinem Hals festbeißen und ihn auf mehr als eine Weise in sich aufnehmen könnte ...

Mit einem scharfen Zischen riss sich Manny von ihr los und ließ den Kopf zurückfallen, während er keuchend atmete. »Ich denke, wir sollten einen Gang zurückschalten.«

»Warum denn?«, fragte sie, und ihre Augen nahmen jedes Detail an ihm wahr. Sie neigte sich ihm zu und knurrte: »Du willst es doch auch.«

»O verdammt, ja, und ob ich es will.«

Ihre Hände wanderten zur Vorderseite seines Hemds. »Dann lass uns bitte weitermachen …«

Er packte ihre Handgelenke, als sich der Orgasmus prickelnd an der Spitze seiner Erektion bemerkbar machte. »Du musst aufhören. Sofort.«

Gott, er konnte kaum noch atmen.

Abrupt befreite sie sich aus seinem Griff und ließ den Kopf hängen. Dann räusperte sie sich und sagte rau: »Natürlich, es tut mir leid.«

Ihr beschämter Gesichtsausdruck versetzte ihm einen Stich. »Nein, nein … es liegt nicht an dir.«

Als sie nicht antwortete, schob er ihr Kinn hoch und fragte sich, ob sie eine Ahnung hatte, was im Körper eines Mannes vorging, wenn er derart erregt war. Himmel, wusste sie überhaupt, was eine Erektion war?

»Hör mir gut zu«, knurrte er fast. »Ich will dich. Hier. In diesem Zimmer. Oder auf dem Boden im Flur. An die Wand gepresst. Auf jede erdenkliche Art und Weise, zu jeder Zeit. Hast du das verstanden?«

Ihre Augen flammten auf. »Aber warum willst du dann nicht …«

»Erstens glaube ich, dass dein Bruder draußen auf dem Flur steht. Und zweitens hast du mir gesagt, dass du noch nie mit einem Mann zusammen warst. Ich hingegen weiß genau, wohin uns das alles führen kann, und das Letzte, was ich will, ist, dich zu verschrecken, indem wir es zu schnell geschehen lassen.«

Sie hielten die Blicke verschränkt. Dann verzogen sich ihre Lippen plötzlich zu einem Lächeln, das so breit war, dass sich auf einer Seite ihres Mundes ein Grübchen bildete und ihre perfekten Zähne schimmerten …

Himmel, ihre Fänge waren länger geworden. Viel länger. Und so unglaublich scharf.

Manny konnte nicht anders: Er musste sich einfach vorstellen, wie es sich wohl anfühlen würde, wenn sie sich über die Unterseite seines Schwanzes zogen.

Der Orgasmus in seinem Schaft bettelte einmal mehr darum, doch endlich freigelassen zu werden.

Und dann kam Paynes rosa Zunge zum Vorschein und fuhr langsam über die scharfen Spitzen. »Gefallen sie dir?«

Mannys Herz klopfte. »Ja. Verflucht, und ob …«

Auf einmal gingen die Lichter aus, das Zimmer war in Dunkelheit getaucht. Und dann klickte es, zwei Mal … Waren das die Schlösser? Konnten das die Schlösser der Türen gewesen sein?

Im Schein des Monitors sah er, wie sich ihr Gesicht veränderte. Verschwunden war die schüchterne, unschuldige Leidenschaft … an ihre Stelle war ein roher, wilder Hunger getreten, der ihn daran erinnerte, dass sie kein Mensch war. Sie glich einem wunderschönen Raubtier, ein prächtiges, kraftvolles Geschöpf, gerade menschlich genug, um ihn vergessen zu lassen, was sie in Wahrheit war.

Ohne nachzudenken legte Manny eine Hand an seinen weißen Kittel. Als er sich mit ihr hingesetzt hatte, war der steife Kragen nach oben geklappt, jetzt aber zog er ihn herunter und legte seinen Hals frei.

Er keuchte. Ja, er keuchte.

»Nimm mich«, presste er hervor. »Tu es … ich will wissen, wie es ist.«

Jetzt übernahm sie das Ruder. Ihre starken Hände berührten sein Gesicht und strichen über seinen Hals bis hin zum Schlüsselbein. Sie musste seinen Kopf nicht in den Nacken legen. Er tat es unaufgefordert und entblößte seinen verführerischen Hals.

»Bist du dir sicher?«, fragte sie mit den für ihren Akzent typischen rollenden Rs.

Er atmete so heftig, dass er sich nicht sicher war, ob er überhaupt noch würde antworten können, deshalb nickte er. Doch dann sorgte er sich, dass sein Nicken nicht reichte, deshalb legte er seine Hände auf ihre und drückte sie ganz fest an sich.

Jetzt war sie an der Reihe. Sie konzentrierte sich auf seine Kehle, und ihre Augen schienen aufzuleuchten wie Sterne in der Nacht. Als sie sich nach unten beugte, tat sie dies quälend langsam, Zentimeter für Zentimeter näherten sich ihre Fänge seinem Fleisch.

Als sie ihn mit den Lippen streifte, kam es ihm vor, als wären sie aus purem Samt. Mannys Wahrnehmung war in freudiger Erwartung aufs Extremste geschärft, alles erschien ihm wie durch ein Vergrößerungsglas besehen. Er wusste genau, wo sie gerade war ...

Das Kratzen kam ihm teuflisch sanft vor, als sie an ihm knabberte.

Dann schlängelte sich ihre Hand um seinen Nacken und packte zu, so fest, dass ihm bewusst wurde, dass sie ihm jederzeit das Genick brechen konnte.

»O Gott«, stöhnte er und gab sich ihr vollkommen hin. »Oh, *Fuck*!«

Der Biss war stark und sicher, zwei Spitzen senkten sich tief in sein Fleisch, und der süße Schmerz raubte ihm Sicht und Gehör, bis er nur noch das Saugen an seiner Ader wahrnahm.

Das und den gewaltigen Orgasmus, der durch seine Eier wogte und pumpend aus der Spitze seines Schwanzes austrat, während seine Hüften gegen sie schlugen und seine Erektion zuckte und pulsierte ... und immer weiter pulsierte.

Er war sich nicht sicher, wie lange der Orgasmus anhielt.

Zehn Sekunden? Zehn Minuten? Oder waren es gar Stunden? Er wusste nur, dass er mit jedem Zug, den sie aus seiner Ader nahm, noch weiter kam. Der Genuss war so intensiv, dass er daran fast zugrunde ging ...

Denn ihm wurde nun klar, dass er diese Erfüllung bei keiner anderen Frau finden würde. Weder Vampir noch Mensch.

Er umfasste ihren Hinterkopf und drückte sie fester an seinen Hals. Es kümmerte ihn nicht, ob sie ihn leerte oder nicht. Was für eine schöne Art zu sterben ...

Allzu bald schon machte sie Anstalten, aufzuhören, er aber wünschte sich nichts sehnlicher, als dass sie weitermachte, und presste sie deshalb an seinen Hals. Doch er hatte keine Chance. Sie war so stark, dass sie seine Gegenwehr vermutlich noch nicht einmal bemerkte. Allein der Gedanke ließ ihn fast noch einmal kommen.

Und trotz seines überreizten Nervensystems spürte er es, als sie ihre Fänge aus seinem Hals zog, und konnte genau sagen, in welcher Sekunde sie sich von ihm löste. Dann trat anstelle des Schmerzes von ihrem Biss ein weiches, sanftes Lecken, so als wollte sie dadurch seine Wunde verschließen.

Manny fiel in eine Art Trancezustand, seine Lider senkten sich, und sein Kopf schlackerte herum wie ein Ballon, dem nach und nach die Luft ausging. Aus dem Augenwinkel sah er ihr perfektes Profil, der leuchtende Monitor sorgte für ausreichend Licht, um zu beobachten, wie sie sich die Unterlippe leckte ...

Nur dass der Lichtschein gar nicht vom Monitor herrührte.

Der Bildschirmschoner hatte sich eingeschaltet und zeigte das Windows-Logo auf schwarzem Grund.

Sie war es, die leuchtete. Am ganzen Körper. Von Kopf bis Fuß.

Er nahm an, dass das eben so war bei Wesen wie ihr ... einfach außergewöhnlich.

Doch sie wirkte besorgt. »Geht es dir gut? Vielleicht habe ich zu viel genommen ...«

»Ich ...« Er schluckte. Zweimal. Seine Zunge fühlte sich pelzig an. »Ich ...«

Panik flammte in ihrem schönen Gesicht auf. »Ach, welch Unglück, was habe ich getan ...«

Er zwang sich, den Kopf gerade zu halten. »Payne ... noch schöner hätte es nur sein können, wenn ich in dir gekommen wäre.«

Einen Moment lang schien sie erleichtert. Und dann fragte sie: »Was meinst du mit diesem Kommen?«

22

Oben in der Höhle lief Jane durchs Zimmer. Sie öffnete die Doppeltür des Kleiderschranks und begann, weiße T-Shirts herauszuziehen und über die Schulter auf das Bett zu werfen. In der Hast sprangen Bügel von der Kleiderstange und hüpften über den Boden oder wirbelten herum und verkanteten sich hinten im Schrank – aber das war ihr so was von egal.

Es flossen keine Tränen. Worauf sie stolz war.

Andererseits zitterte sie am ganzen Körper so stark, dass ihre Hände kaum stofflich bleiben wollten.

Als ihr das Stethoskop vom Hals rutschte und auf dem Teppich landete, hielt sie nur kurz inne, um nicht draufzusteigen. »Ach … verflixt …«

Sie hob es auf, kam wieder hoch und warf einen Blick auf das Bett. Okay, dachte sie, vielleicht war es Zeit, mit den weißen T-Shirts aufzuhören. Es lag bereits ein ganzer Berg auf den schwarzen Satinlaken.

Sie machte ein paar Schritte rückwärts, setzte sich neben den Kleiderberg und starrte auf den Schrank. Vs ärmellose

Shirts und Lederhosen waren immer noch in Ordnung. Auf ihrer Seite des Schranks hingegen herrschte das reinste Tohuwabohu.

Und war das nicht das perfekte Bild für sie beide?

Nur ... er war doch selbst ein totales Wrack, oder?

Gott ... was tat sie hier bloß? Runter in den Klinikbereich zu ziehen, und sei es nur vorübergehend, war doch keine Lösung. Wenn man verheiratet war, lief man nicht davon, sondern diskutierte alles aus. Nur so konnte eine Beziehung überleben.

Wenn sie jetzt ging, würde niemand sagen können, wie die Sache enden würde.

Himmel, sie hatten volle zwei Stunden zur Normalität zurückgefunden. Super. Einfach super.

Sie holte ihr Handy raus, um eine SMS zu schreiben, doch stattdessen starrte sie nur auf das Display. Zwei Minuten später klappte sie das Ding wieder zu. Es war nicht einfach, alles, was sie zu sagen hatte, in 160 Zeichen auszudrücken. Da hätten auch sechs Textnachrichten zu je 160 Zeichen nicht gereicht.

Payne war ihre Patientin, also hatte Jane ihr gegenüber eine Verpflichtung. Vishous war ihr *Hellren*, und es gab nichts, was sie nicht für ihn getan hätte. Doch Vs Zwillingsschwester hatte ihr keine Chance gegeben, darüber nachzudenken.

Obwohl sie nun offensichtlich bereit war, ihrem Bruder einen gewissen Aufschub zu gewähren. Vermutlich war Vishous bei ihrer Mutter gewesen.

Der Himmel wusste, was dabei herauskommen würde.

Jane starrte auf das Chaos, das sie im Schrank angerichtet hatte. Ein ums andere Mal ging sie die Situation durch und kam immer wieder zum selben Schluss: Paynes Recht, ihr Schicksal selbst zu bestimmen, stand über jedermanns Recht, sie in ihrem Leben gefangen zu halten. Ob das hart war? Und wie. War es fair denen gegenüber, die sie liebten? Ganz bestimmt nicht.

Aber hätte sich Payne nicht selbst etwas weit Schlimmeres angetan, hätte man ihr keinen humanen Ausweg geboten? Hundertprozentig.

Jane befürwortete Paynes Sicht und ihre Entscheidung nicht. Aber sie hatte eine klare Meinung zur Frage der Ethik, so tragisch es sein mochte.

Sie war entschlossen, Vishous ihre Sicht der Dinge zu erklären.

Statt davonzurennen, würde sie bleiben, und wenn er heimkäme, würde sie auf ihn warten, dann würden sie herausfinden, ob von ihrem gemeinsamen Leben noch irgendetwas übrig war. Jane machte sich nichts vor. Die Sache ließ sich womöglich nicht aus der Welt schaffen, und sie würde ihm keine Vorwürfe machen, wenn dem so war. Blut war schließlich dicker als Wasser. Aber sie hatte getan, was die Situation erforderte, gemäß der Pflicht, die sie ihrer Patientin gegenüber hatte. Das taten Ärzte nun einmal, selbst wenn sie dafür bezahlen mussten mit ... allem, was sie hatten.

Sie stand auf und hob die Kleiderbügel vom Boden auf, bis sie vor dem Schrank stand. Einige waren zwischen die Schuhe gefallen, also bückte sie sich und langte tief in den Schrank ...

Sie berührte etwas Weiches. Leder – aber es war kein Schuh. Sie ging in die Hocke und zog es heraus. »Was zum Teufel?« Vs Kampflederhose gehörte doch nicht hinter die Schuhe gestopft ...

Da klebte etwas auf dem Leder – Moment. Es war Wachs. Schwarzes Wachs. Und ...

Jane presste die Hand auf den Mund und ließ das Kleidungsstück zu Boden gleiten.

Sie hatte ihm genügend Orgasmen verschafft, um zu wissen, was sie auf seinen Lederhosen hinterließen. Doch da waren auch noch andere Flecken. Sie sah Blut. Rotes Blut.

Eine schreckliche Vorahnung zwang sie dazu, noch einmal in den Schrank zu fassen und darin zu tasten, bis sie ein Shirt zu greifen bekam. Als sie es hervorzog, entdeckte sie noch mehr Blut und Wachs.

Die Nacht, als er ins Commodore gegangen war. Es gab keine andere Erklärung: Das hier waren keine alten, vergessenen Relikte, die staubigen Überreste eines früheren Lebens. Verdammt, der Geruch des Wachses hing immer noch in den Fasern und an dem Leder.

Sie wusste es sofort, als Vishous hinter ihr in der Tür erschien.

Ohne aufzublicken sagte sie: »Ich dachte, du wärst mit niemandem zusammengewesen.«

Es dauerte lange, bis er antwortete: »War ich auch nicht.«

»Und wie erklärst du dir dann das hier?« Sie hielt die Lederhose hoch, was im Grunde gar nicht nötig war, denn es war offensichtlich, wovon sie sprach.

»Ich war mit niemandem zusammen.«

Sie warf die Hose zurück in den Schrank und schleuderte das Shirt hinterher. »Um dich zu zitieren: Ich habe im Moment nichts zu sagen. Wirklich nicht.«

»Du glaubst ernsthaft, ich könnte nebenher noch jemand anderen ficken?«

»Aber was ist dann mit diesen Klamotten?«

Er antwortete nicht. Er stand nur da, ragte über sie hinweg, so groß und stark ... und seltsam fremd, obwohl sie seinen Körper und sein Gesicht in- und auswendig kannte.

Sie wartete, dass er etwas sagte. Wartete weiter. Und um sich die Zeit zu vertreiben, rief sie sich ins Gedächtnis, dass er eine grässliche Jugend hinter sich hatte, die er nur bewältigen hatte können, indem er sich stoisch und unnachgiebig zeigte.

Doch leider reichte dieser kleine Appell an die Vernunft nicht aus. Inzwischen hatte ihre gemeinsame Liebe etwas Besseres verdient als dieses Schweigen, das sich in der Vergangenheit begründete.

»War es Butch?«, fragte sie und hoffte schon, das wäre die Erklärung. Denn wenn Vs bester Freund dahintersteckte, konnte sie sich wenigstens sicher sein, dass der Orgasmus nur Nebensache war, quasi ein Unfall. Butch war seinem Freund treu ergeben und übernahm den Part des Doms nur ab und an, weil V diese seltsame, dunkle Medizin brauchte, um nicht das Gleichgewicht zu verlieren. So grotesk es auch klang, aber *das* hätte sie verstanden und verkraftet.

»War es so?«, hakte sie nach. »Denn damit könnte ich leben.«

Vishous schien kurz überrascht, doch dann schüttelte er den Kopf. »Es ist nichts passiert.«

»Dann willst du mir also erzählen, dass ich blind bin?«, krächzte sie. »Denn wenn du mir keine bessere Erklärung lieferst, bleibt mir nichts als diese Lederhose … und die Bilder in meinem Kopf, die mich krank machen.«

Schweigen. Nichts als Schweigen.

»O Gott … wie konntest du nur?«, flüsterte sie.

V schüttelte den Kopf und sagte im gleichen Tonfall: »Das gilt auch für dich.«

Nun, zumindest hatte sie eine gute Erklärung für das, was mit Payne geschehen war. Und sie hatte ihn nicht angelogen.

V kam ins Zimmer und schnappte sich eine leere Sporttasche. »Hier. Die wirst du brauchen.«

Und damit warf er sie ihr zu … und ging wieder.

23

Manny saß erschöpft unten im Untersuchungszimmer, und obwohl er halbtot wirkte, schien er durchaus zufrieden mit seinem Beinahe-Ableben.

Während Payne darauf wartete, dass er ihre Frage beantwortete, sorgte sie sich weit mehr um seinen Zustand als er. Sein Blut war auf ihrer Zunge erschreckend intensiv gewesen. Der dunkle Wein war durch ihre Kehle geflossen und hatte nicht nur ihren Bauch, sondern ihren ganzen Körper erfüllt.

Es war das erste Mal, dass sie an einer Halsschlagader getrunken hatte. Auserwählte brauchten, solange sie sich im Heiligtum aufhielten, kein Blut zum Überleben und durchliefen auch keine Triebigkeit. Nur dass sie normalerweise nicht scheintot waren wie Payne.

Sie erinnerte sich kaum noch an das Trinken von Wraths Handgelenk.

Seltsam ... das Blut der beiden hatte ähnlich geschmeckt, nur dass der Lebenssaft des Königs eine herbere Note hatte.

»Was ist dieses Kommen?«, wiederholte sie.

Manny räusperte sich. »Das ist … äh … was passiert, wenn man jemanden mag und mit dieser Person zusammen ist.«

»Zeig es mir.«

Sein Lachen war samtig und tief. »Das würde ich nur zu gerne. Glaub mir.«

»Ist es etwas, zu dem ich … dich bringen kann?«

Er hüstelte. »Das hast du bereits.«

»Wirklich?«

Manny nickte langsam, und seine Lider senkten sich. »O ja, und ob du das hast. Deshalb sollte ich jetzt auch besser duschen gehen.«

»Und dann zeigst du es mir.« Das war keine Bitte, es war ein Befehl. Und als sich seine Arme fester um sie schlossen, hatte sie das Gefühl, als wäre er ziemlich erregt. »Ja«, knurrte sie. »Ich will, dass du mir alles zeigst.«

»Und wie ich das tun werde«, sagte er finster. »*Alles.*«

Als er sie nun ansah, als kenne er Geheimnisse, von denen sie nichts ahnte, da dachte sie, dass es sich allein dafür lohnte, trotz der Lähmung weiterzuleben. Diese Nähe und diese Erregung waren mehr wert als ihre Beine, und auf einmal lief es ihr eiskalt den Rücken hinunter, als sie daran dachte, dass ihr diese Erfahrung beinahe entgangen wäre.

Sie musste ihrem Bruder angemessen danken. Doch wie um alles in der Welt konnte sie sich für dieses Geschenk revanchieren?

»Ich bringe dich zurück in dein Zimmer.« Manny stand auf, ohne zu wanken, trotz ihres Gewichts. »Und wenn ich geduscht habe, beginnen wir mit einer Wäsche bei dir.«

Angewidert rümpfte sie die Nase. »Wie klinisch das klingt.«

Wieder lächelte er dieses geheimnisvolle Lächeln. »Nicht, wenn ich das übernehme. Vertrau mir.« Er machte eine Pause. »He, wäre es möglich, dass du Licht für mich anmachst, damit wir nicht über irgendetwas stolpern? Du strahlst zwar auch, aber ich weiß nicht, ob das als Beleuchtung ausreicht.«

Payne war einen Moment lang verwirrt – bis sie ihren Arm hob. Ihr Heiler hatte Recht. Sie war sanft erglüht, ihre Haut sandte ein leichtes phosphoreszierendes Schimmern aus ... vielleicht war das eine sexuelle Reaktion?

Eigentlich logisch, dachte sie. Denn das Gefühl, das er in ihrem Inneren erweckte, war genauso unbesiegbar wie Freude und strahlte wie Hoffnung.

Als sie kraft ihres Willens die Lichter wieder angehen ließ und die Türen entriegelte, schüttelte er den Kopf. »Verdammt. Du hast echt ein paar coole Tricks auf Lager.«

Möglich, nur leider nicht die Sorte, die sie sich gewünscht hätte. Sie hätte ihm so gern zurückgegeben, was er ihr geschenkt hatte ... aber sie hatte keine Geheimnisse, in die sie ihn einweihen konnte, und kein Blut, das sie ihm darbieten konnte, denn Menschen waren nicht darauf angewiesen. Im Gegenteil, es konnte sie sogar umbringen.

»Ich wünschte, ich könnte mich revanchieren«, flüsterte sie.

»Wofür denn?«

»Dafür, dass du zu mir gekommen bist und mir gezeigt hast, wie ...«

»Wie mein Kumpel damit umgeht? Ja, er ist wirklich eine Inspiration.«

Eigentlich ging es ihr um den Mann aus Fleisch und Blut, nicht um den Rollstuhlfahrer auf dem Monitor. »Genau«, sagte Payne zögerlich.

Zurück im Krankenzimmer brachte er sie zum Bett, legte sie äußerst behutsam ab und zog die Laken und Decken zurecht, bis sie komplett bedeckt war ... er nahm sich Zeit, die Vorrichtung ordentlich anzubringen, die für ihre Körperfunktionen zuständig war ... schüttelte das Kissen auf und steckte es ihr hinter den Kopf.

Und während er all dies tat, hielt er die ganze Zeit seine Hüften bedeckt. Mit der Decke. Mit seinem Kittel. Und dann stellte er sich hinter den Rolltisch.

»Liegst du bequem?« Als sie nickte, sagte er: »Ich bin gleich zurück. Ruf einfach laut, wenn du mich brauchst, okay?«

Manny verschwand im Bad, und die Tür versperrte ihr zum größten Teil die Sicht. Aber nicht ganz. Ein Lichtstrahl fiel in die Duschkabine, und sie sah deutlich, wie sein weiß bekittelter Arm hineinlangte, den Hahn aufdrehte und die warme Brause anstellte.

Er legte seine Kleider ab. Restlos alle.

Und dann erhaschte sie endlich einen kurzen Blick auf sein herrliches Fleisch, als er unter den Strahl trat und die Glaskabine schloss. Und als sich das Plätschern des Wassers leicht veränderte, wusste sie, dass die Tropfen nun auf seinem nackten Körper auftrafen.

Wie er wohl aussah, umspült von Wasser, glitschig und warm und so wundervoll männlich?

Sie stützte sich auf das Kissen und lehnte sich zur Seite ... und ein Stückchen weiter ... und noch ein Stückchen, bis sie schon fast über die Bettkante hing ...

O ja. Sein Körper zeigte sich ihr nur im Profil, aber sie konnte dennoch ziemlich viel erkennen: ausgeprägte Muskeln, kräftige Arme und Brust, schmale Hüften und lange, starke Beine. Ein Hauch dunkler Flaum kräuselte sich auf seiner Brust und bildete eine Linie, die über seinen Bauch führte und tiefer, immer tiefer, so weit hinab ...

Verdammt, sie sah einfach nicht genug, doch ihre Neugierde war zu übermächtig und ließ sich nicht besiegen.

Wie sah wohl sein Geschlecht aus? Wie fühlte es sich an ...

Mit einem Fluchen rückte sie umständlich zum Fuß des Bettes. Dann verrenkte sie sich den Hals bei dem Versuch, möglichst viel durch diesen kleinen Spalt in der Tür zu erkennen. Aber während sie sich umgelagert hatte, hatte auch er die Position verändert und stand jetzt von ihr abgewandt, so dass sie seinen Rücken sah und seine ... untere Körperhälfte ...

Sie schluckte und streckte sich in die Höhe, um mehr zu sehen. Als er die Seife auswickelte, strömte Wasser über seine Schulterblätter und ergoss sich über die Wirbelsäule, floss über seinen Hintern und an den Oberschenkeln hinab. Und dann erschienen seine Hände im Nacken, und weißer Seifenschaum vermischte sich mit dem Wasser, das ihn umspülte, während er sich wusch.

»Dreh dich um ...«, flüsterte sie. »Lass mich dich sehen ...«

Der Wunsch, ihn mit ihren Blicken zu verschlingen, verstärkte sich noch, als er sich mit der Seife seinen Lenden zuwandte. Er hob erst ein Bein, dann das andere, und zu ihrem Bedauern arbeiteten seine Hände viel zu effizient, als sie über Schenkel und Waden glitten.

Sie sah, wie er sich nun seinem Geschlecht widmete, denn sein Kopf fiel zurück und seine Hüften drängten vor.

Er dachte an sie. Sie wusste es einfach.

Und dann drehte er sich plötzlich um.

Es ging so schnell, dass sie beide zurückschreckten, als sich ihre Blicke trafen.

Obwohl sie soeben auf frischer Tat ertappt worden war, rückte sie zurück und ließ sich in die Kissen sinken, nahm ihre alte Position wieder ein und glättete die Laken, die er so säuberlich um sie festgesteckt hatte. Mit hochrotem Kopf wollte sie sich am liebsten verstecken ...

Ein durchdringender Schrei hallte durch das Zimmer, und sie sah auf. Er war aus dem Bad gestürzt, hatte die

Duschkabine offen gelassen und sich nicht die Mühe gemacht, die Brause abzustellen. Seifenschaum klebte noch an seinem Bauch und tropfte von ...

Sein Geschlecht versetzte ihr einen süßen Schauder. Es stand von seiner Hüfte ab, die Rute war hart und dick und stolz.

»Du ...«

Er sagte noch etwas, aber sie war viel zu gebannt, um es zu hören, zu bezaubert, um Notiz davon zu nehmen. Tief in ihrem Inneren öffnete sich eine unbekannte Quelle, und ihr Geschlecht schwoll an und machte sich bereit, ihn in sich aufzunehmen.

»Payne«, rief er, und bedeckte seine Blöße mit beiden Händen.

Sofort überkam sie die Scham, und sie legte die Hände an ihre heißen Wangen. »Fürwahr, es tut mir leid, dass ich spioniert habe.«

Manny hielt sich am Türrahmen fest. »Es ist nicht das ...« Er schüttelte den Kopf, als versuchte er, klar zu denken. »Bist du dir eigentlich bewusst, was du soeben getan hast?«

Sie musste lachen. »Ja. Glaube mir, mein Heiler – ich wusste ganz genau, was ich da so aufmerksam beobachtete.«

»Du hast dich aufgerichtet, Payne. Du hast am Ende des Bettes gekniet.«

Fast blieb ihr das Herz stehen. Bestimmt hatte sie sich verhört.

Ganz bestimmt.

Als Payne ihn verwundert ansah, stürzte Manny auf sie zu – bis ihm wieder einfiel, dass er nackt war. Und das auch noch mit einem ausgewachsenen Riesenständer. Er streckte die Hand ins Bad, schnappte sich ein Handtuch und schlang es sich um die Hüften. Erst dann ging er zu ihrem Bett.

»Ich … nein, du musst dich irren«, stammelte Payne. »Ich kann doch nicht …«

»Aber du hast es getan …«

»Ich habe mich nur gestreckt …«

»Und wie bist du dann ans Fußende gekommen? Wie konntest du wieder zurück in die alte Position gelangen?«

Ihre Augen wanderten zu dem Brett am Fußende des Bettes, und ihre Stirn kräuselte sich verwirrt. »Ich weiß es nicht. Ich habe … dich beobachtet und an nichts anderes gedacht als an dich.«

Das schmeichelte seinem männlichen Ego. Er war erstaunt und … merkwürdig berührt. So sehr begehrt zu werden von einer Frau wie ihr?

Doch dann gewann der Arzt in ihm wieder die Oberhand. »Komm, lass mich mal sehen, was los ist, okay?«

Er zog die Laken und die Decke am Fußende weg und rollte sie bis zu ihren Oberschenkeln hoch. Mit dem Finger strich er über die Sohle ihres hübschen Fußes.

Er erwartete, dass sie zucken würde. Aber das tat sie nicht.

»Spürst du etwas?«, fragte er.

Als sie den Kopf schüttelte, versuchte er es auf der anderen Seite. Dann ging er etwas höher, umfasste ihre schlanken Knöchel mit den Händen. »Und hier?«

In ihren Augen lag tiefe Trauer, als sie ihm begegneten. »Ich fühle nichts. Und ich verstehe nicht, was du gesehen haben willst.«

Er rückte höher, zu ihren Waden. »Du bist gekniet. Ich schwöre es.«

Er tastete sich noch höher, zu ihren straffen Oberschenkeln.

Nichts.

Himmel, dachte er. Sie musste irgendwie Kontrolle über ihre Beine gehabt haben. Eine andere Erklärung gab es nicht. Es sei denn ... er bildete sich alles nur ein.

»Ich verstehe das nicht«, wiederholte sie.

Ihm ging es nicht anders, aber er würde es verdammt nochmal herausfinden. »Ich sehe mir deine Aufnahmen noch einmal an. Ich komme gleich wieder.«

Draußen im Untersuchungszimmer half ihm die Krankenschwester, Paynes Krankenakte über den Computer aufzurufen. Mit geübter Effizienz ging er alle Details durch: Vitalzeichen, Untersuchungsbogen, Röntgenaufnahmen – er fand sogar das Material zu seinen Untersuchungen im St. Francis, was ihn überraschte. Er hatte keine Ahnung, wie sie an die MRT-Bilder gekommen waren – er hatte das Dokument gelöscht, sobald es im System der Klinik gespeichert war. Aber er war froh, es nun zu sehen, so viel stand fest.

Als er fertig war, lehnte er sich auf dem Stuhl zurück, und die Kälte, die über seine Schultern kroch, erinnerte ihn daran, dass er nichts weiter als ein Handtuch trug.

Das erklärte vielleicht, warum die Schwester so seltsam geschaut hatte, als er zu ihr gekommen war.

»Ach, zur Hölle«, murmelte er und starrte auf die aktuellsten Röntgenaufnahmen.

Ihre Wirbelsäule war in bester Ordnung, die Wirbel waren hübsch gerade aufgereiht, und ihr geisterhaftes Leuchten vor dem schwarzen Hintergrund lieferte ihm einen perfekten Schnappschuss von dem, was in ihrem Rücken vor sich ging.

Alles, von der Krankenakte bis hin zu seiner Untersuchung von eben, deutete darauf hin, dass seine ursprüngliche Einschätzung, die er bei ihrem Wiedersehen abgegeben hatte, richtig war: Die Operation war das größte technische Meisterwerk seiner gesamten Laufbahn, aber das Rückenmark war irreparabel beschädigt, und daran ließ sich nicht rütteln.

Auf einmal musste er an Goldbergs Gesicht denken, als der bemerkt hatte, dass Manny Nacht und Tag verwechselt hatte.

Er rieb sich die Augen und fragte sich, ob er etwa schon wieder den Verstand verlor. Er wusste doch, was er gesehen hatte ... oder etwa nicht?

Und dann kam ihm eine Idee.

Er drehte sich um und blickte zur Decke. Und tatsächlich entdeckte er in der Ecke eines dieser halbrunden Gehäuse. Was bedeutete, dass die Überwachungskamera darin jeden Quadratzentimeter dieses Raumes überblickte.

Es musste auch eine im Aufwachraum geben. Es musste einfach so sein.

Er stand auf, ging zur Tür und blickte in den Gang hinaus, in der Hoffnung, diese nette blonde Schwester von gerade eben irgendwo zu entdecken. »Hallo?«

Seine Stimme hallte durch den Flur, aber er erhielt keine Antwort, also blieb ihm nichts anderes übrig, als barfuß durch den Gang zu stapfen. Ohne eine Vorstellung, in welche Richtung er gehen sollte, wandte er sich nach rechts und lief los. Er klopfte an jede Tür, an der er vorbeikam, und versuchte sie zu öffnen. Die meisten waren verschlossen, der Rest führte in ... Klassenräume. Und noch mehr Klassenräume. Und eine große Turnhalle.

Als er auf eine Tür mit der Aufschrift KRAFTRAUM stieß, hörte er das Gestampfe von jemandem, der sich offensichtlich abmühte, einem Laufband mit Turnschuhen den Garaus zu machen, weshalb er beschloss, weiterzugehen. Er lief hier halbnackt in einer Welt von Vampiren durch die Gegend, und irgendwie bezweifelte er, dass das die Schwester war, die während ihrer Schicht auf den Marathon hintrainierte.

Außerdem, danach zu urteilen, wie schwer und hart die Schritte klangen, würde er wahrscheinlich Schläge kassieren, wenn er diese Tür öffnete – und obwohl er selbstmörderisch genug veranlagt war, um sich allem zu stellen, was ihm in die Quere kam, ging es jetzt vorrangig darum, Payne zu helfen, und nicht um sein Ego oder sein Boxtalent.

Also kehrte er um und lief in die entgegengesetzte Richtung. Er klopfe an Türen. Öffnete sie, wenn möglich. Je weiter er kam, desto weniger sahen die Zimmer nach Klassenräumen aus, sondern eher nach einer Polizeiwache mit diversen Vernehmungsräumen. Ganz am Ende kam er an eine dicke Tür, wie aus einem Film, mit ihren verstärkten, gebolzten Stahlplatten.

Die Außenwelt, dachte er.

Er ging darauf zu, warf sich mit seinem Gewicht gegen die Stange und – Überraschung! Er stolperte in die Parkgarage, wo sein Porsche am Randstein parkte.

»Was suchst du denn hier?«

Sein Blick schwenkte zu einem verdunkelten Escalade: Fenster, Felgen, Kühler, alles war schwarz. Daneben stand ein Kerl, den er schon in dieser ersten Nacht gesehen hatte, der, den er glaubte, wiedererkannt zu haben ...

»Ich habe dich schon mal irgendwo gesehen«, sagte Manny, als sich die Tür hinter ihm schloss.

Aus seiner Tasche holte der Vampir eine Baseballkappe und setzte sie auf. Red Sox. Natürlich, was sonst, bei dem Akzent.

Obwohl sich Manny fragte, wie ein Vampir zu einem Akzent aus Südboston kam.

»Hübsches Kreuz«, murmelte der Kerl und schielte auf Mannys Hals. »Suchst du deine Klamotten?«

Manny verdrehte die Augen. »Ja. Jemand hat sie mir geklaut.«

»Um sich als Arzt zu verkleiden?«

»Vielleicht ist das ja euer liebstes Halloweenkostüm ... Woher soll ich das verdammt nochmal wissen?«

Unter dem dunkelblauen Schirm der Mütze breitete sich ein Lächeln aus und entblößte eine Krone auf einem der Schneidezähne ... sowie zwei Fänge.

Mannys Hirn verknotete sich, aber eins war klar: Dieser Kerl war einmal ein Mensch gewesen. Nur, wie war das passiert?

»Tu dir einen Gefallen«, sagte der Kerl. »Hör auf, dir den Kopf zu zerbrechen, geh zurück in den Klinikbereich und zieh dir was an, bevor Vishous hier aufkreuzt.«

»Ich weiß, dass ich dich schon mal gesehen habe, und irgendwann fällt es mir wieder ein. Aber egal – im Moment brauche ich dringend die Aufzeichnungen der Überwachungskameras hier unten.«

Das abfällige, schiefe Grinsen verschwand. »Und warum?«

»Weil meine Patientin sich gerade aufgesetzt hat – und damit meine ich nicht, dass sie nur den Oberkörper aus den verdammten Kissen gehoben hat. Ich war nicht bei ihr, als es passierte, und muss überprüfen, wie sie das geschafft hat.«

Dem Red-Sox-Typen schien der Atem zu stocken. »Was ... Entschuldigung. Was zum Teufel sagst du da?«

»Muss ich es erst noch pantomimisch darstellen?«

»Nein, danke – ich habe kein Bedürfnis, dich auf Knien vor mir zu sehen, mit nichts am Leib als diesem Handtuch.«

»Dann wären wir ja schon zu zweit.«

»Warte, meinst du das jetzt ernst?«

»Klar. Auch ich habe keine Lust, dir einen zu blasen.«

Es entstand eine kurze Pause. Und dann lachte der andere bellend. »Ziemlich schlagfertig, das muss man dir lassen – und ja, ich kann dir helfen, aber du musst dir etwas anziehen, Mann. Wenn V dich so in der Nähe seiner Schwester erwischt, kannst du bald deine eigenen Beine operieren.«

Als der Kerl auf die Tür zuging, fiel es Manny siedend heiß ein. Er kannte den Kerl nicht aus der Klinik. »St. Patrick's. Da habe ich dich gesehen. Bei der Mitternachtsmesse sitzt du immer allein in der hintersten Reihe, und du trägst immer diese Kappe.«

Der Kerl drückte die Tür zum Gang auf und trat zur Seite. Es war unmöglich, zu erkennen, wohin seine Augen sahen, wegen des Schilds seiner Kopfbedeckung, aber Manny hätte gewettet, dass sie nicht auf ihn gerichtet waren.

»Keine Ahnung, wovon du redest.«

Was für ein Schwindler, dachte Manny.

24

Willkommen in der neuen Welt.

Als Xcor hinaus in die Nacht trat, war alles wie verwandelt: Es roch nicht nach den Wäldern um sein Schloss, sondern nach dem großstädtischen Gestank nach Smog und Kanalisation, und zu hören waren keine Hirsche, die durch das Unterholz trabten, sondern Autos und Sirenen und lautstarke Unterhaltungen.

»Fürwahr, Throe, da hast du uns ja eine großartige Unterkunft besorgt«, höhnte er.

»Unsere Bleibe sollte morgen bereit sein.«

»Und darf ich davon ausgehen, dass die neue Unterkunft eine Verbesserung darstellt?« Er blickte zurück auf das Reihenhaus, in dem sie sich den Tag über verkrochen hatten. »Oder wirst du uns mit noch weniger Prunk und Komfort überraschen?«

»Die Behausung ist mehr als angemessen, du wirst sehen.«

In Wahrheit hatte der Vampir ausgezeichnete Arbeit geleistet, wenn man all die Unwegsamkeiten bedachte, die mit einer Umsiedelung stets verbunden waren.

Sie hatten zwei Nachtflüge nehmen müssen, um sicherzustellen, dass sie nicht mit Tageslicht konfrontiert wurden, und als sie endlich in diesem Caldwell ankamen, hatte Throe irgendwie alles arrangiert: Das Haus war baufällig, aber der Keller solide, und es hatte einen *Doggen* gegeben, der ihnen die Mahlzeiten servierte. Die dauerhafte Bleibe hatten sie noch nicht gesehen, aber höchstwahrscheinlich würde sie ihren Anforderungen genügen.

»Ich hoffe, sie liegt nicht in diesem städtischen Morast.«
»Sei unbesorgt. Ich kenne deine Vorlieben.«

Xcor hielt sich nicht gern in Städten auf. Menschen waren aus seiner Sicht dumme Rindviecher, aber eine panikartige Flucht ohne Hirn war weit gefährlicher als eine mit Intelligenz – bei den Ahnungslosen wusste man nie, wie sie reagierten. Obwohl es einen Vorteil gab: Xcor wollte die Stadt auskundschaften, ehe er seine Ankunft der Bruderschaft und seinem »König« kundtat, und dafür befanden sie sich am optimalen Ausgangspunkt.

Das Haus stand mitten in der Innenstadt.

»Wir gehen hier lang«, sagte er und schritt los, während seine Bande hinter ihm in Formation ging.

Caldwell im Staat New York würde zweifelsohne wenige Überraschungen bieten. Wie er sowohl aus alten Tagen als auch aus der gut beleuchteten Gegenwart wusste, waren nachts alle Städte gleich, egal, wo sie lagen: Die Leute auf den Straßen waren keine schwer arbeitenden Gesetzestreuen, sondern Nichtsnutze, Außenseiter und die Unzufriedenen. Und so war es auch hier, als sie Block um Block durch die Straßen gingen: Er sah Menschen in ihren eigenen Exkrementen auf dem Gehsteig sitzen oder als Rudel von lärmendem Abschaum umherstreichen, aber auch verwahrloste Frauen auf der Suche nach noch verwahrlosteren Männern kreuzten ihren Weg.

Niemand kam jedoch auf die Idee, sich mit ihm und seinen fünf Hünen anzulegen – dabei wünschte er fast, jemand würde es versuchen. Bei einem Kampf hätten sie sich wenigstens ein wenig austoben können – obwohl sie mit etwas Glück auf den Feind treffen und zum ersten Mal seit zwei Jahrzehnten einem würdigen Gegner gegenüberstehen würden.

Als er und sein Trupp um eine Ecke bogen, stießen sie auf eine Ansammlung menschlichen Abschaums: Diverse kneipenähnliche, hell erleuchtete Etablissements säumten die Straße zu beiden Seiten, und davor drängten sich Trauben von halbbekleideten Menschen, die um Einlass baten. Xcor konnte nicht lesen, was auf den Leuchtreklamen über den Türen stand, aber so wie die Männer und Frauen von einem Bein aufs andere traten, zappelten und redeten, war klar, dass ihr Warten mit einer kurzzeitigen Besinnungslosigkeit belohnt werden würde.

Er hätte nichts dagegen gehabt, sie alle umzubringen, und plötzlich war er sich seiner Sense nur allzu deutlich bewusst: Die Waffe ruhte an seinem Rücken, zusammengeklappt und eingebettet in ihren Gurt, verborgen unter seinem bodenlangen Lederstaubmantel.

Um sie an ihrem Platz zu belassen, vertröstete er die Klinge mit dem Versprechen auf eine Horde Jäger.

»Ich habe Hunger«, knurrte Zypher. Bezeichnenderweise redete er nicht von Essen, und er hatte den Zeitpunkt günstig gewählt: Die Menschenfrauen, an denen sie vorbeikamen, weckten in ihnen allen den Gedanken an Sex. Ja, sie boten sich ihnen zur freien Verfügung an und hefteten ihre angemalten Augen auf die Männer, die sie irrtümlich für Angehörige der eigenen Art hielten.

Nun, zugegeben, ihre Augen hefteten sich auf die Gesichter aller Männer, mit Ausnahme von Xcor. Ihn würdigten sie keines Blickes und wandten sich dann eilig ab.

»Später«, sagte er. »Ich sorge dafür, dass ihr bekommt, wonach es euch verlangt.«

Obwohl er bezweifelte, dass er mitmachen würde, war ihm doch klar, dass seine Männer nach Befriedigung ihrer sexuellen Gelüste gierten, und er war mehr als gewillt, sie ihnen zu gewähren – zufriedene Krieger kämpften besser, das hatte er schon vor langer Zeit gelernt. Und wer weiß, vielleicht würde er sich sogar selbst eine Frau genehmigen, wenn ihm eine ins Auge fiel – vorausgesetzt, sie käme mit seinem Aussehen zurecht. Andererseits verdienten diese Schlampen damit ihr Geld. Er hatte schon viele Frauen bezahlt, damit sie es über sich ergehen ließen, ihn in ihrem Geschlecht aufzunehmen. Das war weit besser, als sie zu zwingen, was er abscheulich fand – obwohl er eine solche Schwäche niemals irgendjemandem gegenüber eingestanden hätte.

Doch derlei Tändelei musste bis zum Ende der Nacht warten. Erst einmal würden sie ihre neue Umgebung erkunden.

Nachdem sie das von Menschen wimmelnde Dickicht von Clubs hinter sich gelassen hatten, stießen sie genau auf das, was Xcor zu finden gehofft hatte ... nämlich absolute städtische Leere: ganze Straßenzüge von Gebäuden, die abends oder sogar länger menschenleer waren, Straßen ohne Verkehr, dunkle, abgeschiedene Gassen mit viel Platz zum Kämpfen.

Hier würde sich der Feind garantiert rumtreiben. Er wusste es einfach: Die eine Vorliebe, die beide Kriegsparteien teilten, war die Geheimhaltung. Und hier konnten Kämpfe weitestgehend ungestört vonstattengehen.

Während ihn die Kampfeslust juckte und die Schritte seiner Bande hinter ihm von den Wänden widerhallten, lächelte Xcor in die Nacht hinein. Es würde ...

Als sie um die nächste Ecke bogen, hielt er an. Einen

Block weiter zur Linken parkte eine Schar von schwarzweißen Autos in einem losen Halbkreis um den Zugang zu einer Gasse ... sie wirkten fast wie eine Kette um den Hals einer Frau. Er konnte die Zeichen auf den Wagentüren nicht entziffern, aber die Lichter auf den Dächern verrieten ihm, dass es sich um menschliche Polizei handelte.

Er sog die Luft ein und witterte den Duft des Todes.

Die Tat schien erst kurze Zeit her zu sein, befand er, aber das Opfer war nicht mehr ganz so frisch.

»Menschen«, spottete er. »Wären sie doch nur schlauer und würden sich gegenseitig ausrotten.«

»Oh ja«, stimmte ihm einer seiner Männer zu.

»Weiter«, befahl er und setzte seinen Weg fort.

Als sie an dem Tatort vorüberkamen, blickte Xcor in die Gasse. Männer mit angeekelten Gesichtern und fahrigen Händen standen um eine Art große Kiste, als erwarteten sie, dass jeden Moment etwas daraus hervorspringen und sie mit scharfen Krallen bei den Eiern packen würde.

Typisch. Ein Vampir würde sich auf dieses Etwas stürzen und es sich untertan machen – zumindest jeder, der diesen Namen verdiente. Menschen schienen ihr Feuer nur zu finden, wenn sich Omega einschaltete.

José de la Cruz stand über einen Karton gebeugt, der stellenweise fleckig war und groß genug, um einen Kühlschrank zu beherbergen, dann schaltete er seine Taschenlampe an und ließ den Strahl über eine weitere verstümmelte Leiche gleiten. Es war nicht leicht, sich einen Eindruck von dem Opfer zu verschaffen, denn es lag zusammengepfercht in einem Gewirr aus Gliedern, aber das brutal abgeschnittene Haar und das Loch im Oberarm ließen darauf schließen, dass er hier Leiche Nummer zwei für sich und sein Team vor sich hatte.

Er richtete sich auf und blickte sich in der leeren Gasse

um. Gleicher Tathergang wie beim ersten Mal, darauf hätte er gewettet: Mord an einem ungestörten Ort verüben, Reste in Caldwell abwerfen, sich das nächste Opfer suchen.

Sie mussten diesen Wichser endlich fassen.

Er schaltete die Taschenlampe aus und warf einen Blick auf seine Digitaluhr. Die Spurensicherung hatte ihr Herumgestochere beendet, und die Fotografin hatte ihre Bilder geschossen, also war es Zeit, die Leiche genauer zu inspizieren.

»Der Gerichtsmediziner ist bereit, sie sich anzusehen«, meldete Veck hinter ihm. »Und er hätte gerne etwas Unterstützung.«

José drehte sich auf dem Absatz um. »Haben Sie Handschuhe ...«

Er verstummte und starrte über die breiten Schultern seines Partners. Hinter ihm auf der Straße lief eine Gruppe von Männern in einer Dreiecks-Formation vorbei. Einer voraus, zwei hinter ihm, drei bildeten die Nachhut. Die Aufstellung war so präzise und ihre Schritte so synchron, dass José zuerst nur das militärische Marschieren und die Tatsache auffiel, dass sie allesamt in schwarzes Leder gehüllt waren.

Dann bemerkte er ihre Größe. Sie waren absolut riesig, und er musste sich fragen, was für eine Sorte Waffen sie unter ihren identischen langen Mänteln trugen: Doch das Gesetz verbot es Polizeibeamten, Zivilisten zu durchsuchen, nur weil sie irgendwie gefährlich aussahen.

Der eine ganz vorne drehte den Kopf, und José knipste einen geistigen Schnappschuss von dem Gesicht, das nur die Mutter des Kerls lieben konnte: kantig und hager, mit hohlen Wangen, die Oberlippe entstellt durch eine Hasenscharte, die nicht operiert worden war.

»Detective?«

José kam wieder zu sich. »Entschuldigung. War kurz abgelenkt. Haben Sie Handschuhe für mich?«

»Ich halte Sie Ihnen schon die ganze Zeit hin.«

»Ach so. Danke.« José nahm die Latexhandschuhe entgegen und streifte sie sich über. »Haben Sie den …«

»Leichensack? Ja.«

Veck war grimmig und konzentriert, was, wie José mittlerweile wusste, sein üblicher Betriebsmodus war: Er war noch jung, erst Ende zwanzig, aber er packte die Sachen an wie ein alter Hase.

Vorläufiges Urteil: nicht unangenehm als Partner.

Aber sie arbeiteten auch erst seit anderthalb Wochen richtig zusammen.

Bei jedem Fundort hing es von den verschiedensten Faktoren ab, wer die Leiche umbettete. Manchmal kümmerte sich der Rettungsdienst darum. In anderen Fällen, wie in diesem hier, kam es darauf an, wer gerade zur Verfügung stand und die Nerven dazu hatte.

»Schneiden wir den Karton vorne auf«, schlug Veck vor. »Alles wurde fotografiert und auf Fingerabdrücke hin untersucht, und es ist bestimmt besser, als das Ding nach vorne zu kippen und dabei den Boden rauszureißen.«

José schielte zu dem CSI-Mann. »Haben Sie auch sicher alles?«

»Ja, Detective. Ich würde es genauso machen.«

So arbeiteten sie zu dritt. Veck und José hielten die Vorderseite, während der andere mit einem Teppichmesser schnitt. Dann klappten José und sein Partner vorsichtig die Pappwand nach unten.

Es war wieder eine junge Frau.

»Verdammt«, murmelte der Gerichtsmediziner. »Nicht schon wieder.«

Ja, verdammt, dachte José. Das arme Mädchen hatte man zugerichtet wie die anderen, was hieß, dass sie zuvor gefoltert worden war.

»Zur Hölle«, murmelte Veck.

Die drei waren vorsichtig mit ihr, als würde ihr geschundener Körper selbst noch in totem Zustand das Umbetten ihrer Glieder bemerken. Dann trugen sie sie einen halben Meter weit und legten sie in den offenen schwarzen Leichensack, damit der Gerichtsmediziner und die Fotografin ihre Arbeit machen konnten.

Veck blieb in der Hocke neben ihr sitzen. Sein Gesicht wirkte völlig gefasst, aber trotzdem gingen von ihm Wellen des Zorns aus …

Der gleißende Blitz einer Kamera fuhr in die düstere Gasse wie ein Schrei durch eine Kirche. Bevor er verblasst war, riss José bereits den Kopf herum und suchte nach dem Fotografen. Und er war nicht der Einzige. Die Beamten, die herumstanden, waren plötzlich alle hellwach.

Aber es war Veck, der aufsprang und lossprintete.

Der Typ mit der Kamera hatte keine Chance. Mit unverhohlener Dreistigkeit hatte er sich unter dem Absperrband hindurchgeduckt und ausgenutzt, dass sich alle auf das Opfer konzentrierten. Doch bei seiner Flucht verfing er sich in der Absperrung, die er zuvor missachtet hatte, und stolperte und fiel, ehe er sich wieder fing und auf die offene Tür seines Autos zurannte.

Veck hingegen hatte die Beine eines Sprinters und sprang höher als der Durchschnittsweiße: Er duckte sich nicht unter dem Band hindurch, sondern hechtete mit einem Satz darüber, stürzte sich auf die Motorhaube der Limousine und zog sich daran hoch. Und dann geschah alles wie in Zeitlupe. Während die anderen Beamten vorwärtsstürmten, um ihm zu helfen, stieg der Fotograf aufs Gaspedal, dass die Reifen quietschten, als er in Panik geriet und versuchte, sich aus dem Staub zu machen …

Genau in Richtung der abgesperrten Fundstelle.

»Verdammt!«, schrie José und fragte sich, wie zur Hölle sie die Leiche schützen sollten.

Vecks Beine schlenkerten hin und her, als das Auto durch das gelbe Band brach und direkt auf den Pappkarton zuraste. Aber DelVecchio, dieser Teufelskerl, haftete nicht nur wie ein Saugnapf an der Motorhaube, es gelang ihm auch noch, durch das offene Fenster zu langen, das Lenkrad zu fassen und die Limousine einen Meter vor dem Opfer in einen Container krachen zu lassen.

Als die Airbags explodierten und der Motor wütend fauchte, wurde Veck in die Höhe geschleudert und über den Müllcontainer katapultiert – und José wusste, dass er den Anblick des fliegenden Mannes bis an sein Lebensende nicht vergessen würde, die Anzugjacke aufgebläht, die Waffe an der Seite und das blitzende Abzeichen auf der anderen, als er ohne Flügel flog wie ein Vogel.

Er landete auf dem Rücken. Krachend.

»Beamter gestürzt!«, rief José und rannte auf seinen Partner zu.

Aber dieser Satansbraten ließ sich nicht sagen, dass er still liegen bleiben sollte, er ließ sich nicht einmal aufhelfen. Veck sprang auf die Füße wie ein verdammtes Duracell-Häschen und taumelte auf die Traube von Beamten zu, die den Fahrer mit gezogenen Waffen eingekreist hatten. Er stieß sie zur Seite, riss die Tür auf und zerrte einen halb bewusstlosen Fotojäger heraus, der nur ein letztes Pastramisandwich von einem Herzinfarkt entfernt war: Der Bastard war so fett wie der Weihnachtsmann und hatte die rote Fresse eines Alkies.

Außerdem litt er unter Atemnot – obwohl nicht ganz klar war, ob es daher rührte, dass er das Pulver vom Airbag eingeatmet hatte, oder von der Tatsache, dass er in Blickkontakt mit Veck getreten war und sich sicher sein konnte, dass der ihn gleich zusammenschlagen würde.

Veck aber ließ ihn fallen und tauchte in das Auto, wo er sich durch die erschlafften Airbags grub. Doch ehe er sich die Kamera schnappen und sie zu Kleinholz verarbeiten konnte, warf sich José dazwischen.

»Die brauchen wir als Beweisstück«, blaffte er, als Veck aus dem Wageninneren auftauchte und den Arm über den Kopf hob, als wollte er die Nikon auf den Bürgersteig schmettern.

»He!« José umklammerte den Arm des Kerls und warf all sein Gewicht gegen die Brust seines Partners. Himmel, der Typ war ein echter Brocken – nicht nur groß, sondern auch noch ziemlich muskelbepackt –, und einen kurzen Moment lang fragte sich José, ob er mit seinem Körpereinsatz überhaupt irgendetwas ausrichten konnte.

Doch sein Schwung reichte aus, um Veck rücklings gegen das Auto zu rammen.

José sprach mit ruhiger Stimme, obwohl er all seine Kraft aufwenden musste, um den Kerl festzuhalten. »Überlegen Sie doch. Wenn Sie die Kamera kurz und klein schlagen, können wir das Foto nicht mehr gegen ihn verwenden. Hören Sie mich? Denken Sie nach, verdammt, *denken Sie nach.*«

Vecks Augen wanderten zur Seite und hefteten sich auf den Missetäter, und mal ehrlich, dass in ihnen nicht der Wahnsinn stand, war schon ein wenig unheimlich. Selbst inmitten all der fieberhaften Kraftanstrengung blieb Del-Vecchio seltsam entspannt, völlig konzentriert ... und unbestreitbar gefährlich: José hatte den Eindruck, dass die Kamera nicht das Einzige bleiben würde, was irreparablen Schaden nähme, wenn er den Detective losließ.

Veck sah aus, als könnte er problemlos auf sehr ruhige, kompetente Art töten.

»Veck, mein Freund, kommen Sie runter.«

Einen Moment lang geschah gar nichts, und José wusste, dass alle in der Gasse genauso unsicher waren wie er, wie diese Sache ausgehen würde. Inklusive dem Fotografen.

»He. Sehen Sie mich an, Mann.«

Vecks himmelblaue Augen richteten sich zögerlich auf ihn, und er blinzelte. Langsam ließ die Spannung in seinem Arm nach, und José lenkte die Kamera nach unten, bis er sie nehmen konnte – es war unmöglich zu sagen, ob der Sturm tatsächlich schon vorüber war.

»Alles in Ordnung?«, erkundigte sich José.

Veck nickte und zog seine Jacke zurecht. Als er ein zweites Mal nickte, trat José zurück.

Ein Riesenfehler, wie sich zeigte.

Sein Partner war so schnell, dass er nicht zu stoppen war. Er versetzte dem Fotografen einen derartigen Kinnhaken, dass er ihm vermutlich den Kiefer gebrochen hatte.

Als sein Opfer in die Arme der anderen Polizisten sank, sagte keiner ein Wort. Sie alle hatten Lust dazu gehabt, dem Kerl eine zu verpassen, aber Veck hatte sich mit seiner kleinen Spritztour auf der Motorhaube das Vorrecht verdient.

Dummerweise würde man den Detective dafür vielleicht suspendieren – und das CPD am Ende verklagt werden.

Veck schüttelte die Hand aus, mit der er zugeschlagen hatte. »Hat mal jemand eine Zigarette für mich?«

Scheiße, dachte José. Es gab keinen Grund, weiter nach Butch O'Neal zu suchen. Ihm war, als stünde sein alter Partner bereits vor ihm.

Vielleicht sollte er es also aufgeben, diesen Notruf von letzter Woche zurückzuverfolgen. Selbst mit all den Mitteln, die ihm auf der Hauptwache zur Verfügung standen, hatte er nichts erreicht, und dass die Spur längst kalt war, war vielleicht sogar gut.

Ein unberechenbarer Kollege mit selbstzerstörerischen Neigungen war mehr, als er bei seiner Arbeit ertragen konnte, besten Dank auch.

25

Unten im Trainingszentrum auf dem Anwesen der Bruderschaft gab Butch sich aus Loyalität gegenüber V alle Mühe, diesen Chirurgen zu hassen. Besonders wegen seiner Chippendale-Nummer, wie er halbnackt mit dem Handtuch um die Hüften durch die Gegend gedüst war. Gott, der Gedanke, dass dieser Macker völlig nackt in der Nähe von Payne gewesen war? Eine finstere Vorstellung, und zwar in mehrfacher Hinsicht.

Es wäre halb so wild gewesen, wenn er die Statur eines Schachspielers gehabt hätte, zum Beispiel. Doch so wie die Dinge standen, kam es Butch eher so vor, als wäre Vs Schwester von einem Wrestling-Superstar angebaggert worden. Wie zum Donner konnte ein Chirurg so gebaut sein?

Dennoch gab es zwei Dinge, die man dem Kerl zu seiner Ehrenrettung zugutehalten musste: Er hatte die frischen Arztklamotten angelegt, die Butch ihm gegeben hatte, also war jetzt Schluss mit Ladys Night. Und als sie vor dem Computer im Untersuchungszimmer saßen, schien er ernsthaft um Payne und ihr Wohlergehen besorgt.

Was nicht unbedingt bedeutete, dass sie in dieser Hinsicht irgendwie weiterkamen. Sie beide starrten auf den Monitor wie zwei Hunde, die sich Tierfilme anschauten: völlig gebannt, aber nicht in der Lage, die Lautstärke zu regeln oder auf ein anderes Programm umzuschalten.

Normalerweise hätte Butch V angerufen oder eine SMS geschickt. Aber das war gerade ausgeschlossen, in Anbetracht des Showdowns, der oben in der Höhle soeben abging.

O je, er hoffte echt, V und Jane kratzten gemeinsam die Kurve.

»Und was jetzt?«, fragte der Chirurg.

Butch riss sich aus seinen Grübeleien los und legte die Hand auf die Maus. »Wir befummeln das Ding so lang, bis wir die richtige Datei haben.«

»Und du regst dich über mein Handtuch auf.«

Butch grinste. »Schlaumeier.«

Wie auf Kommando beugten sich die beiden näher zum Bildschirm – als würde das der Maus auf magische Weise helfen, das Gesuchte zu finden.

»Ich kenn mich mit dem Scheiß nicht aus«, murmelte der Chirurg zerknirscht. »Ich arbeite lieber mit den Händen.«

»Ich auch.«

»Geh mal zum Startmenu.«

»Bin schon dabei, bin schon ...«

»Scheiße«, sagten sie im Chor, als eine ellenlange Liste mit allen Dateien oder Programmen oder was auch immer erschien.

»Moment, könnte die Datei nicht unter ›Videos‹ zu finden sein?«, schlug der Chirurg vor.

»Gute Idee.«

Beide gingen noch näher an den Bildschirm ran, bis sie ihn fast mit ihren Nasenspitzen polierten.

»Kann ich euch behilflich sein, Jungs?«

Butch riss den Kopf herum. »Gott sei Dank, Jane. Hör zu, wir brauchen die Aufnahmen von der Überwachungskamera ...« Er stockte. »Alles okay bei dir?«

»Ja, alles in Ordnung.«

Wer's glaubt. Wie sie da in der Tür stand, war überhaupt nichts in Ordnung. Nicht einmal annähernd. Es hatte auch keinen Zweck, zu fragen, wo V steckte – oder zu erwarten, dass der Bruder in der nächsten Zeit auftauchen würde.

»He, Doc«, sagte Butch und stand beiläufig auf. »Kann ich dich mal eine Sekunde sprechen?«

»Äh ...«

Bevor sie protestieren konnte, schnitt er ihr das Wort ab: »Danke, nur kurz draußen im Flur. Manello, du versuchst dich mit dem Computer zurechtzufinden.«

»Ich bin schon dabei«, sagte der trocken.

Als Butch und Jane auf dem Gang standen, senkte der Bulle die Stimme. »Was ist passiert? Ich weiß, es geht mich nichts an, aber ich will es trotzdem wissen.«

Nach einem kurzen Augenblick verschränkte Jane die Arme vor ihrem weißen Kittel und starrte vor sich hin ins Leere. Aber nicht, um ihn auszublenden, so schien es. Eher, weil sie in Gedanken etwas Revue passieren ließ.

»Erzähl's mir«, drängte er leise.

»Du weißt, warum er Manny geholt hat, oder?«

»Nicht die Einzelheiten. Aber ... ich kann es mir denken.« Payne hatte einen ziemlich selbstmordgefährdeten Eindruck gemacht, wenn man ehrlich war.

»Als Ärztin gerate ich manchmal zwischen die Fronten. Vielleicht kannst du es dir nun selbst ausrechnen ...«

O Gott, es war also schlimmer, als er gedacht hatte. »Ja, das kann ich. Scheiße.«

»Aber das ist nicht alles«, fuhr sie fort. »Als ich hochging, um zu packen, habe ich eine seiner Lederhosen zusammengeknüllt hinten im Schrank gefunden. Sie ist über und über mit schwarzem Wachs bekleckert. Und mit Blut und …« Sie tat einen zittrigen Atemzug. »Noch mehr.«

»Himmel«, stöhnte Butch.

Als Jane verstummte, wusste er, dass sie ihn nicht in die Sache mit reinziehen wollte und ihre Frage nicht aussprechen würde. War auch besser so.

Verdammt. So viel zu Vs Bitte, sich aus der Angelegenheit rauszuhalten. Aber er konnte einfach nicht zusehen, wie die beiden auseinandergingen.

»Er hat dich nicht betrogen«, sagte er. »In dieser Nacht vor einer Woche hat er sich vermöbeln lassen, Jane. Von *Lessern*. Ich habe ihn gefunden, umringt von drei dieser Gestalten, die mit Ketten auf ihn eindroschen.«

Sie stieß einen kleinen Schrei aus und presste sich die Hand auf den Mund. »O … Gott …«

»Ich weiß nicht, was du glaubst, über ihn herausgefunden zu haben, aber er war mit niemandem zusammen. Er hat es mir selbst gesagt.«

»Aber was ist mit dem Wachs? Und dem …«

»Hast du je daran gedacht, dass er es vielleicht selbst gewesen sein könnte, der sich so besudelt hat? Dass er es ganz allein getan hat?«

Jane war einen Moment lang sprachlos. »Nein. Aber das hätte er mir doch einfach sagen können?«

Wenn das mal nicht der Leitspruch des Abends war. »Kein Kerl gibt seiner Frau gegenüber gern zu, dass er sich selbst einen runtergeholt hat. Das ist einfach zu erbärmlich – und wahrscheinlich hatte er das Gefühl, dich allein damit schon zu betrügen. Er ist dir sehr ergeben.«

Als Tränen aus Janes dunkelgrünen Augen schossen, war Butch einen Moment lang baff. Die Ärztin war normalerweise ebenso zugeknöpft wie ihr *Hellren* – und gerade aufgrund dieser Reserviertheit und ihrer Stärke war sie auch so verdammt gut als Medizinerin. Das hieß natürlich nicht, dass sie keine Gefühle hatte. Hier hatte er nun den Beweis dafür.

»Jane ... wein doch nicht.«

»Ich weiß einfach nicht, wie wir das hier überstehen sollen. Ich weiß es einfach nicht. Er ist wütend. Ich bin wütend. Und dann ist da auch noch Payne.« Auf einmal legte sie ihm die Hand auf den Arm und drückte ihn. »Kannst du bitte ... kannst du ihm helfen? Mit allem, was er braucht? Vielleicht bricht das ja das Eis zwischen uns.«

Als sie sich nun ansahen, fragte Butch sich, ob sie wirklich von derselben Sache redeten. Aber wie sollte er das in Erfahrung bringen? Indem er sie fragte: Dann willst du also, dass ich es ihm besorge anstelle der *Lesser?*

Was, wenn sie es ganz anders gemeint hatte? Sie war schon wieder den Tränen nahe.

»Ich kann es nicht tun«, sagte sie heiser. »Und nicht nur, weil wir im Moment Probleme haben. Ich bin einfach nicht der Typ dafür. Er vertraut dir ... ich vertraue dir ... und er braucht es. Ich habe Angst. Wenn er diese Mauer nicht einreißt, die er gerade zwischen uns hochzieht, dann schaffen er und ich es vielleicht nicht – oder Schlimmeres. Bitte bring ihn zum Commodore.«

Nun, diese Frage war dann also geklärt.

Er räusperte sich. »Ehrlich gestanden habe ich mir das Gleiche gedacht. Und tatsächlich habe ich es ... ihm bereits angeboten.«

»Danke.« Sie fluchte und wischte sich die Augen. »Du kennst ihn so gut wie ich. Man muss ihn aus seinem Eisblock befreien – irgendwie, auf irgendeine Art.«

»Ja, wie wahr.« Butch streckte die Hand aus und streichelte über ihre Wange. »Ich werde mich um ihn kümmern, Jane. Mach dir keine Sorgen.«

Sie legte ihre Hand auf seine. »Danke, Butch.«

Sie umarmten sich kurz, und als sie das taten, dachte

Butch, dass es nichts gab, was er nicht getan hätte, damit Jane und V zusammenblieben.

»Wo ist er jetzt?«, fragte er.

»Ich habe keine Ahnung. Er hat mir eine Tasche gegeben, und ich habe sie gepackt und bin gegangen. In der Höhle habe ich ihn nicht gesehen, aber ich habe auch nicht nach ihm gesucht.«

»Ich kümmere mich drum. Hilfst du Manello?«

Als sie nickte, drückte er sie noch einmal kurz und machte sich dann auf den Weg, hinein in den unterirdischen Tunnel und im Laufschritt zum hintersten Ausgang nach oben: in die Höhle.

Ohne zu ahnen, was ihn erwartete, gab er den Code ein und steckte den Kopf durch die gepanzerte Tür. Kein Rauch, also stand nichts in Flammen. Keine Schreie. Kein Geruch, abgesehen von dem frischen Brot, das seine Marissa vorher gebacken hatte.

»V? Bist du hier?« Keine Antwort.

Verdammt, es war einfach zu ruhig.

Das Zimmer von V und Jane am Ende des Flurs war leer und ein einziges Durcheinander. Die Schranktür stand offen, viele der Bügel waren leer, aber das war es nicht, was seine Aufmerksamkeit erregte.

Er entdeckte die Lederhose und hob sie auf. Als der nette katholische Junge, der er war, wusste er nicht viel über BDSM, aber es sah ganz so aus, als würde er es bald aus erster Hand erfahren.

Er holte sein Handy raus und rief V an, erwartete aber nicht, dass er dranging. Wahrscheinlich würde das GPS mal wieder nützliche Dienste leisten.

»Ganz wie in alten Zeiten.«

Manny konzentrierte sich auf den Monitor, während er sprach. Schwer zu sagen, was der peinlichste Teil an der

Tatsache war, dass er jetzt neben seiner ehemaligen Kollegin saß. Es gab so viele Möglichkeiten, dass das Schweigen zwischen ihnen einer Ostereiersuche für Dreijährige gleichkam: Alles war möglichst schlecht versteckt, damit es auch garantiert gefunden wurde.

»Warum willst du die Aufnahmen der Überwachungskamera sehen?«, fragte sie.

»Das wirst du gleich sehen, sobald wir sie haben.«

Jane fand mühelos das richtige Programm, und einen Moment später erschienen die Bilder aus Paynes Zimmer auf dem Monitor. Augenblick, das Bett war aber leer … da lag nur eine Sporttasche.

»Falsches Zimmer. Hier ist das richtige«, murmelte Jane.

Und tatsächlich, da war sie. Seine Payne. Den Kopf in die Kissen gepresst, das Ende ihres Zopfes in den Händen, die Augen auf die Badezimmertür geheftet, als würde sie ihn sich immer noch unter der Dusche vorstellen.

Verdammt … sie war so schön.

»Findest du …«, sagte Jane leise.

Okay, jetzt wäre ein guter Zeitpunkt, seinem Mund zu befehlen, sich nicht länger selbstständig zu machen.

Er räusperte sich. »Können wir in der Datei eine halbe Stunde zurückgehen?«

»Kein Problem.«

Das Bild lief rückwärts, der kleine Zähler unten rechts ratterte die Millisekunden herunter.

Als er sich selbst sah, wie er sie nur mit diesem Handtuch bekleidet untersuchte, war es echt verdammt offensichtlich, dass sie sich zueinander hingezogen fühlten. O Gott … dieser Ständer war ein weiterer wirklich guter Grund, Jane jetzt nicht anzusehen.

»Warte …« Er beugte sich vor. »Langsamer. Hier ist es.«

Er beobachtete sich selbst dabei, wie er rückwärts zurück ins Bad huschte.

»Unglaublich«, hauchte Jane.

Und da war es: Payne auf den Knien am Fußende des Bettes, ihr Körper lang und schlank und in perfekter Balance, während ihre Augen sich auf die Badezimmertür hefteten.

»Glüht sie etwa?«

»Ja«, murmelte er. »Das tut sie.«

»Moment ...« Jane drückte auf die Wiedergabetaste und ließ die Bilder in der richtigen Reihenfolge abspielen. »Hier untersuchst du ihre Sensibilität?«

»Nichts. Sie hat nichts gespürt. Und doch ... spul nochmal zurück ... danke.« Er zeigte auf Paynes Beine. »Hier hat sie eindeutig Kontrolle über die Muskeln.«

»Das ist eigentlich nicht möglich.« Jane ließ die Sequenz wieder und wieder ablaufen. »Aber sie hat es getan ... großer Gott ... sie tut es. Es ist ein Wunder.«

Auf jeden Fall sah es wie eines aus. Nur ... »Was hat den Ausschlag gegeben?«, murmelte er.

»Vielleicht warst es ja du.«

»Unmöglich. Meine Operation hat offensichtlich nichts bewirkt, sonst wäre sie schon viel früher gekniet. Eure eigenen Ergebnisse haben gezeigt, dass sie auch hinterher noch gelähmt war.«

»Ich rede nicht von deinem Skalpell.«

Jane spulte noch einmal zurück zu dem Moment, wo Payne sich aufrichtete, und stellte um auf Standbild. »Und ob es an dir liegt.«

Manny starrte auf den Bildschirm und versuchte etwas anderes zu sehen als das Offensichtliche. Es sah wirklich so aus, als hätte Payne ihn angesehen, woraufhin das Glühen in ihr stärker wurde und sie sich bewegen konnte.

Jane ließ die Aufnahme nun Bild für Bild weiterlaufen. Sobald er aus dem Bad kam und sie wieder lag, war das Glühen verschwunden ... und sie fühlte nichts.

»Das ergibt doch keinen Sinn«, murmelte er.

»Oh doch, ich denke schon. Vermutlich liegt es an ihrer Mutter.«

»An wem?«

»Gott, wo soll ich da anfangen.« Jane zeigte auf ihren eigenen Körper. »Ich bin, was ich bin, und zwar wegen der Jungfrau der Schrift.«

»Wegen wem?« Manny schüttelte den Kopf. »Ich versteh das alles nicht.«

Jane deutete ein Lächeln an. »Das brauchst du auch nicht. Es passiert einfach so. Du musst bei Payne bleiben und … abwarten, wie sie sich verändert.«

Manny starrte erneut auf den Monitor. Tja, Scheiße, es schien fast so, als hätte Ziegenbart-Aggro absolut das Richtige getan. Irgendwie hatte er scheinbar gewusst, dass das passieren würde. Oder vielleicht hatte er es auch nur gehofft. Wie dem auch war, es sah so aus, als sei Manny eine Art Medizin für dieses außergewöhnliche Geschöpf, das da in diesem Bett lag.

Nun, damit konnte er dienen.

Aber er machte sich nichts vor. Es ging hier nicht um Liebe oder um Sex. Es ging darum, sie aus diesem Bett zu holen und zum Laufen zu bringen, damit sie ihr Leben wieder leben konnte – koste es, was es wolle. Ihm war aber auch klar, dass es ihm nicht vergönnt sein würde, am Ende bei ihr zu bleiben. Sie würden ihn achtlos in den Müll werfen, wie ein leeres Medizinfläschchen aus der Apotheke. Ja, klar, vielleicht würde sie sich in ihn verlieben. Aber sie war nun mal eine Jungfrau, die nichts anderes kannte.

Und was ihn betraf? Er würde sich mit Sicherheit an nichts von alledem erinnern.

Nach und nach wurde ihm bewusst, dass Jane ihn von der Seite musterte. »Was ist«, fragte er, ohne den Blick vom Monitor abzuwenden.

»Ich habe dich noch nie so erlebt wegen einer Frau.«

»Ich bin ja auch noch nie so einer wie ihr begegnet.« Er hob die Hand, um jede weitere Unterhaltung zu unterbinden. »Und du kannst dir deine Ratschläge sparen. Ich weiß genau, wie diese Sache für mich ausgeht.«

Himmel, vielleicht würden diese Kerle ihn tatsächlich um die Ecke bringen und im Fluss entsorgen. Es wie einen Unfall aussehen lassen.

»Ich wollte doch gar nichts sagen.« Jane rutschte auf ihrem Stuhl hin und her. »Und glaube mir ... ich weiß, wie du dich fühlst.«

Er warf ihr einen Blick zu. »Ach ja?«

»Mir ging es genauso, als ich Vishous kennenlernte.« Ihre Augen wurden feucht, aber sie räusperte sich. »Zurück zu dir und Payne ...«

»Was ist los, Jane? Erzähl es mir.«

»Nichts ...«

»Blödsinn – und das Gleiche gilt für dich. Ich habe dich auch noch nie so erlebt. Du scheinst völlig am Ende zu sein.«

Sie holte tief Luft. »Eheprobleme, nichts weiter. Aber auch nicht ganz einfach.«

Ganz offensichtlich wollte sie nicht darüber reden. »Okay. Nun, ich bin für dich da ... solange ich bleiben darf.«

Er rieb sich über das Gesicht. Es war reine Zeitverschwendung, darüber nachzudenken, wie lange das alles hier dauern würde, wie viel Zeit ihm blieb. Aber er kam nicht dagegen an. Payne zu verlieren würde ihn umbringen, obwohl er sie kaum kannte.

Moment. Jane war ja auch mal ein Mensch gewesen. Und sie war hier. Vielleicht gab es ja ...

Großer Gott!

»Jane ...?«, sagte er matt, als er seine alte Freundin nun ansah. »Was ...«

Es verschlug ihm die Sprache. Sie saß noch immer auf dem Stuhl, die gleiche Haltung, die gleiche Kleidung ... nur dass er die Wand hinter ihr jetzt sah ... und die Stahlschränke ... und die Tür an der Wand gegenüber. Und zwar nicht im Sinne von über ihre Schulter hinweg. Nein, er blickte *durch sie hindurch*.

»Oh, Entschuldigung.«

Direkt vor seinen Augen verwandelte sie sich zurück in ihre normale Gestalt.

Manny sprang auf und wich zurück, bis er gegen den Untersuchungstisch krachte.

»Du musst mir das erklären«, sagte er heiser. »Gütiger ... Himmel ...«

Er griff nach dem Kreuz, das um seinen Hals hing, und Jane ließ den Kopf hängen und steckte sich eine kurze Haarsträhne hinters Ohr. »Oh, Manny ... es gibt so vieles, was du nicht weißt.«

»Dann ... erzähl es mir.« Als sie nichts erwiderte, wurde das Kreischen in seinem Kopf unerträglich laut. »Du erzählst es mir besser, denn ich habe es so gründlich satt, mir wie ein Bekloppter vorzukommen.«

Wieder herrschte langes Schweigen. »Ich bin gestorben, Manny, aber nicht in diesem Autowrack. Das war alles nur Show.«

Manny schnürte es die Kehle zu. »Wie bist du dann gestorben?«

»Ein Schuss. Ich wurde erschossen. Ich ... starb in Vishous' Armen.«

Okay, jetzt bekam er überhaupt keine Luft mehr. »Wer war es?«

»Seine Feinde.«

Manny rieb an seinem Kruzifix, und der gute Katholik in ihm sah in den Heiligen auf einmal so viel mehr als bloße Vorbilder für rechtschaffenes Verhalten.

»Ich bin nicht die, die du früher gekannt hast, Manny. In mehrfacher Hinsicht.« Ihre Stimme klang so traurig. »Ich lebe noch nicht einmal richtig. Deshalb bin ich nicht zurück zu dir gekommen. Es ging nicht um diese Vampir-Mensch-Geschichte ... es lag daran, dass ich eigentlich gar nicht mehr hier bin.«

Manny blinzelte. Wie eine Kuh. Mehrfach.

Nun, ein Gutes hatte die Sache, wie er annahm. Herauszufinden, dass die frühere Leiterin der Unfallstation ein Geist war? Das war nichts als eine winzige Störung auf seinem Radar. Sein Verstand war zu oft verdreht worden, und wie bei einem ausgerenkten Gelenk hatte er jetzt absolute Bewegungsfreiheit.

Natürlich war seine Funktion im Eimer.

Aber wen interessierte das schon.

26

Allein streifte Vishous in der nächtlichen Innenstadt von Caldwell durch die finstere Gegend unter den Brücken der Stadt. Erst war er in seinem Penthouse gewesen, aber dort hatte er es nicht länger als zehn Minuten ausgehalten, und welch ein Hohn, dass all diese Glasfenster so beengend gewirkt hatten. Nachdem er sich von der Terrasse aus in die Luft gestürzt hatte, hatte er sich unten am Fluss wieder materialisiert. Die anderen Brüder würden in den Gassen nach *Lessern* Ausschau halten und gewiss auch welche finden, aber er konnte heute kein Publikum brauchen. Er wollte zwar durchaus kämpfen. Aber allein.

Zumindest redete er sich das ein.

Doch nach einer Stunde ziellosen Umherwanderns dämmerte ihm, dass er in Wirklichkeit keinen Faustkampf suchte. Er suchte eigentlich gar nichts.

Er war völlig leer, so leer, dass er sich fragte, wer eigentlich dafür verantwortlich war, dass er sich fortbewegte, denn er selbst hatte ganz bestimmt nichts damit zu tun.

Er blieb stehen, blickte auf die schlierige, stinkende Brühe des Hudson und lachte kalt und hart.

Im Laufe seines Lebens hatte er ein Wissen angehäuft, mit dem er der verdammten Library of Congress Konkurrenz machen konnte. Manches davon war nützlich, zum Beispiel wie man kämpfte, Waffen herstellte, wie man Informationen beschaffte und wie man sie geheim hielt. Und dann gab es Wissen, das war im täglichen Gebrauch relativ nutzlos, wie die molekulare Masse von Kohlenstoff, Einsteins Relativitätstheorie, Platos politischer Scheiß. Dann gab es noch Gedanken, über die er einmal nachsann und dann nie wieder, und das Gegenteil, Ideen, die er regelmäßig hervorkramte, um mit ihnen zu spielen wie mit einem Spielzeug, wenn ihm langweilig war. Und schließlich gab es Gedanken, die er einfach nie zuließ.

Zu diesen kognitiven Sonderposten zählte ein größerer Bereich des Kleinhirns, der nichts als eine Müllhalde für den ganzen Mist war, an den er nicht glaubte. Und da er sich selbst als Zyniker betrachtete, reihten sich dort haufenweise verrottende metaphorische Müllsäcke aneinander, vollgestopft mit Plattitüden: Väter sollen ihre Söhne lieben ... Mütter sind ein Geschenk des Himmels ... und bla, bla, bla.

Hätte es eine Umweltschutzbehörde für das Gedächtnis gegeben, dann wäre dieser Teil seines Hirns vorgeladen, mit einer Strafgebühr belegt und geschlossen worden.

Aber es war merkwürdig. Beim heutigen kleinen Spaziergang in dieser gottverlassenen Unterführung am Fluss wühlte er genau in dieser Deponie herum und zog etwas ausgerechnet aus diesem Haufen hervor: Gebundene Vampire sind nichts ohne ihre *Shellans*.

Wie bizarr. Er hatte immer gewusst, dass er Jane liebte, aber verschlossen, wie er nun einmal war, hatte er die Gefühle weggesperrt, ohne sich des Schlüssels in der sprichwörtlichen Hand bewusst zu sein. Verdammt, selbst als sie nach ihrem Tod zu ihm zurückgekommen war und er einen kurzen Moment lang nicht nur wusste, was der Begriff »überglücklich« bedeutete, sondern auch, wie er sich *anfühlte* ... selbst da hatte er sich nicht vollkommen geöffnet.

Sicher, sein persönlicher Permafrostboden war an der Oberfläche angetaut von der Wärme, die sie ihm gebracht hatte, aber tief in seinem Innern war er derselbe Eisklotz geblieben. Lieber Himmel, sie hatten sich noch nicht einmal anständig vereinigt. Er hatte sie einfach in seinem Zimmer aufgenommen und jede Minute genossen, die sie bei ihm war, während sie nachts getrennt ihren Beschäftigungen nachgegangen waren.

Er hatte diese kostbaren Stunden verschwendet.

Sträflich verschwendet.

Und jetzt war es passiert: Ein Graben trennte sie, den er trotz seines scharfen Verstandes nicht überbrücken konnte.

Himmel, als sie diese verdammte Lederhose in der Hand gehalten und auf seine Erklärung gewartet hatte, da war es ihm vorgekommen, als hätte man ihm die Lippen zusammengetackert – vielleicht weil er sich schuldig fühlte für das, was er in seiner Wohnung getan hatte, aber wie bescheuert war das denn? Seine eigene Hand zählte wohl kaum als echte Nebenbuhlerin.

Aber allein schon sein Interesse an dieser Art des Dampfablassens, die er früher so oft zelebriert hatte, fühlte sich falsch an. Und das lag daran, dass Sex immer ein Bestandteil gewesen war.

Natürlich musste er dabei an Butch denken. Sein Vorschlag drängte sich regelrecht auf, so dass V sich fragte, warum er nicht schon früher ernsthaft darüber nachgedacht hatte – andererseits fragte man seinen besten Freund auch nicht einfach so beim Frühstück, ob er einen bitte mal gründlich verdreschen würde.

Er wünschte, er hätte diese Möglichkeit schon vor einer Woche gehabt. Dann wäre die Sache vielleicht anders gelaufen ... Doch diese Szene im Schlafzimmer war nicht das einzige Problem zwischen Jane und ihm, so viel war klar. Sie hätte das mit seiner Schwester vorab mit ihm klären müssen. Man hätte ihn mit einbeziehen und mitentscheiden lassen sollen, was zu tun war.

Als erneut Wut in ihm aufkochte, fürchtete er das, was ihn hinter dieser Leere erwartete. Er war anders als andere Vampirmänner, schon immer gewesen, und das nicht nur wegen seiner Götter-Mami: Es wäre doch typisch gewesen, wenn er als einziger gebundener Vampir auf dem gesamten Planeten dieses ziellose, taube Gefühl anlässlich des Verlusts seiner *Shellan* überwunden hätte ... nur um an einem noch viel finstereren Ort zu landen.

Im Wahnsinn zum Beispiel.

Moment, er wäre selbstverständlich nicht der Erste. Murhder hatte den Verstand verloren. Komplett und unwiderruflich.

Vielleicht konnten sie beide ja einen Klub gründen. Und statt eines normalen Handschlags könnten sie irgendwas mit Dolchen machen.

Einen Klub für Emo-Idioten wie sie ...

Mit einem Knurren drehte V die Nase in den Wind, und hätte er seine Mutter nicht so abgrundtief gehasst, er hätte ein Dankgebet gen Himmel geschickt. Der grauweiße Dunst der Nebelschwaden trug den süßen Geruch des Feindes zu ihm und verschaffte ihm ein Ziel sowie eine Entschlossenheit, die ihn aus seiner Betäubung riss.

Seine Beine gingen los, joggten, rannten. Und je schneller er wurde, desto besser fühlte er sich: Ein seelenloser Killer zu sein war viel besser als nur eine atmende leere Hülle. Er wollte verstümmeln und morden, er wollte mit den Fängen reißen und mit den Händen krallen, er wollte sich mit dem Blut von *Lessern* besudeln.

Er wollte, dass ihm die Schreie der Getöteten in den Ohren hallten.

Er folgte dem süßlichen Gestank, rannte hoch in die Straßen und schlängelte sich durch die Gassen und Durchgänge, immer dem Geruch nach, der stärker und stärker wurde. Und je näher er kam, desto leichter wurde ihm ums Herz. Es mussten mehrere von ihnen sein – und das Beste: Weit und breit keiner der Brüder, und das hieß, wer zuerst kam … malte zuerst.

Das hier hob er sich ganz für sich allein auf.

Er bog um die letzte Ecke, pflügte in eine kurze, miefige Gasse und kam schlitternd zum Stehen. Er befand sich in einer Sackgasse, aber wie ein Gatter für Rinder leiteten die Gebäude links und rechts den Wind, der vom Fluss kam, nach draußen, die dicht gedrängte Herde von Molekülen nahm die Gerüche mit den Hufen auf und galoppierte direkt in seine Nebenhöhlen.

Was … zum … Donner …?

Der Gestank war so intensiv, dass seine Nase unmittelbar einen Antrag auf Standortverlegung stellte – aber da lungerte keine Gruppe von diesen bleichgesichtigen Idioten herum und streichelte sich gegenseitig die Messer. Die Gasse war leer.

Doch dann bemerkte er das Tropfen. Als hätte man einen Wasserhahn nicht richtig zugedreht.

Nachdem er ein *Mhis* heraufbeschworen hatte, zog er seine leuchtende Hand aus dem Handschuh und erhellte damit den Weg. Der Schein erfasste lediglich einen dürftigen Flecken direkt vor ihm, und das Erste, auf das er stieß, war ein Stiefel … dem eine Wade in Camouflagehosen folgte … und dann noch ein Oberschenkel und eine Hüfte …

Und das war's.

Der Körper des Jägers war durch einen glatten Schnitt zerteilt, wie mit der Brotmaschine, und aus der Schnittstelle quollen die Eingeweide hervor, während der Stumpf der Wirbelsäule hellweiß in dem ganzen öligen Schwarz schimmerte.

Ein leises Schaben lenkte seinen Blick nach rechts.

Dieses Mal erblickte er als Erstes eine Hand ... eine blasse Hand, die ihre Nägel in den feuchten Asphalt krallte und sich zusammenzog, als versuchte sie, den Boden aufzuscharren.

Der *Lesser* bestand nur noch aus dem Torso, aber er lebte – was kein Wunder war, denn so funktionierten diese Biester eben: Solange man ihnen das Herz nicht mit einem Gegenstand aus Stahl durchbohrte, vegetierten sie endlos vor sich hin, egal, in welchem Zustand sich ihr Körper befand.

Als V seine Hand mit dem Licht langsam nach oben wandern ließ, bekam er das Gesicht des *Lessers* zu sehen. Der Mund war in die Breite gezogen, und die Zunge klickte, als versuchte das Ding zu sprechen. Typisch für die derzeitige Ernte von Jägern, war auch dieses Exemplar ein frischer Rekrut, dessen dunkle Haut und Haare noch nicht milchweiß geworden waren.

V stieg über ihn hinweg und suchte weiter. Ein paar Meter entfernt fand er die zwei Hälften eines weiteren Jägers.

Während sich ein warnendes Kribbeln über seinen Nacken ausbreitete, hob er seine Hand und beschrieb einen Kreis um die beiden Leichen.

Tja, ja, ja. Wenn das nicht alte Erinnerungen weckte.

Und zwar keine von der guten Sorte.

Auf dem Anwesen der Bruderschaft lag Payne in ihrem Bett und wartete.

Sie war ohnehin nicht gut darin, sich zu gedulden, und sie hatte das Gefühl, zehn Jahre wären verstrichen, bevor ihr Heiler endlich zurück zu ihr kam. Er hatte ein flaches Kästchen dabei, das aussah wie ein Buch.

Er setzte sich zu ihr auf das Bett, doch sein schönes, scharfkantiges Gesicht wirkte angespannt. »Entschuldige, dass es so lang gedauert hat. Jane und ich mussten erst diesen Laptop starten.«

Sie hatte keine Ahnung, was das bedeuten sollte. »Sag mir einfach, was los ist.«

Mit einem schnellen, geschickten Handgriff klappte er das Kästchen auf. »Tatsächlich musst du es mit eigenen Augen sehen.«

Am liebsten hätte sie laut und ausgiebig geflucht, doch widerwillig richtete sie ihre Augen auf den Bildschirm. Sofort erkannte sie das Zimmer, in dem sie sich befand. Doch es war ein älteres Bild, denn wie sie da so auf dem Bett lag, starrte sie in Richtung Bad. Das Bild war starr wie ein Gemälde, doch dann bewegte sich ein kleiner weißer Pfeil, als Manny etwas berührte, und die Bilder setzten sich in Bewegung.

Stirnrunzelnd beobachtete sie sich selbst. Sie glühte: Jedes Stück Haut, das man sah, war von innen heraus erleuchtet. Aber warum war das so?

Erst setzte sie sich auf und verrenkte sich den Hals, um einen Blick auf den Heiler zu erhaschen. Dann beugte sie sich weiter zur Seite. Und schließlich schob sie sich zum Fußende des Bettes.

»Ich bin aufrecht gesessen«, hauchte sie. »Auf den Knien!«

Und tatsächlich richtete sich ihre leuchtende Gestalt kerzengerade auf und balancierte geschickt, während sie Manny unter der Dusche beobachtete.

»Ja, das hast du getan«, stimmte er zu.

»Außerdem leuchte ich. Warum nur?«

»Wir hatten gehofft, das könntest du uns sagen. Hast du das je zuvor erlebt?«

»Nicht dass ich wüsste. Aber ich war so lange gefangen, dass ich das Gefühl habe, mich selbst kaum zu kennen.« Die Bilder erstarrten. »Spielst du es noch einmal ab?«

Als Manny nicht antwortete und die Bilder reglos blieben, sah sie ihn von der Seite an – und erschrak. Sein Gesicht war wutverzerrt, seine zornigen Augen wirkten fast schwarz.

»Gefangen? Wie das?«, fuhr er sie an. »Und von wem wurdest du gefangen gehalten?«

Seltsam, dachte sie matt. Man hatte ihr immer erklärt, Menschen seien viel beherrschter als Vampire. Aber in seiner wütenden Beschützerpose stand er den Männern ihrer eigenen Art in nichts nach.

Es sei denn, es ging hier gar nicht um seinen Beschützerinstinkt. Vielleicht fand er es ganz einfach abstoßend, dass sie gefangen gewesen war.

Und wer hätte es ihm verübeln können?

»Payne?«

»Äh … vergib mir, Heiler – vielleicht war meine Wortwahl etwas ungenau, da deine Sprache nicht meine Muttersprache ist. Ich befand mich in der Obhut meiner Mutter.«

Sie bemühte sich sehr, nicht allzu viel Hass aus ihrer Stimme sprechen zu lassen, und die Tarnung schien zu funktionieren, denn seine Anspannung löste sich vollständig, und er atmete erleichtert auf. »Ach so. Ja, dieses Wort bedeutet etwas anderes.«

Dann hatten also auch die Menschen eine Vorstellung von Sittsamkeit: Seine Erleichterung war so groß wie seine Anspannung zuvor. Doch es war ja auch nicht falsch, bei Frauen auf Moral und Anstand zu achten – genauso wie bei Männern.

Als er die Sequenz noch einmal für sie abspielte, richtete sie ihre Aufmerksamkeit wieder auf das Wunder, das geschehen war ... und musste den Kopf schütteln. »Wirklich, ich war mir dessen nicht bewusst ... Wie ist ... das möglich?«

Manny räusperte sich. »Ich habe mit Jane darüber gesprochen ... sie beziehungsweise wir haben eine Theorie.« Er stand auf und inspizierte eine Vorrichtung an der Decke. »Es ist verrückt, aber ... Marvin Gaye wusste vielleicht, wovon er sprach.«

»Marvin?«

Mit einer schnellen Bewegung zog er einen Stuhl unter die Kamera. »Er war Sänger. Vielleicht spiele ich dir bei Gelegenheit ein Lied von ihm vor.« Manny stellte einen Fuß auf den Stuhl und richtete sich zur Decke auf, wo er etwas mit einem Ruck aus der Fassung riss, bevor er wieder herabstieg. »Ist ein gutes Lied zum Tanzen.«

»Ich kann nicht tanzen.«

Er warf einen Blick über die Schulter, und seine Lider senkten sich. »Noch etwas, das ich dir beibringen kann.« Während sie ein Gefühl von Wärme durchfloss, kam er auf das Bett zu. »Und es wird mir ein Vergnügen sein, es dir zu zeigen.«

Als er sich zu ihr beugte, blickte sie wie hypnotisiert auf seine Lippen und konnte kaum noch atmen. Er würde sie küssen. Liebster Himmel, er würde sie ...

»Du wolltest wissen, was mit ›Kommen‹ gemeint ist.«

Seine Stimme glich einem Knurren, und ihre Münder waren nur noch wenige Zentimeter voneinander entfernt. »Ich könnte es dir ganz einfach zeigen, statt es dir lang zu erklären.«

Mit diesen Worten knipste er das Licht aus, so dass das Zimmer im Dämmerlicht lag, nur spärlich beleuchtet durch das Licht im Bad und den schmalen Streifen, der unter der Tür zum Flur eindrang.

»Möchtest du, dass ich es dir zeige?«, fragte er leise.

In diesem Moment gab es in ihrem Vokabular nur ein einziges Wort: »Ja …«

Doch dann zog er sich zurück.

Gerade, als sie protestieren wollte, wurde ihr bewusst, dass er den Lichtschein aus dem Bad mit seinem Körper verdeckt hatte.

»Payne …«

Ihre Kehle schnürte sich noch mehr zusammen, als sie ihren Namen aus seinem Mund hörte. »Ja …«

»Ich will …« – er fasste nach dem Saum seines losen Hemds, zog es langsam nach oben und legte die ausgeprägten Muskeln seines Bauches frei – »… dass du mich willst.«

O gütiger Himmel, das tat sie.

Und er meinte es ernst. Je mehr sie ihn anstarrte, desto stärker hoben und senkten sich diese Bauchmuskeln, als würde auch er nur schwer atmen können. Seine Hände glitten hinab zu seiner Hüfte. »Sieh nur, was du mit mir anstellst.« Er spannte den bauschigen Stoff über seine Hüften und …

»Du bist *phearsom*«, hauchte sie. »O Himmel, das bist du.«

»Sag mir, dass das etwas Gutes ist.«

»Das ist es …«

Sie starrte auf die lange Versteifung, die sich nun eingezwängt gegen die nicht mehr so locker sitzende Hose drängte. So geschwollen und geschmeidig. So groß. Sie war vertraut mit der Mechanik von Sex, aber bis zu diesem Zeitpunkt hatte sie sich nicht vorstellen können, was eine Frau daran finden konnte. Doch als sie ihn nun betrachtete, wollte ihr Herz am liebsten stehen bleiben und ihr Blut zu Stein gerinnen, wenn sie ihn nicht sofort in sich haben konnte.

»Willst du mich berühren?«, knurrte er.

»Bitte ...« Sie schluckte schwerfällig, ihre Kehle war wie zugeschnürt. »O ja ...«

»Aber erst sieh dich an, *bambina*. Heb deinen Arm und sieh dich an.«

Sie blickte auf ihren Arm, nur um ihn zufriedenzustellen, damit sie weitermachen konnten ...

Ihre Haut leuchtete von innen heraus, als würden die Wärme und die Gefühle, die er in ihr hervorrief, sich in dieser Illumination manifestieren. »Ich weiß nicht ... was das ist ...«

»Ich vermute, es ist die Lösung.« Er setzte sich neben ihre Füße. »Sag mir, ob du das fühlst.« Er berührte sie vorsichtig am Unterschenkel, legte seine Hand auf ihre Wade ...

»Warm«, sagte sie stockend. »Deine Berührung ist *warm.*«

»Und hier?«

»Ja ... ja!«

Als er die Hand höher schieben wollte, auf ihren Oberschenkel, riss sie sich wild die Laken vom Leib, um alle Hindernisse aus dem Weg zu räumen. Ihr Herz klopfte bis in den Hals und ...

Er legte die Hand auf ihr anderes Bein. Diesmal fühlte sie ... nichts.

»Nein, nein ... fass mich an, fass mich nochmal an!« Der Befehl klang barsch, ihr Blick wirkte manisch. »Fass mich an ...«

»Moment ...«

»Wo ist es hin – mach es noch einmal! Bei allem, was heilig ist, bei deinem Gott, mach es noch einmal ...«

»Payne.« Er fasste ihre fahrigen Hände. »Payne, sieh dich an.«

Das Glühen war verschwunden. Ihre Haut, ihr Fleisch ... war wieder normal. »Verdammt ...«

»He. Meine Schöne. He ... sieh mich an.« Irgendwie

fanden ihre Augen die seinen. »Atme tief durch und entspann dich einfach … Komm, atme mit mir. Das ist es. So ist es gut … ich hole es dir zurück …«

Er beugte sich zu ihr, und sie fühlte das sanfte Streicheln seiner Fingerkuppen an ihrem Hals. »Fühlst du das?«

»Ja …« Ihre Ungeduld rang mit der Wirkung seiner tiefen Stimme und der langsamen, meandernden Berührungen.

»Schließ die Augen.«

»Aber …«

»Schließe sie für mich.«

Als sie tat, wie ihr geheißen, zog er seine Finger zurück … und an ihre Stelle trat nun sein Mund. Seine Lippen streiften über ihren Hals und saugten dann an ihrer Haut, und das leichte Zupfen entfesselte eine aufwallende Hitze zwischen ihren Beinen.

»Spürst du das?«, fragte er mit belegter Stimme.

»Himmel … ja …«

»Dann lass mich weitermachen.« Mit leichtem Druck schob er sie zurück aufs Kissen. »Deine Haut ist so weich …«

Als er an ihr nagte, machte sein Mund köstlich klickende Geräusche unter ihrem Ohr, und seine Finger wanderten auf ihrem Schlüsselbein vor und zurück … und tauchten dann nach unten ab. Daraufhin breitet sich eine merkwürdige, träge Wärme in ihr aus, ihre Brustwarzen richteten sich auf, und sie wurde sich ihres gesamten Körpers bewusst … jedes einzelnen Zentimeters war sie sich bewusst. Selbst ihrer Beine.

»Siehst du, *bambina,* es ist wieder da … Schau.«

Mit bleischweren Lidern schlug sie mühsam die Augen auf, aber als sie an sich herabsah, war das Leuchten eine Riesenerleichterung – und ließ sie an den Empfindungen festhalten, die er in ihr weckte.

»Gib mir deinen Mund«, sagte er rau. »Lass mich ein.«

Seine Stimme klang kehlig, aber sein Kuss war sanft und verspielt. Er knabberte an ihren Lippen und strich darüber, bevor er sie leckte. Und dann spürte sie seine Hand an der Außenseite ihres Schenkels.

»Ich spüre dich«, sprach sie in seinen Kuss, und Tränen füllten ihre Augen. »Ich spüre dich.«

»Ich bin sehr froh.« Er zog sich ein bisschen zurück, mit ernstem Gesicht. »Ich weiß nicht, was es ist ... ich will nicht lügen. Jane ist sich auch nicht sicher.«

»Das ist mir egal. Ich will nur meine Beine zurück.«

Er pausierte einen Moment. Doch dann nickte er, als würde er einen Eid vor ihr leisten. »Und ich werde tun, was ich kann, um sie dir wiederzugeben.«

Sein Blick fiel auf ihre Brüste, und sie reagierten sofort – mit jedem Atemzug schien der Stoff, der ihre Knospen umspannte, über sie zu streicheln und sie noch fester zu machen.

»Lass dich verwöhnen, Payne. Wir werden schon sehen, was dann mit dir geschieht.«

»Ja.« Sie hob die Hände an sein Gesicht und zog ihn erneut zu ihrem Mund. »Bitte.«

Fürwahr, als würde sie sich von einer Ader nähren, sog sie jetzt die Wärme von seinen Lippen in sich auf, genau wie das feuchte Eindringen seiner Zunge und die Energie, die er in ihr erzeugte.

Sie stöhnte in seinen Mund, überwältigt von Empfindungen, vom Gewicht ihres Körpers auf dem Bett, dem Blut, das sie durchströmte, bis hin zum pulsierenden Sehnen zwischen ihren Beinen und dem köstlichen Schmerz an ihren Brüsten.

»Heiler«, keuchte sie, als sie spürte, wie seine Hand über ihren Schenkel glitt.

Er zog sich zurück, und sie war froh, dass auch er keuchte. »Payne, ich möchte etwas tun.«

»Was immer du willst.«

Er lächelte. »Darf ich dein Haar lösen?«

Ihr Haar war nun wirklich das Allerletzte, woran sie dachte, aber sein Ausdruck war so entrückt, dass sie ihm den Wunsch nicht verweigern konnte – oder irgendeinen Teil von sich. »Aber natürlich.«

Seine Finger zitterten leicht, als er nach dem Ende ihres Zopfes griff. »Das wollte ich vom ersten Moment an tun, als ich dich sah.«

Langsam, Stück für Stück, befreite er die schweren schwarzen Wellen, die nur aus einem Grund so lang waren, nämlich weil sie sich nicht darum kümmern wollte. Doch in Anbetracht seines andächtigen Staunens fragte sie sich langsam, ob sie die Bedeutung ihres Haars vielleicht restlos unterschätzt hatte.

Als er fertig war, breitete er die langen Strähnen über das Bett aus und lehnte sich zurück. »Du bist ... unbeschreiblich schön.«

Nachdem sie sich selbst noch nicht einmal als sonderlich feminin betrachtet hätte und schon gar nicht als »schön«, war sie überrascht, welch Ehrfurcht aus seinen Worten und seiner Stimme sprach.

»Fürwahr ... du fesselst mir die Zunge«, sagte sie einmal mehr zu ihm.

»Mit deiner Zunge wüsste ich wahrlich Besseres anzufangen.«

Damit legte er sich zu ihr auf das Bett, und sie schmiegte sich an ihn und spürte seine Brustmuskeln und die harte Oberfläche seines Bauches. Sie war groß im Vergleich zu anderen Angehörigen ihres Geschlechts, sie hatte die Kraft von ihrem Vater geerbt und fühlte sich oft plump neben anderen Frauen: Sie hatte nicht die schlanke Anmut der Auserwählten Layla – vielmehr war sie zum Kämpfen geboren, nicht für spirituelle oder sinnliche Dienste.

Doch hier bei ihrem Heiler hatte sie das Gefühl, genau richtig zu sein. Er war nicht so riesenhaft wie ihr Bruder, aber er war größer und kräftiger als sie, überall dort, wo es einem Mann gut anstand: Wie sie nun mit ihm in diesem schummrigen Zimmer lag, dicht an dicht, und die Hitze anstieg, fühlte sie sich nicht länger wie eine Missbildung aus viel zu viel Leibesumfang und Masse, die eigentlich nicht hätte sein sollen, sondern wie ein Objekt der Leidenschaft und Begierde.

»Du lächelst ja«, flüsterte er neben ihrem Mund.

»Tu ich das?«

»Ja. Und es gefällt mir sehr.«

Seine Hände wühlten sich an ihren Hüften in ihr Nachthemd, und sie spürte alles, vom sanften Streicheln seines kleinen Fingers bis hin zur weichen Haut seiner Handfläche und der heißen Spur, die seine Berührung hinterließ, als seine Hand langsam nach oben wanderte. Sie schloss die Augen und drückte sich an ihn, und sie war sich absolut im Klaren darüber, dass sie um etwas bat, von dem sie nicht genau wusste, was das sein sollte – aber er würde es ihr geben, das war gewiss.

Ja, ihr Heiler wusste genau, was sie brauchte: Seine Hand wanderte an ihren Rippen empor und verweilte unter ihren schweren, weichen Brüsten.

»Ist das gut so für dich?«, hörte sie ihn wie aus weiter Ferne fragen.

»O ja, und wie«, keuchte sie. »Alles, was mich meine Beine fühlen lässt, ist gut.«

Doch noch während sie diese Worte aussprach, merkte sie, dass ihr Antrieb weniger die Lähmung war, sondern vielmehr eine Gier auf ihn und sein Geschlecht …

»Heiler!«

Das Gefühl, wie ihre Brust von zärtlichen Händen umfasst wurde, war erschreckend, aber wundervoll, und sie bäumte sich auf, ihre Schenkel spreizten sich, ihre Hacken pressten sich in die Matratze unter ihnen. Und dann fuhr sein Daumen hoch und über ihre Brustwarze, und diese Berührung sandte einen Feuerstrahl zu ihrem innersten Kern.

Ihre Beine rieben aneinander, der feste Knoten in ihrem Geschlecht trieb sie an. »Ich bewege mich«, sagte sie rau – als wäre es ihr eben erst aufgefallen. Doch was jetzt viel wichtiger schien, war ihr Wunsch, sich mit ihm zu vereinen und ihn in sich … kommen … zu lassen.

»Ich weiß, *bambina*«, bekannte er. »Und ich werde dafür sorgen, dass du es auch weiter tust.«

27

Butch parkte den Escalade in der Tiefgarage unter dem Commodore und fuhr mit dem Aufzug, der das Rückgrat des Gebäudes bildete, bis ganz nach oben. Er hatte keine Ahnung, was ihn in Vs Wohnung erwartete, aber von dort kam das GPS-Signal, also war er auf dem Weg dorthin.

In der Tasche seines Ledermantels hatte er alle Schlüssel zu Vishous' privatem Rückzugsort: die Magnetstreifenkarte für die Tiefgarage, die silberne Karte, mit der man im Aufzug ins oberste Stockwerk gelangen konnte, den Kupferschlüssel, mit dem man die Bolzenschlösser an der Tür öffnete.

Sein Herz klopfte, als ein diskretes *Pling* ertönte und die Aufzugtüren lautlos aufglitten. *Fremdes Terrain* hatte heute für ihn eine ganz neue Bedeutung, und als er in den Flur trat, war ihm nach einem Drink zumute. Und wie.

An der Tür holte er den Kupferschlüssel raus, setzte aber erst die Knöchel ein. Mehrfach.

Eine gute Minute später dämmerte ihm allmählich, dass niemand aufmachen würde.

Vergiss die Knöchel. Er hämmerte mit der Faust gegen die Tür.

»Vishous«, blaffte er. »Mach die verdammte Tür auf, oder ich komme rein.«

Einundzwanzig, zweiundzwanzig …

»Ach, verdammt.« Er rammte den Schlüssel ins Schloss und drehte ihn herum, bevor er sich mit der Schulter gegen die dicke Metalltür warf und sie aufstieß.

Als er in die Wohnung platzte, hörte er, wie der Alarm leise piepste. Was hieß, dass V nicht hier sein konnte. »Was zur Hölle …?«

Er gab den Code ein, schaltete die Alarmanlage aus und verschloss die Tür hinter sich. Keine Spur von brennenden Kerzendochten … kein Geruch von Blut … nichts als kühle, saubere Luft.

Er knipste das Licht an und blinzelte gegen den grellen Schein.

Oh, wow … viele Erinnerungen wurden hier drin in ihm wach … wie er hergekommen war, nachdem Omega ihn infiziert und er die Quarantäne verlassen hatte … Wie V den Verstand verloren hatte und von der verdammten Terrasse gesprungen war …

Er ging zu der Wand mit dem »Equipment«. Eine ganze Menge anderer Dinge waren hier geschehen. Einige davon konnte er sich nicht vorstellen.

Als er das zur Schau gestellte Metall und Leder abschritt, hallten seine Schritte bis zur Decke, und in seinem Kopf drehte es sich. Insbesondere, als er ans hintere Ende kam: In der Ecke hing ein Paar eiserne Handschellen an dicken Ketten von der Decke.

Wenn man sie jemandem anlegte, konnte man diesen Jemand daran hochziehen, so dass er wie eine Rinderhälfte in der Luft hing.

Vorsichtig betastete er eine von innen. Keine Polsterung.

Spikes. Abgeflachte Dornen, die sich wie Zähne in die Haut bohren mussten.

Er besann sich wieder auf den Grund seines Besuchs und lief die Wohnung ab, schaute in alle Nischen und Ecken … und entdeckte einen kleinen Computerchip auf dem Küchentresen. So etwas konnte man auch nur aus einem Handy entfernen, wenn man V hieß.

»Mistkerl.«

Dann gab es also keine Möglichkeit, herauszufinden, wo …

In dem Moment klingelte sein eigenes Handy, und er sah auf das Display. Zum Glück. »Wo zum Teufel steckst du?«

V klang angespannt. »Ich brauche dich hier. Neunte, Ecke Broadway. Sofort.«

»Verdammt – warum liegt dein GPS hier in der Küche?«

»Weil ich es dort aus dem Handy genommen habe.«

»Verflucht, V.« Butch umklammerte sein Telefon und wünschte, es gäbe eine App, mit der man durch diese Geräte durchgreifen und jemanden ohrfeigen konnte. »Du kannst doch nicht einfach …«

»Beweg jetzt gefälligst deinen Arsch hier runter in die Neunte, Ecke Broadway – wir haben ein Problem.«

»Das soll ein Witz sein, oder? Du tauchst unter und …«

»Da ist einer, der tötet *Lesser*, Bulle. Und wenn es der ist, der ich glaube, stecken wir in Schwierigkeiten.«

Dann herrschte längere Zeit Pause. »Wie bitte?«, fragte er schließlich ungläubig.

»Neunte Ecke Broadway. Komm schnell. Ich rufe die anderen an.«

Butch legte auf und eilte zur Tür.

Er ließ den Escalade in der Tiefgarage stehen und brauchte gerade mal fünf Minuten, um zu den korrekten Koordinaten im Straßennetz von Caldwell zu rennen. Am übelkeiterregenden Geruch in der Luft und der schwingenden Resonanz tief in seinem Innern merkte Butch, dass er sich seinem Ziel näherte.

Als er bei einem niedrigen Gebäude um die Ecke schoss, stieß er auf eine Mauer, zweifelsohne ein *Mhis*, durchdrang sie und kam auf der anderen Seite zum Vorschein, wo ihn ein Hauch von türkischem Tabak und ein schwaches orangefarbenes Glimmen in der hintersten Ecke der Sackgasse empfing.

Er rannte zu V und wurde erst langsamer, als er die erste Leiche erreicht hatte. Oder ... zumindest einen Teil von ihr. »Hallo, ihr Halbierten.«

Als Vishous zu ihm trat und seinen Handschuh auszog, bekam Butch einen flüchtigen Eindruck von dem toten Gebein und den hervorquellenden Eingeweiden. »Hm, sehr appetitlich.«

»Sauberer Schnitt«, murmelte V. »Wie wenn man mit einem heißen Messer durch Butter schneidet.«

Der Bruder hatte nur zu Recht. Das war fast so präzise wie die Arbeit eines Chirurgen.

Butch kniete sich hin und schüttelte den Kopf. »Das kann doch nicht das Ergebnis von Querelen innerhalb der Gesellschaft der *Lesser* sein. Sie hätten die Leichen niemals so frei herumliegen lassen.«

Der Himmel wusste, dass die *Lesser* einen hohen Verschleiß an Anführern hatten, entweder, weil Omega die Schnauze voll hatte von einem, oder aufgrund interner Machtkämpfe. Aber dem Feind war genauso viel daran gelegen, ihre Geschäfte von den menschlichen Radarschirmen fernzuhalten wie den Vampiren – auf keinen Fall hätten sie eine solche Sauerei hinterlassen, damit sich das CPD ihrer annahm.

Butch spürte die Ankunft der anderen Brüder und richtete sich wieder auf. Phury und Z materialisierten sich als Erste, dann Rhage und Tohr. Und schließlich Blay. Das waren alle für den heutigen Abend: Rehvenge kämpfte oft mit der Bruderschaft, aber nicht heute, und Qhuinn, Xhex und John Matthew hatten frei.

»Sag mir, dass das nicht wahr ist«, knurrte Rhage grimmig.

»Deine Augen trügen dich nicht.« V drückte seine selbst gedrehte Zigarette an der Schuhsohle aus. »Ich konnte es auch kaum glauben.«

»Ich dachte, er sei tot.«

»Er?«, erkundigte sich Butch und sah die beiden an. »Wen meinst du mit ›er‹?«

»Tja, wo soll man da anfangen?«, murmelte Hollywood und inspizierte eine weitere Scheibe *Lesser*. »Weißt du, wenn ich einen Speer hätte, könnten wir jetzt *Lesser*-Kebab machen.«

»In einem solchen Moment ans Essen zu denken, das schaffst auch nur du«, spottete jemand.

»Ich sag ja nur.«

Sollte die Unterhaltung noch weiter gegangen sein, bekam Butch das nicht mehr mit, denn sein inneres Alarmsystem fing an zu schrillen. »Jungs ... wir kriegen Gesellschaft.«

Er wirbelte herum und blickte zum Eingang der Sackgasse. Der Feind kam auf sie zu. Und zwar rasend schnell.

»Wie viele?«, fragte V, als er sich neben ihn stellte.

»Mindestens vier, vielleicht mehr«, sagte Butch und dachte daran, dass es hinter ihnen keine Fluchtmöglichkeit gab. »Vielleicht sind wir ja in eine Falle geraten.«

Im Trainingszentrum der Bruderschaft kümmerte sich Manny aufopfernd um seine Patientin.

Während er Paynes Brust mit der Hand bearbeitete, wand sie sich unter ihm, ihre Beine zuckten ungeduldig auf der Matratze, den Kopf hatte sie zurückgeworfen, und ihr Körper strahlte wie der Mond in einer wolkenlosen Winternacht.

»Hör nicht auf, Heiler«, stöhnte sie, als er ihre Brustwarze mit dem Daumen umkreiste. »Ich fühle ... alles ...«

»Mach dir keine Sorgen, ich hör nicht auf.«

Ja, er würde ganz bestimmt nicht so bald auf die Bremse steigen – wenn er auch nicht die Absicht hegte, mit ihr zu schlafen. Und dennoch ...

»Heiler«, sagte sie an seinen Lippen. »Bitte, ich will mehr.«

Er züngelte sich in ihren Mund und zwickte sie ganz leicht in die Brustwarze. »Ich befreie dich besser«, sagte er, als er mit der anderen Hand den Saum ihres Hemds ertastete. »Und dann kümmere ich mich um die Sache da unten.«

Sie half mit, als er sie auszog und ihr unauffällig den Katheter entfernte. Als sie ganz und gar nackt war, verschlug ihm ihr Anblick kurz die Sprache und machte ihn bewegungsunfähig. Ihre Brüste waren perfekt geformt, mit kleinen rosa Brustwarzen, und ihr ebenmäßiger, flacher Bauch führte hinab zu dem nackten Schlitz, so verführerisch, dass ihm der Kopf zu hämmern begann.

»Heiler ...?«

Als er nur mühsam schlucken konnte, griff sie nach dem Laken, um sich zu bedecken und ihren Körper zu verbergen.

»Nein ...« Er hielt sie davon ab. »Entschuldige. Ich brauche nur einen Moment.«

»Wofür?«

Bis ich abspritze, dachte er bei sich. Im Gegensatz zu ihr wusste er genau, worauf all dieses Nacktsein hinauslief – in ungefähr anderthalb Minuten würde er mit dem Mund über sie herfallen. »Du bist unglaublich ... und es gibt nichts, weswegen du schüchtern sein müsstest.«

Ihr Körper war unbegreiflich schön, nichts als schlanke Muskeln und köstlich weiche Haut – wenn es nach ihm ging, war sie die perfekte Frau, ohne Einschränkung. Himmel, er war nie auch nur halb so wild auf eines dieser dürren Gerippe mit den eisenharten falschen Brüsten und den sehnigen Armen gewesen.

Payne war kräftig gebaut, und das war purer Sex für ihn. Aber sie würde mit intakter Jungfräulichkeit aus dieser Erfahrung hervorgehen. Ja, gewiss, sie war bereit für das, was er ihr gab, aber unter diesen Umständen wäre es nicht fair gewesen, ihr etwas zu nehmen, das sie niemals wiederbekäme: Um das Gefühl in den Beinen zurückzuerlangen, wäre sie vermutlich viel weiter gegangen, als wenn es nur um Sex zum Vergnügen gegangen wäre.

Diese krasse Sache zwischen ihnen diente einem ganz bestimmten Zweck.

Und die Tatsache, dass er sich dabei ein wenig leer fühlte, war etwas, womit er sich nicht allzu ausführlich befassen wollte.

Manny beugte sich über sie. »Gib mir deinen Mund, *bambina*. Lass mich rein.«

Als sie gehorchte, tastete seine Hand sich wieder zurück zu ihrer formvollendeten Brust.

»Psst ... ganz ruhig«, sagte er, da sie fast aus dem Bett fiel.

Verdammt, sie war die Quintessenz der Vollkommenheit, und einen Moment lang stellte er sich vor, wie es wohl wäre, auf diesen wogenden Hüften zu reiten und sie richtig hart zu nehmen.

Hör sofort auf mit dem Scheiß, Manello, wies er sich zurecht.

Dann löste er sich von ihrem Mund und knabberte sich seitlich an ihrem Hals abwärts, versenkte kurz die Zähne in ihr Schlüsselbein – nur so fest, dass sie es spürte, doch nicht so fest, dass es wehtat. Und als sich ihre Hände in sein Haar gruben, konnte er an der Kraft ihres Griffs und der Art, wie sie keuchte, erkennen, dass sie ihn genau da haben wollte, wo er sich hinbewegte.

Er umfasste ihre Brust, streckte die Zunge raus und beschrieb langsam einen Pfad hinab zu der festen rosa Knospe. Er umkreiste ihre Brustwarze und sah zu, wie sich Payne auf die Unterlippe biss, und ihre Fänge schnitten in das Fleisch, so dass ein Tropfen hellrotes Blut zum Vorschein kam.

Ohne darüber nachzudenken, schob er sich hoch und fing auf, was vergossen wurde, leckte und schluckte ...

Er schloss die Augen, als er es schmeckte: voll und dunkel, reich und samtig rann es durch seine Kehle. Sein Mund kitzelte ... und dann sein Magen.

»Nein«, keuchte sie kehlig. »Das darfst du nicht.«

Als er die Lider mühsam hob, sah er, wie ihre eigene Zunge hervortrat und das bisschen aufleckte, das noch übrig war.

»Doch. Ich darf das«, hörte er sich sagen. Er brauchte mehr. So viel mehr ...

Sie legte ihm den Finger auf die Lippen und schüttelte den Kopf. »Nein. Du würdest verrückt werden davon.«

Nein, er würde verrückt, wenn er nicht einen ganzen Mundvoll davon bekäme, so sah es aus. Ihr Blut war wie Kokain und Scotch zusammen in einem Tropf: Allein von diesem winzigen Schluck fühlte er sich wie Superman, seine Brust war aufgepumpt, all seine Muskeln schwollen von der Kraft an.

Als würde sie seine Gedanken lesen, wurde sie streng. »Nein, nein ... es ist zu gefährlich.«

Sie hatte vermutlich Recht – und das »vermutlich« konnte man aus diesem Satz getrost streichen. Das hieß allerdings nicht, dass er es nicht erneut versuchen würde, sollte sich ihm je eine Gelegenheit bieten.

Er wandte sich wieder ihrer Brustwarze zu, saugte daran und leckte. Als sie erneut den Rücken durchbog, schob er den Arm unter sie und zog sie zu sich hoch. Er konnte an nichts anderes mehr denken als daran, mit dem Mund zwischen ihre Beine zu tauchen ... aber er war sich nicht sicher, wie sie das aufnehmen würde. Er musste sie in diesem süßen Zustand der Erregung halten – und sie nicht verschrecken mit dem ganzen Scheiß, auf den Männer standen.

Er beschloss also, die Hände dorthin zu führen, wo er sich mit den Lippen hinsehnte, und ließ die Finger langsam über ihren Brustkorb streichen hinab zu ihrem Bauch. Tiefer, zu ihren Hüften. Noch tiefer, zu den Oberschenkeln.

»Öffne dich für mich, Payne«, bat er und machte sich über die andere Brustwarze her, indem er sie in den Mund saugte. »Öffne dich, damit ich dich berühren kann.«

Folgsam tat sie, worum er sie bat, und spreizte ihre anmutigen Beine.

»Vertrau mir«, sagte er rau. Und das konnte sie bedenkenlos. Er hatte schon jetzt ein schlechtes Gewissen, dass all diese ersten Male für sie mit ihm stattfanden. Doch er würde die Grenzen nicht überschreiten, die er für sie gesetzt hatte.

»Das tue ich«, stöhnte sie.

Gott helfe ihnen beiden, dachte er, als seine Hand in die Spalte glitt ...

»*Fuck* ...«, stöhnte er. Heiß und feucht, samtig und weich. Unleugbar.

Sein Arm schoss hervor, die Laken flogen, und seine Augen senkten sich blitzartig und hefteten sich auf den Anblick, wie sich seine Hand dicht an ihren Kern schmiegte. Als sie sich ihm entgegenbäumte, fiel eines ihrer Beine zur Seite.

»Heiler ...«, stöhnte sie. »Bitte ... hör nicht auf.«

»Du weißt nicht, was ich mit dir tun möchte«, sagte er bei sich.

»Es schmerzt.«

Manny biss die Zähne zusammen. »Wo?«

»Dort, wo du mich berührt hast, weil du nicht weitergemacht hast. Hör nicht auf damit, ich flehe dich an.«

Er musste durch den Mund atmen.

»Tu diese Sache, die du mit mir tun möchtest, Heiler«, stöhnte sie. »Was es auch ist. Ich weiß, dass du dich meinetwegen zurückhältst.«

Ein Knurren entrang sich seiner Kehle, dann stürzte er sich so schnell auf sie, dass ihn nur noch ein Nein von ihrer Seite hätte stoppen können. Und dieses Wort fehlte ganz offensichtlich in ihrem Vokabular.

Blitzschnell war er zwischen ihren Schenkeln und spreizte sie weit mit den Händen. Ihr Geschlecht lag nun offen vor ihm, und Payne wurde feucht angesichts seines männlichen Drangs, sie zu dominieren und sich mit ihr zu vereinen.

Er kapitulierte. Vergiss die guten Vorsätze, sagte er sich, ließ sich gehen und küsste sie zwischen den Beinen. Und es war nichts Zaghaftes oder Zärtliches daran. Er tauchte ein mit seinem Mund, saugte an ihr und leckte sie, während sie aufschrie und kratzend über seine Unterarme strich.

Manny kam. Und zwar heftig. Trotz all der Orgasmen, die er draußen im Büro bereits gehabt hatte. Das berauschende Kribbeln in seinem Blut und der süße Geschmack ihres Geschlechts sowie die Art, wie sie sich gegen seine Lippen presste, sich an ihm rieb, nach mehr verlangte ... es war einfach zu viel.

»Heiler ... ich bin kurz davor ... ich weiß nicht, was es ist ...«

Er leckte sich weiter nach oben, weg von ihrem Geschlecht, und kehrte dann zurück, um ihr nun langsam und bedächtig den Rest zu geben. »Bleib bei mir«, murmelte er an sie gepresst. »Ich werde dich verwöhnen.«

Während er mit der Zunge leicht leckte, begab er sich mit einer Hand nach unten und streichelte sie, ohne in sie einzudringen. Er gab ihr genau, was sie wollte, genau in dem Tempo, das sie dazu brachte, sich ungeduldig zu winden. Aber sie würde schon noch lernen, dass die Vorfreude auf den Höhepunkt fast so gut war wie der Orgasmus an sich. Und ihren ersten Orgasmus würde sie schon bald erleben.

Gott, sie war einfach unbeschreiblich, ihr strammer Körper bog sich, ihre Muskeln spannten sich an, ihr Kinn war gerade noch zu sehen über den perfekten Brüsten, als ihr Kopf zurückfiel und sie die Kissen vom Bett schob.

Er wusste es genau, als die Schwelle überwunden war. Sie keuchte auf, klammerte sich an das Bettlaken und zerriss es mit den Fingernägeln, als sie sich von Kopf bis Fuß versteifte.

Seine Zunge wagte sich nun in sie hinein.

Er musste einfach ein Stück weit eindringen ... dieses sanfte Pulsieren machte ihn ganz schwindelig.

Als er sich sicher war, dass es vorbei war, löste er sich von ihr und richtete sich auf – und hätte sich fast die eigene Lippe zerbissen. Sie war ja so verdammt bereit, ihn in sich aufzunehmen, glänzend und glühend lag ihr Geschlecht vor ihm ...

Mit einem Ruck stand er auf und entfernte sich ein Stück von ihr. Sein Schwanz fühlte sich an, als wäre er zur Größe des Empire State Building angeschwollen, und seine Eier waren dunkelblau wie zur Feier des Vierten Juli – so zum Bersten angespannt, dass sie ihre eigene Marschkapelle und Feuerwerksbrigade verdient gehabt hätten. Aber das war nicht alles. Etwas in ihm tobte, weil er nicht in ihr war ... und dieses Begehren war mehr als nur Sex.

Er wollte sie auf irgendeine Weise kennzeichnen – was absoluter Schwachsinn war.

Völlig überreizt, keuchend, kurz vor der Explosion, stand er schließlich da, die Hände gegen den Türstock gestemmt, und ließ den Kopf sinken, bis seine Stirn den kalten Stahl berührte. Fast wünschte er sich, jemand käme hereingestürmt, um ihm die Lichter auszublasen.

»Heiler ... es hält an ...«

Einen Moment lang kniff er die Augen zu. Er war sich nicht sicher, ob er das so bald noch einmal durchstehen konnte. Es brachte ihn fast um, nicht ...

»Schau«, sagte sie.

Er zwang sich, den Kopf zu heben, und blickte über die Schulter zu ihr ... Da erkannte er, dass sie gar nicht von Sex sprach: Sie saß auf der Bettkante. Ihre Beine hingen seitlich über den Rand und bewegten sich Zentimeter für Zentimeter auf den Boden zu, das Glühen ließ sie von innen erstrahlen. Erst konnte er nichts anderes anschauen als ihre Brüste, voll und rund, die Brustwarzen fest von der kühlen Luft im Raum. Doch dann bemerkte er, dass sie die Füße kreisen ließ, einen nach dem anderen.

Ach, richtig ... hier ging es nicht um Sex, sondern um ihre Fähigkeit, sich zu bewegen.

Hast du's jetzt endlich kapiert, Arschloch?, herrschte er sich innerlich an. Es ging darum, dass sie wieder laufen konnte: Sex als Medizin – das sollte er sich besser groß hinter die Ohren schreiben. Hier ging es *nicht* um ihn oder um seinen Schwanz.

Manny sprintete zu ihr und hoffte, dass sie die Spuren seines Orgasmus nicht bemerkte. Aber seine Sorge war unbegründet. Ihre Augen waren auf ihre Füße geheftet, mit verbissener Konzentration.

»Komm her ...« Er musste sich räuspern. »Ich helfe dir beim Aufstehen.«

28

Vishous' Fänge verlängerten sich, als sich eine Gruppe von *Lessern* im Halbkreis um den Eingang der Sackgasse formierte. Sie hatten es hier mit Jägern der alten Schule zu tun, dachte er. Mindestens ein halbes Dutzend – und sie hatten den Standort eindeutig von ihren Kameraden mitgeteilt bekommen. Sonst hätte sein *Mhis* das Gemetzel vor ihnen verborgen.

In Anbetracht seiner Stimmung hätten ihm die Neuankömmlinge eigentlich wie gerufen kommen sollen.

Wenn da nicht ein Problem gewesen wäre: Aus dieser Gasse gab es nur einen Ausweg – abgesehen vom Sturm auf die gegnerische Linie –, und zwar, sich in Luft aufzulösen. Normalerweise wäre das kein Thema gewesen, da erfahrene Kämpfer sich selbst in der Hitze des Gefechts so weit beruhigen konnten, um sich zu konzentrieren und zu dematerialisieren – aber dazu musste man einigermaßen unverletzt sein, und man konnte keine gefallenen Kameraden mitnehmen.

Also war Butch gearscht, wenn die Sache aus dem Ruder

lief. Als Mischling war dieser Kerl der Erde verhaftet und nicht in der Lage, seine Moleküle in Sicherheit zu bringen.

V murmelte leise: »Spiel hier nicht den Helden, Bulle. Lass uns die Sache erledigen.«

»Das soll wohl ein Scherz sein, oder?« Butch schaute ihm fest und wütend in die Augen. »Mach du dir lieber Sorgen um dich selbst.«

Leider unmöglich. V hatte nicht die Absicht, in einer einzigen Nacht die zwei wichtigsten Koordinaten in seinem Leben zu verlieren.

»He, Jungs«, rief Hollywood dem Feind zu. »Wollt ihr da nur rumstehen, oder fangen wir endlich an?«

Das war der Gongschlag am Ring, auf den alle gewartet hatten. Die *Lesser* strömten vorwärts und prallten auf die Mitglieder der Bruderschaft. Um für die nötige Privatsphäre zu sorgen, verstärkte Vishous die Sichtbarriere und schuf die Illusion einer leeren Gasse, für den Fall, dass Menschen vorbeikamen.

Während er sich daranmachte, den ersten Feind zu erledigen, behielt er Butch weiter im Auge. Der Mistkerl stürzte sich natürlich mitten ins Getümmel und nahm sich einen großen, schlaksigen Neuling mit bloßen Händen vor. Er liebte es, sich zu schlägern, und als Boxsack bevorzugte er für gewöhnlich Köpfe – aber Vishous wäre es in Wahrheit lieber gewesen, der Kerl würde Fechten lernen oder, besser noch, sich auf Raketenwerfer spezialisieren. Die konnte er vom Dach aus abfeuern. Damit er nicht in die Nähe des Feindes kam. Es gefiel ihm einfach nicht, wie sich der Bulle so ins Gewühl stürzte, denn wer wusste schon, was so ein *Lesser* aus der Tasche zauberte oder wie viel Schaden man anrichten konnte mit einer Pistole oder einer langen …

Der Tritt kam aus dem Nichts, sauste durch die Luft wie ein Amboss und erwischte V mit voller Wucht in der Flanke.

Als er nach hinten flog und in die Backsteinmauer der Gasse krachte, fiel ihm wieder ein, was sie früher ihren Schülern immer beigebracht hatten: Regel Nummer eins beim Kämpfen? Achte verdammt nochmal auf deinen Gegner.

Schließlich konnte man das beste Messer der Welt haben, wenn man nicht aufpasste, endete man als Ping-Pong-Ball. Oder Schlimmeres.

V pumpte seine Lungen mit einem mächtigen Atemzug wieder auf und nutzte den Sauerstoffkick, um aufzuspringen und die Rockerschwulette beim zweiten Tritt am Knöchel zu packen. Doch der *Lesser* war sagenhaft geschickt: Er machte einen Matrix-Move, indem er Vs festen Griff ausnutzte, um sich in der Luft zu drehen. Der Springerstiefel traf V genau am Ohr, und sein Kopf wurde zur Seite geschmettert, wobei jede Menge Sehnen und Muskeln gezerrt und angerissen wurden.

Nur gut, dass Schmerz seine Konzentration immer förderte.

Dank der Schwerkraft markierte der Tritt des *Lessers* den Scheitelpunkt seines Flugbogens, und danach ging es abwärts, wobei er die Arme ausstreckte, um nicht mit dem Gesicht auf den Asphalt zu knallen. Ganz offensichtlich erwartete der Hurensohn, dass sein Gegner den Fuß loslassen würde, da er Vs Schädel durch den Tritt quasi in eine Schneekugel verwandelt hatte, in der alles durcheinanderwirbelte.

Irrtum, Süßer.

Trotz der unschönen Folgen des Tritts umfasste V den Knöchel nur noch fester und drehte ihn in die entgegengesetzte Richtung der Pirouette.

Krach!

Etwas brach oder renkte sich aus, und da V den Fuß und den Knöchel festhielt, ahnte er, dass es vermutlich das Knie war oder das Waden- oder Schienbein.

Mr Matrix stieß einen Schrei aus, aber V war noch nicht fertig mit ihm, als er zu Boden plumpste. Er holte einen seiner schwarzen Dolche heraus und schlitzte ihm die Muskeln in der Kniekehle auf, doch dann dachte er an Butch. Er packte ein Büschel Haare des sich windenden Kerls, riss seinen Kopf zurück und verpasste ihm ein hübsches kleines Halskettchen mit der Klinge.

Heute Nacht reichte es ihm einfach nicht aus, den Feind nur außer Gefecht zu setzen.

Er wirbelte herum, das triefende Messer in der Hand, und erfasste mit einem Blick die Kämpfenden um ihn herum. Z und Phury bearbeiteten ein Paar von *Lessern* ... Tohr hatte ebenfalls einen am Wickel ... Rhage spielte mit einem der Feinde ... Doch wo war Butch ...

Hinten in der Ecke hatte der Bulle einen Jäger auf dem Asphalt niedergestreckt und beugte sich über sein Gesicht. Die beiden sahen sich tief in die Augen, und der offene, blutige Mund des *Lesser*s bewegte sich wie der eines Guppys, öffnete und schloss sich langsam, als wüsste er, dass ihm nichts Gutes bevorstand.

Butchs Gabe und Fluch fing an zu wirken, als er tief und gleichmäßig atmete. Es begann mit einer aufsteigenden Schwade von tintigem Nebel, die vom Mund des *Lessers* in den von Butch gesogen wurde, doch bald schon floss ein Strom von dem ekelhaften Zeug zwischen den beiden. Omegas widerliche Essenz übertrug sich von einem zum anderen.

Wenn es vorbei wäre, würde von dem Jäger nichts als ein Häufchen Asche übrig sein. Und Butch ginge es hundeelend, und er wäre kaum mehr zu gebrauchen.

V lief zu ihm, wich einem Wurfstern aus und schubste einen um sich selbst kreiselnden *Lesser* zurück in die Reichweite von Hollywoods Faust.

»Was tust du da, verdammt?«, schnaubte er, während

er Butch vom Bürgersteig schälte und ihn von dem *Lesser* wegzerrte. »Warte gefälligst bis nach dem Kampf.«

Butch wankte auf die Seite und würgte. Er war schon halb hinüber, der Gestank des Feindes drang ihm aus den Poren, sein Körper kämpfte mit der Ladung Gift. Er musste hier und jetzt geheilt werden, aber V würde nicht riskieren, dass sie ...

Später sollte er sich fragen, wie es ihm gelungen war, zwei völlig unverhoffte Schläge in einer einzigen Schlacht zu kassieren.

Aber es würde noch Stunden dauern, ehe er darüber nachdenken konnte, wie sich herausstellte.

Der Baseballschläger traf ihn seitlich am Knie, und der Sturz, der direkt auf den Schlag folgte, war ein Spektakel der unangenehmen Sorte: Er schlug hart auf, sein Bein wurde unter seinem beachtlichen Gewicht zusammengebretzelt, und seine Hüfte verwandelte sich in einen brüllenden Klumpen Schmerz – Auge um Auge, Bein um Bein: Während er von einer ähnlichen Verletzung zu Fall gebracht wurde wie der, die er gerade selbst jemandem zugefügt hatte, verfluchte er sich und den Bastard mit dem Baseballschläger sowie seine Treffsicherheit.

Zeit für eine akute Bestandsaufnahme. Er lag flach auf dem Rücken, und der Schmerz in seinem Bein jaulte wie ein überdrehter Motor. So ein Schläger konnte sicher einiges zerstören, wenn er ...

Butch tauchte aus dem Nichts auf, er taumelte mit all der Anmut eines verwundeten Büffels mit seinem schweren Leib in den *Lesser*, gerade, als dieser den Baseballschläger über die Schulter hob und auf Vs Kopf zielte. Die beiden stürzten gegen die Backsteinwand, und nachdem er einen Moment bewegungslos dalag und sich dachte, *he, verdammt, war das ein Schlag,* da klappte der *Lesser* auf einmal keuchend in sich zusammen.

Die beiden gaben ein Bild ab wie zwei Eier, die an der Seite eines Küchenschranks hinabrannten: Die Knochen des Jägers verflüssigten sich, und er plumpste auf den Gehweg, dann torkelte Butch zurück, der Dolch in seiner Hand mit schwarzem Blut verschmiert.

Er hatte den *Lesser* ausgeweidet.

»Bist … du in Ordnung …«, fragte der Bulle stöhnend.

V konnte seinen besten Freund nur anstarren.

Während die anderen weiterkämpften, sahen sich die beiden einfach nur an, vor einer Geräuschkulisse aus Grunzen, Schlägen von Metall auf Metall und herzhaftem Fluchen. Sie sollten etwas sagen, dachte V. Es gab so viel … zu bereden.

»Ich will es von dir«, presste V hervor. »Ich brauche es.«

Butch nickte. »Ich weiß.«

»Wann?«

Der Bulle wies mit dem Kinn auf Vs zerschmettertes Bein. »Lass das erst einmal heilen«, stöhnte Butch und rappelte sich auf. »Apropos, ich hole den Escalade.«

»Sei vorsichtig. Nimm einen der Brüder mit …«

»Vergiss es. Und du rührst dich nicht vom Fleck.«

»Ich gehe sowieso nirgendwohin mit diesem Knie, Bulle.«

Butch ging los, sein Gang nur unwesentlich besser, als es V mit seinem ausgekugelten Bein bewältigt hätte. V verrenkte sich den Hals und sah nach den anderen. Sie gewannen die Oberhand – langsam, aber sicher wandte sich das Blatt zu ihren Gunsten.

Ungefähr fünf Minuten lang.

Bis sieben neue Jäger in der Gasse auftauchten.

Ganz eindeutig hatte die zweite Truppe ebenfalls Verstärkung angefordert, und diese waren wieder Neulinge, die sich nicht sicher waren, wie sie mit dem *Mhis* umgehen sollten: Sie hatten offensichtlich eine Adresse von ihren Kameraden erhalten, sahen nun aber nichts als eine leere Gasse.

Doch sie würden ihre Verwunderung bald überwinden und die Barriere durchstoßen.

So schnell er konnte, schleifte V seinen Arsch mit den Händen über den Asphalt bis in einen Hauseingang. Der Schmerz war so intensiv, dass ihm immer wieder schwarz vor Augen wurde, aber das hielt ihn nicht davon ab, den Handschuh abzustreifen und ihn in seine Tasche zu stecken.

Er hoffte wirklich, Butch würde nicht umkehren und zurück an den Kampfschauplatz kommen. Sie würden dringend eine Transportmöglichkeit brauchen, wenn das hier vorbei war.

Als die nächste Woge von Feinden vorwärtsdrängte, ließ er den Kopf auf die Brust sinken und atmete so flach, dass sich sein Brustkorb kaum bewegte. Er ließ sich das Haar ins Gesicht fallen, so dass seine Augen verdeckt waren und er durch den schwarzen Schleier den Ansturm der Jäger beobachten konnte. Bei so vielen Neulingen stand fest, dass die Gesellschaft der *Lesser* Psychopathen und Soziopathen in Manhattan rekrutierte – in Caldwell allein war die Auswahl einfach nicht groß genug, um solch eine Anzahl von Kämpfern zu versammeln.

Was ein Vorteil für die Bruderschaft war.

Und er hatte Recht.

Vier der *Lesser* stürzten sich sofort ins Getümmel, aber einer, eine Bulldogge mit mächtigen Schultern und Armen, die wie bei einem Gorilla herabhingen, kam auf V zu … wahrscheinlich, um ihn nach Waffen zu durchsuchen.

Vishous wartete geduldig, bewegte sich nicht und gab sich ganz wie ein hoffnungsloser Fall nach dem Motto: *nächste Station Sarg*.

Selbst als sich der Typ zu ihm herunterbeugte, blieb V unbeweglich … ein wenig näher … ein wenig … näher …

»Überraschung, Arschloch«, zischte er. Dann schnappte er sich den nächsten Arm und riss kräftig daran.

Der Jäger kippte um wie ein Stapel von Tellern, direkt auf Vs kaputtes Bein. Aber das machte nichts – Adrenalin war ein wundervolles Schmerzmittel, und es gab ihm nicht nur die Kraft, den Schmerz zu ertragen, sondern auch den Wichser festzuhalten.

Und dann hob V seine leuchtende Hand und brachte seinen Fluch über das Gesicht des *Lessers* – unnötig, ihn zu schlagen oder zu rammen, eine einfache Berührung reichte aus. Und kurz bevor es zum Hautkontakt kam, riss sein Opfer die Augen auf, und im Schein glimmte das Weiße darin auf.

»Ja, das wird höllisch wehtun«, knurrte V.

Das Brutzeln und sein Schrei waren gleich laut, aber nur Ersteres dauerte an. Das Schreien wurde bald von einem hässlichen Gestank nach angebranntem Käse ersetzt, der sich zusammen mit rußigem Rauch ausbreitete. Es dauerte nur einen kurzen Moment, bis die Kräfte in seiner Hand das Gesicht des Jägers verbrannt hatten, Haut und Knochen wurden weggefressen, während die Beine des *Lessers* zuckten und die Arme ruderten.

Als nur noch ein kopfloser Reiter übrig war, zog V seine Hand zurück und sackte in sich zusammen. Es wäre schön gewesen, hätte er den Kerl von seinem kaputten Knie schieben können, aber er hatte einfach nicht die Kraft dazu.

Sein letzter Gedanke vor der Ohnmacht war der, dass er betete, seine Jungs würden die Sache schnell über die Bühne bringen. Sein *Mhis* würde nicht ewig Bestand haben, wenn er nicht mehr da war, um es aufrechtzuerhalten ... und das bedeutete, sie würden im großen Stil vor aller Öffentlichkeit kämpfen ...

Dann gingen bei ihm die Lichter aus.

29

Paynes Füße hingen seitlich aus dem Bett. Sie zog einen an und dann den anderen, wieder und wieder, und bestaunte das Wunder, dass man etwas nur zu denken brauchte, und die Glieder folgten dem Befehl.

»Hier, zieh den an.«

Sie sah auf und war für einen Moment abgelenkt vom Anblick des Mundes ihres Heilers. Sie konnte nicht glauben, dass sie gerade … dass er … bis sie …

Ja, ein Morgenmantel war eine gute Idee, dachte sie.

»Ich lass dich nicht fallen«, sagte er und half ihr in das Ding hinein. »Darauf kannst du dich verlassen.«

Sie glaubte ihm. »Danke.«

»Keine Ursache.« Er hielt ihr den Arm hin. »Na komm … fangen wir an.«

Doch ihre Dankbarkeit betraf so vieles, sie konnte sie nicht unausgesprochen lassen. »Danke für alles, Heiler. Für wirklich alles.«

Er lächelte sie kurz an. »Ich bin hier, um dir zu helfen.«

»Fürwahr, das tust du.«

Und damit stellte sie sich vorsichtig auf die Beine.

Als Erstes fiel ihr auf, dass sich der Boden unter ihren Fußsohlen kalt anfühlte … und dann verlagerte sie ihr Gewicht vollständig auf die Füße, und alles ging dahin: Ihre Muskeln verkrampften sich, und die Beine bogen sich wie Federn. Doch Manny war sogleich zur Stelle, schlang einen Arm um ihre Hüfte und stützte sie.

»Ich stehe«, hauchte sie. »Ich … kann stehen.«

»Und wie du stehst.«

Ihr Unterkörper war nicht zu vergleichen mit früher, die Oberschenkel und Waden schlackerten derart, dass die Knie gegeneinanderschlugen. Aber sie *stand*.

»Dann laufen wir jetzt«, sagte sie und biss die Zähne zusammen, während es ihr abwechselnd heiß und kalt in die Knochen fuhr.

»Vielleicht sollten wir es erst mal langsam ange…«

»Zur Toilette«, bestimmte sie. »Wo ich mich ganz ohne Hilfe erleichtern werde.«

Unabhängig zu sein war absolut lebenswichtig. Dass ihr die einfache und grundlegende Würde gestattet sein sollte, sich selbst um ihre körperlichen Belange zu kümmern, schien ihr wie göttliches Manna – was bewies, dass ein Segen relativ sein konnte, genauso wie die Zeit.

Doch dann gelang es ihr nicht, den Fuß zu heben, als sie einen Schritt nach vorne machen wollte.

»Verlagere dein Gewicht«, sagte Manny, drehte sie herum und stellte sich hinter sie. »Ich erledige den Rest.«

Er umfasste ihre Hüften, und sie tat, wie ihr geheißen. Sie spürte, wie er mit einer Hand von hinten ihren Schenkel ergriff und ihr Bein hob. Ohne Anweisung wusste sie, dass sie sich nach vorne lehnen und ihr Gewicht sanft verlagern musste, während er das Knie in die richtige Position brachte und die Beugung beschränkte, als sie das Bein wieder ausstreckte.

Es war ein Wunder mechanischer Natur, dennoch blühte ihr das Herz auf: Sie ging allein zum Badezimmer.

Am Ziel angelangt, gewährte Manny ihr etwas Privatsphäre, und mit Hilfe eines soliden Haltegriffs neben der Toilette kam sie völlig allein zurecht.

Und die ganze Zeit lächelte sie. Idiotisch, sicher.

Als sie fertig war, zog sie sich wieder in den Stand und öffnete die Tür. Manny stand schon davor, und sie streckte die Hand in dem Moment nach ihm aus, als ihr seine Arme bereits entgegenkamen.

»Zurück zum Bett«, sagte er, und es klang wie ein Befehl. »Ich werde dich untersuchen, und dann bekommst du ein Paar Krücken.«

Sie nickte, und langsam gingen sie zum Bett. Als sie sich schließlich wieder darauf ausstreckte, keuchte sie vor Anstrengung, aber sie war mehr als zufrieden. Mit diesem Zustand konnte sie leben. Sich taub und kalt zu fühlen und nirgends mehr hingehen zu können, das wäre für sie einem Todesurteil gleichgekommen.

Sie schloss die Augen und schöpfte Atem, während Manny geübt ihre Vitalzeichen überprüfte.

»Dein Blutdruck ist hoch«, bemerkte er, während er die Manschette zur Seite legte, die ihr schon so vertraut war. »Aber das könnte eine Folge von … äh … unseren Aktivitäten sein.« Er räusperte sich. Seltsam, das tat er irgendwie ziemlich häufig. »Jetzt sehen wir uns deine Beine an. Ich möchte, dass du die Augen schließt und dich entspannst. Nicht schauen, bitte.«

Sie folgte seinen Anweisungen, dann fragte er: »Spürst du das?«

Payne runzelte die Stirn und ergründete die unterschiedlichen Empfindungen in ihrem Körper, den Druck der weichen Matratze, den kühlen Hauch auf ihrem Gesicht, das Laken, auf dem ihre Hand ruhte.

Nichts. Sie fühlte …

Panisch setzte sie sich auf und starrte auf ihre Beine – und sah, dass er sie gar nicht berührte: Seine Hände hingen seitlich an ihm herab. »Du hast mich ausgetrickst.«

»Nein. Ich will nur möglichst unvoreingenommen sein.«

Payne nahm ihre alte Haltung wieder ein und schloss die Augen. Ihr war zum Fluchen zumute, aber sie verstand ihn.

»Und jetzt?«

Unter ihrem Knie war ein leichter Druck zu spüren. Sie fühlte es ganz deutlich.

»Deine Hand … ist auf meinem Bein …« Sie schielte unter einem Augenlid hervor und sah, dass sie Recht hatte. »Ja, du berührst mich.«

»Irgendein Unterschied zu vorher?«

Sie machte ein angestrengtes Gesicht. »Es ist etwas … leichter zu spüren.«

»Ein gutes Zeichen.«

Er betastete die andere Seite. Dann ging er hoch bis fast zur Hüfte. Dann runter zur Fußsohle. Innen am Schenkel entlang … außen am Knie.

»Und jetzt?«, fragte er ein letztes Mal.

In der Dunkelheit suchte sie angestrengt nach einem Gefühl. »Jetzt spüre ich … nichts …«

»Gut. Das war's.«

Sie öffnete die Augen, sah zu ihm auf, und ein Schauer lief über ihren Rücken. Was hatten sie jetzt wohl für eine Zukunft? Wenn die Zeit ihrer Heilung vorüber war? Ihre Lähmung hatte ihre Beziehung stark vereinfacht. Aber das wäre zu Ende, sobald es ihr wieder gut ging.

Würde er sie dann überhaupt noch wollen?

Payne streckte den Arm aus und umklammerte seine Hand. »Du bist ein absoluter Segen für mich.«

»Wegen dem?« Er schüttelte den Kopf. »Das hast du

allein dir zu verdanken, *bambina*. Dein Körper heilt sich selbst. Das ist die einzige Erklärung.« Er beugte sich zu ihr herab, strich ihr das offene, schwarze Haar aus dem Gesicht und drückte ihr einen züchtigen Kuss auf die Stirn.
»Du musst jetzt schlafen. Du bist erschöpft.«
»Du gehst doch nicht, oder?«
»Nein.« Er blickte auf den Stuhl, den er unter die Kamera gezogen hatte, um die Kabel herauszureißen. »Ich bin gleich wieder hier.«
»Dieses Bett ... es ist groß genug für uns beide.«

Als er zögerte, machte es auf sie den Eindruck, als hätte sich für ihn etwas verändert. Und doch hatte er sie mit solch erotischem Geschick behandelt – und sein Duft war aufgewallt, deshalb wusste sie, dass er erregt gewesen war. Dennoch ... war da jetzt eine unmerkliche Distanz.

»Kommst du zu mir?«, fragte sie. »Bitte?«

Er setzte sich neben sie auf die Bettkante und streichelte langsam und rhythmisch über ihren Arm – und diese freundliche Geste machte sie nervös.

»Das halte ich für keine kluge Idee«, flüsterte er.
»Aber warum denn nicht?«
»Ich glaube, es ist einfacher für alle, wenn unsere Behandlungsmethode unter uns bleibt.«
»Oh.«
»Dein Bruder hat mich hierhergebracht, weil er alles getan hätte, um dir zu helfen. Aber zwischen Theorie und Praxis muss man leider unterscheiden. Wenn er hier reinkommt und uns zusammen im Bett entdeckt, sorgen wir nur für weitere Probleme.«
»Und wenn ich dir erkläre, dass mir egal ist, was er denkt?«
»Ich würde dich bitten, behutsam mit ihm umzugehen.« Manny zuckte mit den Schultern. »Ich will ehrlich zu dir

sein. Ich bin kein Fan von ihm – andererseits musste dein Bruder mit ansehen, wie du gelitten hast.«

Payne atmete tief durch und dachte, ach, wenn das doch nur schon alles wäre. »Es ist allein meine Schuld.«

»Du hast nicht darum gebeten, verletzt zu werden.«

»Ich meine nicht die Verletzung – ich rede davon, warum mein Bruder so verstimmt ist. Bevor du gekommen bist, habe ich etwas von ihm verlangt, das ich nicht hätte verlangen sollen. Und dann habe ich es noch schlimmer gemacht, indem ich ...« Sie wedelte hilflos mit der Hand. »Ich bin ein Fluch für ihn und seine Jane. Fürwahr, ich bin ein Fluch für die beiden.«

Dass sie am Wohlwollen des Schicksals gezweifelt hatte, war vielleicht verständlich, was sie aber damit angerichtet hatte, als sie Jane um Hilfe bat, war unverzeihlich. Das Zwischenspiel mit dem Heiler war eine absolute Offenbarung und eine unermessliche Wohltat gewesen, doch jetzt konnte sie nur noch an ihren Bruder und seine *Shellan* denken ... und die Auswirkungen ihrer egoistischen Feigheit.

Sie fluchte und erzitterte. »Ich muss unbedingt mit meinem Bruder sprechen.«

»In Ordnung. Ich hole ihn.«

»Bitte.«

Manny stand auf und begab sich zum Ausgang. Die Hand bereits auf dem Türgriff, hielt er noch einmal inne. »Eines muss ich noch wissen.«

»Frag, und ich werde es dir sagen.«

»Was ist passiert, unmittelbar bevor ich zu dir zurückgebracht wurde. Warum hat mich dein Bruder geholt.«

Keiner der Sätze klang wie eine Frage. Sie nahm an, dass er es bereits ahnte. »Das ist eine Sache, die nur ihn und mich etwas angeht.«

Mannys Augen wurden schmal. »Was hast du getan?«

Sie seufzte und fummelte an dem Laken herum.

»Sag mir, Heiler, wenn du ohne jede Hoffnung ans Bett gefesselt wärst und du kämst an keine Waffe heran, was würdest du tun?«

Einen Moment lang presste er die Augen zu. Dann öffnete er die Tür. »Ich hole jetzt sofort deinen Bruder.«

Als Payne allein mit ihrer Reue zurückblieb, widerstand sie dem Impuls, zu fluchen. Sachen zu werfen. Die Wände anzuschreien. Nach ihrer Wiederauferstehung hätte sie überglücklich sein sollen, aber ihr Heiler war distanziert, ihr Bruder war wütend, und sie machte sich große Sorgen um die Zukunft.

Doch dieser Zustand hielt nicht lange an.

Obwohl es in ihrem Kopf nur so brodelte, übermannte sie bald die körperliche Erschöpfung, und sie wurde in ein traumloses schwarzes Loch hineingesogen, das sie mit Leib und Seele verschlang.

Ihr letzter Gedanke, bevor die große Dunkelheit alle Geräusche verschluckte, galt der Hoffnung, dass sie es irgendwie wiedergutmachen würde.

Und dann für immer mit ihrem Heiler zusammenbleiben konnte.

Draußen auf dem Flur ließ sich Manny gegen die Betonziegelwand sinken und rieb sich das Gesicht.

Er war kein Idiot, deshalb ahnte er im Grunde seines Herzens, was passiert war: Nur wahre Verzweiflung hätte diesen knallharten Vampir dazu verleiten können, in die Menschenwelt zu kommen und ihn zu holen. Aber Himmel … was, wenn er ihn nicht rechtzeitig gefunden hätte? Was, wenn ihr Bruder gewartet hätte, oder …

»Verdammt.«

Er stieß sich von der Wand ab, ging in die Vorratskammer, zog sich frische Arztkleidung an und steckte die alte in den Wäschekorb. Der Untersuchungsraum war sein erster Stopp, aber Jane war nicht da, deshalb ging er weiter, den Gang entlang bis zu dem Büro mit der Glastür.

Niemand zu sehen.

Wieder draußen, hörte er erneut das Stampfen aus dem Kraftraum und warf einen Blick hinein. Drinnen lief sich ein Kerl mit Bürstenhaarschnitt die Füße auf einem Laufband wund. Der Schweiß rann ihm in Bächen herunter, und er wirkte so ausgezehrt, dass es beinahe schmerzte, ihm zuzusehen.

Manny duckte sich wieder raus in den Gang. Kein Anlass, diesen Trottel anzusprechen.

»Suchst du nach mir?«

Jane. Manny drehte sich um. »Gutes Timing – Payne muss mit ihrem Bruder sprechen. Weißt du, wo er steckt?«

»Unterwegs auf einem Kampfzug, aber er kommt kurz vor Sonnenaufgang zurück. Stimmt irgendetwas nicht?«

Manny war versucht, zu entgegnen, *erzähl du es mir*, aber er verbiss es sich. »Das ist eine Sache zwischen den beiden. Ich weiß nur, dass sie ihn sprechen möchte.«

Janes Blick verlor sich kurz in der Ferne. »Okay. Ich richte es ihm aus. Wie geht es ihr?«

»Sie ist gelaufen.«

Jane riss den Kopf herum. »Allein?«

»Mit geringfügiger Hilfe. Gibt's hier irgendwelche Schienen oder etwas in der Richtung?«

»Komm mit.«

Sie führte ihn in die große Turnhalle und hindurch zu einem Geräteraum. Doch darin lagerten keine Volleybälle oder Seile. Hunderte von Waffen hingen an Ständern: Messer, Wurfsterne, Schwerter, Nunchakus.

»Was für Wahnsinnsturnstunden habt ihr denn hier am Laufen?«

»Das ist für das Trainingsprogramm.«

»Um die nächste Generation einzuweisen, wie?«

»So war es üblich – zumindest bis zu den Überfällen.«

Sie ging an den ganzen Bruce-Willis- und Arnold-Spielsachen vorbei auf eine Tür zu mit der Aufschrift PT. Durch die gelangten sie in einen gut ausgestatteten Physiotherapieraum mit allem, was ein Profiathlet brauchte, um sich fit und beweglich zu halten.

»Überfälle?«

»Die Gesellschaft der *Lesser* hat Dutzende Familien abgeschlachtet«, erklärte sie. »Und was von der Bevölkerung noch übrig war, hat Caldwell verlassen. Sie kommen nach und nach wieder zurück, aber es war eine schlimme Zeit.«

Manny runzelte die Stirn. »Und was, bitte schön, ist die Gesellschaft der *Lesser*?«

»Menschen sind nicht die eigentliche Bedrohung.« Jane öffnete einen Schrank und wies mit einem Wink auf jede erdenkliche Form von Krücke, Gehstock oder Gipsschiene. »Wonach suchst du?«

»Ist es das, was dein Mann Nacht für Nacht bekämpft?«

»Ja. Ist es. Also, was willst du haben?«

Manny starrte sie von der Seite an. »Sie hat dich gebeten, ihr zu helfen, sich das Leben zu nehmen. Habe ich Recht?«

Jane schloss die Augen. »Manny ... nimm's mir nicht übel, aber ich habe nicht die Kraft für eine solche Unterhaltung.«

»Dann stimmt es also.«

»Zum Teil. Zum größten Teil.«

»Jetzt geht es ihr besser«, sagte er mit belegter Stimme. »Sie wird sich erholen.«

»Dann funktioniert es also.« Jane lächelte leicht. »Heilung durch Handauflegen, was?«

Er räusperte sich und widerstand dem Drang, mit den Füßen zu scharren wie ein Vierzehnjähriger, der beim Knutschen erwischt wurde. »Ja. Schätze schon. Ähm, ich denke, ich nehme ein Paar Beinschienen und zwei Gehstützen – damit sollte sie zurechtkommen.«

Als er die Sachen herausnahm, blieb Janes Blick an ihm haften. Sie fixierte ihn so lange, bis er widerwillig zugab: »Bevor du fragst: Die Antwort lautet Nein.«

Sie lachte leise. »Ich war mir nicht bewusst, dass ich eine Frage hatte.«

»Ich bleibe nicht. Ich helfe ihr wieder auf die Beine. Dann kehre ich zurück.«

»Daran habe ich gar nicht gedacht.« Sie runzelte die Stirn. »Aber du könntest bleiben, weißt du. Es ist schon vorgekommen. Bei mir. Butch. Beth. Und ich dachte, du magst sie.«

»Nun, der Ausdruck ›mögen‹ beschreibt es nicht mal ansatzweise«, murmelte er.

»Dann mach keine Pläne, ehe das alles überstanden ist.«

Er schüttelte den Kopf. »Meine berufliche Karriere geht gerade so was von den Bach runter – und der Grund dafür ist zufällig euer ganzes Herumdoktern an meinem Hirn. Meine Mutter hält zwar nicht allzu große Stücke auf mich, aber sie wird sich nichtsdestotrotz fragen, warum sie an den wichtigen Feiertagen nichts von mir hört. Und ich habe ein Pferd, dem es nicht gut geht. Willst du mir vielleicht erzählen, dass dein Macker und seine Leute damit einverstanden wären, wenn ich mit je einem Fuß in beiden Welten lebte? Ich glaube kaum. Und was sollte ich hier schon mit mir anfangen? Ihr zu dienen ist ein Vergnügen, das versichere ich dir – aber ich möchte keinen Beruf daraus machen oder sie mit einem Typen wie mir enden lassen.«

»Was ist so schlimm an dir?« Jane verschränkte die Arme vor der Brust. »Du bist doch ein toller Kerl.«

»Nett, wie du über gewisse Einzelheiten hinwegsiehst.«

»Da finden sich schon Lösungen.«

»Okay, mal angenommen, es wäre so. Dann beantworte mir bitte eine Frage – wie lange leben diese Wesen?«
»Was meinst du?«
»Die Lebenserwartung von Vampiren. Wie hoch ist sie?«
»Das schwankt.«
»Um Jahrzehnte oder Jahrhunderte?« Als sie nicht antwortete, nickte er. »Genau, wie ich vermutet habe – ich halte mich vielleicht noch vierzig Jahre. Das Schrumpeln fängt in zehn Jahren an. Ich habe schon jetzt jeden Morgen meine Zipperlein und beginnende Arthritis in beiden Hüften. Sie sollte sich in einen von ihrer Art verlieben, nicht in einen Menschen, der in null Komma nichts ein altersschwacher Patient ist.« Er schüttelte erneut den Kopf. »Die Liebe besiegt alles, außer der Realität. Die gewinnt jedes verdammte Mal.«

Sie lachte hart auf. »Irgendwie kann ich nichts dagegenhalten.«

Er blickte auf die Schienen. »Danke für die hier.«
»Gerne«, sagte sie langsam. »Und ich gebe V Bescheid.«
»Gut.«

Leise betrat er kurz darauf Paynes Zimmer und blieb gleich hinter der Tür stehen. Sie schlief tief im schummrigen Licht, ihre Haut hatte aufgehört zu leuchten. Würde sie beim Aufwachen wieder gelähmt sein? Oder würde der Fortschritt erhalten bleiben?

Es blieb ihnen wohl nichts übrig, als abzuwarten.

Er lehnte die Krücken und die Schienen an die Wand und trat zu dem harten Stuhl neben dem Bett. Er setzte sich, schlug die Beine übereinander und versuchte, es sich bequem zu machen. Auf keinen Fall würde er schlafen. Er wollte sie nur betrachten …

»Komm zu mir«, sagte sie in die Stille hinein. »Bitte. Ich brauche deine Wärme.«

Doch er blieb, wo er war. Dabei merkte er, dass er den

Stuhl nicht allein wegen ihres Bruders vorzog. Er bemühte sich, sich von ihr fernzuhalten, wann immer es ihm möglich war. Sie würden ohne Frage wieder etwas miteinander anfangen – vermutlich schon bald. Und er würde stundenlang über sie herfallen, wenn es nötig war. Aber er durfte sich nicht in der Wunschvorstellung verlieren, dass etwas Ernsteres daraus werden könnte.

Sie gehörten zwei verschiedenen Welten an.

Er gehörte einfach nicht zu ihr.

Manny beugte sich nach vorne, berührte ihre Hand und streichelte ihren Arm. »Psst … ich bin ja hier.«

Als sie ihm das Gesicht zuwandte, waren ihre Augen geschlossen, und er hatte das Gefühl, sie redete im Schlaf. »Verlass mich nicht, Heiler.«

»Ich heiße Manny«, flüsterte er. »Manuel Manello … Dr. med.«

J. R. Wards
BLACK DAGGER
wird fortgesetzt in:
NACHTSEELE

Leseprobe

Er trat an die Bar in der Küche und holte den Lagavulin raus. Der niedrige Pegelstand traf ihn wie ein Schlag ins Gesicht. Manny beugte sich in den Schrank und fischte einen Jack Daniel's von hinten hervor. Er war so lange da drin gestanden, dass der Verschluss bereits Staub angesetzt hatte.

Kurze Zeit später legte er den Hörer auf und widmete sich ernsthaft dem Trinken. Erst den Lag. Dann den Jack. Schließlich ging es den zwei Flaschen Wein aus dem Kühlschrank an den Kragen. Und dem ungekühlten Rest des Sixpack Corona, das noch im Vorratsschrank herumstand.

Aber seine Synapsen machten keinen Unterschied zwischen pisswarmem und eisgekühltem Alkohol.

Alles in allem dauerte seine kleine Party eine gute Stunde. Vielleicht länger. Und sie war höchst effektiv. Als er nach dem letzten Bier griff und sich in Richtung Schlafzimmer aufmachte, lief er, als befände er sich auf der Brücke der *Enterprise,* stolperte nach links und rechts ... und fiel dann wieder ein Stück zurück. Und obwohl die Lichter der Stadt ausreichend Helligkeit spendeten, rannte er gegen diverse Einrichtungsgegenstände: Denn dank eines zweifelhaften Wunders schienen seine Möbel plötzlich belebt und wild entschlossen, sich ihm in den Weg zu stellen – alle, von den Ledersesseln bis zum ...

»Scheiße!«

... Couchtisch.

Und dass er sich auf dem weiteren Weg auch noch das Schienbein rieb, war, als hätte er zusätzlich Rollschuhe angelegt.

Im Schlafzimmer angekommen, nahm er zur Feier des Tages einen Schluck Corona und stolperte ins Bad. Wasser an. Raus aus den Klamotten. Rein in die Dusche. Nicht nötig, auf warmes Wasser zu warten. Er fühlte ohnehin nichts, und das war schließlich auch Sinn der Sache.

Er machte sich nicht die Mühe, sich abzutrocknen. Triefend tapste er zum Bett, setzte sich und trank das Bier leer. Dann ... nichts. Sein Alkometer stand schon ziemlich hoch, aber er hatte die kritische Menge noch nicht erreicht, die ihm die Lichter ausblies.

Doch *Bewusstsein* war ein relativer Begriff. Obwohl er streng genommen noch wach war, fühlte er sich, als hätte man bei ihm den Stecker gezogen – und das lag nicht allein am Alkoholgehalt in seinem Blut. Merkwürdigerweise war ihm nämlich innerlich die Puste ausgegangen.

Er fiel zurück auf die Matratze und überlegte. Wahrscheinlich war es jetzt, da sich die Sache mit Payne von selbst gelöst hatte, an der Zeit, sein altes Leben wieder in den Griff zu bekommen – oder es morgen zumindest zu versuchen, wenn er mit einem Kater erwachte. Sein Gedächtnis war in Ordnung, also gab es keinen Grund, warum er nicht zurück zur Arbeit gehen und Abstand zwischen dieses abgefuckte Zwischenspiel und sein normales Leben bringen sollte.

Er starrte an die Decke und bemerkte erleichtert, wie die Sicht vor seinen Augen verschwamm.

Bis ihm bewusst wurde, dass er weinte.

»Verdammtes Weichei!«

Er wischte sich die Augen. Nein, er würde jetzt ganz bestimmt nicht an sie denken. Blöd nur, dass er es doch tat – und nicht damit aufhören konnte. Himmel, er vermisste sie schon jetzt so sehr, dass es schmerzte.

»Verdammte ... Scheiße ...«

Auf einmal schoss sein Kopf hoch und sein Schwanz schwoll an. Er sah durch die Schiebetür auf die Terrasse und suchte die Nacht mit einer Verzweiflung ab, die ihm das Gefühl gab, seine geistige Umnachtung wäre zurück.

Payne ...

Payne ...?

Er mühte sich, aus dem Bett zu steigen, doch sein Körper versagte ihm den Dienst – es war, als würde sein Hirn eine andere Sprache sprechen als seine Arme und Beine. Und dann gewann der Alk, drückte bei ihm auf Strg-Alt-Entf und fuhr seine Systeme herunter.

Kein Neustart möglich.

Seine Lider klappten zu und die Lichter gingen aus, sosehr er auch dagegen ankämpfte.

Draußen auf der Terrasse im eiskalten Wind stand Payne. Ihr Haar peitschte um sie herum, und ihre Haut kribbelte vor Kälte.

Sie war aus Manuels Blickfeld verschwunden. Aber sie hatte ihn nicht allein gelassen.

Obwohl er bewiesen hatte, dass er auf sich selbst aufpassen konnte, vertraute sie sein Leben nichts und niemandem an. Deshalb hatte sie sich in ein *Mhis* gehüllt und hatte auf dem Rasen vor der Pferdeklinik gestanden, wo sie beobachtete, wie er mit der Polizei und dem Wachmann sprach. Und als er ins Auto gestiegen war, hatte sie ihn verfolgt, indem sie sich von einem Punkt zum nächsten materialisierte, immer der Spur nach, der sie dank der kleinen Menge Blut, die er von ihr gekostet hatte, folgen konnte.

Sein Heimweg hatte in den Tiefen einer Stadt geendet, kleiner als die, die sie von seinem Auto aus gesehen hatte, aber dennoch beeindruckend, mit großen Gebäuden und asphaltierten Straßen und wunderschön geschwungenen Brücken, die sich über einen breiten Fluss spannten. Caldwell war wunderschön bei Nacht.

Doch sie war nur für ein stummes Lebewohl hier.

Als Manuel in einer Art unterirdischem Gebäude für Fahrzeuge verschwunden war, hatte sie ihn allein gelassen. Sie hatte ihren Zweck erfüllt, er war sicher an sein Ziel gelangt, sie hätte also gehen sollen.

Doch dann hatte sie auf der Straße verharrt, eingehüllt in ihr *Mhis,* und hatte den vorüberfahrenden Autos nachgesehen und den Fußgängern, die den Gehweg entlangspazierten. Eine Stunde war verstrichen. Und noch etwas mehr Zeit. Und noch etwas mehr. Doch sie konnte noch immer nicht gehen.

Schließlich hatte sie ihrem Herzen nachgegeben und war aufgestiegen ... hatte sich auf Manuel konzentriert und auf der Terrasse vor seiner Wohnung Gestalt angenommen ... und ihn dabei angetroffen, wie er sich gerade von der Küche in Richtung Bett aufmachte. Er war wackelig auf den Beinen und rempelte gegen seine Möbel – obwohl das vermutlich nicht daran lag, dass er kein Licht anhatte. Es war das Bier in seiner Hand, kein Zweifel.

Oder genauer gesagt der ganze Alkohol, den er davor bereits getrunken hatte.

Im Schlafzimmer warf er alle Kleidung von sich und verschwand unter der Dusche. Als er triefnass wieder herauskam, hätte sie am liebsten geweint. Es war so schwer zu begreifen, dass es lediglich einen Tag her war, seit sie ihn das erste Mal so gesehen hatte – obwohl es ihr fast schien, als könnte sie durch die Zeit hindurchgreifen und diese magischen Momente berühren, da sie beide kurz davor waren ... nicht nur den gegenwärtigen Moment zu teilen, sondern auch eine Zukunft.

Doch das war vorbei.

Auf der anderen Seite der Scheibe setzte er sich gerade aufs Bett ... und fiel auf die Matratze.

Als er sich die Augen wischte, war ihre Verzweiflung grenzenlos. Ebenso wie der Drang, zu ihm zu ...

»Payne.«

Mit einem leisen Aufschrei wirbelte sie herum. Im eisigen Wind auf der anderen Seite der Terrasse ... stand ihr Zwillingsbruder. Und sie erkannte sofort, dass sich in Vishous eine Veränderung vollzogen hatte. Zum einen begannen die Schnitte in seinem Gesicht, die er sich mit dem Spiegel zugefügt hatte, bereits zu heilen – aber das war es nicht. Er hatte sich innerlich gewandelt: Die Anspannung und der Zorn und die furchterregende Kälte waren verschwunden.

Während der Wind ihr Haar herumpeitschte, versuchte sie eilig, ihre Fassung zurückzugewinnen, und wischte die Tränen weg, die sich in ihren Augenwinkeln gebildet hatten. »Woher wusstest du, wo ... ich bin ...«

Mit seiner behandschuhten Hand deutete er nach oben. »Ich besitze hier eine Wohnung. Ganz oben. Jane und ich wollten gerade gehen, als ich deine Gegenwart spürte.«

Sie hätte es wissen müssen. So wie sie sein *Mhis* spüren konnte ... konnte er ihres fühlen und finden.

Doch sie wünschte, er hätte sie allein gelassen. Sie brauchte jetzt wirklich nicht noch eine männliche »Autoritätsperson«, die ihr sagte, was sie zu tun hatte. Außerdem hatte der König die Regeln bereits festgelegt. Eine Verfügung von Wrath musste nicht noch von Leuten wie ihrem Bruder gestärkt werden.

Sie hob die Hand, bevor er noch ein Wort über Manuel sagen konnte. »Ich will von dir nicht noch einmal hören, was unser König bereits klargestellt hat. Außerdem wollte ich gerade gehen.«

»Hast du seine Erinnerungen gelöscht?«

Sie hob das Kinn. »Nein, habe ich nicht. Wir waren unterwegs, und es gab … einen Zwischenfall …«

Das Knurren, das ihr Bruder ausstieß, übertönte das Heulen des Windes. »Was hat er dir …«

»Nicht er. Himmel, würdest du bitte einfach … aufhören, ihn zu hassen.« Sie rieb sich die Schläfen und fragte sich, ob eigentlich schon mal wirklich jemandem der Kopf explodiert war – oder ob jeder auf der Welt nur manchmal das Gefühl hatte. »Wir wurden von einem Menschen angegriffen, und als ich ihn entwaffnete …«

»Den Menschen?«

»Ja – dabei habe ich den Mann verletzt, und jemand hat die Polizei gerufen …«

»Du hast einen Menschen *entwaffnet*?«

Payne funkelte ihren Zwillingsbruder an. »Wenn man jemandem die Pistole wegnimmt, nennt sich das doch so, oder?«

Vishous' Augen wurden schmal. »Ja. Korrekt.«

»Ich konnte Manuels Gedächtnis nicht löschen, sonst hätte er die Fragen der Polizei nicht beantworten können. Und ich bin hier, weil ich sichergehen wollte, dass er unbeschadet nach Hause kommt.«

Als Stille folgte, wurde ihr bewusst, dass sie sich selbst ins

Aus manövriert hatte. Wenn sie selbst glaubte, Manuel beschützen zu müssen, war das der beste Beweis für Vishous' Einwand, dass der Mann, den sie wollte, nicht auf sie aufpassen konnte. Aber was machte das schon für einen Unterschied? Da sie dem Befehl des Königs folgen würde, gab es ohnehin keine Zukunft für sie und Manuel.

Als Vishous zum Sprechen ansetzte, stöhnte sie und presste sich die Hände auf die Ohren. »Wenn du auch nur einen Funken von Mitgefühl hast, dann lässt du mich hier allein mit meiner Trauer. Ich will mir nicht noch einmal all die Gründe anhören, warum ich nicht mit ihm zusammen sein kann – ich kenne sie. *Bitte. Geh* einfach.«

Sie schloss die Augen, wandte sich ab und betete zu ihrer Mutter, dass er tun würde, was sie …

Die Hand auf ihrer Schulter fühlte sich schwer und warm an. »Payne. *Payne.* Sieh mich an.«

Sie hatte keine Kraft mehr, sich zu wehren. Deshalb ließ sie die Arme fallen und sah ihrem Bruder in die Augen.

»Beantworte mir eine Frage«, bat er.

»Welche denn?«

»Liebst du diesen Idi… ihn? Liebst du diesen Mann?«

»Ja. Ich liebe ihn. Und erzähl mir nicht, dass ich noch nicht lange genug lebe, um das beurteilen zu können. Das ist Blödsinn. Ich muss nicht die ganze Welt gesehen haben, um meinen Herzenswunsch zu erkennen.«

Es folgte ausgedehntes Schweigen. »Was hat Wrath gesagt?«, erkundigte sich Vishous schließlich.

»Das Gleiche, was du auch gesagt hättest. Dass ich seine Erinnerungen an mich aus seinem Gedächtnis löschen muss und ihn nie mehr wiedersehen darf.«

Als ihr Bruder nichts erwiderte, schüttelte sie den Kopf. »Warum bist du noch hier, Vishous? Überlegst du, wie du mich zum Heimkommen bewegen kannst? Die Mühe kannst du dir sparen. Sobald es dämmert, gehe ich – und ich werde mich an die Regeln halten, aber nicht wegen dir oder dem König oder meinetwegen, sondern weil es das Beste für ihn ist – er soll nicht dich oder die Bruderschaft zum Feind haben und gefoltert werden, nur weil ich etwas für ihn empfinde. Also wird alles so kommen, wie du es dir wünschst. Nur …«, und mit diesen Worten funkelte sie ihn an, »… dass ich sein Gedächtnis nicht löschen werde. Sein Verstand ist zu wertvoll, er darf nicht ruiniert werden – eine weitere Manipulation würde er nicht aushalten. Ich sorge für seine Sicherheit, indem ich nie wieder hierherkomme, aber ich verurteile ihn nicht zur Demenz. Das lasse ich nicht zu – er hat nichts weiter getan, als mir zu helfen. Er verdient es nicht, derartig benutzt und weggeworfen zu werden.«

<u>Lesen Sie weiter in:</u>
J. R. Ward: NACHTSEELE

Entdecken Sie die magische Welt von ...

... J. R. WARD

FALLEN ANGELS

Sieben Schlachten um sieben Seelen. Die gefallenen Engel kämpfen um das Schicksal der Welt. Und ein Unentschieden ist nicht möglich ...

Erster Band: **Die Ankunft**
Seit Anbeginn der Zeit herrscht Krieg zwischen den Mächten des Lichts und der Finsternis. Nun wurde Jim Heron, ein gefallener Engel, dafür auserwählt, den Kampf ein für alle Mal zu entscheiden. Sein Auftrag: Er soll die Seelen von sieben Menschen erlösen. Sein Problem: Ein weiblicher Dämon macht ihm dabei die Hölle heiß ...

Zweiter Band: **Der Dämon**
Im ewigen Kampf zwischen den Mächten des Himmels und der Hölle steht eine neue Seele auf dem Spiel: Der gefallene Engel Jim Heron soll Ex-Elitesoldat Isaac Rothe vor einem heimtückischen Dämon retten, doch eine sexy Rechtsanwältin kommt ihm dabei in die Quere ...

BLACK DAGGER

Sie sind eine der geheimnisvollsten Bruderschaften, die je gegründet wurde: die Gemeinschaft der BLACK DAGGER. Und sie schweben in tödlicher Gefahr: Denn die BLACK DAGGER sind die letzten Vampire auf Erden, und nach jahrhundertelanger Jagd sind ihnen ihre Feinde gefährlich nahe gekommen. Doch Wrath, der ruhelose, attraktive Anführer der BLACK DAGGER, weiß sich mit allen Mitteln zu wehren ...

Erster Band: **Nachtjagd**
Wrath, der Anführer der BLACK DAGGER, verliebt sich in die Halbvampirin Elisabeth und begreift erst durch sie seine Verantwortung als König der Vampire.

Zweiter Band: **Blutopfer**
Bei seinem Rachefeldzug gegen die finstern Vampirjäger der *Lesser* muss Wrath sich seinem Zorn und seiner Leidenschaft für Elisabeth stellen – die nicht nur für ihn zur Gefahr werden könnte.

Dritter Band: **Ewige Liebe**
Der Vampirkrieger Rhage ist unter den BLACK DAGGER für seinen ungezügelten Hunger bekannt: Er ist der wildeste Kämpfer – und der leidenschaftlichste Liebhaber. In beidem wird er herausgefordert …

Vierter Band: **Bruderkrieg**
Als Rhage Mary kennenlernt, weiß er sofort, dass sie die eine Frau für ihn ist. Nichts kann ihn aufhalten – doch Mary ist ein Mensch. Und sie ist todkrank …

Fünfter Band: **Mondspur**
Zsadist, der wohl mysteriöseste und gefährlichste Krieger der BLACK DAGGER, muss die schöne Vampirin Bella retten, die in die Hände der *Lesser* geraten ist.

Sechster Band: **Dunkles Erwachen**
Zsadists Rachedurst kennt keine Grenzen mehr. In seinem Zorn verfällt er zusehends dem Wahnsinn. Bella, die schöne Aristokratin, ist nun seine einzige Rettung.

Siebter Band: **Menschenkind**
Der Mensch und Ex-Cop Butch hat ausgerechnet an die Vampiraristokratin Marissa sein Herz verloren. Für sie – und aufgrund einer dunklen Prophezeiung – setzt er alles daran, selbst zum Vampir zu werden.

Achter Band: **Vampirherz**
Als Butch, der Mensch, sich im Kampf für einen Vampir opfert, bleibt er zunächst tot liegen. Die Bruderschaft der BLACK DAGGER bittet Marissa um Hilfe. Doch ist ihre Liebe stark genug, um Butch zurückzuholen?

Neunter Band: **Seelenjäger**
In diesem Band wird die Geschichte des Vampirkriegers Vishous erzählt. Seine Vergangenheit hat ihn zu der atemberaubend schönen Ärztin Jane geführt. Nur ist sie ein Mensch, und ihre gemeinsame Zukunft birgt ungeahnte Gefahren …

Zehnter Band: **Todesfluch**
Vishous musste Jane gehen lassen und ihr Gedächtnis löschen. Doch bevor er seine Hochzeit mit der Auserwählten Cormia vollziehen kann, wird Jane von den *Lessern* ins Visier genommen und Vishous vor eine schwere Entscheidung gestellt …

Elfter Band: **Blutlinien**
Vampirkrieger Phury hat es nach Jahrhunderten des Zölibats auf sich genommen, der Primal der Vampire zu werden. Hin- und hergerissen zwischen Pflicht und der Leidenschaft zu Bella, der Frau seines Zwillingsbruders, bringt er sich in immer größere Gefahr …

Zwölfter Band: **Vampirträume**
Während Phury noch zögert, seine Rolle als Primal zu erfüllen, lebt sich Cormia im Anwesen der Bruderschaft immer besser ein. Doch die Beziehung der beiden ist von Zweifeln und Missverständnissen geprägt, und Phury glaubt kaum daran, seiner Aufgabe gewachsen zu sein.

Dreizehnter Band: **Racheengel**
Der *Symphath* Rehvenge lernt in Havers Klinik die Krankenschwester und Vampirin Ehlena kennen und fühlt sich sofort zu ihr hingezogen. Doch er verheimlicht ihr seine Vergangenheit und seine Geschäfte, und Ehlena gerät dadurch in große Gefahr …

Vierzehnter Band: **Blinder König**
Die Beziehung zwischen Rehvenge und Ehlena wird jäh zerstört, denn Rehvs Geheimnis steht kurz vor der Enthüllung, was seine Todfeinde auf den Plan ruft – und die Tapferkeit Ehlenas auf die Probe stellt, da von ihr verlangt wird, ihn und seinesgleichen auszuliefern …

Fünfzehnter Band: **Vampirseele**
Der junge Vampir John Matthews ist in Leidenschaft zu der mysteriösen Xhex entbrannt, doch diese verbirgt ein Geheimnis, das die Bruderschaft der BLACK DAGGER in tödliche Gefahr bringt …

Sechzehnter Band: **Mondschwur**
Xhex wendet sich von John ab, um ihn zu schützen. Doch als der Kampf gegen das Böse ihr alles abfordert, erkennt sie, dass man dem Schicksal der Liebe nicht entkommen kann …

Siebzehnter Band: **Vampirschwur**
Jahrhundertelang war die ebenso schöne wie unerschrockene Vampirin Payne auf der Anderen Seite gefangen. Als sie mit ihrer Bestimmung bricht und ins Diesseits kommt, verliebt sich sich in den Arzt Dr. Manuel Manello – doch der ist ein Mensch …

Achtzehnter Band: **Nachtseele**
Schweren Herzens hat sich Payne von Manuel getrennt, um ihn zu schützen. Doch dann gerät Payne im Kampf gegen die Vampirjäger in tödliche Gefahr. Manuel ist der Einzige, der ihr jetzt noch helfen kann …

Einzelbände

Novelle: **Vampirsohn**
Seit Jahrzehnten wird der Vampir Michael im Keller seines Hauses gefangen gehalten. Bis ihm die schöne Anwältin Claire gezwungenermaßen einige Tage Gesellschaft leistet und in ihm eine bis dahin unbekannte Leidenschaft entfacht …

Kim Harrison

Spannend und sexy – die Mystery-Erfolgsserie um die mutige Vampirjägerin Rachel Morgan

»Atemlos spannend und mit genau der richtigen Portion Humor. Kim Harrison sollte man auf keinen Fall verpassen!« *Jim Butcher*

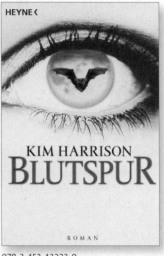

978-3-453-43223-9

Band 1: Blutspur
978-3-453-43223-9

Band 2: Blutspiel
978-3-453-43304-5

Band 3: Blutjagd
978-3-453-53279-3

Band 4: Blutpakt
978-3-453-53290-8

Band 5: Blutlied
978-3-453-52472-9

Band 6: Blutnacht
978-3-453-52616-7

Band 7: Blutkind
978-3-453-53352-3

Band 8: Bluteid
978-3-453-52750-8

Band 9: Blutdämon
978-3-453-52848-2

Leseproben unter: **www.heyne.de**

Patricia Briggs

Die *New York Times*-Bestsellersaga um Mercy Thompson

»Werwölfe sind verdammt gut darin, ihre wahre Natur vor den Menschen zu verbergen. Doch ich bin kein Mensch. Ich kenne sie, und wenn ich sie treffe, dann erkennen sie mich auch!«
Mercy Thompson

»Magisch und dunkel – Patricia Briggs' Mercy-Thompson-Romane sind einfach großartig!« *Kim Harrison,* Autorin von *Blutspur*

978-3-453-52373-9

Band 1: Ruf des Mondes
978-3-453-52373-9

Band 2: Bann des Blutes
978-3-453-52400-2

Band 3: Spur der Nacht
978-3-453-52478-1

Band 4: Zeit der Jäger
978-3-453-52580-1

Band 5: Zeichen des Silbers
978-3-453-52752-2

Band 6: Siegel der Nacht
978-3-453-52831-4

Leseproben unter: **www.heyne.de**

HEYNE <